CRISTIN HARBER

WESTIN - JAGD AUF LIEBE

TITAN-SERIE

AUS DEM AMERIKANISCHEN VON ANTJE PAPENBURG

Die Originalausgabe erschien 2013 unter dem Titel »Westin's Chase« bei Cristin Harber.

Copyright © der Originalausgabe 2013
By Cristin Harber
5810 Kingstown Center Drive #120-299
Alexandria, VA 22315 USA
cristin@cristinharber.com
www.CristinHarber.com
Copyright © der deutschsprachigen Ausgabe 2016
By Antje Papenburg
Print Ausgabe
ISBN: 978-1-942236-91-7

KAPITEL EINS

SEINER AUFFASSUNG NACH wurde er seiner Rolle als Anführer nicht gerecht, wenn er seine Männer am Ende eines jeden Auftrags nicht zurück nach Hause brachte. Sein Team. Seine Operation. Und, jetzt gerade, seine Katastrophe. Explosionen verursachten Brandherde um ihn herum, und Jared Westin rollte über den Boden, um in Deckung zu gehen. Steinchen gruben sich in seine Wange und Äste zerkratzten sein Gesicht. Beißender Rauch breitete sich in der Luft aus und hinterließ den bitteren Geschmack von Brandbeschleuniger in seinem Mund.

Funkstille war zum Kotzen. Es ging ihm gut. Er würde überleben, trotz der zwickenden Kugel in seiner Wade und der Granatsplitter in seiner Schulter. Er machte sich eher Sorgen um seine Männer und den geretteten Gefangenen.

Sie saßen auf einem Berghang in Afghanistan fest und Jared wusste, dass er sie hier nur wieder wegbringen würde, wenn er die feindlichen Linien – gerade ein Wirrwarr aus Turbanen und Feuerkraft – durchbrechen konnte. Strategisch gesehen waren sie in keiner guten Position. Jareds einziger Trost war, dass der befreite Amerikaner bald in ihrem Helikopter sitzen und dem feindlichen Beschuss entkommen würde. Rocco und Brock hatten den Mann die Klippe hinunter zu der Stelle gebracht, wo sie abgeholt werden sollten, bevor das Feuergefecht so schlimm geworden war.

Bumm, bumm!

Der Feind schoss blind um sich, traf aber immer noch gut genug, um Schaden anzurichten. Erde und Steine flogen ihm um die Nase, jedes Mal, wenn die Kugeln auf den Boden statt seinen Körper trafen.

Jared hob den Kopf und schaute sich um. Wenigstens hatte er noch Unterstützung in diesem Tumult: Roman war irgendwo in der Nähe und bot eine weitere Zielscheibe für den Feind. Gute zehn Meter rechts von ihm traf eine Granate auf und Roman erwiderte das Feuer. *Er muss denselben verdammten Gedanken gehabt haben wie ich: Wenn ich schon auf einer Klippe in Afghanistan ins Gras beißen muss, dann inmitten einem Haufen leerer Patronenhülsen.* Sie beide würden auf keinen Fall kampflos sterben.

Jared prüfte sein SuperMag-Magazin – voll und voller Potenzial. Außerdem hatte er noch eine Sig Sauer in einem Halfter am Oberschenkel. Dieser Waffe sagte man nach, besonders zielsicher zu sein. Und Zielsicherheit konnte er jetzt gerade gut gebrauchen.

Die Flammen fraßen sich durch das umliegende Gebüsch und er sichtete seinen Mann. Romans Schatten flackerte im Feuerschein, der gegen die Felswände geworfen wurde. Er hockte hinter einem Felsblock in Deckung und lud nach.

Jared griff nach hinten in den Rucksack mit der Ausrüstung. Er brauchte etwas Explosives. Ein verdammtes Ablenkungsmanöver. Irgendwo weiter weg hörte er das *Schopp, Schopp, Schopp* am dunklen Nachthimmel, als der Helikopter sich dem Landeplatz näherte. Der Heli war pünktlich und er musste sich beeilen. Wenn er es nicht schaffte, dann würden Roman und er hier alleine festsitzen.

Ihm wurde schwindlig, als er sich zu schnell bewegte. *Ich muss mehr Blut verloren haben, als ich dachte. Na, klasse.* Jared kramte im Rucksack herum. Noch mehr Munition. Zwei Messer. Und ... den Waffengöttern sei Dank, ein tragbarer Granatwerfer mit zwei scheißgroßen Runden Munition.

Er nahm den Granatwerfer in die Hand und wurde sofort an die sexy Frau erinnert, der er dieses Schmuckstück zu verdanken hatte. Sie nannte sich Sugar. Er wusste nicht, was ihr Nachname oder gar ihr richtiger Name war, aber, verdammt, er liebte es, mit ihr zusammenzuarbeiten. Sie verschenkte handgeführte Granatwerfer. *Im wahrsten Sinne des Wortes geil ...*

Und wenn dieses Teil ihm das Leben retten würde, dann würde er sich etwas Gutes ausdenken müssen, um sich bei ihr zu bedanken.

Er ließ den Griff einrasten, lud die erste 40-mm-Granate, schaute zu

Roman hinüber und drückte dann ab. Die Explosion würde ihnen vielleicht freie Bahn für die Flucht verschaffen. Jared lud die zweite Granate. *Waffe scharf.* Nachdem er Roman zugenickt hatte, um ihm zu sagen, dass das ihre Chance war, betätigte er den Abzug.

Jared hielt einen Arm vor sein Gesicht und lief auf das Hölleninferno zu, während er gleichzeitig seine SuperMag abfeuerte. Patronenhülsen flogen aus seiner Waffe und hinterließen ihre Spur hinter ihm. Er verdrängte das Brennen in seinen müden Muskeln, die Schmerzen in seinem Bein und seiner Schulter und ignorierte die Hitze der Flammen, die seine Kleidung versengten. Als das Magazin leer war, warf er die Pistole in die Flammen.

Hinter sich hörte er Gewehrsalven, die ihm sagten, dass Roman dicht hinter ihm folgte. Jared holte tief Luft. Der Rauch brannte in seiner Kehle. Er zog die Waffe aus dem Oberschenkelhalfter, wirbelte herum und knallte einen Feind nach dem anderen ab. Seine Kugeln trafen genau ins Schwarze. Er würde Sig Sauer ein Dankesschreiben schicken, wenn er diese Scheißmission hinter sich gebracht hatte.

Der Helikopter schwebte etwa zweihundert Meter entfernt am kohlrabenschwarzen Nachthimmel neben dem Berghang auf der Stelle. Roman folgte Jared dicht auf den Fersen. Die beiden rannten, so schnell sie konnten, auf den Helikopter zu.

Als Jared näher kam, sah er Rocco und Brock, die aus dem Hubschrauber hingen und ihnen Deckung gaben. Explosionen erhellten das Dunkel der Nacht, als die Kugeln hinter ihnen zu Boden regneten. Zwei Abseilseile flatterten im rauen Bergwind. *Ja, verdammt!*

Ohne zu zögern warf er sich über den Klippenrand und in den tintenschwarzen Abgrund. Er ruderte in der Luft und griff nach der Rettungsleine. Die Sekunden dauerten zu lange. Wenn er es nicht bis zu den Seilen schaffen würde, dann sprang er in den sicheren Tod. Ein freier Fall in Richtung der scharfen Felskanten würde ihm die Lichter ausknipsen – für immer.

Die Erdanziehungskraft gewann und er verlor an Schwung. Jareds Körpergewicht wurde schnell nach unten gezogen. Sein ganzer Körper stand unter Anspannung, als er die Finger ausstreckte und nach dem Seil –

nach Hoffnung – griff.

Eine Hand schloss sich um die Leine und sein ganzes Gewicht mitsamt der Ausrüstung hing an seinem verwundeten Arm. Grunzend und ächzend schaffte es Jared, auch mit der anderen Hand Halt zu finden. Er hielt sich mit beiden Händen am Seil fest und schaute zu Roman hinüber. Der schwang vor dem schwarzen Nachthimmel hin und her und schrie laut: »Hurra!«

Verrückter Bastard.

Sein Herz hämmerte so sehr, dass ihm die geprellten Rippen wehtaten. Der Sprung war der beste verdammte Adrenalinkick, den er seit Langem erlebt hatte. Jared atmete unter Schmerzen tief ein, als der Helikopter schnell an Geschwindigkeit zunahm und gen Himmel flog.

DAS NIEDERSCHMETTERNDE GERÄUSCH des sich entfernenden Hubschraubers trieb ihr Tränen in die Augen. Gewehrsalven und Kampfgeschrei in einer ihr unbekannten Sprache erschallten laut in der kühlen Nachtluft. Ihre Retter waren für einen von ihnen gekommen, aber nicht für beide. Das ergab keinen Sinn. Sie hatten nicht versucht, sie zu finden. Sie hatte miterlebt, wie sie angekommen, einen Höllenkrawall angezettelt und wieder abgehauen waren, nachdem sie ihren Kollegen gefunden hatten – den einzigen anderen Amerikaner in diesem Lager.

Die haben keine Ahnung, dass ich hier bin.

Das war das schlimmste Szenario, denn das bedeutete, dass sie nicht zurückkommen würden. Verdammt schlechte Neuigkeiten. Vielleicht hätte sie auf die Ratschläge anderer hören und in den USA bleiben sollen, hätte anders mit ihren *Arbeits*problemen umgehen sollen. Aber nein, sie hatte ja den Adrenalinkick gebraucht. Hatte sich auf andere Gedanken bringen wollen, all das verdrängen wollen, was sie daheim beschäftigte. Und als sie über inoffizielle Kanäle von diesem Auftrag im Nahen Osten gehört hatte, bei dem Waffen nachverfolgt werden sollten, da war sie in ein Flugzeug gesprungen, ohne ihren Freunden davon zu erzählen.

Nicht, dass sie es ihr erlaubt hätten, so einen Stunt abzuziehen. Denn ... nun ja, sie würde gefangengenommen werden.

Mit Ex-Elite-Soldaten abzuhängen brachte seine Probleme mit sich. Auch wenn sie ganz gut schießen konnte, gehörte sie weder zur Elite, noch war sie eine so gute Geheimagentin, wie sie dachte. Sie hatte früher Geheiminformationen gesammelt. Sie war nur eine gelangweilte, ehemalige ATF-Agentin mit dem Drang, zu zeigen, was in ihr steckte. *Wie armselig.* Alles, was sie hatte, war ein Ego, das so groß war wie dieser verdammte Berg und …

Sugar. Halt. Die. Verdammte. Klappe!

Sie schüttelte den Kopf und rieb sich die Augen. »Du wirst das hier *überleben!* Du bist *gut!* Wer zum Teufel braucht schon Soldaten, um gerettet zu werden?«

Es war schon mehr als achtundvierzig Stunden her, seit ihr blöder Kollege in die Hände des Feindes gefallen war und sie versucht hatte, ihn zu retten. Das war nicht ganz planmäßig verlaufen und man hatte sie in eine provisorische Zelle geworfen und ihr nichts als dreckiges Wasser und einen steinharten Brotkanten gegeben. In Anbetracht der Tatsache, dass sie eine ausländische Frau war, hätten sie ihr viel schlimmere Sachen antun können – und diese Gefahr war noch nicht gebannt. *Aber ich komme klar.* Sie konnte jeden einzelnen ihrer Geiselnehmer töten und den Berg verlassen, bevor sie noch mehr in Selbstmitleid versank.

Ein paar Männer, die die Rettungsaktion überlebt hatten, kamen in ihre Richtung und johlten. In ihrem Käfig würde sie ihnen nicht entkommen können. Sie trat einen Schritt zurück und befühlte die erdigen Wände hinter sich. Sie schluckte, aber der Kloß im Hals blieb. Sie presste die Handflächen gegen die kalte Erde und grub die Fingernägel hinein. Zwei Männer kamen näher und schossen in die Luft, als ob sie Salutschüsse bei einem Festumzug abgeben würden. *Gibt es was zu feiern? Ach ja, sie haben ja immer noch mich.*

KAPITEL ZWEI

J ARED WAR NICHT in der Stimmung für irgendwelchen Unsinn. Das war er nie. Aber heute war das Alphamännchen in ihm Feuer und Flamme, als ob er einen Sechserpack Testosteron hinuntergekippt und dann ein Pfund Trockenfleisch verschlungen hätte. Er würde später zur Schießanlage gehen, um diese … Energie abzubauen, bis der Rausch wieder vorbei war.

Etwas stimmte nicht. Das sagte ihm sein Bauchgefühl. Sein Instinkt ließ schrille Alarmglocken läuten. Aber als er die Nachbesprechung mit seinem Team beendet hatte, gab es keinen Grund anzunehmen, dass sie irgendetwas übersehen hatten.

Ihm war danach, joggen zu gehen. Aber die Scheiß-Schussverletzung an seiner Wade verheilte im Schneckentempo. Normalerweise gab er nicht viel darauf, was die Ärzte sagten, aber die Kugel hatte sein Schienbein gestreift und ein paar Nerven verletzt. Wenn er seine Gesundheit aufs Spiel setzte, setzte er auch seinen Lebensunterhalt aufs Spiel. Also würde er zwei weitere Wochen auf dem Hintern sitzen. Auch wenn es ihm nicht gefiel.

Die Stimmung im Raum war angeheizt, nachdem das Meeting vorbei war, das man wohl als Mitarbeiterversammlung beschreiben konnte, auch wenn das bei seinem Team etwas lächerlich wirkte.

Nicola, Jareds einzige weibliche Agentin, fluchte laut genug, um die Männer im Raum verstummen zu lassen, und warf Cash ihr Handy zu. Er schaute auf das Display, warf es dann Winters zu, der dasselbe tat, bevor er es zu Roman hinüberwarf, als ob sie statt eines Handys alle eine heiße Kartoffel fangen würden.

Verärgert und wohl wissend, dass es hier um die Sache ging, vor der ihn sein Bauchgefühl schon die ganze Zeit gewarnt hatte, spannten sich

Jareds Gesichtszüge an. Er wollte eine Erklärung. Sofort. »Was ist?«

Nicola setzte sich wieder an den Tisch, die Brauen zusammengezogen und die Lippen geschürzt. Cash und Winters tauschten einen Blick aus.

»Was soll der Scheiß?«, rief Jared grollend. »Ihr habt zwei Sekunden, bevor ich eure Köpfe zusammenschlage, um meine Antwort zu bekommen!«

Roman warf ihm das Handy zu. Auf dem Display sah man eine E-Mail von Parker, Titans Technik-Genie.

VON: Parker – Titan Hauptquartier
AN: Titan – alle Anwender
BETREFF: Whiskey Tango Foxtrot

WTF – what the fuck? Jared scrollte runter, um die Nachricht zu lesen.

Es gab ZWEI Gefangene in Afghanistan. Es wurde bestätigt, dass die zweite Geisel eine Lilly Chase ist. Wird in zehn Minuten in den Nachrichten gebracht werden.

Jared schaute auf und alle starrten ihn an. Er zuckte mit den Schultern. »Nicht das erste Mal, dass die Schreibtischhengste in Washington falschgelegen haben.«

Sie könnten zurückkehren und die zweite Geisel befreien, wenn sie den Auftrag bekämen. Wenn nicht, dann war ihm das auch recht. Seine Schussverletzungen brauchten noch etwas länger, um zu verheilen. Manchmal war ein Auftrag die Probleme nicht wert, die er mit sich brachte.

»Dann weißt du es nicht?«, fragte Cash und ließ sich mit besorgter Miene auf seinen Stuhl fallen. Er sah so aus, als ob der nächste Weltkrieg bevorstand.

Parker kam durch die Tür geschossen, als ob sein Arsch Feuer gefangen hätte. *What the fuck – was zum Teufel? Whiskey Tango Foxtrot* traf es gut. Alle seine Angestellten starrten Jared an und warteten auf seine Reaktion.

Niemand sagte ein Wort. Brock nickte Parker zu, der den Flachbildschirm in der Mitte des Zimmers anschaltete. Er wechselte den Sender von ESPN zu CNN. Werbung. Er schaltete wieder um, zu Fox

News und …

»Was zum … ?« Jared traute seinen Augen nicht und erhob sich. Mit geballten Fäusten stützte er sich auf dem Tisch ab.

»Das ist Sugar«, sagte Parker.

»Ich weiß …« Sein Kiefer schmerzte, als er die Worte zwischen den zusammengebissenen Zähnen hervor presste. »… wer das ist, verdammt!«

Alle schauten auf den Bildschirm und dann zu ihm. Wut brodelte in ihm hoch. Sein Mund wurde trocken, als tausend irre Fragen in seinem Kopf herumgingen und ihn verhöhnten.

»Sugar ist eine ATF-Agentin. *ATF*. Alkohol, Tabak und Feuerwaffen. Sie gehört nicht irgendeiner militärischen Organisation an. Sie ist nicht …« Das Blut dröhnte in seinen Ohren. Der Tunnelblick wurde immer schlimmer und er schaffte es nicht, ganze Sätze zu bilden. Es ergab keinen Sinn. Jared verdrängte seine Emotionen und konzentrierte sich. »Wollt ihr mir sagen, dass Sugar auf einem gottverdammten Berg in Afghanistan sitzt und dass wir sie dortgelassen haben, Scheiße noch mal?«

Parker nickte.

Jared warf Nicolas Handy gegen die Wand und es zerbrach. Keiner bewegte sich.

Sein Brustkorb fühlte sich eng an. »Stell den Ton an!«

Parker betätigte die Fernbedienung und die Stimme des Nachrichtensprechers erklang. »… aber was uns vorliegt, ist die Stellungnahme einer Sprecherin des Auswärtigen Amtes, dass diplomatische Bemühungen unternommen werden. Da die Frau allerdings ohne Auftrag gehandelt hat …«

»Stell es aus!«

Der Bildschirm wurde schwarz.

»Diplomatische Bemühungen? Sie haben uns gerade dort hingeschickt, ohne uns zu sagen, dass es zwei verdammte Leute zu retten gab!« Er holte tief Luft und grollte dabei wie ein Grizzlybär. »Ohne Auftrag, so ein Scheiß!«

Sie nickten alle, in der Annahme, dass eine offizielle Operation schiefgelaufen sein musste. Die Regierung baute so einen Mist und Titan musste die Sache dann wieder in Ordnung bringen. Das passierte häufig.

»Aber was macht eine verdammte ATF-Agentin in Afghanistan?«

Niemand antwortete. Wahrscheinlich wusste es keiner, aber das war ihm egal. Jared schlug mit den Händen auf den Tisch. »Parker, finde das heraus! Sofort!«

Roman und Brock hatten wieder am Tisch Platz genommen und alle saßen einfach da, mit Ausnahme von Parker, der sich wahrscheinlich schon in jede geheime Datenbank der Regierung gehackt hatte, die es gab.

Jared ließ sich auf seinen Stuhl fallen und rieb sich das Gesicht. »Ihr Name ist Lilly und gerade ist sie das Spielzeug der Taliban.«

»Du kanntest ihren Namen nicht?«, fragte Cash und zog eine Augenbraue hoch. Jared warf Cash einen bösen Blick zu, der die Hände in die Luft warf. »Tut mir leid, Mann! Ich dachte, zwischen euch funkt es!«

»Funkt? Halt die Klappe, Cash«, brummte er.

»Ihr beide seid nicht … wart nicht?«, fragte Winters.

»Ach, zum Teufel noch mal! Nein! Sie ist unsere Waffenhändlerin. Sie gehört zum Titan-Netzwerk. Ich muss doch nicht jede heiße Braut vögeln! Ein gutes Beispiel: Nicola.«

Cash grinste selbstgefällig. »Ganz ruhig, Mann. Lass meine Frau besser aus dem Beispiel raus.«

»Und rede nicht so über meine Schwester!« Roman verzog das Gesicht.

Nicola rollte mit den Augen. »Ich glaube, wir dachten alle, dass du und Sugar … auf derselben Wellenlänge seid.«

»Jetzt haltet alle mal das Maul!« Er musste nachdenken. *Verdammt, mein Bauch tut weh.* Nicht sein Bein oder seine Schulter, wo Wunden verheilten, sondern sein Bauch. »Macht euch bereit. Wir kehren zurück.«

Niemand bewegte sich. Das war nicht seine typische Reaktion, die normalerweise nach dem Schema ›cool bleiben, nachdenken, alles bis ins kleinste Detail planen, dann Plan ausführen‹ ausfiel.

»Sofort!« Er schlug mit den Händen auf den Tisch.

Brock stand auf und sah so aus, als ob er seine Stellvertretender-Kommandeur-Karte ausspielen würde. »Wir haben keinen Auftrag.«

»Sie gehört zu uns und ich bin ihr mehr als einen Gefallen schuldig.«

»Wir haben keine Erlaubnis vom Auswärtigen Amt.«

»Die brauche ich nicht«, meinte Jared süffisant. »Ich würde in der

Penn Ave Nr. 1600 vorbeischauen und beim Präsidenten klingeln, wenn ich mir etwas aus Vorschriften machen würde, aber das tue ich nicht.«

Brock verschränkte die Arme vor der Brust. »Wir haben keinen Plan.«

»Wir machen dasselbe wie zuvor, aber diesmal bringen wir den Job zu Ende.« *Wieso rechtfertige ich mich eigentlich?*

»Deine Verletzungen heilen noch und du denkst nicht logisch«, hielt Brock dem entgegen.

Ach, wirklich? »Wenn ihr weiterhin bezahlt werden wollt, dann seid ihr bereit für die Mission.«

Jared stürmte aus dem Zimmer, ohne sich Gedanken darüber zu machen, was die anderen von ihm oder seinem Vorhaben hielten. Das *Klack, Klack, Klack* von Thelmas Pfoten folgte ihm vom Konferenzzimmer zu seinem Büro. *Das* war Loyalität. Seine Hündin, eine Bulldogge, mochte vielleicht seinen Teppich anfressen, Rigips von den Wänden und das Silberbesteck vom Küchentisch, aber sie wusste immer, wann sie zu gehorchen hatte und ihm folgen sollte.

Die Sicherheitstür fiel hinter ihnen zu und er wünschte sich, dass Sugar in seinem Büro stehen würde. Diese seelenvollen Augen, die ihm den Kopf verdrehten. Lippen, die ihm feuchte Träume bescherten. Und dieser Körper, der einen schier umhaute. Von den Titten bis zum Arsch hatte die Frau alles, was man sich wünschen konnte. Abgesehen von der umwerfenden Figur wusste sie mit seiner mürrischen Art umzugehen, indem sie mit granatenmäßig frechen Sprüchen um sich warf und ihm ein Lächeln schenkte, das ihn k. o. schlug. Er hasste es. Sugar war so gefährlich wie eine unkonventionelle Sprengstoffvorrichtung. Ein falscher Schritt und *Bumm.*

Sie wussten es beide. Sie gingen sich aus dem Weg. Und anscheinend, um der Sache noch mehr auszuweichen, war sie so weit weg gerannt, dass sie auf dem Spielplatz der Hölle gelandet war.

Jareds Handy vibrierte. Er hielt es sich ans Ohr, hörte zu und brummte dann: »Das Einzige, was ich hören will, ist: ›In dreißig Minuten sind wir in der Luft.‹«

★

WESTIN – JAGD AUF LIEBE   11

Auf Zimtstangen herumzukauen war eine eklige Angewohnheit. Aber Kip Pearson gefiel der schreckliche Geschmack. Seit seiner Kindheit hatte ihn der Geruch immer beruhigt, obwohl die verdammten Stängel seinen Mund orange wie der Grand Canyon färbten, wodurch Frauen abgeschreckt wurden.

Er hatte noch zwanzig Minuten, bis er Rede und Antwort stehen musste, und rechtfertigen mussten sich sonst nur die, die den unteren Rängen angehörten.

Er gehörte der GSI-Dienstaufsicht an, was bedeutete, dass er sich keine Sorgen darüber machen musste, sich an die Vorschriften zu halten. Er hielt nur andere dazu an, wie es ihm beliebte. Deshalb liebte er seinen Job. Er sollte eigentlich nicht in seinem Auto sitzen und sich überlegen müssen, was er seinem Chef sagen – oder wo der seine Fragen hinstecken sollte.

Kip warf einen Blick in den Spiegel, wischte sich orangefarbene Spucke aus dem Mundwinkel und machte die Autotür auf. Er warf den speicheldurchtränkten Stängel wie eine Zigarette auf den Boden und ignorierte den Wachmann auf seinem Weg in das GSI-Hauptquartier.

Er brummte den Leuten in den Fluren etwas zu und stieß die pompösen Türen auf, neben denen auf dem Namensschild stand: ›Buck Bear‹.

Bucks Sekretärin verzog nicht einmal das Gesicht, als Kip seinen Namen nannte. *Sie muss die Knochenbrecher gewohnt sein, die für Buck arbeiten. Sehr gut bezahlte Knochenbrecher.* Und in Anbetracht der Tatsache, dass die Diamanten, die von ihren Ohren baumelten, echt waren, ließ sich Bucks Sekretärin gut dafür entschädigen. *Alle sind bestechlich. Beeindruckend!*

»Mr Baer wird Sie jetzt empfangen«, sagte sie von ihrem Schreibtisch aus, ohne den Blick vom Bildschirm abzuwenden.

Ja, ich wette, das wird er. Gut, dass Kip nicht seine Zeit damit verschwendete, faul in einem gepolsterten Stuhl herumzusitzen. Bucks Büro war zu schön, viel zu glamourös. Kip hätte viel lieber massive, leicht ramponierte Möbel gehabt. Das würde zu seinem Verhalten passen. Aber nicht Buck. Er liebte es, anderen zu imponieren. Aber wenn der Mistkerl für so etwas sein Geld ausgeben wollte, dann konnte Kip das am Arsch vorbeigehen.

Er drängte sich durch weitere Massivholztüren, die aussagen sollten, was für ein erfolgreiches privates Sicherheitsunternehmen GSI war. Andere Firmen hatten Hochsicherheitsvorrichtungen und gepanzerte Wände. Buck wollte, dass man seiner Firma den Erfolg schon von Weitem ansah. Das Arschloch stand hinter seinem Schreibtisch auf. Er sah immer verärgert aus, zumindest, wenn Kip in sein Büro kam.

»Du stinkst nach Zimt!« Buck stemmte die Hände in die Hüften. »Ich dachte, ich hätte dir gesagt, du sollst die Scheiße sein lassen?«

»Lass mich in Ruhe, Buck!« Was er nicht dafür geben würde, sich mal mit ihm zu prügeln, um zu sehen, wer hier wen besiegen würde! Das würde ihr Vorgesetzter-Angestellter-Tänzchen aber ganz schnell beenden. Wenn er ihm einmal richtig in den Hintern treten könnte, dann würde sein Boss sein Verhalten aber ändern!

»Ich habe dich aus einem ganz einfachen Grund zu unserer Außenstelle geschickt: damit wir nicht auffliegen. Jetzt habe ich die gottverdammte Außenministerin und das gottverdammte Verteidigungsministerium am Arsch, die eine Erklärung von mir fordern!«

Kip zuckte mit den Schultern und zog eine weitere Zimtstange aus der Tasche. »Hört sich für mich an, als ob das dein Problem wäre.«

»Wir hatten eine Abmachung, Pearson. Du hast dein Geld verdient und ich meins.«

»Du machst dir zu viele Gedanken. Ich habe fast alles schön ordentlich für dich abgeschlossen.« Dieses Gespräch ging ihm auf den Sack. Er sah seinen Chef nicht als seinen Vorgesetzten an. Sie waren auf Augenhöhe. *Kraft: Jawohl. Hartnäckigkeit: Jawohl. Intelligenz: Nee.* Kip hatte ihm einiges voraus, was das anging. Im Großen und Ganzen war Kip nicht unter ihm, auch wenn der Mann seine Gehaltsschecks unterzeichnete.

»Die Frau lebt noch!« Buck haute mit den Händen auf den Schreibtisch, die Wurstfinger auf dem edel aussehenden Holz ausgebreitet, das so verdammt prahlerisch war.

»Nicht mehr lange. Hast du eine Ahnung, wo ich sie zurückgelassen habe? In den Händen von ein paar sehr ... eifrigen Gesellen. Sie wünscht sich bestimmt, dass eine Autobombe sie getötet hätte.«

Buck zeigte auf den Fernseher. Er war auf lautlos gestellt und auf dem Bildschirm wurde das Gesicht seiner ehemaligen Partnerin gezeigt. Das machte die Sache ein kleines bisschen komplizierter. »Dann wissen sie eben, dass sie lebt. Kein großes Ding!«

»Verdammte Regierungsaufträge! Ich gehe nie wieder auf die Forderung ein, einen außenstehenden Beobachter mitzuschicken! Verdammt, ich übergebe dir nie wieder die Verantwortung, dich um den Sündenbock zu kümmern!« Buck rieb sich die Schläfen. »Sie wollen, dass wir sie holen.«

Kip deutete mit den Fingern Anführungszeichen in der Luft an. »Dann ›hol‹ sie doch.«

»Du bist echt ein Scheißkerl!« Buck lehnte sich in seinem großen Schreibtischstuhl zurück und fluchte. »Wenn alles sauber abgelaufen wäre, dann hätte ihr Tod niemanden gekratzt. Ich habe dir gesagt, finde einen Beobachter, den keiner vermisst. Suspendierte ATF-Agentin? Kaum Familie und Freunde? Das hat sich gut angehört, perfekt. Aber jetzt haben wir den Salat!«

»Das ist der Preis für Habgier, mein Freund. Ich kann nichts dafür, wie das abgelaufen ist. Ich habe ganz sicher nicht voraussehen können, dass sich die Titan-Gruppe da einmischen wird. Stell dir meine Überraschung vor, als die aufgetaucht sind, um mir den Arsch zu retten. Ich hätte noch eher mit dir gerechnet!«

»Ich mache keine aktiven Einsätze mehr.« Buck verschränkte die Arme vor der Brust.

Kip lachte. *Ach, wirklich?* Buck war heute das Gesicht, das GSI nach außen hin präsentierte. Er hatte all seine brutale Energie verdrängt, um Politikern die Hände zu schütteln und Aufträge sichern zu können. *Hofierendes Arschloch.* »Ich weiß. Das war ein Scherz, Mann. Echt jetzt: Was willst du von mir?«

»Keine Komplikationen. Das habe ich bestellt. Und das erwarte ich auch.«

»Keine Komplikationen? Himmel, du und deine Männer haben genug Probleme verursacht, dass sich die Dienstaufsicht überhaupt einschalten musste! Niemand hätte ein paar fehlende Millionen vermisst.«

»Pearson ...«

»Habgier übertrumpft immer die gute alte Vernunft. Du musstest ja unbedingt ein paar Millionen mehr haben. Und die Waffen zu verkaufen? Nicht gerade schlau von dir, Buck, altes Haus.« Kip drehte die Zimtstange in seiner Hand. Die orangebraune Farbe hatte schon seine Knöchel verfärbt.

»Du hast doch auch abgesahnt!« Sein Boss ignorierte die Beleidigungen und klagte ihn desselben Verbrechens an, so, als ob er ihm damit Angst einjagen wollte. »Wenn man mich dafür drankriegt, dann kriegt man auch dich dafür dran.«

»Mir zittern die Knie in meinen Levi's.« Kip konnte nicht anders, als den Bastard noch mehr zu reizen. Er war hier schon kampflustig hineinspaziert. Aber egal, was er wollte, Buck würde sich niemals auf einen Faustkampf einlassen.

»Ich hau dir eine rein! Es ist mir egal, dass ich einen maßgeschneiderten Anzug trage!«

Na klar. »Wir sollten das Gespräch beenden, Buck. Es sei denn, du willst wirklich mit mir in den Ring steigen. Ich hatte schon Dreck am Stecken, bevor du mich angeheuert hast. Dafür schäme ich mich nicht.« Und das tat er auch nicht. Er sahnte schon seit Jahren Bestechungsgelder ab und er hatte dem ein Leben im Luxus zu verdanken: Großes Haus. Geiles Auto. Ein Handy voller Nummern von Prostituierten, die mit einem Lächeln aus seinem Bett aufstehen würden. »Als du mir den Job angeboten hast, hast du mich direkt darüber aufgeklärt, was meine zukünftigen Verpflichtungen sein werden und wie ich dafür entlohnt werde. Ich habe dich bei deinen Aktivitäten gedeckt und dafür meine Gehaltsschecks eingesackt. Alles gut.«

Buck strich seinen Anzug glatt. Man sah ihm seine Verärgerung genauso an, wie man der Rolex an seinem Handgelenk ansehen konnte, wie teuer sie gewesen war. »Wie sollen wir es deiner Meinung nach wieder in Ordnung bringen?«

»Scheiße, Mann, weiß ich doch nicht! Ich bin doch keiner deiner Spezialagenten ...«

»Hör auf, mich zu provozieren, Pearson! Ich weiß, was mein ver-

dammtes Einsatzteam machen wird! Dein Bericht. Dein verdammter Job.«
Er holte tief Luft, aber er war immer noch rot im Gesicht. »Ich möchte
deinen offiziellen Bericht in einer Stunde auf meinem Schreibtisch liegen
haben. Ich möchte, dass meine Außenstelle blitzblank sauber ist. Ich
möchte einen so schönen Bericht von dir haben, dass mich der Präsident
dieses verdammten Landes persönlich anruft und sich bei mir entschuldigt,
dass *irgendwer* auch nur annehmen könnte, dass GSI Schmiergelder
annimmt.«

»Aber das tun wir doch!« Kip hatte viel zu viel Spaß an der Sache, als
dass er sich Sorgen darüber machte, seinem Chef einen Herzinfarkt zu
bescheren.

»Verdammt noch mal, Pearson!« Buck hob eine Faust und fletschte mit
den Zähnen, hielt dann aber inne, holte Luft und beruhigte sich wieder.

Wie schade. »Schau mal, Buck, du kannst mich nicht feuern. Dafür
weiß ich viel zu viel. Und je eher du das schnallst, desto besser ist es für uns
beide. Ich schreibe einen Bericht, den du deinen Freunden in der
Regierung schicken kannst. Scheiße, ich mache eine eidesstattliche Aussage
vor dem Kongress! Aber ich habe etwas Dreck am Stecken und mein Name
ist bestimmt schon ein Warnsignal. Nicht, dass jemand etwas herausfinden
würde, wenn er sich die Mühe machen würde, mich zu überprüfen. Du
kannst keinen blitzblank glänzenden Bericht einreichen. Scheiße Mann,
man würde denken, du reitest das erste Mal bei dieser Rodeo-Show mit!«

Bucks Kopf wackelte hin und her. »Sieh dich besser vor, Pearson!«

Er lachte. »Ja, das werde ich machen. Und wenn ich du wäre, dann
würde ich mich mit Titan vorsehen. Den Gerüchten nach gehört unser
Sündenbock zu dem engen Klüngel, den Jared Westin seine Familie
nennt.« Kip hätte sich vielleicht etwas besser über Lilly Chase informieren
sollen. Aber wenn eine so geile Tusse wie Sugar ihre Dienste anbot, dann
gab er ihr den Job und hatte nur ein ganz kleines schlechtes Gewissen, weil
er sie töten musste.

Die Adern an Bucks Schläfen traten hervor. Der alte Sack war wahrscheinlich in seinen Hochzeiten mal ein respekteinflößender, knallharter
Typ gewesen. Damals, als er GSI gegründet hatte. Jetzt war er kurz davor,
den Bürokraten in Washington einen zu blasen, wenn er so zu mehr Geld

kam.

Das Telefon auf seinem Schreibtisch klingelte. Er starrte es an und nahm schließlich ab, ohne sich von Kip zu verabschieden.

»Buck Baer?«

Bucks Gesicht nahm wieder seine normale Gesichtsfarbe an, als er durch die Nase atmete und seine Nasenflügel bebten. »Jagt den Berghang in die Luft! Ich will da einen Krater haben, wo die Außenstelle war! Und ich will, dass Lilly Chase tot ist!«

KAPITEL DREI

Ü BER DEM BERG ging die Sonne auf. Es war wunderschön, obwohl das engmaschige Gitter ihres Käfigs ihr die Sicht versperrte. Die eiskalte Luft hatte Sugar die ganze Nacht lang ausgekühlt, während sie zusammengerollt auf der nackten Erde gelegen hatte. Die steifen Glieder und Schmerzen fühlten sich schlimmer an, weil sie kaum Schlaf gefunden hatte und sich um ihre Sicherheit Sorgen machte.

Sie setzte sich auf und rieb sich mit den Händen über die Arme, um sich aufzuwärmen. Aus dem Augenwinkel sah sie, wie sich etwas bewegte. Die kleinen Hände, die ihr am Tag zuvor einen alten Brotkanten in den Käfig geworfen hatten, erschienen wieder, als ob sie darauf gewartet hätten, dass sie aufwachte. Sie winkten ihr zur Begrüßung zu.

»Hallo?«, flüsterte Sugar.

Zentimeter für Zentimeter wurde ein marineblauer Schal durch das Gitter in Sugars Zelle gepresst. Sugar zog ihn ganz durch und legte sich das schlammverkrustete und kratzige Teil um die Schultern. Die zusätzliche Schicht Kleidung wärmte sie ein wenig und sie fröstelte nicht mehr ganz so sehr.

Dann sah sie wieder die Hände – schaute sie sich richtig an. Im Tageslicht und ohne den Feuerschein der Explosionen erschienen diese Hände mehr als klein. Sie waren … die Hände eines Kindes.

Bitte … nicht!

Sie krabbelte zum Rand des Käfigs und presste ihr Gesicht gegen das Gitter, in der Hoffnung einen Mann oder einen Jugendlichen zu sehen, nicht ein armes Kind, das in der Hölle gefangen war. Aber sie sah nichts außer die hügelige Landschaft und Zeltwände, die im Wind flatterten. Keine Kinder. Keine Erwachsenen.

Sugar hockte sich wieder hin und legte die mit dem Schal bedeckten Arme um ihre angezogenen Knie, beugte den Rücken und machte sich ganz klein, damit ihr Körper so wenig Wärme wie möglich verlor. Ein kleines Köpfchen erschien vor ihrem Käfig und verschwand schnell wieder.

Es *war* ein Kind. Ein kleines Mädchen. Es brach Sugar das Herz. Ihr wären die Tränen gekommen, wenn sie nicht so dehydriert wäre. *Nein, nein. Wieso müssen Babys in dieser Hölle leben?*

Sie krabbelte zurück zum Rand ihres Gefängnisses, steckte einen Finger durch ein Gitterloch und flüsterte wieder: »Hi, du da!«

Der neugierige Kopf erschien wieder und hielt dicht vor dem Gitter von Sugars improvisierter Zelle inne. Das Mädchen hatte große braune Augen – mit dem wissbegierigsten Blick, den Sugar je gesehen hatte – verknotete Haare und schmutzbefleckte Wangen. Bei dem Anblick zog sich ihr Herz zusammen.

Sugar wackelte wieder mit dem Finger im Gitter. Das kleine Mädchen tat es ihr nach und steckte ebenfalls einen Finger durch ein Loch.

»Hi«, flüsterte Sugar wieder und lächelte. Sie zeigte auf das Schloss. »Kannst du das aufmachen?«

Das kleine Mädchen schüttelte den Kopf, krümmte aber wieder den Finger.

Was für eine Sprache spricht sie wohl? Dari? Paschtu? Sugar kannte ein paar einfache Vokabeln, aber nichts, das bei einem Gespräch mit einem acht-, neun-, zehnjährigen Kind hilfreich sein würde. Wie alt sie wohl war?

Der Finger verschwand. Vielleicht hätte Sugar sie nicht nach dem Schloss fragen sollen. Gleich würden die Scheißkerle auftauchen, die sie hier gefangen hielten. Gleich …

Das kleine Mädchen kam mit einem Geschenk zurück: Ein Stückchen Brot, das sie durch ein Loch quetschte. Sugar steckte ihren Finger durch das Gitter, um ihren Dank auszudrücken. »Danke.«

Das Stück Brot war klein, stillte aber ihren gröbsten Hunger. Sugar lehnte sich gegen die Wand ihres Käfigs, die Finger immer noch durch das Gitter in Richtung Freiheit ausgestreckt. Sie aß das Brot in zwei Bissen auf und ignorierte den Geschmack von Dreck. Sie spürte eine sanfte Berührung an ihren Fingern und schaute aus dem Käfig. Das kleine

Mädchen saß auf der anderen Seite und verschränkte seine Finger mit ihren.

Sugar flüsterte wieder ein Hallo. Sie hatte Angst, dass sie beide in Schwierigkeiten geraten würden.

»Englisch«, flüsterte das Mädchen zurück und nickte.

»Englisch«, wiederholte Sugar, unsicher, ob es eine Frage oder eine Bestätigung war. »Du kannst Englisch sprechen?«

Es nickte, und der Anflug eines Lächelns erschien auf seinem Gesicht. Ihre Finger blieben verschränkt, während das Mädchen mit der anderen Hand im Dreck spielte.

»Ich heiße Sugar.«

»Sugar«, wiederholte das kleine Mädchen und wendete dabei den Blick nicht von dem kleinen Haufen Erde auf dem Boden ab. »Bist du böse?«

Böse? Hatte das kleine Mädchen jemals eine Frau wie Sugar hinter improvisierten Gefängnisgittern gesehen? Wenn sie hier lebte, dann hatte sie zu viel gesehen, so wie den Schusswechsel in der Nacht. Sugar drückte die Hand des Mädchens und versuchte, sich vertrauenswürdig anzuhören. »Nein. Nicht böse. Gut.«

»Gut.« Der Blick aus den großen braunen Augen traf sie direkt ins Herz.

»Ja, gut.« Sie nickte beschwichtigend. »Wie heißt du?«

»Asal.«

»Das ist ein hübscher Name.«

Das kleine Mädchen lächelte und zeigte dabei alle seine Zähne. Sugar hörte, wie sich irgendwo im Hintergrund etwas bewegte und Asal huschte hinfort. Sie war wieder ganz allein. Für ein paar Minuten war Sugar dieser rudimentären Zelle auf einem Berg entkommen, in der sie sich den Arsch abfror. Sie schloss eine Freundschaft mit einem Mädchen, das, so hatte sie es im Gefühl, diesen verdammten Ort genauso hasste wie sie.

WENN MAN ETWAS in den Sand gesetzt hatte, dann gab es doch keine bessere Lösung dafür, das Ganze wieder geradezubiegen, als ein bisschen Zwang mit Zaster. War das nicht die amerikanische Art, Geschäfte zu tätigen? In Bucks Welt schon. Und in seiner Welt war jeder käuflich und es existierte immer irgendwo ein Schlupfloch.

Dieser Plan war das Augenrollen seiner Sekretärin wert, als er sie losschickte, um das Unmögliche zu besorgen: eine simple Telefonnummer, die seine Sorgen verschwinden lassen würde.

Buck lehnte sich in seinem Stuhl zurück und hielt das Telefon ans Ohr. Er hatte nur ein kleines Zeitfenster, um seinen Plan erfolgreich umzusetzen. Jared Westin war genauso berechenbar wie loyal. Wenn Lilly Chase Verbindungen zu Titan hatte, würde der aufopferungsvolle Wichser sofort zurück nach Afghanistan rennen, um sie zu finden. Manche Leute konnten einfach nicht anders, als das Richtige zu tun.

»Ja, hallo?«, antwortete eine schneidige Stimme.

Seine Sekretärin war erfolgreich gewesen. Sie war die ganze Kohle wert, die er ihr zahlte, sowie den Schmuck, den er ihr regelmäßig schenkte. »Hier spricht Buck Baer. Ich habe einen Vorschlag für Sie.«

»Wie bitte?«

Die Reaktion war zu erwarten gewesen. *Noch mal von vorne.* »Hier spricht Buck Baer.«

»Suchen Sie …?«

»Nein. Tue ich nicht. Ich möchte mit Ihnen sprechen.« *Zeit fürs Geschäftliche.* Er ließ seine Halswirbel knacken. »Sparen Sie sich Ihre Überraschung dafür auf, wenn ich Ihnen wirklich mit etwas komme, was die Aufregung wert ist.«

»Was wollen Sie, Baer?«

»Erst mal nur ein offenes Ohr.« Er wartete und wurde mit Schweigen belohnt. *Bingo.* »Sagen Sie ja niemandem etwas davon, spielen Sie nicht mit Aufnahmegeräten herum oder verbinden Sie Ihr Telefon mit was für Spielzeug ihr Jungs bei Titan auch immer habt, bis Sie wissen, was auf dem Spiel steht.«

»Und was steht auf dem Spiel?«

»Es ist ganz einfach: Ihr schlimmster Albtraum könnte wahr werden. Die Töchter, von denen Sie glauben, dass niemand etwas über sie weiß, und die süße Frau, die Sie vor Ihrem Leben als Auftragskiller verstecken, sind bei mir. Sie können Ihr Privatleben vielleicht vor Titan geheim halten, um zu versuchen, ihre Hübschen nicht in Gefahr zu bringen, aber GSI entgeht nichts.«

»So ein Scheiß!«

»Ich habe das Handy Ihrer Frau und sehe, dass Sie gerade versuchen, sie anzurufen. Wie süß!«

Die Stimme knurrte: »Sie werden sterben, wenn Sie ihnen auch nur ein Haar krümmen!«

Buck zuckte mit den Schultern. »Ich will ihnen nicht wehtun. Wirklich. Aber was ich tatsächlich will, ist Lilly Chase.«

»Sie haben wegen *Sugar* meine Familie entführt?«

»Ich bitte Sie noch nicht einmal darum, sie mir auszuhändigen. Ich will nur Informationen von Ihnen. Ich gehe davon aus, dass Titan vor Ort sein wird, bevor wir bei GSI unseren Plan initiieren. Wenn Sie Ihre Familie wiedersehen wollen, dann brauche ich nur die Info, wo Lilly Chase zu welchem Zeitpunkt ist, nachdem Titan sie gerettet hat. Dann – Abrakadabra – bekommen Sie Ihre Familie zurück. Unverletzt. Und ich gebe Ihnen zusätzlich noch ein paar Hunderttausend als Wiedergutmachung.«

Bucks Plan ging auf, als die Stimme wieder knurrte: »Ich werde dich finden und dir die Kehle durchschneiden, du …«

»Das werden Sie vielleicht, aber dann stirbt Ihre Familie. Damit hätten wir alle verloren. Und versuchen Sie erst gar nicht, Titan einzuschalten. Ich weiß, für was für eine große Nummer sich der Schwanzlutscher hält, der sich Ihr Boss nennt, aber glauben Sie wirklich, dass er eine größere Nummer ist als ich? Würden Sie das Leben Ihrer Familie aufs Spiel setzen, um das herauszufinden?«

»Wieso wollen Sie Sugar?«

»Ich hätte Sie für einen klügeren Mann gehalten.« Konnte die Welt nicht sehen, dass sie das Einzige war, das den Zusammenbruch seines Imperiums verursachen könnte? Frauen redeten mehr, als sie sollten. Bestimmt würde sie in die Staaten zurückkehren und Gott und der Welt erzählen, was sie in Afghanistan gemacht hatte. Buck schüttelte den Kopf. Er könnte wetten, dass sie nicht erwähnen würde, was für ein toller Geschäftsmann er war. Nein, sie würde wahrscheinlich nur über die

Terroristen reden, denen er gegen Geld half. »Es ist besser, wenn Sie keine Fragen stellen.«

»Jared wird hinter Ihnen her sein. Ich auch. Wir beide …«

»Titans Tage sind gezählt«, winkte Buck ab. »Jared und ich spielen immer das freundliche Spiel ›Wer kann wen zuerst vernichten‹. Das rührt noch aus der Zeit her, als wir beide bei den Army Rangers waren. Das hier ist persönlicher, als Ihnen bewusst ist.«

»Wahrscheinlich.« Die Stimme des Mannes hörte sich knallhart an; so, als ob er es doch wüsste.

Buck hatte nicht erwartet, dass der Mann so kontern würde, aber Männer, die man zu etwas nötigte, verhielten sich selten so, wie sie sollten. »Haben wir eine Abmachung?«

»Sie bringen mir meine Familie alsbald zurück und ich lasse Sie noch eine weitere Nacht am Leben?«

Was für ein kratzbürstiges Arschloch! Zu schade, dass der Mann für Titan arbeitet!. Buck seufzte, nicht daran interessiert, sich rechtfertigen zu müssen, aber er musste das Gespräch erfolgreich zu Ende bringen. Ihm lief die Zeit davon. »Niemand wird mich drankriegen. Sie nicht. Jared Westin nicht. Eine Ex-ATF-Agentin auch nicht, die sich um ihre eigenen Sachen hätte kümmern sollen und im Nahen Osten ums Leben gekommen ist. Sie werden immer im Hinterkopf haben, dass ich sie mir einmal schnappen konnte, also könnte ich es auch wieder tun.«

Schweigen. Schweigen war Gold. Es bedeutete: »Ja, Sir. Ich werde es tun, Sir. Sie haben mich bei den Eiern, Sir.«

Genau da, wo Buck seine Freunde und Feinde gerne hatte. »Wir melden uns. Und bis dahin sind alle sicher. Bis aufs Weitere.«

JARED WAR ES egal, ob er irgendetwas im Nahen Osten anzettelte oder ob mächtige Politiker auf ihn sauer waren. Das war nicht seine Sorge. Er hatte Loyalität im Blut. Sugar gehörte zu seinem Netzwerk, was ungefähr bedeutete, dass sie zu seinem Team gehörte. Titan hatte sein Netz über sie geworfen und er würde so gut wie alles dafür tun, um sie zu holen und ihr dann Vernunft einzubläuen. *Afghanistan? Scheiße …*

Als es an der Tür klopfte, hoffte er, dass man ihm gute Nachrichten bringen würde. Aber er erwartete keine.

»Komm schon rein!«, rief er.

Die Tür ging auf und Parker kam ins Büro, einen Ordner in der einen, ein Tablet in der anderen Hand. Sein Gesichtsausdruck war nicht gerade vielversprechend.

»Spuck's aus!«

Parker stellte das Tablet auf den Schreibtisch und schob es zu Jared rüber. »Informationen zu dem Gefangenen, den wir gerade gerettet haben.«

Jared nahm den Tablet-Computer in die Hand. Er tippte auf den Bildschirm, der daraufhin aufleuchtete. *Kip Pearson.* Das Dokument listete allgemeine Informationen wie Größe, Gewicht und Beruf auf. »Er arbeitet für GSI?«

Global Security International war Titans Rivale. *Ich wünschte, wir hätten diese Scheiß-Infos gehabt, als wir Kip nach Hause geflogen haben. Ich wünschte, das Arschloch hätte gerufen: »Hey Kumpel, du hast meine Partnerin auf dem mit Taliban befallenen Berg vergessen!« Wieso zum Teufel hatte er nichts gesagt?*

»Genau. Er schmeißt dort deren Form einer Dienstaufsichtsbehörde.«

»Verdammt!« Er legte die Stirn in Falten. »Jemand von der Dienstaufsicht hat seine Partnerin zurückgelassen? Das scheint weit hergeholt. Warum waren sie überhaupt da?«

»Ich habe mich in Sugars E-Mail-Konto gehackt und …«

»Gut.« Sie würde ihnen beiden in den Arsch treten dafür, dass sie ihre E-Mails gelesen hatten.

Parker zuckte mit den Schultern. »Die meisten Mails von GSI waren Zahlungsavise …«

»Sie arbeitet mit denen zusammen?« *Natürlich arbeitet sie mit ihnen zusammen.* Er war ja nicht ihr einziger Kunde. Eigentlich war er ihr neuester Kunde. Jared rieb sich das Kinn. Wie viele Aufträge musste sie von Titan bekommen, damit sie GSI als Kunden fallen lassen konnte? Er hatte noch Titan-Außenstellen, von denen sie nichts wusste, und die brauchten alle Waffen. *Was spielt das für eine Rolle?*

»Sie arbeitet für alle großen Firmen.« Parker schlug den Ordner auf.

»Hier sind die Infos zu dem Auftrag. GSI hatte einen Vertrag mit der Regierung abgeschlossen, um den Polizei-Außenposten in Afghanistan mit Waffen zu versorgen und auszubilden. Aber Washington merkte irgendwann, dass da etwas nicht stimmte. Es wurden Waffen und Geld vermisst.«

»Komm zu dem Teil der Geschichte, der mich interessiert, Parker!«

»Es gab widersprüchliche Berichte. Ein UH-60-Blackhawk-Helikopter der US-Streitkräfte flog vorbei und berichtete, dass es so ausgesehen hätte, als ob sie Talibankämpfer und die afghanische Polizei zusammen ausbildeten. Politiker in Washington haben sich beschwert. GSI hat das Ganze sofort überprüft. So kam auch deren Dienstaufsicht ins Spiel. Sugar ist gerade von ihrem Dienst beim ATF suspendiert worden, weil ...«

»Ja, ich weiß, wieso«, brummte Jared. Er wollte nicht daran erinnert werden. Er hatte ihre Deckung als Undercover-Agentin auffliegen lassen, um seinen eigenen Hintern zu retten und sein Team in Sicherheit zu bringen. Sugar hatte Nicola und Cash einiges an Sorgen erspart und hatte auch einige riesige Probleme für ihn gelöst. Er würde nicht vergessen, dass sie so selbstlos zu ihm gehalten hatte.

Parker trat unruhig von einem Bein aufs andere. »Kip hat Sugar kontaktiert, nachdem er gehört hat, dass sie bis aufs Weitere zum Bürodienst verdonnert war. Der Kerl glaubt, er sei aalglatt, aber es sieht eher so aus, als ob sie es nicht abwarten konnte, wieder Action zu sehen. Den Rest kannst du hier drin lesen.« Er ließ den Ordner zuschnappen, hielt inne und legte ihn auf den Schreibtisch.

Jared schnappte ihn sich und blätterte die Seiten durch. Nichts Interessantes. »Sag Brock, dass ich erwarte, innerhalb der nächsten Stunde die Bestätigung zu hören, dass wir zurückkehren können.«

»GSI hat den Auftrag schon. Sie waren proaktiv und haben darum gebeten. Es hieß, sie wollten es wiedergutmachen und ihr Gesicht wahren, weil wir ihren eigenen Mann retten mussten.«

Jared schlug mit den flachen Händen auf seinen Schreibtisch. »Wie bitte?«

»Sie haben schon ...«

»Finde heraus, wo sich Kip Pearson aufhält. Sofort!« Er würde den

Wichser finden und herausfinden, was nicht in diesen Dokumenten stand. Keine militärische Ausbildung der Welt würde jetzt noch helfen, dass Jared Westin in dieser Situation ruhig und besonnen blieb, aber das würde ihm nur dabei zugutekommen, wenn er den Scheißkerl vernahm, der seine Partnerin zurückgelassen hatte.

»Eins noch.«

Er hatte nicht die Geduld, die gesamte Akte durchzulesen. »Was?«

»Blätter mal um. Da findest du einen fünfzigseitigen Bericht aus Washington darüber, warum wir nur von einem Gefangenen wussten, der gerettet werden sollte.«

Jared blätterte durch den dicken Stapel Papier. »Die Zusammenfassung.«

»Bevor Kip gefangen genommen wurde, hat er einen Zwischenbericht gesendet, dass Sugar eine Spur solo verfolgt hätte und von einer Autobombe getötet worden wäre. Eigentlich hätte sonst niemand einen zweiten Gedanken an einen solchen Todesfall verschwendet, aber es sieht so aus, als ob einer der Schreibtischhengste da das nachgeprüft hätte. Niemand will jemanden durch eine Bombe umkommen sehen, der dort von der US-Regierung hingeschickt wurde. Aber, was noch wichtiger ist: kein Politiker möchte hören, dass das einer Frau, noch dazu einer Zivilistin, passiert ist. Analysten haben ein paar Nachforschungen angestellt und erhielten die Information, dass es keine Explosion durch eine Autobombe gegeben hat.«

»Was? Washington hat die übermittelte Nachricht falsch gelesen? Oder …« Zu viele Möglichkeiten kamen ihm in den Sinn. »Oder GSI hatte niemals die Absicht, Sugar lebend aus Afghanistan zurückkehren zu lassen.«

Parker nickte. »Die waren immer schon dubios.«

»Das ist für mich nichts Neues.« Er rieb sich die Schläfen, als er versuchte, Fakten von Fabriziertem zu trennen. Er kannte GSI schon viel zu lange, um ihnen zu trauen. »Lass uns annehmen, es stimmt, was ich aufgrund der Ungereimtheiten befürchte. GSI hatte den Auftrag, die afghanische Polizei auszubilden, aber sie haben auch die Taliban ausgebildet. Die Regierung hat gefordert, dass ihr Mann von der Dienstaufsicht von einer unabhängigen Beobachterin wie Sugar begleitet wird ...« Jared ließ seine Fingerknöchel knacken, während er darüber nachdachte, was er alles unternehmen würde, um GSI zu ruinieren. »Verdammte Verräter!«

Parker nickte. »Hier kommt der Oberclou: Es ist niemandem eingefallen. Sie hatten keinen Grund dazu, das nachzuforschen, aber es stellte sich heraus, dass Kips Nachricht zeitlich verzögert und so programmiert war. Er hat sie geschickt, bevor Sugar in Afghanistan gelandet ist.«

Wut tobte in seiner Brust. Das Blut pulsierte in seiner Halsschlagader. Tief in seinem Brustkorb entstand ein Grollen. »Man hat sie in eine Falle geschickt.«

»Sieht ganz danach aus.«

»GSI wird sie umbringen.« Er holte tief Luft. Er brillierte in solchen Situationen. Gefühle ausschalten. Alle Probleme einbeziehen. Lösungen finden und ausführen. Sugar retten und dabei die Hölle lostreten. »Es ist an der Zeit, dass wir uns bereit machen.« Jareds Blick ging zu Parker. Er nahm an, dass der ihm gleich wieder auflisten würde, was sie derzeit noch aufhielt.

»Alle sind schon dabei.« Parker hielt inne, als ob er eine Erklärung liefern müsste. »Du hast vor zwanzig Minuten gesagt, wir sollen uns bereit machen.«

»Na gut. Raus!« *Verdammt.* Er war gedanklich so mit dem Gerede über das *Funken* und Brocks Gelabere darüber beschäftigt gewesen, wer den Auftrag bekommt, dass er angenommen hatte, sein Team sei nicht auf seiner Seite. Das hätte er nicht annehmen sollen. Er war so wenig bei der Sache, dass er vergessen hatte, wie loyal sein Team ihm gegenüber war. Sugar gegenüber. Auftrag hin oder her.

Parker ging aus dem Büro und ließ Jared mit dem Bericht und seinen Gedanken allein zurück. Sein Team schien zu wissen, wie viel für ihn hier auf dem Spiel stand. Verdammt, sie hatten es sogar vor ihm gewusst. Ein dumpfer Schmerz in seiner Brust unterstrich diese Erkenntnis.

Jared überflog den Bericht, den Parker auf seinem Schreibtisch liegen gelassen hatte und der Sugars E-Mails beinhaltete. Sie würde ihn umbringen, wenn sie wüsste, dass er ihre privaten Nachrichten las. Allerdings würde sie am Leben sein müssen, um das zu tun. Es war für alle

Beteiligten besser, wenn Sugar lebendig war.

Er blätterte die letzten Seiten durch und hielt inne. Sein Name erschien in einer E-Mail an jemanden, den er nicht kannte. So wie es aussah, war eine E-Mail an eine Freundin, mit der sie zusammenarbeitete.

Danke, dass du für mich GUNS schmeißt, während ich weg bin. Ohne dich könnte ich das nicht machen und ich kann die Ablenkung gut gebrauchen. Dieser Job könnte nicht zu einem besseren Zeitpunkt kommen … Verdammt, ich weiß nicht mal, was mich an ihm so reizt.

Das letzte Mal, als er Sugar gesehen hatte, war die Situation ziemlich angespannt gewesen. *Aber deshalb zur anderen Seite der Welt wegzurennen?* Er betrachtete das Dokument mit gerunzelter Stirn und las weiter.

Wenn er sich gerade nicht wie ein Arschloch verhält, dann will ich ihm einen Tritt verpassen, um eine Reaktion zu bekommen. Und wenn er es tut … dann treibt mich das zur Weißglut. Ehrlich, wie im Kindergarten! Also habe ich eine Entscheidung getroffen. Ich werde nicht in Versuchung geraten. Ich werde nicht an ihm interessiert sein. Das ist mein neues Motto. Verdammt, es ist mein Schlachtruf: Halt dich fern von Jared Westin!

Jared riss die Seite aus dem Ordner. Parker hatte die E-Mail nicht erwähnt, aber er musste sie gesehen haben. Wieso hätte er sie sonst mit in den Bericht genommen? Parker würde sie nicht wiedersehen, aber Jared musste es. Er strich das Blatt Papier glatt und starrte es an.

Das war inakzeptabel. In ein Schussgefecht auf einem Berg in Afghanistan zu laufen, um ihm aus dem Weg zu gehen, war absolut inakzeptabel. Und ein Schlachtruf, um ihn zu meiden? Sein Brustkorb fühlte sich eng an. Seine Hände ballten sich zu Fäusten. *Sugar.* Er würde alles tun, um sie in die Hände zu bekommen und ihr zu sagen …

Und ihr was zu sagen? Jared schaut seine Hündin an, die seinen Blick erwiderte, den Kopf schief legte und die schon faltige Stirn in noch mehr Falten legte. Sie hatte auch keine Antwort parat.

Er faltete das Blatt Papier und steckte es in seine Gesäßtasche. Er würde sie dazu bringen, sich zu rechtfertigen, nachdem er herausgefunden hatte, wieso er sich etwas daraus machte.

KAPITEL VIER

WORTE, DIE SUGAR nicht verstand, drangen immer näher zu ihr herüber, als die Nacht dunkler wurde. Einen weiteren Tag in diesem Drecksloch überlebt zu haben, war ein weiterer Tag, an dem sie die Hoffnung nicht verloren hatte. Sie hatte noch keinen Weg hier herausgefunden. Aber ein Plan bildete sich in ihrem Kopf. Wenn sie doch bloß mehr Energie hätte, um ihre zerstreuten Gedanken zusammenzuhalten!

Ihre Geiselnehmer kamen, um sie zu holen. Sie wusste es. Sie konnte es spüren. Und wenn sie es taten, dann würde sie all die Kraft zusammennehmen, die sie noch hatte, und kämpfen, um zu überleben.

Ein Lagerfeuer flackerte in der Ferne. Es hörte sich so an, als ob die Menschen dort drüben mit dem Essen und Trinken bald fertig sein würden. Asal war vorbeigekommen und hatte ihr etwas zu essen gebracht, mit dem sie offensichtlich davongeschlichen war, und die Kalorien waren vielleicht das gewesen, was Sugar davon abgehalten hatte, in einen Fieberwahn zu verfallen.

Wieder kam das kleine Mädchen und klopfte an Sugars Käfig. Ihr schmales Gesicht war tränenüberströmt. Sugars Herz schlug schneller. Sie hatte ein Herz für vernachlässigte Kinder und auf Asal traf diese Bezeichnung mehr als zu. Ihr war noch nie ein ärmeres Kind über den Weg gelaufen, das trotz schlimmster Umstände überlebt hatte. Sugars eigene Kindheit war auch nicht besonders toll gewesen. Aber das hatte an ihren egozentrischen Eltern gelegen und nichts damit zu tun gehabt, mitten im Nirgendwo in freier Natur zu überleben und Granatbomben zu entkommen.

Und obwohl das Kind mit all dem kämpfen musste, lächelte Asal immer noch. Bis zu dieser Nacht. In dieser Nacht weinte sie. Und diejenigen, die Asal zum Weinen brachten, sollten sich besser vorsehen. Wenn Sugar ihnen auch wehtun könnte, dann würde das diesen kalten Tag ein wenig besser machen.

Sie zeigte auf Asals Augen und Wangen und fragte: »Warum weinst du?«

Asal sagte etwas, das Sugar nicht verstand, und presste dann ihre Hände gegen ihre Brust. »Ehemann.«

Ein heiserer Laut entwich ihrem Hals, als ihr ein kalter Schauer über den Rücken lief. »Dein Ehemann?«

Das Mädchen nickte, wischte sich die Tränen mit den Händen fort und hielt dann inne, augenscheinlich, weil sie nach Wörtern suchte, die Sugar verstehen würde. »Ich gehe bald zu ihm.«

»Du kennst ihn noch nicht?«

Asal sah nicht so aus, als ob sie das verstanden hätte.

Sugar versuchte es noch einmal. »Dein Ehemann. Ist er hier?«

»Nein.« Ihr kleines Gesicht zitterte.

»Wie alt bist du?«

Asal hielt die Hände hoch, um an den Fingern abzuzählen, gab dann aber auf und zuckte mit den Schultern. Sie hielt acht Finger hoch, schüttelte aber den Kopf.

»Wie alt ist dein Ehemann?«

Sie schaute sich um und zeigte auf Männer, die älter waren als Sugar. Es fühlte sich so an, als ob sie auf einmal keine Luft mehr in den Lungen hätte, als ob dieser gottverdammte Berg in sich zusammengefallen war. Es tat ihr im Herzen weh, dieses Baby, mit seinem süßen und unschuldigen Gesicht, so vor sich zu sehen.

»Hast du eine Mutter und einen Vater? Familie?«

Sie nickte. »Onkel.«

»Hast du Angst?«, fragte Sugar.

Asal nickte.

Gott, ich werde sie alle umbringen! »Versteck dich. Ich werde dir helfen!«

Das Mädchen bewegte sich nicht, aber die Stimmen der betrunkenen Männer kamen näher. Die Männer, die sie gefangen hielten, tranken aus

Bechern und zeigten auf sie. Das hier würde gleich ziemlich hässlich werden.

»Asal. Geh. Jetzt.«

Das kleine Mädchen schaute auf die Männer, dann auf Sugar. »Dir wehtun.«

Ihr Englisch war nicht gut genug, um auszudrücken, was sie sagen wollte, aber das Gefühl, das dahintersteckte, traf es ganz genau. Die Männer kamen, um ihren Spaß mit ihr zu haben, und Sugar wollte nicht, dass Asal das mit ansah. »Geh!« Sie versuchte, sie von der Tür des Käfigs wegzustoßen. »Sofort, Asal. Lauf weg!«

Asal starrte die Männer an und legte den Kopf schief. »Onkel.«

Scheiße, das ist ihr Onkel? Nun, Onkel würde sich gleich verteidigen müssen. Sugar hatte nicht vor, seine Abendunterhaltung zu werden.

»Geh!«

Asal steckte ihren Finger in die Zelle, wackelte damit und drückte dann etwas durch das Gitter. Es fiel auf den Boden und das kleine Mädchen lief weg. Sugar schaute nach unten: ein verrostetes, verbogenes Messer. Eigentum des US-Militärs. Der Griff war kaputt. Aber als Waffe war es mehr als ausreichend.

Sie schaute auf. Asal war weg. Gott sei Dank, denn das Messer würde gleich zum Einsatz kommen, wenn Sugar auch nur die kleinste Möglichkeit dazu bekommen sollte.

Zwei Männer stolperten auf die Tür ihres Käfigs zu. Sie stanken nach Wüstenschnaps und Hochlandschweiß, nach Dreck und dem Leben in den Bergen. Ihr drehte sich der Magen um. Sie wirkten bedrohlich auf sie; in ihren Augen funkelte es gefährlich. Aber sie hatte genug Zeit, sich bereit zu machen, weil sie betrunken an der Tür zu ihrem Käfig herumfummelten.

Sie konnte in der improvisierten Zelle nicht stehen, aber kämpfen konnte sie sehr wohl. Sie steckte das Messer in ihren Hosenbund und kniete sich hin, bereit, auf den Boden gedrückt oder aus dem Käfig gezogen zu werden. Das Schloss quietschte und die Tür öffnete sich.

Die Männer packten sie jeweils an einem Arm. Dann zogen sie sie heraus. Sie hätte schreien können, aber sie sah keinen Grund dazu, ihre Energie zu verschwenden. *Bringt mich zu einem Ort, an dem ich aufrecht stehen kann.*

Als sie im Freien war, nahm sie ihre ganze Kraft zusammen und verlagerte ihr Gewicht von einem Mann zum anderen. Die betrunkenen Männer stolperten, aber das war nicht genug, um zu entkommen. Sugar warf sich auf einen; der andere fiel auf sie drauf.

Kämpfe. Töte. Überlebe.

Sie atmete angestrengt durch die Nase. Das alte Brot in ihrem Magen drohte ihr wieder hochzukommen. Die Männer lachten und sie hörte laut und deutlich den Klaps, als sie geschlagen wurde.

Sekundenlang sah sie Sterne – zu lange, um wieder schnell zur Besinnung zu kommen und die Oberhand zu gewinnen – und ihr Gesicht wurde auf den felsigen Boden gedrückt. Schmerzen zuckten durch jeden Nerv. Wieder sah sie Sterne. Ein Arm wurde ihr verdreht und über den Kopf gebogen.

Sugar versuchte, sich auf ihre Ausbildung zu besinnen, darauf, so etwas auszuhalten. Sie verdrängte die Schmerzen, damit sie ihre Reaktionen nicht beeinträchtigten. Sie tastete nach ihrem Hosenbund und fand die Klinge. Sie schabte über ihre Handfläche, als sie nach ihr griff, aber sie ignorierte den scharfen Schmerz. Sie stach mit der Klinge neben sich, drang damit durch den dicken Jutestoff der Kleidung, bis sie einen Mann schreien hörte. Ein kleiner Sieg.

Er ließ ihre Hand los. Der zweite Mann stürzte sich auf sie, aber sie rollte sich weg. Ihr Ellenbogen traf ihn hart an der Stirn, sodass er benommen war und sie genug Zeit hatte, auf die Füße zu kommen. Ihr Atem ging schwer in der eiskalten Luft. Adrenalin war ihr Partner und behandelte sie um einiges besser als das Arschloch von GSI.

Sie sprang auf. Die Welt drehte sich wie ein Karussell. Der dunkle Berg und der tintenschwarze Himmel verschwammen. Sie konzentrierte sich auf den Lichtpunkt des Feuers in der Ferne und blinzelte schnell.

Beide Angreifer kamen auf sie zu, die Hände erhoben und die Gesichter wutverzerrt. Sie stießen Drohungen aus, die sie nicht verstand. Aber sie begriff, was sie meinten.

Eine Explosion zerriss die dunkle Nacht hinter ihnen. In der Ferne wurden schnell mehrere Gewehrsalven abgefeuert. Benzinbomben flogen durch die Luft und in die Zelte.

Der Zeitpunkt hätte nicht besser sein können. Jemand schien dieses Lager zu zerstören und sie brauchte das Ablenkungsmanöver. Die Männer vergaßen, dass sie sie überwältigen wollten, und liefen zum Lager zurück.

Asal.

Sugar suchte den Horizont nach dem kleinen Mädchen ab, aber sie konnte es nirgends sehen. Eine Bombe explodierte und sie musste nach Deckung suchen. Sugar lief auf einen Felsvorsprung zu und schnappte sich eine automatische Waffe, die gegen einen Felsen gelehnt stand. Sie nahm so viel Munition mit, wie sie tragen konnte und versteckte sich im dichten Gestrüpp. Dornen zerkratzten ihre Haut, aber das ließ sie nicht davon abhalten, weiter in das Gebüsch hineinzukriechen.

Hinter sich hörte sie Artilleriefeuer. Die Männerbande, die sie gefangen genommen hatte, war auf einen Angriff nicht vorbereitet gewesen. Sugar, die auf einem Felsen hockte, drehte sich um. War das ein feindlicher Stamm, der da angriff? Das Militär? Sie konnte durch den Rauch nichts erkennen.

Männer stoben auseinander, flohen aus dem Hauptlager, und ein Zelt nach dem anderen wurde gestürmt und zerstört. Kampfgeschrei mischte sich mit Schmerzensschreien. Die Mission der Angreifer war ganz klar: Suchen und Zerstören. Gleich einer kleinen Stadt, die von einem Erdbeben verschluckt wurde, wurde die Gegend plattgemacht.

Dann wurde es ruhig.

Ziel erreicht?

Was ist das Ziel?, fragte sie sich. Solange man sie in Ruhe ließ, konnte es Sugar egal sein. Und wo war Asal? Sugar würde das Mädchen finden, das ihr das Messer geschenkt hatte, und sie von diesem Scheißberg herunterbringen. *Das Kind wird ganz sicher nicht so einen kranken alten Mann heiraten! Ganz sicher nicht!*

Sugar konnte durch die wabernden Rauchwolken in der von Feuer erleuchteten Nacht nicht viel erkennen. Irgendwo blökte ein Geißbock und jemand durchwühlte Zelte. *Es muss wohl der Angriff eines feindlichen Stammes gewesen sein.* Es wurde geplündert. Solange Asal sicher war, konnten sie ihretwegen die ganze Nacht lang jagen und sammeln.

Ein Zweig knackte. Die feinen Härchen auf ihrem Arm richteten sich auf, so, als ob sie Ausschau halten würden. Sie hielt den Atem an und horchte angestrengt, in der Hoffnung, nichts zu hören.

Nichts. Kein einziger Laut. Es war zu still. Aber war das nicht, was sie wollte?

Jemand war in der Nähe. Zumindest sagte ihr das der Schauder, der ihr den Rücken hinunterlief. Oder war das nur Paranoia? Das konnte passieren, wenn man zu wenig trank. Oder wenn man sich in andauernder Gefahr befand, vergewaltigt zu werden.

Vertraue deinem Instinkt!

Sie schloss die Augen und zwang ihre Sinne dazu, sich ganz auf ihre Umgebung zu konzentrieren. Rauch brannte ihr in der Nase und klebte wie ein Belag auf ihrer Zunge. Der raue Wind fühlte sich beißend kalt an ihren Wangen an und … trug das Geräusch von Schritten mit sich. Sie kamen näher. So nahe, dass sie ihnen ausweichen musste.

Sugar duckte sich und krabbelte den engen Pfad durch die Felsen entlang, der sie nach einer Weile an einem mit Büschen bewachsenen Felsvorsprung entlangführte. *Nicht gut.* Schatten tanzten irgendwo weit unter dem steilen Abhang. Sie drehte sich um und zielte ihre AR-15 auf was auch immer ihr folgte. Es war ihr egal – so lange es kein kleines Mädchen war, würde es sterben.

Wieder ein Knacken. Zweige raschelten neben ihr. Über ihr?

Sie konnte nicht genau sagen, wo das Geräusch herkam. Der Aufruhr im Lager hallte hier am Berg wider. Sie konnte sich nicht richtig konzentrieren und sie hatte zu viel Panik. Ihr Puls dröhnte in ihren Ohren und das Blut pulsierte laut in ihrer Halsschlagader.

Der nächste Windstoß trug einen weiteren Laut mit sich: das Knistern von aneinander reibendem Stoff. Sie bekam Gänsehaut. Ein schweres Gewicht warf sich auf sie, stieß ihr Gewehr außer Reichweite und hielt sie am Boden fest. Eine Hand legte sich über ihren Mund und sie wand sich unter ihrem Angreifer.

Sie bekam keine Luft. Ihr Instinkt übernahm die Kontrolle. Ihr Knie ging hoch und ihre Fäuste schlugen um sich. Dann öffneten sie sich, um zu kratzen, was ihr unter die Finger kam. Augen. Leiste. Wenn sie das eine oder andere treffen könnte, dann würden sich ihre Chancen verbessern. Alles, was sie von ihrem Angreifer mitbekam, war, dass er groß und stark war. Aber damit würde er sie nicht besiegen. Sie würde kämpfen bis in den Tod!

Nein! Nicht bis in den Tod. Um zu überleben. Sie sammelte sich, versuchte, die Situation schnell zu analysieren, warf den Kopf zurück und traf einen Kieferknochen.

Ihr Gegner ächzte vor Schmerzen. Ein kleiner Sieg. Sie drehte sich um und …

»Sugar!«

Die raue Stimme, die ihren Namen flüsterte, ließ sie innehalten, und sie fing an zu zittern, als sie die tiefe Stimme vernahm.

»Hör auf!«

Sie kniff die Augen zusammen. Das hier war entweder eine Wahnvorstellung oder ein Albtraum. Aber ihr Körperzögerte, als ein Kribbeln ihr bewusst machte, wer es war, der sie da in seinen Fängen hielt. Ihr Verstand versuchte, hinterherzukommen.

Starke Hände drehten sie um und zwangen sie dazu, die Augen aufzumachen. Kampfausrüstung. Nachtsichtgerät. Blut tropfte von seinem Kinn.

Sie musste sein Gesicht nicht sehen. Sie wusste instinktiv, wer es war. Jared Westin hatte sie gefunden. Hatte sie gerettet. Wieder lief es ihr kalt den Rücken hinunter.

»Wir müssen hier weg.« Er stand auf, zog sie zu sich hoch und drückte sie an sich, um mit ihr den Berg wieder hinunterzugehen.

Der Schock ließ langsam nach und wurde von heißer Scham ersetzt. Sie war vor ihm weggelaufen, und er war ihr mit Waffen in den Händen bis ans andere Ende der Welt hinterhergejagt. *Nur dem verdammten Jared Westin gelingt ein solcher Stunt, diesem Arschloch.*

Sie ignorierte das starke Bedürfnis, sich an seine Brust zu schmiegen und sich schluchzend bei ihm zu bedanken. Stattdessen stieß sie ihn weg, obwohl sich dabei alles drehte. »Ich kann laufen!« *Vielleicht.*

Adrenalin machte sie stark. Emotionen und Flüssigkeitsmangel verliehen ihr Entschlossenheit entgegen jeder Vernunft. Er ließ sie nicht los, sondern ging weiter den Berg hinunter zu dem zerstörten Lager.

Wo ist Asal? »Jared, warte mal!«

Er ignorierte sie. Sie blieb stehen. Das hielt ihn aber nicht auf. Er hob sie einfach mit einem Arm hoch und ging weiter.

»Warte!« Sie strampelte und hämmerte mit den Fäusten auf seine kugelsichere Weste ein. »Warte! Es ist noch jemand hier!«

Das verdutzte ihn so sehr, dass er anhielt. Er zog sie mit sich in Deckung unter einen Felsen und setzte das Nachtsichtgerät ab. »Ihr wart zu dritt?«

Er sah verärgert aus. *Willkommen im Club, Kumpel.*

»Nein …«

»GSI? POW? Was?«

»Ihr Name ist …«

»Sie?« Sein Blick ging über ihre Schulter, wachsam und beschützend. »Wir sind nicht hier, um die Probleme der Einheimischen zu regeln.«

Natürlich würde eine *sie* eine Einheimische sein, denn Frauen kamen hier nicht her. Wut stieg in ihr auf. Er nahm sie am Arm und machte Anstalten, ihren Weg fortzusetzen, aber Sugar warf sich zurück und wehrte sich gegen seinen Griff. »Ein Mädchen. Ein Kind. Setz mich wieder ab, verdammt!«

Er hielt inne, ließ sie aber nicht los.

»Sie ist ein Kind! Und wenn ihr sie nicht umgebracht habt, dann ist sie alleine hier auf dem Berg, weil ihr alle anderen getötet habt!«

»Meine Mission ist, dich nach Hause zu bringen, Sugar. Wir kümmern uns um die ganze GSI-Scheiße später. Also sei ruhig und …«

»Dann lass mich hier! Sie ist ein verdammtes Kind! Steht Todesängste aus! Finde sie oder lass mich hier! Ich habe dich nicht gebeten, herzukommen und mich zu retten, und so einen Scheiß kann ich nicht gebrauchen.« Sie schlug gegen seine Brust, wobei sie sich nur ihre kalten, tauben Fingerknöchel wehtat. »Gib mir ein Gewehr und hau ab!«

Sein Griff um sie wurde fester. »Was glaubst du, wer du bist, zum Teufel? Schau dich doch mal um, verdammt! Du wirst sterben oder wieder gefangen genommen! Vergewaltigt. Verkauft. Getötet. So sieht deine Zukunft aus…«

»Und die des Mädchens. Nur, dass es acht ist.« Sugar schluckte schwer. »Nur ein Baby.«

Um sie herum gab es Explosionen und Feuer. Die Temperatur fiel schnell. Ihr Atem kam in kleinen Wolken, die zwischen ihnen standen. Ihre Blicke begegneten sich und ihr Magen machte einen Salto. Sie hoffte inständig, dass er mehr als nur eine Maschine war. Sein Blick löste sich von ihr und schweifte über die kahle Felslandschaft. Hier, in dieser rauen Natur, überlebte so gut wie nichts, und schon gar kein Kind. Das musste er doch auch sehen!

Seine dunklen Augen, die wütend funkelten, wanderten wieder zu ihr. Sie hätte die Luft angehalten, wenn die gespannte Erwartung ihr nicht sowieso schon den Atem genommen hätte. »Das Mädchen hat mir ein Messer zugesteckt. Das war meine einzige Chance und es hat funktioniert. Jetzt sind wir ihre einzige Chance. Ich schulde es ihr!«

Jared griff nach seinem Mikro und bellte: »Ich habe das Paket. Ein weiteres muss abgeholt werden. Ich wiederhole, wir müssen ein weiteres holen! Schaut euch in der Umgebung um.« Er hielt inne und musterte Sugar. »Wir suchen ein kleines Mädchen, Jungs. Seid vorsichtig, wenn ihr es findet!«

Wärme breitete sich in ihrem Nacken und dann in ihrem Brustkorb aus. Der Bastard hatte vielleicht doch den Splitter eines Herzens.

KAPITEL FÜNF

JARED KNIFF SICH in die Nasenwurzel. Der Berghang, auf dem er mit Sugar stand, die sich partout nicht evakuieren lassen wollte, war nicht gerade der beste Ort für Verhandlungen. Sie wusste es. Er wusste es. Aber sie hatte den Trumpf ausgespielt, als sie verkündet hatte, dass es elternlose Kinder in diesem entlegenen Kriegsgebiet gab. Dank dieser Information blieb ihm nichts anderes übrig, als seinen Abzugsplan noch einmal zu überdenken.

Sein Team, das die Gegend mit Wärmebildgeräten absuchte, machte jetzt effizient, aber vorsichtig Jagd auf ein Kind. *Na, super.*

Wenn Sugar involviert war, schienen Pläne nie aufzugehen, einschließlich seines neuen Plans, hier in einer Höhle in Deckung zu bleiben, bis man das Kind gefunden haben würde. Er hoffte, dass das Mädchen noch lebte, wenn sie es orteten, aber er war nicht allzu zuversichtlich. Sugar hatte eine emotionale Bindung zu dem Kind. Das hatte das Potenzial für ein Desaster.

Er hielt Rücksprache mit den anderen, die nichts zu berichten hatten. Noch eine halbe Stunde, und er würde diese Hühnerjagd aufgeben müssen. Sugar würde die Nachricht nicht gut aufnehmen. Er rieb sich mit der Hand über das Gesicht und musterte sie dann in der Dunkelheit. Sie war anscheinend nicht froh darüber, dass man ihr helfen musste, und sie zitterte schweigend. Er zog seinen Pullover aus und drückte ihn ihr in die Hand. »Hier, zieh den an!« Ihre Augen funkelten wütend. Was zum Teufel war ihr Problem? »Nimm ihn, verdammt noch mal! Du zitterst vor Kälte!«

Zu Hause trug sie hautenge Lederhosen und T-Shirts, die so aussahen, als ob sie ihr auf den Körper gemalt worden wären. Ihre dunkle Mähne war immer antoupiert. Ihre tiefblauen Augen funkelten für gewöhnlich amüsiert. Aber jetzt trug sie Kampfkleidung, die ihr in Fetzen vom Körper hing. Sie sah blass und erschöpft aus.

Seine Sorge um sie ließ sein Herz schneller schlagen. Sein Team und die, die ihm gegenüber loyal waren, hatte er immer schon beschützt. Und obwohl sie anscheinend stinkwütend auf ihn war – nur Gott wusste, wieso – wollte Jared mehr tun als sonst. Er wollte sie vor den Elementen beschützen, vor den Taliban und vor den Auswirkungen, die diese fortlaufende Hetzjagd nach einem Kind auf sie haben würde, das wahrscheinlich nie wieder gefunden werden würde.

Er musste an ihre E-Mail denken, deren Ausdruck er immer noch in seiner Gesäßtasche hatte. Daneben geisterten auch noch verwirrte Eindrücke von Sugar als ATF-Angestellte und Agentin durch seinen Kopf, der man eine Falle gestellt hatte, und die erst von ihrem Partner bei GSI und dann von Titan zurückgelassen worden war. Jared hatte Schwierigkeiten, diese ihre Identität und die Realität anzunehmen. Und er wollte nicht wahrhaben, wessen er sich nur ganz dumpf bewusst war: Dass er auf eine andere Art und Weise an ihr interessiert war als an anderen Frauen– Frauen, die er vögelte. Aber Sugar zu vögeln würde alles durcheinander bringen. Im einen Moment war sie eine coole Frau und im nächsten ging sie einem gewaltig auf die Eier.

Sie war ihm schon immer auf die Eier gegangen – wie jetzt gerade. »Sugar, nimm meinen verdammten Pullover! Du wirst hier nicht erfrieren, wenn ich etwas dagegen unternehmen kann!«

Sie schnappte sich das Kleidungsstück, zog es über ihre verfilzten Haare und schlüpfte hinein. Sie zog die Augenbrauen hoch und nickte ihm dann kurz zu. Das war alles. *Scheiße, was habe ich auch erwartet? Dass sie sich bedankt?* Er lachte bitter. *Sie doch nicht!*

»Was ist so lustig?« Sie legte den Kopf schräg. Ihre Stimme hörte sich fester an, als er erwartet hätte.

Erwarte niemals etwas von ihr! »Ich bin schon das zweite Mal diese Woche auf diesem Berg. Dabei wäre er ziemlich weit unten auf der Liste der Orte, die ich ein zweites Mal besuchen würde, wenn ich es mir aussuchen könnte.«

Ihre Augenbrauen senkten sich wieder und zogen sich zusammen, sodass sich eine tiefe Falte über ihrer Nase bildete. »Das warst *du* beim ersten Mal!«

»Aber klar doch, Zuckerschnütchen.«

»Du kannst mich mal, Kollega!«, entgegnete sie in übertrieben coolem Slang.

Er lachte wieder und fragte sich, ob ihre zickigen Antworten ein Spiel oder eine Abwehrhaltung waren. »Willst du mir vielleicht mal erklären, wieso du wütend auf mich bist? Schließlich rette ich dir gerade deinen sturen Arsch!«

Sogar ohne Tageslicht sah er den klaren Glanz in ihren dunkelblauen Augen, die von den widrigen Elementen völlig ungerührt schienen. Wenn sie wieder fröstelte, dann würde er schiere Willenskraft anwenden müssen, die über seine Ausbildung weit hinausging, um sie nicht in die Arme zu nehmen. Andererseits entsprach es dem korrekten Vorgehen bei einer militärischen Operation, unter gewissen Umständen Körperwärme zu spenden.

Sie fröstelte.

Wenn die Luft nur ein paar Grad kälter gewesen wäre, dann hätte er argumentieren können, dass diese *gewissen Umstände* eintrafen. »Hör mal, Sugar. Ich wusste letztes Mal nicht, dass du hier warst. Vergib mir. Okay? Alles wieder in Ordnung zwischen uns?«

Sie schaute ihn nicht an. »Ich wollte nicht, dass du herkommst.«

»Weil du alles hier so unheimlich gut im Griff hattest? Himmel!«

»Jared, du bist ein Arschloch!« Sie versuchte, ihm den Ellenbogen in die Seite zu rammen. Fest. Wo glaubte sie denn, wo sie hin wollte? Er packte sie am Oberarm und hielt sie an sich gepresst. Sie war stärker, als sie aussah. Bei dem Gedanken fing sein ganzer Körper wieder an zu kribbeln.

»Erklär mir mal, was du gegen mich hast«, grummelte er in ihr Ohr. Ihre samtene Haut brachte ihn fast um den Verstand.

»Nein.«

»Erklär mir, wieso zum Teufel du in Afghanistan bist.«

Sie drehte den Kopf, sodass ihr Ohr nicht mehr direkt neben seinen Lippen war und warf ihm einen bösen Blick zu. »Weil mir langweilig war.«

»Lügnerin.« Seine Stimme klang heiser. Er griff sie fester.

»Ich musste einem Problem aus dem Weg gehen.«

Das kommt der Wahrheit schon näher. Er war das Problem? »Na gut.« Ihre Blicke begegneten sich für einen Moment, der sich wie eine Ewigkeit anfühlte, und er spürte ihren Herzschlag durch all die Lagen Kleidung und Ausrüstung hindurch.

»Lass mich los!« Sie versuchte erfolglos, ihn abzuschütteln.

»Dann läufst du ja nur fort, aus welchem bescheuerten Grund auch immer.«

»Werde ich nicht.« Sie lächelte humorlos. »Ich bleibe. Ich muss irgendwie nach Hause kommen.«

Er lockerte seinen Griff, aber keiner von ihnen beiden bewegte sich. Das Herz schlug ihm bis zum Hals. Seine Fingerspitzen pulsierten. »Gut.«

»Gut«, flüsterte sie.

Eine dunkle Haarsträhne fiel ihr in die Augen und er strich sie weg, fuhr mit den Fingern durch die weiche, zerzauste Mähne. *Mist, das hätte ich nicht machen sollen!* Er ließ die Hand sinken und seine Finger strichen über die Rundung zwischen Hals und Schultern, fanden ihren Weg bis zum Bizeps. *Verdammt. Das hätte ich auch nicht machen sollen!* Aber er konnte nicht aufhören.

Sie sog scharf die Luft ein und hielt zwei Sekunden lang den Atem an. »Das solltest du nicht tun.«

»Wieso nicht?«

»Weil wir uns auf einem Berghang befinden. Weil du du bist und ich ich bin.«

Sie hatte anscheinend die gleichen Befürchtungen wie er: dass es alles ruinieren würde. »Keine guten Gründe.«

Ihre Augen funkelten, dann schaute sie in die dunkle Nacht und biss sich auf die Lippen. »Weil wir gerade mitten auf einer Mission sind und auf Neuigkeiten warten, die positiv oder negativ sein könnten.«

»Es werden positive Neuigkeiten sein.« Vielleicht, vielleicht auch nicht. Aber sie durfte den Glauben daran nicht verlieren.

»Ich bin mir da nicht so sicher.«

Er streichelte mit dem Daumen über ihren Arm. »Ist das der Grund, warum du so kratzbürstig bist?«

Sie blinzelte und er hätte schwören können, dass er Entschlossenheit in ihren Augen aufblitzen sah. »Behalte deine Hände bei dir. Leute warten und arbeiten, also wenn du damit fertig bist, mich zu analysieren und zu versuchen, mich aus dem Konzept zu bringen, dann lass uns dabei helfen, Asal zu finden und dann den Vogel nach Hause fliegen.«

Den Vogel? Sie war süß, wenn sie versuchte, sich cool anzuhören und den Militärjargon zu benutzen. Das hatte bei ihm den Effekt, dass er sie nicht nur aus dem Konzept, sondern auch aus den Klamotten bringen wollte, obwohl er bis zu diesem Moment noch gar nicht wirklich gewusst hatte, dass er das wollte. Das war mal wieder ein ganz besonders gutes Timing. Sie stand einfach nur da und tat so, als ob es gar keine sexuelle Spannung zwischen ihnen geben würde. Irgendwann, irgendwie, würde man diese Spannung lösen müssen. »Du bist ja so ein taffes Mädel!«

»Versuch gar nicht erst, mich milde zu stimmen, Kollega!«

Er unterdrückte ein Lachen. »Würde mir nicht im Traum einfallen.«

Romans Signalton, der durch seinen Ohrstöpsel kam, sagte ihm, dass sie das Mädchen gefunden hatten – lebendig. Er hielt vor Sugar den Daumen hoch. Ihre Anspannung löste sich und Erleichterung war in ihren funkelnden Augen zu sehen. Sie atmete erschöpft aus und ihre Körperhaltung entspannte sich etwas.

Jetzt musste er seine Chance nutzen. »Ich bringe dich hier weg.«

Er zog sie dicht an seinen Körper heran, als sie geduckt von dem Felsvorsprung weghuschten. Hier ging es ganz schön steil hinunter. Ein heftiger Windstoß könnte die vor Erschöpfung schwankende Sugar über den Abhang stoßen. Selbst wenn es nicht unbedingt nötig war, sie so zu halten, sagte ihm sein Beschützerinstinkt, dass er es wahrscheinlich trotzdem tun sollte.

Sie schafften es schnell in die Nähe des Treffpunkts, blieben jedoch abrupt stehen, als sie seine Männer sahen. Die umzingelten ein kleines Mädchen wie in einem Reigen aus Waffen und Ehre. Sugar lief in ihre Richtung los und boxte sich durch den Panzer aus Muskeln und Kampfkleidung.

Jared war direkt hinter ihr. Brock löste sich aus dem Kreis. »Ein Kind? Was soll das?«

»Keine Ahnung.«

Sie starrten beide in Richtung des Mädchens. »Was sollen wir mit ihr machen?«

Jared schwieg für einen Moment, weil er keinen Plan im Kopf hatte. »Wo habt ihr sie gefunden?«

»Sie hat sich hinter ein paar Felsen verschanzt. Sie hatte so etwas Ähnliches wie ein Baumhaus dort, nur dass es mit Messern und Stöcken gefüllt war. Sie ist das einzige noch lebende Wesen dort draußen, abgesehen von den Ziegen.«

»Sie kommt mit uns mit.« Da. Das war zumindest der Anfang eines Plans. Es ergab Sinn. Vielleicht.

Brock zog eine Augenbraue hoch. »Nach Abu Dhabi?«

»Was sollen wir denn machen?« Jared schaute ihn böse an. »Das verdammte Kind hier den Elementen überlassen, sodass es erfriert?«

»Wenn das die Behörden mitbekommen, haben wir einiges an der Backe. Da gibt es unzählige Vorschriften!«

»Ich hab's verstanden! Wir melden uns beim Roten Kreuz oder einem Botschafter der UNO. Die wissen schon, was man da machen muss. Sie ist doch bestimmt eine Waise. Die finden ihr eine Adoptivfamilie. In Ordnung?«

»In Ordnung.« Brock zuckte mit den Schultern. »Bis dahin sind wir die am besten bewaffneten Babysitter, die man für Geld anheuern kann.«

Er würde seinem vorschriftentreuen Stellvertreter nicht sagen, dass sie das Ganze selber bezahlten oder dass eigentlich GSI den Auftrag hatte. Dass diese Reise so etwas wie ein kostenloser Sicherheitsfirmenservice war.

Ein Helikopter tauchte am Berghang auf. Mit dieser Fracht konnte man Sprünge oder Abseilseile vergessen. Der Hubschrauber flog über sie und signalisierte, dass sie spät dran waren. Das war nicht gut.

»Nehmt die Beine in die Hand!«

Es waren noch gut fünfzig Meter zum Treffpunkt, wo ein ebener Untergrund ihnen ermöglichte, sich am Seil in den über dem Boden schwebenden Helikopter zu ziehen. Um zu dieser Stelle zu kommen, mussten sie ein Stück karge Berglandschaft durchqueren. Der Plan war gut gewesen, als es nur um Sugar gegangen war. Aber mit dem Kind? Das war zu riskant.

Die Männer bewegten sich vorsichtig, die Waffen im Anschlag, und drehten sich um sich selber, immer nach einer unerwarteten Gefahr Ausschau haltend. Sugar und das Mädchen folgten ihnen und er bildete den Abschluss.

Über die Felsen, durch die Buschlandschaft, klappte alles wunderbar. Sie kamen gut voran und er hörte, dass der Helikopter auf sie wartete. Wenn sie den kahlen Abhang überquert hatten, würden sie es hier wegschaffen.

Ratatatat. Cash war im Hubschrauber und das Geknatter seiner Maschinenpistole war keine freundliche Begrüßung. Sein Team hatte zu viel Zeit am Boden verbracht, um das Kind zu suchen, und jemand war gekommen, um ihnen einen Besuch abzustatten. Sie konnten nicht zurück und auf demselben Weg wieder hier raus, auf dem sie reingekommen waren.

»Los!« Jared gab den Befehl zur Flucht nach vorne.

Sie kamen zu der steilen Stelle. Kahl. Gleich einer Rutsche des Todes. Ein Winkel von fast fünfundsiebzig Grad. Rocco kletterte runter, fand hier und dort Halt für seine Füße und benutzte ein Werkzeug, um Handgriffe auszugraben. Er klickte ein Seil an seinen Gurt und warf es zu Roman hoch. Der hielt das Seil straff und schaffte somit das einzige Sicherheitsnetz, das sie hier zustande bringen konnten.

Winters ging als erstes, klinkte seinen Karabiner ein und testete das Seil. Erfolg. Er war sicher auf der anderen Seite. Roman sicherte das Mädchen mit einem Karabiner und einem Gurt und ermutigte es dann, runterzurutschen. Er ruderte mit den Armen und gab Zeichen wie ein New Yorker Verkehrspolizist. »Folge ihm! Mach das!« Er wiederholte sich zweimal.

Wenn der Winkel nicht so steil gewesen wäre, wäre Roman wahrscheinlich mit dem Kind zusammen da runtergekrabbelt. Aber es war keine Stelle, die zwei Leute auf einmal überqueren konnten.

»Los, Asal«, drängte Sugar.

Asal. Das Kind hatte einen Namen und er bedeutete »Honig«. Wie klein war doch die Welt, dass Zucker und Honig sich gefunden hatten!

Rocco und Winters winkten ihr von der anderen Seite aus zu, ruderten mit den Armen und lächelten so überzeugend, wie sie konnten. Winters hatte ein Kind, also war er geübter darin, Vertrauen zu erwecken.

Wieder donnerten Schüsse im Hintergrund. Dann gab es eine Explosion über ihnen. Cash liebte es, einen Feind nach dem anderen in Scharfschützenmanier abzuknallen. Wenn er Granaten warf, dann, weil er keine Zeit dafür hatte, die Feinde einzeln auszuschalten. Es war ein deutliches Signal, dass sie sich beeilen mussten. Und zwar schnell.

Asal schaute Sugar an, die ihr ermutigend zunickte. Mit neuem Selbstbewusstsein wagte das Mädchen einen Schritt, und dann noch einen. Sie fand ihr Gleichgewicht und rutschte weiter, bis sie die Hälfte der Strecke geschafft hatte. Sie hatte noch ein Drittel vor sich, als Felsbrocken wegrutschten, die Steine über den Abhang fielen und der Schrei des Kindes in der Nacht widerhallte, als sie versuchte, wieder Fuß zu fassen.

»Asal!«, rief Sugar und trat dicht an den Abhang. Jared legte einen starken Arm um ihre Taille und hielt sie zurück.

»Warte und bleib ruhig!« Schnell, aber vorsichtig kletterte Jared den Abhang hinunter. Das Mädchen war von ein paar Metern Seil und ihrem Klettergurt gerettet worden, und er würde sie auf die andere Seite bekommen. Die Sekunden vergingen wie in Zeitlupe, bis er es zu Asal schaffte. Er legte einen Arm um ihren zitternden Oberkörper und benutzte das Seil als ihre Rettungsleine.

Zentimeter um Zentimeter ging es den fast senkrechten glatten Abhang hoch. Der Wind wehte böig und heulte. Stoff flatterte heftig. Erde wurde in die Luft geschleudert. Asal flüsterte etwas, das Jared nicht übersetzen konnte. Er nahm an, es war etwas wie: »Lass uns heute nicht sterben, bitte!«

Nach ein paar anstrengenden Metern hatten sie es endlich in Sicherheit geschafft.

Er ließ das Mädchen herunter. Sie hatte keine Tränen im Gesicht, sondern grinste nur. Die Panik, die sie gespürt hatte, als sie gefallen war, war längst verflogen. *Mannomann.* Sie winkte Sugar zu.

»Gut gemacht, Kleine!«

Asal wiederholte: »Gut gemacht, Kleine!« Das brachte Jared zum

Lächeln.

Cash meldete sich per Funk zu Wort. »Überall Feinde. Ich halte sie in Schach, aber ihr beeilt euch besser!«

»Roger.« Jared schaute zu Sugar hoch. »Bist du soweit?«

Sie nickte, klickte ihren Karabiner ein und hielt sich mit beiden Händen am Seil fest. Steine lösten sich. Sein Magen krampfte sich zusammen, aber er hielt sie nicht auf. Sie machte noch einen Schritt. Noch mehr kleine Steinchen rieselten über den Abhang in die Schlucht.

»Warte. Sugar, warte mal!« Er begutachtete die Oberfläche, aber er konnte nicht sehen, wo die Steine losgetreten waren. Der Boden war lose, aber wie lose?

Sugar sah entschlossen aus. Ein schwaches Lächeln sagte ihm, dass sie weitergehen würde. Noch ein Schritt und sie trat mehr Geröll los, das über die Klippe rieselte. Wieder ging sie vorwärts und mehr Steinchen lösten sich unter ihren Füßen. Sie rutschte fast weg, konnte sich aber gerade noch halten.

»Geh zurück!«, befahl er und warf einen Blick in den schwarzen Abgrund. Sie schaute nicht über ihre Schultern, wickelte aber ein Stück Seil um ihre Hände und hielt gerade so das Gleichgewicht auf dem Abhang. Der Wind trug ihre Stimme zu ihm. »Es gibt keinen anderen Weg hier weg!«

»Es gibt immer einen anderen Weg. Geh zurück!«

»Das Seil sichert mich. Es wird schon gut gehen!«

Sie war näher an ihm dran als an der anderen Seite. Eine weitere Granate explodierte in der Ferne. Sie machte einen Schritt vorwärts.

»Verdammt, Sugar, stopp!« Sein Herz raste wie wild, gleich einem Lastzug, der außer Kontrolle geraten war. Sein schlechtes Gefühl machte sich durch nadelstichartiges Prickeln am ganzen Körper bemerkbar. Seine Handflächen kribbelten. Sein Brustkorb wurde eng.

Ihr Fuß kroch vorwärts. Jetzt löste sich Geröll, das viel größer als die Steinchen war, die bisher losgetreten worden waren. Der ganze Hang rutschte, und sie mit ihm.

»Bringt das Mädchen weg!«, befahl Jared. Wenn Sugar abstürzte, sollte die Kleine nicht Zeugin davon werden. »Ihr alle, weg hier, los!«

Winters schnappte sich das Mädchen und riss es herum. Es rief Sugars Namen, besorgt um ihre Sicherheit, und der Schrei hallte in der Nacht wider. Seine Männer verschwanden in der Dunkelheit, in Richtung des Helikopters.

»Beweg dich nicht!«, sagte er zu Sugar.

Sie schaut ihn an, schenkte ihm ein angespanntes Lächeln. Er klickte seinen Karabiner in das Seil und stieg den Hang hoch. In diesem absurden Winkel zu klettern war wie eine Wand hochzulaufen.

Sugar blieb, wo sie war und hielt so still wie eine Statue. Steinchen und Felsen um sie herum bewegten sich jedoch weiter. »Mann, das läuft nicht gut!«

»Bleib, wo du bist!«

»Ich beweg mich nicht.«

»Aber deine Lippen bewegen sich, Zuckerschnütchen!«

Mehr Geröll rieselte über den Abhang und er warf sich in ihre Richtung. Das Seil spannte sich ganz straff und seine Hand traf auf ihren steifen Arm. Felsbrocken unter ihren Füßen rutschten weg. Er zog sie an sich und machte sich auf den Rückweg, in Sicherheit. Die Bodenvegetation gab nach und seine Hüfte traf auf nackten Fels. Seine Schulter schlug gegen den Felsblock. Er hatte Sugar ganz fest gegen seine Brust gedrückt und sie rutschten mit dem Geröll und der Erde, bis sie plötzlich anhielten. Sie hingen am Ende des Seils, das so gespannt war, wie es ging.

»Das hättest du nicht machen sollen«, zischte sie.

Jammerschade. »Du hast Hilfe gebraucht.«

Zusammen schafften sie es, dass ihre Füße Halt fanden, und sie zogen sich hoch. Seine Finger waren eiskalt und seine Muskeln brannten, als er ihr gemeinsames Gewicht hochzog. Unaufhörlich wehte ihnen der eiskalte Wind um die Ohren. Nachdem sie eine sichere Stelle erreicht hatten, krabbelte Sugar zu einem Felsen, lehnte sich dagegen und legte den Kopf in den Nacken. Er tat es ihr nach und kam langsam wieder zu Atem. Der Geruch von Rauch wehte ihnen entgegen. Kugelhagel ertönte in der Ferne.

Als der Mond hinter den Wolken hervorschaute, sah Jared Sugar an. Sie sah wunderschön aus, gebadet im milchig weißen Mondlicht. Jared fuhr sich mit der Hand durch das kurzgeschorene Haar. Das war zu knapp gewesen. »Geht es dir gut?«

»Es ging mir nie besser.«

»Ja, genau. Erinnere mich daran, dass ich dir jederzeit wieder helfe. Du zeigst dich immer so dankbar.«

»Ach, vergiss es.« Sie rieb sich die Augen und fuhr sich mit den Fingern durch das Haar, um es glatt zu streichen. Dann hielt sie die Hände vor ihren Mund, blies und rieb sie zusammen.

»Wie kalt ist dir?«

»Nicht besonders.«

Klar. Es herrschten um die null Grad, vielleicht sogar Minusgrade. Dann kam noch der kalte Wind dazu, was die Temperaturen gefährlich machte. Sie musste frieren! Sie ignorierte ihn und zitterte.

Cash unterbrach Jareds Gedanken. »Das ist uns zu heiß hier. Wir ziehen ab!« In der Ferne ging der Helikopter in die Luft. Er verlor immer wieder den Funkkontakt zu Cash, bis er schließlich wieder seine Stimme hörte: »Haltet ihr beiden es für ein paar Stunden dort aus?«

»Roger«, sagte er und nickte Sugar zu. Er flüsterte: »Ein paar Stunden. Kein Problem.«

Sie nickte.

Cashs Stimme kam knisternd durch seinen Kopfhörer, als der Helikopter sich immer mehr entfernte. »Vierhundert Uhr, Abholpunkt Basislager.«

»Roger«, antwortete Jared, der wusste, dass Sugar es genauso sehr genießen würde wie er, am Abseilseil durch die Lüfte zu schwingen und davongetragen zu werden.

Er hörte nur noch ein Rauschen, dann wurde es still. Er zog sich den Ohrstöpsel heraus. Sugar hatte ihre Hände in die Achselhöhlen gesteckt. Sie fror deutlich. Sie zitterte am ganzen Körper. Seine heilende Schussverletzung fing an zu schmerzen, als die Kälte ihn bis auf die Knochen durchdrang.

»Nimm meine Handschuhe«, bot er an und zog sie aus.

Sie schüttelte den Kopf und ihre Zähne klapperten, als sie sagte: »Dann frierst du.«

Das brachte ihn zum Lachen. »Ich werd's überleben.«

»Ich auch. Mir geht es gut.« Lautes Zähneklappern.

»Verdammt, Frau! Du bist so stur!« Ohne darüber nachzudenken, ließ sich Jared neben ihr auf die Erde fallen und nahm sie in die Arme. Sie wehrte sich dagegen, vielleicht gerade genug, damit sie hinterher sagen könnte, dass sie sich gewehrt hatte. Aber der Kampf war nur eine erschöpfte Alibigeste.

Dann wurde alles ruhig. Die hellsten Sterne schienen wie Diamanten am schwarzen Nachthimmel. Es war wieder ganz still, aber das musste nicht viel heißen. Der Feind befand sich nicht weit von ihrem Zufluchtsort entfernt und war kampfbereit. Er vergaß das alles und hielt Sugar eng an sich gepresst. Sie waren sich so nah und es fühlte sich ... bedeutsam an.

Verlangen flackerte in ihm auf. Nicht die Art Verlangen, die er kannte, und die bedeutete, dass er sie hier sofort nehmen wollte. *Zumindest nicht hier und sofort.* Es war mehr eine glühende Hitze und eine körperliche Erkenntnis. Sie hörte auf zu zittern und auch ihre Zähne klapperten nicht mehr. Sein Brustkorb fühlte sich so eng an, dass er glaubte, nur noch flach atmen zu können.

Sie seufzte, und fast instinktiv zog er sie noch näher zu sich heran. Er stand von Kopf bis Fuß unter Strom. Sein Puls raste unregelmäßig. Es ergab keinen Sinn. Alles in seinem Leben, von seiner Arbeit bis zu seinen Frauen, war genauso geordnet, wie es wild war, und dieses warme Summen in seinem Kopf stand nicht auf seinem Plan.

Er war aus Flugzeugen in Explosionen gesprungen, war auf den Grund des Ozeans gesunken, um gegen heftige Strömungen anzukämpfen. Aber das hier war die Art Rausch, den Süchtige spüren mussten, wenn die Drogen in ihrem Blut ankamen, und wegen dem sie immer wieder nach dem nächsten Kick Ausschau hielten.

Sie war völlig entspannt und schmiegte sich an ihn. Er hatte keine Kontrolle mehr über seinen Körper. Ihm fielen die Augen zu. Er genoss es, dass er nur den Moment fühlen konnte, dass er nur in dem Moment sein konnte. Er weigerte sich, seine Gefühle zu analysieren.

Ihr Kopf grub sich in seinen Nacken und ihr Haar fiel in sein Gesicht und kitzelte ihn. Ihr Hintern schmiegte sich gegen seine Leiste und sie verschmolzen zu einer Person, während sie in der eiskalten Nacht gegen den Felsen lehnten.

Jared holte tief Luft und versuchte, die freudige Erwartung auf etwas zu verdrängen, das er noch nie erlebt hatte, obwohl er noch nicht einmal wusste, wie er es nennen sollte. Er konzentrierte sich darauf, Wärme auszutauschen. Das hier war eine taktische Notwendigkeit – einer Frau Wärme zu spenden, die gegen ihren Willen bei Minustemperaturen in einem Lager gefangen gehalten worden war.

»Besser?«, fragte er.

Sugar nickte kaum. Sie verhielt sich nicht wie ein Opfer, das gerade gerettet wurde, aber sie war auch diese taffe Tusse von GUNS, die so wirkte, als würde alles an ihr abprallen und als könne sie nichts kratzen. Vielleicht lag es an dem Moment und nicht an der Frau.

»Wenn du dich mir gegenüber zeigst, wie du bist, Sugar, statt diese taffe Frau zu mimen, dann werde ich niemandem davon erzählen.«

Sie nickte wieder.

Vielleicht war es beides – der Moment und die Frau. »Okay. Dann schlaf ein wenig und wir werden hier bald wegkommen.« Und aus irgendeinem verdammten Grund grub er seine Nase in ihr Haar und presste die Lippen auf ihren Scheitel. *Ein gottverdammter Kuss.* Er schlang sein Bein über ihres mit der stummen Ausrede, dass sie warm bleiben sollte, und ließ sie in den Schlaf sinken.

KAPITEL SECHS

VÖLLIGE MUSKELERSCHÖPFUNG. DAS war das Erste, was Sugar bemerkte, bevor ihre Augenlider aufgingen. Das Nächste war so etwas wie Wärme. Nicht, dass ihr warm war. Nein, sie hatte kein Gefühl mehr in ihren Füßen. Ihre Wangen waren rau und wund vom Wind. Aber sie war eingewickelt in starke Arme und Beine. *Jared.*

Sie stellte ihre ausgetrockneten Lippen auf die Probe und versuchte, trotz des trockenen Gefühls im Hals zu schlucken. Kopfschmerzen meldeten sich an und wurden schnell schlimmer. Alles in allem fühlte sie sich richtig scheiße. Und sie hatte große Probleme, die es zu lösen galt. Der Grund dafür, dass sie weggelaufen war, hatte seine massiven, muskulösen Arme um sie gelegt. Sie konnte in der Gegenwart dieses Mistkerls einfach nicht stark sein. *Ihres* Mistkerls.

Bad Boys gerieten ihr ins Netz. Das war immer schon so gewesen, aber sie war verdammt gut darin gewesen, frei und ungebunden zu bleiben. Bis Jared aufgetaucht war. Seine bloße Anwesenheit war schon genug, dass sie kein Wort rausbrachte, dass ihr ganz heiß und sie nervös wurde. Sich von ihm fernzuhalten war die beste Maßnahme gewesen. Jammerschade, dass die paar tausend Meilen, die sie sich von ihm entfernt hatte, jetzt auf wenige Zentimeter reduziert worden waren und er jetzt hier war und mit ihr im Schutze eines riesigen Felsblocks lag, seine Gliedmaßen mit ihren verschlungen.

Ihr Körper schien zu vergessen, dass er durstig und erschöpft war, und das Blut pulsierte heftig durch ihre Venen, damit sie auch ja Mr G.I. Joe neben sich bemerkte. Gänsehaut breitete sich geschwind auf ihrem Rücken aus. *Bemerken* war die jugendfreie Version davon, wie ihr Körper auf ihn reagierte.

Sie schüttelte die erotischen Gedanken ab, die ihr im Kopf herumspukten. Sie waren Bekannte, die zusammenarbeiteten. Wenn sie ihn in einer Bar getroffen hätte, hätte sie gesagt: »Hey, lass uns zusammen ein Bier trinken!« Mensch, sie war mit einem seiner Angestellten zusammen gewesen, wenn man das so sagen konnte!

Aber ihr Geplänkel, das sie immer gerade so unter Kontrolle gehabt hatten, war außer Kontrolle geraten und hatte sich von Spiel zu Ernst gewandelt. Sie hatte ihre wahre Identität verraten und damit ihre verdeckte Ermittlung aufs Spiel setzen müssen, um Jared zu helfen. Damit hatte sie die Entscheidung getroffen, an jemand anderen als sie selber zu denken.

Ob er es sich bewusst gewesen war oder nicht, er hatte ihre Hilfe gebraucht. Verdammt, ob er es sich bewusst gewesen war oder nicht, der Ausdruck in seinen Augen war nicht Dankbarkeit, sondern pures Verlangen gewesen!

Das war nicht der Weg, den sie mit ihm einschlagen wollte. Aber sie hatte nichts dagegen gehabt, ein bisschen auf der Kreuzung zu weilen und ihren Spaß zu haben. *Gar nichts verkehrt daran, mit dem scharfen Miesepeter zusammenzuarbeiten.* Und es wäre eine verdammte Herausforderung.

Anschauen, aber nicht anfassen. Flirten, aber keinen Schritt weiter gehen. Verführen, aber nur in der Fantasie.

Jared hielt sich an die Spielregeln. Er würde nicht über die Grenze hinausgehen. Zu festgefahren. Zu viele Vorschriften, an die er sich hielt. Aber alles hatte sich geändert und sie wusste nicht, wieso. Er hatte sie auf den Scheitel geküsst. Das war kein Flirten, kein Spaß mehr, oder pures Verlangen. *Das war süß und zärtlich.* Und es gefiel ihr. Zu sehr. Und so eine Verbindung konnte nur in einer Katastrophe enden.

Jared war nicht der Typ, der feste Beziehungen hatte und sie respektierte ihn dafür, dass er sich dessen bewusst war. Dass er daraus keinen Hehl machte. Er war der typische amerikanische Held, der auf sehr männliche Art und Weise gut aussah. Einen Mann wie Jared Westin sollte man nicht an sich zu binden versuchen.

Und eine Frau wie sie … Niemand konnte besser flirten. Sie hatte den Hüftschwung einfach drauf. Sie wusste, wann sie bedeutungsschwangere Gesprächspausen einlegen musste, wann sie ihren Blick bedeutungsvoll senken oder geheimnisvoll lächeln musste. Sugar konnte einen Mann schwach machen, ohne sich selber dabei in Gefühle zu verstricken. Sie hatte das perfektioniert; für ihre Undercover-Arbeit, um Beziehungen aus dem Weg zu gehen und um ihren Spaß zu haben, ohne in irgendwas Ernstes verstrickt zu werden. Aber Jared und Sugar zusammen: das fühlte sich ernst und verstrickt an – mit vielen Knoten und losen Fäden.

»Bist du wach?« Seine kratzige Stimme, die sich heute Morgen noch heiserer anhörte, ging direkt von ihren Gehörgängen zu ihrem Innersten.

Sie nickte. Sie schien in seiner Gegenwart immer nur zu nicken. Gesten funktionierten gut, wenn sie ihrer eigenen Stimme nicht traute, oder den Worten, die aus ihr herausplatzen könnten.

Er legte seine Arme noch fester um sie, woraufhin ihr leerer Magen einen Salto machte. »Wir haben noch fünfunddreißig Minuten. Hast du Hunger? Ich habe einen Proteinriegel dabei.«

Ob sie Hunger hatte? Sie starb hier fast den Hungertod! Aber das auszudrücken würde bedeuten, dass sie sich mit ihm unterhalten müsste. Und vielleicht müsste sie dabei auch noch Anstand bewahren. »Sehr.«

Er richtete sich auf – und sie mit ihm –, machte einen Reißverschluss auf und zog einen Energieriegel aus der Tasche. Es hätte Rinderfilet sein können: Nichts hatte je so lecker ausgesehen.

»Hier.« Er riss die Verpackung auf und reichte ihn ihr.

»Möchtest du etwas davon?«

»Nee. Ich esse später.«

Sehe ich so hungrig aus? Hmm. Anscheinend. In vier Bissen war der Riegel verschlungen.

Jared räusperte sich und rieb die Hände zusammen. Seine Handschuhe hielten ihre Hände warm. Sie waren zu groß, taten aber ihren Dienst.

Sie riss sie sich von den Händen. »Nimm du die wieder. Bei mir geht's.«

Er widersprach und versuchte, sie ihr wieder zurückzugeben. Dann starrte er auf ihre Handfläche. Sie hatte sich an dem verrosteten Messer geschnitten. Dank einer bösen Infektion sah ihre Haut jetzt rot und gelb aus. *Na, super.*

»Warum hast du mir nichts davon erzählt?« Er hörte sich tadelnd, vielleicht sogar verärgert an.

»Was willst du denn von mir? Soll ich dir nach und nach alles aufzählen, was mir wehtut? Meine Hand, mein Kopf. Mein Hals ist trocken …«

»Woran hast du dich denn so geschnitten?«

Sie zuckte mit den Schultern. »Verrostetes Messer ohne Griff.«

»Asal hat dir ein Messer gegeben?« Sein Gesicht sah angespannt aus. Emotionen sprachen aus seinen dunklen Augen und die Brauen waren zusammengezogen. »Wieso? Hast du versucht, zu entkommen, oder …«

»Ich musste mich gegen meine Verehrer wehren. Es hat funktioniert. Dabei habe ich mich halt geschnitten.« Sie schaute die Wunde an und lächelte. »Ich war nicht die Einzige, die sich an dem Teil geschnitten hat. Manchmal war es doch hilfreich, Gleiches mit Gleichem zu vergelten.«

Die Muskeln in seinen Wangen zuckten. Eine tödliche Wut funkelte in seinen Augen auf. »Haben sie …« Er räusperte sich wieder. »Haben sie dir wehgetan?«

»Nein.« Sie machte eine Faust, damit sie nicht mehr auf den Schnitt starrte. »Ihr seid genau zum richtigen Zeitpunkt aufgetaucht. Also danke dafür.« Sie legte den Kopf schräg und wandte all die wenige Energie, die sie hatte, dafür auf, um dankbar auszusehen.

Jared strahlte Wut aus. Er grunzte und nickte. »Wir wollten eigentlich an einem Seil am Helikopter hier abhauen, aber deine Hand ist verletzt.«

Adrenalin schoss durch ihren Körper. »Toll. Nein, ich will das machen. Mir geht's gut.« Sie machte die Faust auf und zu, um ihm zu zeigen, dass es ihr wirklich gut ging, und ignorierte dabei, wie weh das tat.

»Keine Chance, Zuckerschnütchen. Ich hätte daran denken sollen, dass du vielleicht verletzt bist. Außerdem bist du völlig erschöpft. Du hast nicht genug Kraft, um an einem Seil zu hängen.«

»Was willst du denn machen, Jared? Mich nach Amerika zurücktragen? Bei jedem Hindernis, das uns in den Weg gelegt wurde, hast du dich verhalten, als wäre ich eine filigrane Porzellanfigur. Ich bin nicht zerbrechlich! Und ich werde verdammt sicher nicht sterben! Den Entschluss habe ich schon gefasst.«

Er lachte leise. »Du hast ganz schön *viele* Entschlüsse gefasst, nicht wahr?«

Verwirrt starrte sie ihn an. »Wir haben keine andere Wahl und ich werde hier nicht länger warten! Hilf mir dabei, meine Hand zu verbinden!« Sie hielt inne, als er sich die Stirn rieb. »Hör mal, Jared: Ich bin nicht hier, weil ich schlecht in meinem Job bin. Ich bin kein Schwächling. Ich bin mehr als bereit dafür.«

»Du bist hier, weil Kip Pearson dich verarscht hat.«

»Ja, das glaube ich auch.« Ihre Stimme klang so eisig wie die Lufttemperatur.

»Und ich weiß es.«

»Gut. Dann weißt du das. Ich hatte vor, das Arschloch zu finden und ihn fertigzumachen. Vielleicht willst du mir dabei helfen?«

»Es gibt eine größere Sache, die da am Laufen ist«, sagte er.

»Das ist doch immer so. Ich will nur das zu Ende bringen, was er angezettelt hat.«

»Kip lässt sich bestechen.« Er knackte mit den Fingern. »Das ganze verdammte GSI ist korrupt und ich werde dafür sorgen, dass sie zumachen müssen. Willst du mir dabei helfen?«

»Kip Pearson gehört mir!«

Jared schaute sie nicht an. »Das werden wir dann sehen.«

»Dann gibt es keine Abmachung. Ich kriege Pearson. Du kannst mit GSI machen, was du willst, aber er und ich haben ein Problem miteinander und das werden wir unter uns lösen.«

Er sah sie direkt an. »Was ist passiert?«

Sie seufzte, fast zu erschöpft, um alles zu erklären, was sie gesehen hatte. »Die Polizei hier in den Außenstellen war korrupt. Sie haben mit Taliban-Einheiten zusammengearbeitet. GSI hat das wissentlich ignoriert und beide ausgebildet, die Polizei *und* die Taliban. Geld und Waffen werden nicht vermisst. GSI schlägt einfach nur seine eigenen Vorteile aus dem heraus, was hier läuft. Sie kassieren ab. Bilden den Feind aus und lassen sich dafür gut bezahlen.«

Jared rieb sich das Kinn, aber er sah nicht überrascht aus. Er schaute auf die Uhr und riss dann einen Streifen Stoff von seinem Hemd ab. »Wir müssen los.« Der Mann schien ein Kleidungsstück nach dem anderen an sie zu verlieren. »Gib mir deine Hand.«

Sie gehorchte. Ihre Hand sah winzig in seinen großen, schwieligen Händen aus, die die Wunde schnell und geschickt verbanden. Hitze stieg ihr in die Wangen, als sie versuchte, sich nichts aus seinen Berührungen zu machen.

Nachdem er mit dem Verband fertig war, hielt er ihre Finger noch ein bisschen fest. »Bist du dir sicher, dass das so geht?«

Funken stoben ihren Arm hoch und sie entzog ihm hastig ihre Hand. »Ja. Es geht.«

»Verdammt, Sugar! Hat das wehgetan?«

»Nein. Ich will hier einfach nur weg. Können wir endlich los?«

Er musterte sie. Sie war sicher, dass sich gerade all ihre Gefühle auf ihrem Gesicht abzeichneten. Interesse. Lust. Unsicherheit. Sie konnte sie nicht verstecken. *Wieso kann ich vor diesem Mann nichts geheim halten?*

»Weißt du was? Irgendetwas ist da zwischen uns«, sagte er, tief konzentriert.

»Da ist nichts zwischen uns.« *Weil ich es nicht zulassen werde. Weil du glaubst, dass ich eine Frau bin, mit der man einfach nur ein bisschen Spaß haben kann, und zum ersten Mal macht mir das Angst.* »Das ist doch verrückt!«

Sie starrten sich stumm an. Sie wartete und spürte die elektrisch aufgeladene Atmosphäre zwischen ihnen, die dazu führte, dass sie sich wie magnetisch angezogen näher kamen.

»Verrückt?« Er beugte sich vor, die Lippen direkt vor ihrem Ohrläppchen. »Irgendetwas läuft hier zwischen uns. Ich mag Herausforderungen und deine ganze Haltung schreit: ›Versuch's doch mal!‹ Das, Sugar, ist *irgendetwas.*« Er berührte sie nicht. Das musste er gar nicht. Ihr Nacken kribbelte und Gänsehaut breitete sich bis zu ihrem Bauchnabel aus. Jared wich zurück, begegnete wieder ihrem Blick. »Du bist eine coole Frau. Ich habe einfach nur Angst, dass es alles kaputtmacht, wenn wir zusammen ins Bett gehen.«

Ihr Herz klopfte so heftig, dass es ihr bis in den Hals schlug. Ihre Fingerspitzen kribbelten. *Alles* kribbelte.

Er richtete sich auf. »Hast du nichts dazu zu sagen?«

Sie holte tief Luft und sammelte sich wieder. »Das ist ganz einfach gelöst: Ich habe kein Interesse.«

»Na klar.«

»Ich. Habe. Kein. Interesse. Geht das vielleicht mal in deinen sturen Kopf, großer Junge?« Sie legte die Hände auf seine Brust und schubste ihn weg, aber das rief ihr nur wieder in Erinnerung, wie stark und breit er war.

Ein Lächeln, das sie schwindlig machte, huschte über sein Gesicht. Er schnappte sich ihre Hand, drückte sie gegen seine Brust und hielt sie so fest.

Nur nicht den Kopf verlieren, Mädchen!

»Würdest du vielleicht ein bisschen Abstand von mir halten? Oder muss ich noch mal gegen diese Backsteinwand schlagen?« Mit der anderen Hand schnipste sie mit einem Finger gegen einen Brustmuskel unter der Kampfkleidung.

Er lachte. Er genoss eindeutig die Anspannung zwischen ihnen, die sie verleugnete. »Zuckerschnütchen, ich hatte noch nie so viel Spaß auf einem Berg in Afghanistan wie mit dir. Lass uns gehen.«

KEINE GEFAHR IN Sicht. Jareds Bauchgefühl sagte, dass sie GTG waren. *Good to go*, in Militärsprache. Sie konnten also los. Mit Sugar dicht auf den Fersen bahnte er sich einen Weg den Berg hinunter zum Treffpunkt. Und sie kamen genau pünktlich an, denn der Helikopter kam gerade in ihr Sichtfeld. Er drehte sich zu Sugar um. Ein Lächeln huschte über ihr Gesicht, das dem Adrenalinschub zu verdanken war, welcher sich gerade in ihrem Körper ausbreitete. Verbundene Hand hin oder her, sie war ganz scharf drauf. Er auch.

Ich hätte nie gedacht, dass ich diesen Abzug zweimal machen müsste. Aber dieses Mal sprang er nicht von einer Klippe in die dunkle Nacht.

Ich hätte nie gedacht, dass ich mit Sugar im Schutze eines Felsens liegen und irgendwelches romantisches Geschwafel zusammendichten würde. Ihr so einen Mist wie »Da braut sich etwas zusammen zwischen uns« erzähle. Himmel! Er dachte, nach einer solchen Aussage könnte er sich eigentlich auch gleich die Eier abschneiden.

Die Abenddämmerung riss den Himmel auf. Der Feind war nirgends zu sehen. Ihr Hubschrauber kam schnell auf sie zu und schwebte dann tief, gerade lange genug, um die Seile abzuwerfen. Sie baumelten nur ein paar Sekunden, bis sie ins Innere des Helikopters hochgezogen wurden, aber es war besser als eine Achterbahnfahrt. Der Helikopter flog hoch in die Luft, sodass die Seile hin und her schwankten, und er schaute Sugar an, die neben ihm in der Luft hing.

Das war wirklich eine coole Frau.

Cash und Roman halfen ihr dabei, sich in den Hubschrauber zu ziehen, während Jared sie von unten bewundern konnte, wie sie ein Bein um das Seil schlang und sich durch die Luke zog. Minuten später war er an ihrer Seite.

Brock flog den Helikopter und Cash und Roman hielten Ausschau nach dem Feind, die Waffen im Anschlag. Brock hatte daneben eine A-10-Kanone in seinem Arsenal, die einen solchen *Wumms* drauf hatte, dass sie ein oder zwei Gebäude mit einem einzigen Schlag vernichten konnte.

Jared und Sugar setzten sich die Kopfhörer auf und bogen die Mikrophone herunter. »Wo ist Winters?«

Roman und Cash lachten und warfen ihnen zwei Flaschen Wasser mit zugesetzten Elektrolyten zu. Das Zeug schmeckte scheiße, tat aber ihrer Gesundheit gut. Er öffnete seine Flasche. Der Inhalt war dürftig und kohlensäurehaltig und er hatte ihn in drei Schlucken im Magen. Sugar sah dabei nicht ganz so gierig aus, aber ihre Flasche wurde trotzdem leer. *Braves Mädchen.*

Sie wischte sich den Mund ab. »Ich hasse dieses Zeug! Habt ihr noch eine?«

Verdammt, sie passt zu uns!

Roman warf ihnen je noch eine Flasche zu.

»Winters?«, fragte Jared wieder.

Brock schüttelte vorne den Kopf. »Baby Winters hat entschieden, dass heute sein großer Tag ist. Mia hat den Notrufknopf gedrückt und er ist nach Hause gedüst. In Schallgeschwindigkeit.«

»Echt jetzt?«

Mit Mia Winters legte man sich besser nicht an. Jared konnte sich nur allzu gut vorstellen, was für einen Anruf Winters bekommen hatte. »Ich dachte, das sollte erst in ein oder zwei Wochen passieren?«

»Sie hat ihn auf dem Satellitentelefon angerufen und gesagt, er solle seinen Hintern nach Hause bewegen. Die Wehen sind schlimm gewesen und in kurzen Abständen aufgetreten. Sie hat angerufen, als sie gerade eine hatte. Hat gedroht, ihn umzubringen.«

»Nicola ist auf dem Weg, um ihn zu ersetzen«, fügte Cash hinzu.

»Wusstest du, dass sie alle möglichen persischen Dialekte spricht?«, fragte Brock und hörte sich beeindruckt an. »Die spricht echt alles!«

»Überrascht dich das?« Roman verdrehte angesichts der Einberufung seiner Schwester die Augen.

»Sie kann ja nichts dafür, dass sie in deiner Familie die Intelligenz geerbt hat«, sagte Cash zu Roman. »Oder das gute Aussehen. Mann, du hast gar nichts abbekommen!«

Cash warf ihnen Proteinriegel zu. *Mit Zimt und Rosinen? Na toll.* Er schaute rüber, um zu sehen, was Sugar bekommen hatte. Dasselbe. Jared machte sich eine mentale Notiz, dass er jeden Proviant wegwerfen würde, der Rosinen auf der Zutatenliste hatte.

Sugar musterte Jared. Vielleicht fragte sie sich, was es mit Nicola auf sich hatte. Oder vielleicht wunderte sie sich, warum er ihren Riegel begutachtete.

»Sie spricht ungefähr zwanzig Sprachen oder so«, teilte er ihr mit.

»Dazu noch verschiedene Dialekte«, fügte Roman hinzu.

»Und sie kann mit jedem auf dieser Erde reden«, sagte Cash noch zu guter Letzt.

»Wird sie uns mit Asal helfen können?«, fragte Sugar und spielte mit der Verpackung ihres Riegels herum, ohne sie zu öffnen.

»Darauf kannst du wetten. Und ich will, dass alle meine Männer bereit sind. Winters, die Niete, ist entschuldigt. Ich bin GSI so was von satt. Ich will sie vernichten. Fertigmachen. *Finito.* Und wenn du dabei sein willst, Kip Pearson zu erledigen«, sagte er zu Sugar, die nickte, »dann musst du mit Titan zusammenarbeiten. Meinst du, du kommst klar damit, mehr mit uns zu machen, als uns nur Waffen zu verkaufen, Zuckerschnütchen?«

Sie verzog das Gesicht, wahrscheinlich, weil er sie vor allen anderen

»Zuckerschnütchen« genannt hatte. »Solange du mir versprichst, dass ich Kip haben kann, kannst du auf mich zählen. Wo ist denn Asal überhaupt?«

Brocks Stimme kam knisternd durch die Kopfhörer. »Bei einem Freund.«

»Sie ist sicher.« Jared wollte sie gerne beruhigen und ihr klar-machen, dass er verstand, wie wichtig ihr das Kind war. Das Mädchen hatte Sugar ein Messer gegeben und auf seiner Liste von Dingen, die er anderen hoch anrechnete, stand das ganz weit oben. Das Kind hatte ganz schön was gut beim ihm.

Er riss die Verpackung seines Riegels auf und aß ihn auf. *Eklige Rosinen.* Sugar hatte ihren noch nicht angerührt. »Du musst essen. Jetzt.«

»Werde ich schon.«

»Mein Hubschrauber, meine Regeln. Mach ihn auf. Iss ihn auf.«

»Penetrantes Arschloch!«

»Wenn dir das bisher noch nicht aufgefallen ist, dann weißt du es zumindest jetzt. Iss!«

Sie verzog den Mund, machte die Verpackung auf und nahm einen großen Bissen. »Ich hasse die doofen Rosinen!«

»Niemand mag Rosinen. Darum geht es nicht.«

Cash wühlte in einer Tasche herum. »Vielleicht habe ich …«

»Halt den Mund, Cash!« Jared verschränkte die Arme vor der Brust.

Roman schüttelte den Kopf und schaute Cash an. »Mit Rosinen hat das nichts zu tun.«

Cash warf ihnen einen Blick zu. »Da funkt es gewaltig. Mit denen kann man nichts anfangen.«

Sugar warf ihm einen Blick zu, der Eier mühelos zu Rosinen hätte schrumpfen lassen können. »Pass mal besser auf, Cowboy!«

Das war Sugars Spitzname für ihn, auch wenn er seinen Cowboyhut gerade gar nicht aufhatte. Er passte zu ihm. Hörte sich auch gut an, wenn sie ihm drohte.

Die Männer fingen an zu lachen. Sugar warf eine Flasche in Cashs Richtung. Das war zu viel für sie und sie brachen in lautes Gelächter aus. Jared kniff die Augen zusammen und hörte dem Gegröle zu. Sugar passte gut zu den Jungs, genauso gut wie Nicola und Mia.

Vielleicht mochte er sie ja tatsächlich und zog sie auf wie ein Kindergartenkind, das einem Mädchen am Zopf zieht. Aber funken? Vielleicht verstand er jetzt ja, warum sie mit eingezogenem Schwanz und im Affentempo vor ihren Problemen weggelaufen war.

KAPITEL SIEBEN

DIE KALTE LUFT der Klimaanlage hüllte Sugar ein, als die Tür des Hotelzimmers hinter ihr zufiel. Sie holte tief Luft und der Geruch dieses frischen, sauberen Zimmers war fast zu viel für sie. Die Reise nach Abu Dhabi war lang gewesen und die stinkenden Männer mit ihren nervigen Neckereien hatten auch nicht gerade geholfen.

Sie war so erschöpft, dass sie über die Müdigkeit längst hinüber weg war und bestimmt nicht schlafen konnte, aber sie hatte anderthalb Stunden zu überbrücken, bis sie sich mit Asal und Nicola treffen sollte. Diese Zeit würde sie mit einer langen, heißen Dusche füllen.

Sugar drehte sich einmal um sich selber und betrachtete die Marmorfliesen, die Kronleuchter und die Gemälde in ihrer Hotelsuite. Sie musste für königliche Gäste eingerichtet worden sein. Die Wände sahen aus, als ob sie vergoldet worden wären. Es war extravagant. Die Jungs von Titan schwelgten im Luxus, wenn sie in Abu Dhabi Halt machten.

Sie ging weiter und … *Oh mein Gott!* Das Gebäude war nicht einfach nur ein Wolkenkratzerhotel. Es war ein Himmelsschloss! Wunderschöne Möbel. Einzigartige Kunst und Dekoration. Panoramafenster mit Ausblick aus dem dreiundsechzigsten Stock.

»Bitte entschuldigen Sie, Miss.« Ein uniformierter Mann erschien wie aus dem Nichts. Sein exotischer Akzent klang sehr melodiös. »Ich bin Ihr Butler.«

Sugar stand der Mund offen.

»Wenn Sie irgendetwas benötigen, rufen Sie mich bitte.« Er hielt die Fernbedienung in seiner Hand hoch und legte sie dann auf einen Tisch mit vielen geschnitzten Schnörkeln. Er nickte ihr zu und verschwand wieder.

Ein Butler? Sie hatte schon gehört, dass sogar die schlechtesten Hotels für Touristen in Abu Dhabi luxuriös waren, aber das hier war einfach unglaublich.

Das Telefon im Zimmer klingelte. Sie fand den kabellosen Apparat auf einem Tisch und fragte sich, ob es wohl ein Hotelangestellter oder jemand von Titan sein würde. »Hallo?«

»Ist mit deinem Zimmer alles in Ordnung?« Beides: Jared führte sich auf wie ein Hotelangestellter. »Brauchst du irgendwas? Nicola sollte mit der Rezeption telefonieren und dir Klamotten besorgen lassen.«

»Ich habe einen Butler!« Das war alles, was sie herausbrachte.

»Das ist alles im Titan-Paket inbegriffen, Zuckerschnütchen. Gibt es sonst noch etwas, über das du dich beschweren möchtest, oder kommst du klar?«

Jared, der Mistkerl, war wieder in Bestform und es war komischerweise tröstlich. Sie hatten kaum ein Wort miteinander gewechselt, seitdem sie ihren Proteinriegel hinuntergewürgt hatte.

»Alles in Ordnung, Kollega. Danke der Nachfrage.« Keiner von ihnen legte auf und sie blieben in der Leitung hängen. Jared murmelte etwas, das sich eher wie Knurren als Worte anhörte.

»Was?«

»Ich komme bei dir vorbei.«

»Ich muss duschen.« Sie ging zum Schrank hinüber. »Dann will ich Asal sehen, mit Nicola sprechen, die UNO-Beauftragte treffen, die ...«

»Die verspäten sich. Es ist alles in Ordnung, aber es ist etwas kompliziert mit den vielen Vorschriften in solchen Fällen. Du hast keine Ahnung, was für Gefallen ich von anderen Leuten erbitte, bei denen ich etwas gut-habe, nur damit du dich um dieses Kind kümmern kannst«, murrte er. »Aber sie wird sicher untergebracht werden.«

»Ich hab's verstanden. Danke.« Sugar ging durch das große Wohnzimmer mit den kunstvollen Teppichen ins Schlafzimmer. Das Bett war größer als Kingsize. Sie musterte die geschlossenen Türen und glaubte, einen Schrank gefunden zu haben.

»Geh unter die Dusche und zieh dir ein paar neue Fetzen über!«

Heiliger Versace! Der Schrank war voll mit edlen unwiderstehlichen

Designer-Klamotten! Sie schaute auf ein Etikett. *In meiner Größe!* Sie mochte Nicola immer mehr, je mehr sie bei dieser Mission miteinander zu tun hatten. »Anziehen werde ich mir was, aber glaub mir, keine in Fetzen!«

Er grunzte. »Zack, zack!«

Er legte auf und sie hörte das Freizeichen. *Zack, zack?* Eher wohl Zaster, Zaster! Sie wusste, dass Titan gut bezahlt wurde und dass die Jungs im Wohlstand lebten, wenn sie nicht für Aufträge unterwegs waren. Aber Hotelzimmer mit Butler und Designerkleidung? Das schoss den Vogel ab und reichte, um sie damit aufziehen zu können, dass sie sich immer die härtesten Jobs aussuchten.

Sie schaute auf ihre Finger, die immer noch das Etikett befühlten. Schmierig. Dreckig. Ekelhaft. Jetzt hatte sie ein Ziel vor Augen. Sie wirbelte herum und riss sich ein Kleidungsstück nach dem nächsten vom Leibe, während sie in Richtung Badezimmer ging.

Welche Überraschung! Es war größer als ihr ganzes Schlafzimmer zu Hause.

Sugar begutachtete die Dusche und den Jacuzzi. *Wenn ich schon mal hier bin, kann ich es auch gleich den Einheimischen gleichtun.* Sie lächelte und stellte beide an. Die Dusche würde die Lagen Dreck wegwaschen. Im Whirlpool würde sich auch alles andere einweichen und auflösen lassen.

JARED WARF EINEN Blick auf seine Uhr und wippte mit dem Fuß. Der Fahrstuhl brauchte zu lange, und das Ding war der schnellste auf der ganzen Welt! Er hatte eine Million Dinge zu erledigen, aber er musste mit Sugar reden. Betonung auf *musste*, als wenn es eine Notwendigkeit wäre, obwohl es das ganz sicher nicht war.

Es war auch überhaupt nicht notwendig gewesen, den Souvenirladen des Hotels halb leer zu kaufen und jedes Kuscheltier, jede Süßigkeitentüte und Malutensilien auf Asals Zimmer zu schicken. Er hatte mit Asals UNO-Babysitterin gesprochen, aber sie hatte ihn gewarnt – er solle sich mit den Geschenken zurückhalten, irgendwas in der Richtung, dass es zu viel für das Kind wäre. *Echt?* Wenn er auf einem abgelegenen Berg aufgewachsen wäre und dann in einem der luxuriösesten Hotels der Welt landen würde, dann wären es nicht Kuscheltiere und Süßigkeiten, die ihn schocken würden, sondern vielmehr das Wasser aus der Leitung und der Strom aus der Dose.

Aber er würde sich nicht mit der Lady von der UNO anlegen, nicht, nachdem er so viele Beziehungen spielen lassen hatte. Auf sie hören würde er allerdings auch nicht. Wenn der Souvenirladen des Hotels irgendwelches neues Zeugs für Kinder reinbekam, dann würde das auf Asals Zimmer landen.

Zurück zu seinem größeren Problem: Sugar.

Er erreichte ihre Tür und klopfte mit der Spitze seines Stiefels an. Keine Antwort. Nachdem er die Tür nochmal getreten und gewartet hatte, ging er einfach hinein. Einer der Vorteile davon, eine Beteiligung an diesem Hotel zu haben und sein Team jedes Mal, wenn sie in der Nähe der Vereinigten Arabischen Emirate waren, hier unterzubringen: Er konnte auftauchen, wann immer er wollte, ohne dafür eine Einladung zu brauchen. Die Bezeichnung VAE-Hotel*zimmer* war ein Witz. Alle Suiten glichen eher Luxusapartments. Einer der vielen Vorteile davon, Zweigstellen in Abu Dhabi und Dubai zu haben, war, dass man es sich hier richtig gut gehen lassen konnte. Sie verbrachten nicht viel Zeit hier, aber wenn sie hier waren, dann glich das die Zeit in Sümpfen, Wüsten und Urwäldern wieder aus, wo der Feind versuchte, sie umzulegen.

Er hatte bemerkt, dass die Leute in Abu Dhabi Kaviar so behandelten wie Amerikaner Butter. In den Straßen hier fuhren vielleicht sogar mehr Ferraris und Lamborghinis als in Los Angeles. Jammerschade, dass nur ein paar Meilen entfernt, in der vierzig Grad heißen Wüste, eine sehr hässliche Kehrseite dieses Lebens stattfand. Aber die hässliche Seite des Lebens war sein Geschäft. Gewaltherrscher. Tyrannen. Waffen. Drogen. Prostitution. Dieses Hotel war eine Blase inmitten dieser Welt, und im Augenblick war ihm das nur recht.

Er ging durch das Wohnzimmer. Von Sugar keine Spur. Dann bog er um die Ecke.

Wumms! Handkantenschlag gegen seine Kehle.

Ihre flinken Hände zogen sich zurück und sie machte Anstalten, ihm das Knie zwischen die Beine zu rammen. Er wirbelte um die Ecke, knallte

Sugars Hand gegen die Wand und nahm ihr dabei die 9mm-Waffe ab, die sie in der anderen Hand hielt.

»Ganz ruhig, Killer!«

»Was soll der Scheiß? Du kannst hier nicht einfach reinspazieren und dich verhalten wie ein Spanner!«

Er bewegte sich kaum, immer noch an sie gepresst. Ihre nassen Haare waren zu einem hohen Dutt zusammengebunden, ihre Haut war feucht und sie war in ein Handtuch gewickelt. »Ich habe geklopft.«

»Ich hab dich nicht gehört.« Sie hatte sich das Gesicht gewaschen. Es war völlig frei von Make-up.

Eine natürliche Schönheit. Oh Mann, so verdammt schön!

»Kann ich ja nichts für.«

»Und dann kommst du einfach rein?« Sie schürzte missbilligend die Lippen. »Ganz schlechte Manieren, Kollega!«

Er lockerte den Griff um ihr Handgelenk und wich zurück. Sugar rammte ihm den Ellenbogen in die Kuhle über dem Brustbein und ließ das Knie wieder in Richtung seiner Kronjuwelen schnellen. Er blockte ihr Knie ab.

»Was zum Teufel, Zuckerschnütchen?«

»Ich bin es leid, dass du immer einfach plötzlich auftauchst.«

Ihr Haar hatte sich aus dem Knoten gelöst. Nasse Strähnen fielen ihr ins Gesicht. Das weiße Handtuch bedeckte die Rundungen ihrer Brüste kaum. Ihr Brustkorb, der sich hob und senkte. Der Blick in ihren Augen. Das Blut, das durch seinen Körper raste. All das zog ihn wieder magnetisch in ihre Richtung.

Tief aus seiner Brust kam ein Grollen. »Willst du, dass ich gehe?«

Sie sagte nichts.

Langsam lehnte er erst einen Unterarm, dann den anderen an die Wand, sodass sie dazwischen gefangen war. Sein Oberkörper drückte gegen das Handtuch. Das war eine gute Methode, um sie zum Weglaufen zu bringen. Wieder. Aber er konnte es einfach nicht lassen und sie hier so stehenlassen.

»Sag mir, dass du willst, dass ich verschwinde, und ich bin weg.« Der Geruch von blumigem Damen-Shampoo war so verlockend! Er atmete ihren Duft ein. »Aber ich glaube nicht, dass du es sagen wirst.«

»Du bist so ein großspuriger Kotzbrocken!«

»Tja, so ist das.« Sie schubste ihn nicht weg und hatte ihm auch nicht wieder das Knie in die Eier gerammt.

»Ich bin großspurig. Ich sehe etwas, das ich will und ich sehe zu, dass ich es bekomme. Aber du kannst jeden Kerl haben, dem du deine Aufmerksamkeit schenkst. Warum schaust du mich also so an?«

»Mach ich gar nicht«, flüsterte sie.

Seine Lippen strichen an ihrem Haar vorbei, zu einer empfindsamen Stelle unter ihrem Ohr. Seine Bartstoppeln kratzten über weiche Haut. Sie fühlte sich so zart an, dass man kaum glauben konnte, sie sei gerade erst brutalem Wind und eisiger Kälte auf einem rauen Berg ausgesetzt gewesen.

»Das ist jetzt das zweite Mal, dass ich dich eine Lügnerin nenne.« Er biss sie spielerisch ins Ohrläppchen. Ein Keuchen entwich ihrer Kehle. Als seine Zunge vorschnellte, legte sie ihren Kopf ein ganz kleines bisschen schräger. Er küsste sie genussvoll auf den Hals. »Gott, schmeckst du gut!«

Seine Hände glitten die Wand hinunter, bis er die feuchten Haare über ihren nackten Schultern zu fassen bekam. Mit den Fingern fuhr er durch die nassen Strähnen und seine Lippen wanderten über ihren Kiefer, zu ihrem Kinn und schließlich bis zu ihren vollen, rosigen Lippen.

Ihr Atem kitzelte ihn und er überbrückte die letzten Millimeter, die sie trennten, und legte seinen Mund auf ihren. Ein elektrischer Schock zuckte seine Wirbelsäule hinunter und landete mit Wucht in seinem Magen. Ihre Finger vergruben sich in seinem Hemd und zogen ihn näher. Stürmisch erwiderte sie seinen Kuss. Ihre Zungen tanzten. Sie schmeckte so süß, wie es ihr Name versprach.

Ihn überkam das heftige Verlangen, sie eng an sich gepresst zu halten, sie in Besitz zu nehmen. Es verdrängte jeglichen anderen Gedanken, wie *Lass uns vögeln und es hinter uns bringen.* Was blieb, war Verwirrung und freudige Erwartung, die seinen Entschluss festigten, das Handtuch zu entfernen, das sie trennte.

Er riss sich sein Hemd vom Körper und küsste sie gierig. Das flauschige Handtuch rieb über seine Haut, neckte und lockte ihn. Sugars Hände streichelten seinen Bizeps. Ihre Fingerspitzen kratzten über seine

Arme bis zu den Händen, die ihre Taille festhielten.

Sie biss zärtlich in seine Lippe und er machte die Augen auf. Er schaute direkt in das tiefe Dunkelblau ihrer Augen, als ihre Lippen sich unter seinen zu einem Lächeln verzogen.

»Sag nichts, das das hier ruinieren wird, Kollega.«

Würdest du mal aufhören mit dem Kolle…

Mit einer einzigen schnellen Handbewegung hatte sie das Handtuch gelöst und der weiße Stoff flog auf wie ein Vorhang. Die Erdanziehungskraft ließ das Handtuch zu Boden gleiten. Er hatte noch nie einen so perfekten Körper gesehen. Er saugte den Anblick förmlich auf, und sein glühender Blick ging langsam vom Kinn zu den Waden. Er prägte sich alle perfekten Einzelheiten ein, die er dazwischen sah.

Sugar griff sich seinen Gürtel, öffnete ihn und zog daran. Er löste sich nur langsam und hakte sich an jeder Gürtelschlaufe fest, bevor sie es geschafft hatte, ihn auszuziehen und er geräuschvoll auf dem Boden landete. Seine Hose hing ihm auf den Hüftknochen. Sie strich mit der Hand über seinen Ständer. Dann zupfte sie am Reißverschluss.

»Kondom?«, fragte sie.

Er nickte. »Kondom.«

Er steckte die Hand in die Gesäßtasche und nahm sein Portemonnaie heraus. Sie zog seine Hose und Unterhose herunter. Als er seine Schuhe und Strümpfe mit den Zehen des anderen Fußes abstreifte, hatte sie seine Erektion längst in beide Hände genommen. Ihre Finger glitten höher, streichelten über seine Bauchmuskeln, fuhren in das bisschen Brusthaar.

»Schlafzimmer?« Er küsste ihre Lippen, biss und erforschte ihren sündhaften Mund.

Sie schüttelte den Kopf. »Sicher nicht.«

Sugar unterbrach den Kuss nicht, als sie ihn auf den Teppich herunterzog. Sie landeten weich und die flauschigen Fasern strichen über seinen Rücken, als sie sich auf ihn legte. Er verschränkte seine Finger mit ihren. Es ging alles ganz schnell, und endlich löste sich die Anspannung auf, die von dem ständigen *sollen sie, sollen sie nicht?* zwischen ihnen kam. Aber ihre Rundungen bettelten förmlich danach, dass er ihnen seine Aufmerksamkeit schenkte. Er wollte sie küssen und streicheln, beißen und saugen. Er wollte, dass sie wegen ihm stöhnte.

Sie holte tief Luft und ihr Blick begegnete seinem. »Kondom. Jetzt.«

Hey, wieso sollte er gegen einen Sugar-Sturm ankämpfen? Die Frau hatte eine Mission. Wer war er schon, dass er den Versuch unternehmen sollte, sie davon abzuhalten?

Er riss das Päckchen auf. Tief in seinem Inneren spürte er, dass er für mehr bereit war als nur Beischlaf. Etwas Stärkeres. Etwas Intensiveres. Seine Fantasie ging mit ihm durch. Es war ein wahr gewordener Traum, aber der nackte Tornado über ihm verschleierte die klare Sicht. »Sugar?«

»Bitte halt die Klappe.«

Was ist eigentlich dein Problem, Jared? Himmel! Hatte er jemals zuvor wilden Sex infrage gestellt? Nein. Das hier könnte gar nicht schärfer werden, als es schon war, und er könnte die Frau nicht noch mehr wollen, als er es schon tat.

Jared drehte sie, sodass er sich zwischen ihren Beinen positionieren konnte. Ein Stöhnen entwich ihren Lippen, das sich wie ein Schnurren anhörte.

»Bitte«, flehte sie ihn an, atemlos und seufzend. Sie wand sich unter seinem Gewicht. »Ich brauche das. Dich.«

Er bewegte seine Hüften und warme Haut traf auf warme Haut. Ihre Augen schlossen sich, ein weiteres Stöhnen entwich ihr und er küsste sie, um die Vibrationen auf seinen Lippen zu spüren.

»Verdammt, Sugar!« Als er langsam in sie eindrang, glich sie sich seinem Rhythmus an und sie bewegten sich im Gleichtakt. *Perfekter verdammter Einklang.*

Sie zog ihre Knie zurück und schlang die Beine um seine Taille. Er hatte offensichtlich die Starterlaubnis, sie beide gen Himmel zu steuern. Mit jedem Stoß drang er tiefer in sie ein und sie klammerte sich noch fester an ihn. Sie wurde immer leidenschaftlicher. Nahm ihr Schicksal immer mehr in die eigene Hand. Ihr Keuchen wurde heftiger, im selben schnellen Takt wie seines.

Sugar rief seinen Namen, als sie kam, laut und animalisch, sodass er sich stolz wie ein Zuchthengst und unbesiegbar fühlte. Ihre Muskeln zogen sich immer wieder zusammen und sie benutzte ihn. Gott, wie sie ihn für ihren eigenen Höhepunkt benutze! Er liebte es. *Benutz mich, Baby! Auf jede erdenkliche Art!*

Ihre dunkelblauen Augen öffneten sich und erinnerten ihn an die stürmische See. Ihr Körper, der kräftiger war, als er aussah, bewegte sich plötzlich, und schon saß sie auf ihm drauf. Ihre braune Löwenmähne war zerzaust. Er schaute auf ihre milchig rosige Haut und ihre vollen Brüste mit den rosa Spitzen, die er so gerne berühren wollte. Er umklammerte ihre Taille und fuhr mit den Händen in Richtung der großen, festen Rundungen.

Sie bewegte die Hüften auf und ab und lächelte, als sie ihm dabei zuschaute, wie er mit ihren Brustwarzen spielte. Ihre Hände legten sich auf seine, bevor sie weiter ihren Hals hinauf und in ihr Haar wanderten. Sugar war ausgestellt. Und was für ein unglaublicher Anblick das war!

Jared passte sich ihrem Rhythmus an. Ihr teuflisches Grinsen spornte ihn zu mehr an. Das hier war ihr Kampf um die Oberhand, und verdammt, sie gab ihr Bestes, um zu gewinnen. *Das lasse ich nicht zu!*

Sie legte den Kopf in den Nacken. Ihr keuchender Atem verriet Jared, dass wieder ein Orgasmus kurz bevorstand, dass sie mit jedem Stoß und Schwung dem Höhepunkt näher kam. Er trieb sie darauf zu, weil er sehen musste, wie sie kam, während sie rittlings auf ihm saß. Er hielt sie an der Taille fest, bewegte sie und beglückte sich selbst damit.

»Jared!«

Sie rief wieder seinen Namen und dann den des Herrn. Ihr Körper bäumte sich auf und bog sich. Er hielt sie fest, zögerte den Moment so lange hinaus, wie er konnte, sorgte dafür, dass sie wieder aufschrie. Sie öffnete die Augen. Der unerwartete Ausdruck von Unschuld, Lust und Gefühlen, den er darin sah, brachte ihn selber dazu, zu kommen. Jeder Muskel spannte sich an. Alles, was zwischen ihnen war, was er nicht verstand, kam in diesem Augenblick zusammen. All seine Energie und sein Verlangen ergossen sich in ihr.

Wieder kam sein Name über ihre Lippen, als sie sich vorbeugte und ihn leidenschaftlich küsste. Seine Muskeln wurden schlaff, sein Kopf war leer und er konnte nichts anderes spüren als sie, wie sie auf ihm lag.

Der Kuss kam zum Ende. Ihre Wangen und Oberkörper blieben

aneinandergepresst. Dann rutschte Sugar von ihm herunter und er legte einen Arm um sie, damit sie ihren Kopf darauf betten konnte. Sie lagen stumm da, bis sich ihre Atmung wieder normalisiert hatte.

Er drehte sich ihr zu, unsicher, was er nach diesem intensiven Erlebnis sagen sollte. Eins musste er Sugar lassen: Sie wusste, wie sie ihn vor Lust schier zur Explosion bringen konnte.

Sie setzte sich auf und schnappte sich das Handtuch. »Das hat Spaß gemacht! Ich bin froh, dass wir es hinter uns gebracht haben.«

Was? Er schluckte die Frage herunter: *Was ist gerade passiert?* Ihre Worte hallten in seinem Kopf wider. Er hatte gehört, was sie gesagt hatte, aber ... *Ja, nein.* Er stützte sich auf die Ellenbogen auf. »Dass wir es hinter uns gebracht haben?«

Als sie aufstand und sich das Handtuch umlegte, starrte Jared sie an und sah, wie sie innerlich zumachte.

Sie schob sich das Haar über die Schultern. »Man sieht sich«, sagte sie und wirbelte auf nackten Fersen herum.

»Ist das dein Ernst?« Er sprang auf und drehte sie wieder zu sich um.

Ihr Blick ging über seinen Körper. »Du bist noch nackt.«

»Weil wir vor dreißig Sekunden gevögelt haben!«

»Dann zieh dir deine Hose an, großer Junge.« Sie schenkte ihm ein falsches Lächeln und drehte sich wieder um. »Das solltest du übrigens als Kompliment aufnehmen.«

»Sugar.«

Sie hielt inne, schaute über ihre Schulter und schüttelte den Kopf. »Ich versteh schon. Du bist es gewohnt, Frauen rauszuschmeißen. Vielleicht betteln die, dass sie noch ein paar Minuten mit dir kuscheln dürfen? Ich nicht. Keine Sorge!«

Jared warf das Kondom in den Mülleimer, ging zu seiner Hose und seinen Boxershorts und beförderte sie mit einem Kick in seine Hand. Er lachte, schüttelte den Kopf und schlüpfte dann in die Hosen. Socken und Schuhe waren als Nächstes dran. Er ließ das Hemd aus und warf es sich über die Schulter.

Er ging an ihr vorbei zum Waschbecken, damit er seine Hände waschen und sich etwas Wasser ins Gesicht spritzen konnte. Er fuhr sich mit der Hand durch die kurzgeschorenen Haare und drehte sich wieder zu ihr um.

Sogar im Handtuch konnte sie so taff wie eh und je aussehen. Er trödelte noch eine Minute länger, um sie zu verärgern und sagte dann: »Du schmeißt mich raus. Typisch.«

»Ich sage ja nicht: Da ist die Tür, Jared. Ich sage: Ich bin froh, dass wir das gemacht haben. Vielleicht können wir jetzt zusammenarbeiten, ohne dass es *funkt*. All die sexuelle Anspannung, die mussten wir einfach rauslassen.« »Ach so, dann hast du mir einen Gefallen getan. Lass mich raten: Du hast den *Entschluss* gefasst, einmal und fertig. Vielleicht ist das ja sogar dein *Motto*.«

Ihre Augen wurden schmal. »Was?«

»Wir sollten später darüber reden.« Er zog das Portemonnaie aus seiner Tasche, nahm das zusammengefaltete Blatt mit der E-Mail heraus und warf es ihr zu, drehte sich dann um und ging zur Tür. Er hörte, wie sie das Blatt auseinanderfaltete, dann, wie sie scharf die Luft einsog.

»Fick dich, Jared!«

»Zu spät. Das hast du schon erledigt.«

Die Tür des Hotelzimmers ging hinter ihm zu. Es hörte sich so endgültig an, obwohl er die Schlüsselkarte aus der Tasche ziehen und die Tür wieder aufmachen könnte.

Er stand im Korridor, wütend … und angespannt. Er hatte keine Ahnung, wieso er so verärgert war. *Die kann mich mal, mit ihrem »Das hat Spaß gemacht, man sieht sich«-Scheiß.*

Er holte tief Luft und drehte sich zur Tür um. Er wusste nicht, was er als Nächstes tun sollte. Mit Sugar zu schlafen hatte alles kaputtgemacht. Er hatte gewusst, dass das passieren würde. Diese letzte Stunde gehörte am besten tief in der Vergangenheit vergraben. Er drehte sich wieder von der Tür weg, zog sich das Hemd an und drückte den Knopf für den Aufzug.

KAPITEL ACHT

WIEDER IM WHIRLPOOL legte Sugar ihren Kopf auf einem Stapel Handtücher zurück, der ihr als Kopfkissen diente, und starrte das zerknitterte Blatt Papier mit der E-Mail an. Jared hatte die ganze Zeit über gewusst, welche Gefühle sie für ihn hatte. Sie wünschte, sie würden einfach verschwinden – die Gefühle und der Mann. Ihr improvisierter Plan, ihr Interesse an ihm einfach wegzuvögeln, war eine Riesenpleite gewesen.

Ich hätte bei dem Jared-Westin-aus-dem-Weg-gehen-Plan bleiben sollen.

Auch nachdem sie die Augen zugemacht hatte, sah sie vor ihrem inneren Auge wieder und wieder, wie sich der Schock auf seinem Gesicht ausbreitete. *Ich wette, der Mann wurde noch nie aus einem Schlafzimmer geworfen, besonders nicht, nachdem er gezeigt hatte, was er zu bieten hatte.* Seine Muskeln hatten Muskeln. Seine Bartstoppeln. Sein Brusthaar. Seine Hände. Sie schüttelte den Kopf, aber die Bilder kamen trotzdem wieder. Jared war … beachtlich, auf jede erdenkliche Art und Weise.

Ihre nicht jugendfreien Fantasien wurden mit einem Mal von einem Gedanken weggefegt, der ihr Herzschmerzen bereitete. Und sie hatte *beachtliche* Gefühle für ihn. Niemand sonst sollte ihn berühren, küssen oder es mit ihm tun. Sie hatte gerade herausgefunden, dass Eifersucht sich bei ihr nicht in Form eines kleinen Anfalls zeigte, sondern sie regelrecht krank vor Eifersucht war, was Jared anging.

Jared war nicht der Typ, der sich auf eine Frau festlegen konnte, und sie hatte wirklich keine Lust, die arme Frau zu sein, die versuchte, einen Mann zu ändern.

»Ich hasse dich, Jared Westin«, sagte sie zu dem leeren Badzimmer. *Halt den Mund.* Selbstgespräche zu führen und so zu tun, als sei ihr Gesprächspartner im Raum, war eine schlechte Angewohnheit. Das einzige andere Mal, als sie sich so gefühlt hatte, war, als sie fast GUNS verloren hatte. Abgesehen von ihrer Schwester war die Schießanlage das, was ihr am nächsten stand, also das, was einer festen Beziehung am nächsten kam. Sie war schon ihr ganzes Leben dagewesen. Ihr Vater hatte das Geschäft beim Pokern verloren, der Halunke. Und ihre verlogene Mutter war niemals stark genug – oder anwesend – gewesen, um ihm den Marsch zu blasen.

Es war ein Wunder gewesen, dass Sugar GUNS hatte retten können. In Wahrheit war es ein Wunder, dass weder sie noch Jenny so geworden waren wie ihre Mutter.

Also war GUNS praktisch ihr Familienersatz. Wo sie sich sicher und geborgen fühlte. Nachdem sie Titan dafür benutzt haben würde, Rache an Kip zu üben, würde sie wieder zu diesem sicheren Hafen zurückkehren.

Das Badewasser war mittlerweile kalt geworden. Sugar stieg aus der Wanne, trocknete sich zum zweiten Mal an diesem Tag ab und schlüpfte in ihren Designer-Schlafanzug. Der rosafarbene, seidige Stoff war frisch gewaschen und roch nach Blumen. Sie nahm sich vor, Nicola dafür zu danken.

Es klingelte an der Tür. Hotelzimmer hatten Klingeln? Nur in Titans Welt.

Sugar ging auf nackten Sohlen zur Tür und schaute durch den Spion. *Nicola.* Sie riss die Tür auf. »Asal!«

Das kleine Mädchen sprang in ihre Arme.

Nicola lächelte. »Hallo!«

Asal drückte Sugar einen feuchten Kuss auf die Wange und legte die Arme um ihren Hals.

»Hallo Nic!« Sie erwiderte Asals Umarmung. »Hi, du! Hab dich vermisst.«

Nicola ging in den Eingangsbereich. »Dieses kleine Mädchen hatte ganz schön viel zu erzählen. Einiges von der Hölle, aus der wir euch befreit haben, aber hauptsächlich von dir. Sie glaubt, dass du eine Art Engel bist.«

Sugar lachte. »Eher weniger.«

»Genau, das habe ich auch gesagt. Sie hat aber darauf bestanden. Die UNO-Abgesandte glaubt wahrscheinlich, du bist eine Halluzination oder eine imaginäre Freundin.«

Sugar setzte das Mädchen ab und tätschelte seinen Kopf.

Asal sagte etwas zu Nicola, die nickte. »Asals Englisch ist ziemlich gut, dafür, wo sie gelebt hat. Aber sie hat das hier extra für dich geübt.«

Das kleine Mädchen strahlte über das ganze Gesicht. »Danke, Sugar. Du hast mich gerettet!«

»Aber klar doch, mein Schatz!« Sugar kniete sich hin, strich über Asals gekämmtes Haar und steckte ein paar Strähnen hinter die Ohren. Das kleine Mädchen lächelte selig und Sugars Herz explodierte fast vor Stolz und Hoffnung. Dann stand sie auf und wandte sich an Nicola. »Konntest du etwas über *den Ehemann* herausfinden?«

Nic nickte und sagte. »Er hat sie nicht angerührt. Sie haben sich noch nie getroffen. Ihre Brüder sind bei einer Explosion umgekommen, ihre Mutter ist im Kindsbett gestorben und ihr Vater im Krieg. Ein Onkel hat sich um sie gekümmert, hat sie großgezogen, aber er wollte sie loswerden. Er hat sie eingetauscht, wie gegen Brautgeld, gegen Getreide und eine Ziege.« Sie schaute Asal an. »Ohren zu.«

Asal legte die Hände auf die Ohren.

»Ich habe mir gedacht, in Gegenwart von Titan sollten wir lieber aufpassen, was sie mit anhört.« Nicola zog die Schultern hoch. »Wie dem auch sei, ich will den Bastard umbringen. Eine Ziege?«

Sie machte eine Handbewegung und Asal ließ die Hände wieder sinken. Sie gingen ins Wohnzimmer. Asal plapperte etwas in einer anderen Sprache. Sugar mochte, wie sich das anhörte. Silben und Worte, weich und melodisch, tanzten durch die Luft.

Nicola hüstelte, um ein Kichern zu unterdrücken, und zeigte unauffällig mit dem Kopf in Richtung Boden.

Verdammte Kondomverpackung! Sugar wurde rot, und wenn Asal nicht dagewesen wäre, hätte sie Jared verflucht.

»Wie ich sehe, war Jared hier.«

Sugar sah keinen Grund dazu, zu lügen. Auf der Reise von Afghanistan hier-her hatte sie schon mitbekommen, was das Gesprächsthema des Tages war. Alle dachten, dass sie es miteinander trieben. Wieso sollte sie das leugnen, wo es jetzt sogar der Wahrheit entsprach?

Nicola sagte etwas, das Sugar nicht verstand, gefolgt von einer langsamen englischen Übersetzung, begleitet von Gesten. »Wasch dir die Hände. Wir werden bald essen.« Asal lief in Richtung Badezimmer und Nicola warf Sugar einen stechenden Blick zu. »Ich wusste es. Und ich möchte gerne Einzelheiten hören.«

»Es gibt nichts dazu zu sagen.« Sugar beschäftigte sich mit der Nagelhaut an einem Finger.

»Erzähl doch keinen Scheiß«, schnaubte Nicola, die Hände in die Hüften gestemmt. »Da liegt ein Kondom – in deinem Wohnzimmer!«

Sugar stellte sich auf die silberne Hülle, so, als ob sie damit auch das Gesprächsthema verschwinden lassen könnte.

»Erzähl schon, Sugar!«

Sie rieb sich die Schläfen. Jared bereitete ihr Kopfschmerzen, selbst wenn er nicht direkt das Problem war. Die Folie kratzte an ihrer Fußsohle. Wenn er sie nicht dagelassen hätte, würden sie gar nicht darüber reden. Es war seine Schuld. Sie rieb sich wieder die Schläfen. »Das erste und das letzte Mal. Wir hatten unseren Spaß und das war's. Mehr gibt es dazu nicht zu sagen.«

»Das erste Mal …« Nicolas Nase kräuselte sich, als sie nachdachte. »Auf dem Wohnzimmerboden.«

»Es ging uns nicht darum, eine romantische Erinnerung zu schaffen.«

»Das würde ich auch sagen.« Nicola gelang es nicht, ihr Grinsen zu unterdrücken.

Sugar beugte sich vor, schnappte sich die Verpackung und warf sie in den Mülleimer. »Danke für die Klamotten. Sie sind …«

»Nee, nee, nee! So leicht lasse ich dich nicht davonkommen!«

Sie zuckte mit den Schultern und strengte sich an, eine gelangweilte Miene aufzusetzen. »Wirklich, es gibt nicht viel zu erzählen!«

»Einzelheiten. Verrate mir doch wenigsten ein einziges, pikantes Detail! Na, komm schon!« Sie legte die Hände wie zum Gebet zusammen.

Mist! Mist! Mist! »Ich weiß nicht.«

Aber Nicola ließ sich nicht abwimmeln und ermunterte sie: »Der Mann, der sich für den Meister in allem hält, war … Na los, tu mir den gefallen, Sugar! Ich halte es nicht aus!«

»Meister in allem?« Sugar rollte mit den Augen. »Natürlich hält er sich dafür.«

»Und wird er seinem selbsternannten Titel gerecht? Er ist …«, sagte sie Sugar vor und machte eine Geste, die bedeutete, dass sie den Satz beenden sollte.

Bevor sie sichs versah, waren ihre Wangen wieder rot angelaufen. »Er ist beeindruckend. Mehr sag ich dazu nicht. Ist das gut genug?«

»Natürlich nicht!« Nicola schmollte.

»Was willst du denn?«

»Ein Techtelmechtel am Nachmittag, das sich nie wiederholen soll? Das ist alles? Was hat er gesagt? Was hast du gesagt?«

Sugar kaute auf ihrer Unterlippe herum und überlegte, wie sie es ausdrücken sollte: »Ich habe mich ganz höflich bedankt und ihn gebeten, zu gehen.«

Nicola fiel die Kinnlade herunter. Sie starte sie mit offenen Augen an und gab keinen Ton von sich.

Sugar zupfte am Saum ihres Schlafanzugoberteils herum. »Ach, komm, Nicola. Als ob dich das schocken könnte!«

Ihr Mund ging wieder zu, dann öffneten sich ihre Lippen wieder. Sie schüttelte den Kopf und legte die Hand auf den Mund. »*Du* hast *ihn* rausgeschmissen? Oh mein Gott! Ich will jedes Detail hören!«

»Das hört sich etwas gemein an, und meinst du nicht, dass das etwas Privates ist?«

»Machst du Witze? Du hast mit Cash geschlafen. Diese Grenze haben wir schon überschritten.«

»Nic! Das ist nicht fair! Wir hatten schon Schluss gemacht, als er dich kennengelernt hat. Dich wieder getroffen hat. Wie auch immer. Das war unter der Gürtellinie, Nicola!«

Asal kam aus dem Badezimmer und zeigte ihre sauber geschrubbten Hände. Sie sah so niedlich in ihren sauberen Kleidern aus, und sie hatte ihre Haare zu einem Pferdeschwanz zusammengebunden.

Nicola sagte wieder etwas in der fremden Sprache und übersetzte es auf Englisch. »Geh in die Küche. Such dir einen Snack.« Sie schaute Sugar an. »Du hast doch etwas zu essen da, oder?«

»Keine Ahnung.«

Asal kam schnell mit zwei Tüten Trockenfrüchten und Nüssen wieder. »Sieht ganz danach aus.«

Sie hüpfte zu den Sofas hinüber, schnappte sich die Fernbedienung und fand einen Sender mit Cartoons, die über den Flachbildschirm surrten. »Kinder passen sich schnell an.«

Nicola nickte und kam zum Thema zurück. »Noch mal zurück zu der Stelle in deiner Erzählung, wo du seinen knackigen Arsch aus dem Zimmer befördert hast. Und *los!* Gott, ich hätte meine Waffen dafür verkauft, um das zu sehen!«

»Er ist ein manipulatives Arschloch.«

»Das ist nichts Neues.«

»Nun, er hat mir so einige Informationen vorenthalten und war nicht hundertprozentig ehrlich zu mir.«

Nicola zuckte mit den Schultern. »So ist er nun mal, unser allerliebster Mistkerl.«

»Du bist nicht gerade hilfreich.«

»Du erzählst ja nichts. Aber sag mir, wie ich dir helfen kann!«

Sugar wollte schreien. »Ich meine damit, du machst was Kompliziertes draus! Es gibt nichts, wobei du helfen kannst. Es ist vorbei. Es hat Spaß gemacht. Und ich will es nicht wiederholen.«

»Warum hast du dann ganz rote Augen?«

Vielleicht hätte sie im Badezimmer Augentropfen suchen sollen. Da gab es ja alles andere auch, was sie je gebrauchen könnte. Wenn Nicola Garrison darüber Bescheid wusste, dass sie sich im Jacuzzi die Augen ausgeheult hatte, dann würde sie es Sugar nie vergessen lassen. Und Sugar würde sich nie verzeihen, ihre Gefühle nicht unter Kontrolle gehabt zu haben.

Nicolas Stimme wurde weicher. »Hör mal, Sugar. Ich habe nicht viele Freundinnen. Nur eine bei der CIA. Das ist die Gefahr in diesem Beruf, nehme ich an. Wir arbeiten nicht mit vielen Frauen zusammen. Ich könnte eine zweite Freundin gut gebrauchen. Verdammt, du könntest vielleicht eine erste Freundin gut gebrauchen!«

»Ich habe keine Freunde. Die halten einen nur auf.« *Aber ich habe eine Schwester und hätte ihr nie eine E-Mail über Jared schreiben sollen.* Sie hatte ihre Schwester anrufen wollen, nachdem Jared gegangen war, aber sie hatte sich für ein Bad entschieden und vermieden, diese Alphamännchen-Eigenarten erklären zu müssen, die den Meister des Universums ausmachten.

Nicola ignorierte den Seitenhieb und fuhr fort: »Ihr habt keine … typische Beziehung. Aber ich glaube, der Boss bringt dich durcheinander, auf eine gute Art und Weise. Es könnte dir vielleicht dabei helfen, das, was in deinem Kopf durcheinander fliegt, ein wenig zu ordnen, wenn du darüber redest, weißt du, von Frau zu Frau.«

Sugar verschränkte die Arme vor der Brust und fühlte sich in die Defensive gedrängt. Ihre Schutzwälle gingen sofort hoch. Die Schilder bereit.

Nicola versuchte es noch mal. »Beeindruckend, was? Irgendwie hatte ich daran auch nicht gezweifelt, aber verrate Cash nicht, dass ich das gesagt habe.«

Sugar versuchte sich vorzustellen, über Jared zu tratschen, einen Mann, der sich für Gott hielt. Schließlich hatte sie beides gestöhnt, als sie auf dem Boden gelegen hatten: »Gott« und »Jared«. *Ich nehme an, da konnte man leicht durcheinander kommen.*

Sugar ließ die Arme sinken und murmelte: »Ich wage mal einen Versuch mit dieser Freundinnensache – auf Probe.«

»Auf Probe.« Nicola lachte perlend. »Unten gibt es einen Nachtclub. Ich glaube, du könntest einen Drink gut gebrauchen. Asal muss die Nacht mit der Gesandten von der UNO verbringen, also haben wir sturmfrei.«

Sugar beäugte die Frau, die sich anbot, ihre Freundin zu werden, kritisch. Es war nicht so, dass sie keine Freundschaften schließen konnte. Sie kam mit vielen ihrer GUNS-Kundinnen auch privat gut zurecht, aber sie vertraute keiner von ihnen. Trotzdem ging sie zum Küchentresen, nahm das zusammengefaltete Blatt Papier und reichte es Nicola.

Nicola warf einen Blick auf das Papier, dann auf sie. »Das ist …«

»Eine E-Mail, die ich meiner Schwester geschrieben habe. Sie kümmert sich um GUNS, während ich weg bin.«

Das Papier knisterte, als Nicola es auseinanderfaltete. Im Hintergrund sprang Asal auf und sang die Titelmelodie von SpongeBob Schwammkopf mit – auf Englisch. *Cleveres Mädchen.*

Nicola las die E-Mail und faltete sie dann kopfschüttelnd zusammen. »*Neugierig.* Sie tun so, als ob sie es nicht wären. Aber diese Männer können sich einfach nicht aus den Privatangelegenheiten anderer Leute raushalten.« Sie biss sich gedankenverloren auf die Lippe. »Aber ich gehe davon aus, dass Parker sich in dein E-Mail-Konto gehackt hat, um Einzelheiten über das GSI-Projekt herauszufinden. Er hat das gesehen und gedacht, der Boss bräuchte einen Tritt in den *beeindruckenden* Hintern.«

Sugar zuckte zusammen, als ihr bewusst wurde, wie in ihre Privatsphäre eingedrungen worden war. »Ich kenne Parker nicht einmal und er hat sich in meine Angelegenheiten gemischt.«

»Parker ist der manierlichste von dem ganzen Trupp. Das mag nicht viel heißen, aber er ist diskret. Er ist derjenige, der sich um die technischen Sachen kümmert. Kann sich in jedes System, Telefon, jeden Computer, was auch immer, einhacken, wenn man ihm das richtige Equipment dafür gibt. Aber Jared hatte das hier bei sich? Das hat was zu bedeuten!«

»Ja, dass er ein Arschloch ist. Was ich schon gewusst habe. Also keine neuen Erkenntnisse. Der Sex war toll und hoffentlich haben wir es jetzt damit hinter uns gebracht.«

»Du lügst doch!«

»Himmel, alle nennen mich andauernd eine Lügnerin!«

»Hör auf zu lügen und sie hören vielleicht damit auf.«

Sugar ging zu einem Barhocker hinüber und stützte sich darauf ab. *Die Wahrheit ist beschissen.* Sie hatte in dieser E-Mail ihre Gefühle offenbart und ihr waren die Tränen gekommen, nachdem Jared gegangen war, und sie hatte einen Stuhl umgetreten.

Sie räusperte sich. »Jared und ich müssen ein Abenteuer für einen Nachmittag bleiben. Er und ich … wir denken gleich. Oder zumindest haben wir das. Dann ist etwas hier oben passiert.« Sie tippte mit dem Finger an die Schläfe. »Und ich wollte mehr.«

»Nun, vielleicht ist es auch hier passiert.« Nicola tippte sich auf die Brust, über dem Herzen. »Was, wenn er auch mehr will?«

»Unmöglich.« Das war nicht der Jared, den sie kannte.

»Warum ist er dann mit der E-Mail einmal um die ganze Welt

gerannt?«, fragte Nicola.

»Keine Ahnung.«

»Du hättest ihn sehen sollen, als er herausgefunden hat, dass du Gefangene Nummer Zwei warst!«

Sugar schüttelte den Kopf. »Er war …«

»Da war eine deutliche Änderung in seinem Verhalten, als die Gefangene nicht länger Madame Unbekannt, sondern Lilly Chase hieß! Er hat ein Telefon gegen die Wand geworfen! Hat gedroht, das Weiße Haus anzurufen! Hat sich vielleicht sogar ein paar Atomwaffen zugelegt! Der Mann war … ein Biest! Besitzergreifend, beschützend! Scheiße, er ist so ein richtiger Höhlenmensch geworden. Für dich!«

Für mich? Sicher nicht. Sie spürte den starken Drang, sich hinzusetzen.

Beide ihre Handys klingelten gleichzeitig. Sugar hätte fast nicht erkannt, dass es ihres war, weil sie erst seit ein paar Stunden im Besitz dieses Telefons war.

Nicola zog ihres hervor, das neben der Waffe im Hüftholster steckte. »Personalsitzung in Jareds Suite. In einer Stunde.« Sie grinste von Ohrring zu Ohrring. »Ich kann es kaum erwarten!«

Sugars Magen krampfte sich nervös zusammen und sie dachte darüber nach, sich krankzumelden. »Das wird schrecklich.«

Asal kam mit leeren Tüten zu ihnen herüber.

Nicola winkte ab. »Ach was! Unterhaltsam vielleicht, aber nicht schrecklich. Außerdem denkt niemand über euch beide nach. Die sind völlig im Titan-Babyfieber. Das ist lustig! Lass uns mit Asal essen gehen, bevor wir eine Medaille für die schlechtesten Kinderbetreuer der Welt erhalten.«

Ach, stimmt ja. Baby Winters. Junge oder Mädchen? Und wie würde einer von Titan sein Kind nennen?

Spike. Killer. Blade. Den Namen zu raten wäre eigentlich ganz spaßig, aber solches Babyzeugs war nicht ihr Ding. Außerdem war sie viel zu nervös, um neugierig zu sein. Sie hatte sechzig Minuten, bevor sie Jared wieder gegenüberstehen würde.

KAPITEL NEUN

SUGAR UND NICOLA brachten Asal zu ihrer Babysitterin von der UNO und machten sich bedrückt auf den Weg zu Jareds Suite, so, als ob dort das Jüngste Gericht auf sie warten würde. Nicola bewegte sich schnellen Schrittes auf die Tür zu und zog Sugar mit sich, die sich auf die frisch mit Lipgloss bemalten Lippen biss. Jared aus dem Weg zu gehen stand ganz weit oben auf ihrer To-Do-Liste, aber da das eine »Mission Impossible« zu sein schien, wollte sie wenigstens so aussehen, als ob sie das alles nicht kratze. Kirschrote Lippen und extra Wimperntusche halfen dabei.

Dennoch kam ihr der Teppich wie Treibsand vor und jeder ihrer Schritte, der sie dem näher brachte, was eigentlich keine große Sache sein sollte, wurde langsamer und schwerer. Ihre Bauchschmerzen hatten mit der gerade gegessenen Mahlzeit nichts zu tun. Sie betrat seine Suite auf eigenes Risiko, wohl wissend, dass es nach dem »Teppichsport« in ihrem Hotelzimmer unerträglich sein würde, so zu tun, als ob sie sich gleichgültig wären.

Die Tür stand offen und das ganze Team war da, abgesehen von Winters und Jared.

Brock, Rocco, Roman und Cash hatten es sich auf einer Couch gemütlich gemacht. Nicola gesellte sich gleich zu Cash, der einen Finger in ihre Gürtelschlaufe hakte und sie auf seinen Schoß zog. Brock sagte etwas in der Richtung, dass sie sich ein Zimmer nehmen sollten. Rocco und Roman stöhnten genervt auf und Nic flüsterte etwas in Cashs Ohr.

Jared kam mit einem Bier in der Hand aus der Küche. »Prinzessin«, sagte er und nickte Nicola zu. »Schön, dass ihr es auch geschafft habt.«

Sugar lächelte süffisant. *Was soll das? wir sind nicht zu spät!*

Nicolas Grinsen war zu breit und zu offensichtlich. »Boss.«

Er grunzte, schaute sich kritisch Nicolas Zahnpastawerbungslächeln an und drehte sich dann angespannt zu ihr um. »Sugar.«

»Jared.« Sie hörte sich genauso steif an, wie er aussah. *Na gut. Das war ja überhaupt nicht unangenehm.* Ihr Herz klopfte laut irgendein Trommelsolo. Laut genug, dass es wahrscheinlich alle hören konnten. Aber das taten sie nicht. Das unangenehme Schweigen dauerte an, bis Rocco rülpste. *Gott sei Dank.*

Sie setzte sich neben Brock, der, soweit sie das sehen konnte, sich nicht für das Thema Jared/Sugar zu interessieren schien.

Jared räusperte sich und fing mit der Abschlussbesprechung an, die so lief wie immer: Er fasste zusammen, wieso Sugar und Kip Pearson nach Afghanistan geschickt worden waren, um die Situation mit der Polizei bei den Außenposten zu überprüfen. Er teilte ihnen mit, was sie ihm erzählt hatte, nämlich, dass GSI die afghanische Polizei und die Talibankräfte zusammen ausgebildet hatte.

Jared drehte sich von der Gruppe weg und fragte: »Hast du sonst noch Infos für uns, Parker?«

Parker? Hitze stieg ihr ins Gesicht. Parker hatte ihre privaten Sachen angeschaut. Er wusste mehr, als er sollte. Selbst wenn sie nicht enorm viel Wert auf ihre Privatsphäre legen würde – was sie allerdings tat – hatte er die Grenzen so was von überschritten!

Eine Stimme aus ihrem toten Winkel ließ sie zusammenzucken. Sie drehte sich um, um auf den Flachbildschirm zu gucken. Ein Mann, der so aussah, als ob er auf der Couch neben den anderen Rambos sitzen sollte, kaute auf dem Ende eines Stiftes herum. Große Muskeln. Markantes Kinn. Er sah nicht gerade so aus, wie sie sich einen Hacker vorgestellt hatte.

Er nahm den Stift aus dem Mund. »Satellitenbilder zeigen, wie etwa sechs Stunden, nachdem Sugar da rausgeholt wurde, GSI aufgetaucht ist. Sie haben irgendwas eingeladen und dann das Lager mit Brandbomben plattgemacht. Es sieht so aus, als ob sie mit einem Daisy Cutter drübergeflogen wären. Da ist nichts mehr zu sehen außer Felsen und Rauch.«

Jared ging zum Bildschirm hinüber und nahm einen großen Schluck

Bier. »Das ergibt Sinn. Beweise zu vernichten. So kann keiner mehr etwas gegen sie vorbringen.«

Parker lächelte schief. »Außer das, was ich so ausgrabe.«

»Dann grab mal, mein Junge. Ich will genug Beweise gegen GSI, damit es zu einer verdammten Anhörung vor dem Kongress kommt.« Er trank sein Bier aus und rieb dann mit den Händen über die Flasche.

Sugar konnte sehen, wie er hinter seiner undurchdringlichen Miene angestrengt nachdachte. Er war immer noch unrasiert wie vorhin. Er trug dieselbe Uniform – ein eng sitzendes schwarzes Hemd und eine Cargohose. Sein Outfit brachte alles so schön zur Geltung, besonders seine Männlichkeit und seinen Hintern. Sie hatte eine Schwäche für Looks, die töten konnten, würden und getötet hatten.

»Sugar«, fuhr Jared sie an.

Er weiß doch nicht, was ich gerade gedacht habe. Bestimmt nicht. Oder? Sie versuchte, eine so steinerne Miene wie möglich aufzusetzen. »Ja?«

Der Blick aus seinen schwarzen Augen war so durchdringend, dass sie fast vom Sofa gefallen wäre. Er musterte sie von Kopf bis Fuß, sodass es für jeden im Raum offensichtlich war, dass er nicht ihre beruflichen Fähigkeiten abschätzte. *Ein Punkt für die kirschroten Lippen.*

»GSI wird dich nicht am Leben lassen wollen.« Die Gewissheit, mit der er das sagte, hätte sie vielleicht aus der Bahn geworfen, wenn sie nicht schon gewusst hätte, dass man ihr ein Grab schaufeln wollte.

»Ich weiß.« Sie versuchte, ungerührt mit den Schultern zu zucken. »Wenn sie alle Bestechungsgelder einsacken, dann bin ich ein Kollateralschaden.«

»Noch bist du das nicht, Zuckerschnütchen.«

Sie verengte die Augen, weil sie mal wieder nicht gerade erfreut darüber war, dass er sie vor seinem Team mit diesem Spitznamen ansprach. »Offensichtlich, *Kollega*. Ich habe auch nicht vor, das zu werden.« Die Blicke des Titan-Teams gingen zwischen ihnen hin und her, als wären sie Zuschauer bei einem Tennisspiel. *Punkt für mich, oder was?* »Erzähl uns deinen Plan, wie du GSI zu zerstören willst, und ich sage euch, wie ich vorhabe, Kip zu töten.«

Um seine Augen bildeten sich viele kleine Falten, was sie für ein amüsiertes Lächeln hielt. »Das ist aber nicht sehr ATF von dir.«

»Vielleicht hat Parker nicht genug von meinen E-Mails gelesen. Kurz bevor ich weg bin, hat ATF meinen Hintern ohne großes Brimborium auf die Straße befördert.«

Auf dem Bildschirm hielt Parker abwehrend die Hände hoch. »Mensch, ich hab nicht *alles* gelesen! Ich habe nach etwas Bestimmtem gesucht. Das war meine Mission. Nicht, alle Einzelheiten über Sugars Leben herauszufinden.«

Aber du hast schon genug herausgefunden, nicht wahr, Parker?

Jareds Kinn zuckte. »Willst du mir sagen, dass die dich gefeuert haben? Weil du Titan geholfen hast?«

»Mehr oder weniger.«

»Glaub mir, du wirst deinen Job zurückbekommen.« Er verschränkte seine riesigen Arme über dem schwarzen Baumwollstoff auf seiner Brust. Der Mann hätte nicht ernster aussehen können und das verursachte ihr Gänsehaut am ganzen Körper. »Verdammt, Sugar, du kannst dich schon mal auf eine Gehaltserhöhung einstellen! Wenn nicht, dann knöpfe ich mir ATF vor.«

Sie rollte mit den Augen. »Das muss keiner für mich regeln. Trotzdem vielen Dank.«

»Was zum Teufel hast du denn vor? Bewerbungen verschicken?« Wenn er sich vorher schon verstimmt angehört hatte, dann war er jetzt regelrecht verärgert. »Was für besondere Fähigkeiten schreibst du da in deinen Lebenslauf? Kann ein Gewehr zerlegen, eine AR-15 nach Maß anfertigen, und einen ordentlichen Handkantenschlag gegen den Hals habe ich auch noch drauf?«

»Ich weiß es nicht, Kollega. Meine Handkantenschläge gegen den Hals sind mehr als ordentlich. Ich würde sie effektiv nennen, wenn man bedenkt, worauf ich aus war.« Und es hatte funktioniert. Sie hatte nach ihm geschlagen, er hatte sie festgehalten und dann hatten sie sich im Hotelzimmer besprungen. Sehr effektiv.

»Alle raus!«, knurrte er, und sie wusste, dass sie sitzenbleiben sollte.

Der Bildschirm wurde schwarz. Die wissenden Blicke der Jungs und der neugierige Ausdruck in Nicolas Gesicht bedeuteten, dass nur er und sie hier im Raum bleiben würden. Das klärende Gespräch würde dann viel früher kommen, als sie es erwartet hatte. *Meinetwegen. Ich bin bereit, Großer!*

Nicola zwinkerte ihr zu, bevor die Tür hinter ihr zuging.

Allein mit Jared Westin. Schon wieder. Sie zitterte, und die Temperatur im Raum hatte überhaupt nichts damit zu tun. Ihre einzige Ausrede war weibliche Sensibilität. Bei einem Anwesenheitsappell hätten sich jetzt alle ihre weiblichen Körperteile zum Dienst gemeldet.

»Sugar.«

Das schon wieder? »Jared.« Sie versuchte, möglichst unauffällig tief einzuatmen, aber ihre Lungen lachten sich über dieses Vorhaben kaputt. Das würde nicht passieren. Sie würde dieses Gespräch leider mit Sauerstoffmangel bestreiten müssen.

Jared fuhr sich mit der Hand übers Gesicht und machte ein knurrendes Geräusch. Er hatte seine Bartstoppeln doch ein wenig gestutzt, seit sie ihn das letzte Mal berührt hatte, und hatte gerade noch genug Bart stehenlassen, dass es beim Küssen kitzeln würde. Ihre Fingerspitzen zuckten beim Gedanken daran, ihm über das raue Kinn zu streicheln.

»Du kannst nicht darüber reden, dass du jemanden umbringen willst«, sagte er.

»Ich kann machen, was ich will. Es ist Vergeltung.« Sugar verzog die Lippen zu einem Schmollmund und genoss es, wie sein Blick sofort daran hängenblieb.

»Es gibt gewisse Spielregeln für so etwas.« Er musterte sie, vielleicht, um die Worte bedacht zu wählen, mit denen er sie am besten erreichen könnte. »Kip Pearson hat falsch gehandelt und du bist besser als er.«

Sugar verzog den Mund. »Das weißt du nicht.«

»Verdammt, Zuckerschnütchen, das weiß ich sehr wohl!«

Er nahm auf der Couch neben ihr Platz, sodass das Kissen, auf dem sie saß, in Schräglage geriet. Jared roch nach Seife, Gewürzen und irgendwie nach allem, was gut duftete. »Das ist doch nicht der Grund, warum du alle rausgeworfen hast?«

»Ach wirklich? Du hast zwei Minuten, um mir eine Erklärung zu geben. Afghanistan als Vermeidungstaktik? Das ist doch Unsinn! Wieso hast du mich in deinem Hotelzimmer so abgekanzelt? Los, red schon!«

Sie schaute aus dem Fenster. Sein Zimmer hatte einen besseren Ausblick als ihres und sie musste sich darauf konzentrieren, statt auf den muskelbepackten Traummann neben ihr. »Mir ist gerade nicht danach.«

Er nahm ihr Kinn zwischen Zeigefinger und Daumen und drehte ihr Gesicht, sodass sie ihn anschauen musste. Sein Daumen streichelte über ihre Wange, und ihr Magen zog sich zusammen, nur um dann in die Höhe zu schießen wie eine Römische Kerze. »Versuch es noch mal.«

Sie schlug seine Hand weg. »Wieso drängst du mich dazu, Jared? Lass es doch einfach gut sein.«

»Will ich aber nicht!«

»Wieso?« Sie war kurz vorm Durchdrehen vor Verzweiflung. Sie musste ihn wegstoßen, schütteln und wie verrückt küssen. Und das war das Problem. Ging das nicht in seinen Dickschädel, ohne dass sie es ihm Schritt für Schritt erklären musste?

Jared ließ das erdrückende Schweigen lange genug anhalten, um sie dazu zu bringen, zur Tür stürmen zu wollen. Aber sie würde diese Niederlage nicht einfach so hinnehmen.

Als sie es nicht mehr aushielt, fuhr er fort: »Ich habe es dir schon gesagt, Sugar: Da ist was zwischen uns. Selbst wenn dem nicht so wäre – verdammt, Frau! Warum läufst du vor solchem Sex weg?« Er pfiff. »Das war legendär, was da abgelaufen ist!«

»Es gibt nichts zu bereden.« *Das hier funktioniert nicht.* Die Hitze stieg ihr den Hals hinauf und erreichte ihre Wangen. Ihr war das Ganze so peinlich, dass sie sich am liebsten in der Embryonalhaltung zusammengerollt hätte.

»Ich kriege die Wahrheit schon noch aus dir raus! Ich habe bislang noch jede Person geknackt, die ich vernommen habe. Und bei dir, Zuckerschnütchen, werde ich mir Zeit lassen.« Seine Stimme war so tief, dass sie die Vibrationen spüren konnte. »Stell dir vor, was ich mit dir anstellen werde, um dich zum Reden zu bringen.«

Sie sah, dass er wusste, was er tat. In ein paar Minuten würde sie ein so unbändiges Bedürfnis verspüren, sich ihm in die Arme zu werfen, dass es wehtun würde – noch mehr, als es jetzt schon wehtat. Sie musste hier raus.

Sofort. Sugar stand auf. »Würdest du mich mal in Ruhe lassen …«

Wieder auf der Couch. Flach auf dem Rücken. Nichts als Sex im Kopf.

Jared war über sie gebeugt. Sie hatte keine Ahnung, wie das passiert war. Sie wusste nur, dass ihr bei dem Geruch von Seife und Gewürzen das Wasser im Mund zusammenlief. Sie war gefangen zwischen seinen Armen. Sein breiter Brustkorb bildete eine Wand ihrer gemütlichen Zelle.

»Was zum Teufel ist dein Problem, Lilly Chase?«, knurrte er.

Lilly Chase. Der Name nahm ihr den Atem und ihre Lider schlossen sich automatisch von dem Schock. Sie versuchte, ein kleines bisschen ihrer Fassung zurückzugewinnen, machte die Augen wieder auf und begegnete Jareds sündig tiefem Blick. Der Wirbelsturm der Gefühle, der in ihr tobte, war ein Warnzeichen, das sie wieder auf den Boden brachte. »Ich habe keine Zeit für deine Spielchen, Jared! Hör auf, meine Schwäche auszunutzen! Ich bin es langsam leid!« Sie schubste ihn. »Runter von mir!«

»Ich bin deine Schwäche?«

»Als ob du das nicht längst schon wüsstest! Hör auf, mit mir zu spielen!« Sie schlug ihn wieder. »Im ernst, beweg deine Muskeln!«

»Spielen?« Ein Lächeln breitete sich langsam auf seinem Gesicht aus. »Du glaubst, dass ich nicht an dir interessiert bin?«

»Ich glaube, dass wir beide wissen, wie das Spiel gespielt wird. Aber ich kann meinen Teil der Abmachungen nicht erfüllen. Okay? Weiße Fahne. Ich ergebe mich. Finde jemand anderen zum Spielen.«

»Das will ich aber nicht, Sugar, und wir haben keine Abmachungen getroffen!«

»Du kennst mich. Ich kenne dich. Wir wissen, was Sache ist, und wir haben damit eine stillschweigende Abmachung getroffen. Mach dir doch nichts vor! Ich werde es sicher nicht tun.«

»Erklär mir die Sache. Was du *glaubst* zu wissen, was unsere Abmachung ist.«

»Keine Bindung. Nur Spaß. Null Gefühle.«

Er lachte herzlich, ohne sie loszulassen. »Glaubst du wirklich, ich würde auf dir liegen und dich diesen Scheiß fragen, wenn das der Fall wäre?«

»Ja.« Sie versuchte, ihm den Ellenbogen in die Seite zu stoßen und sich so zu befreien, aber ohne Erfolg. »Ich glaube, du findest das Ganze total geil.«

»Ach, Sugar! Das einzig Geile war, mit dir zu schlafen. Und ich habe vor, das noch mal zu tun.«

Sie schlug mit der Faust gegen seine Brust. Er lachte wieder.

»Mein Gott, Jared ...« Sie versuchte, unter ihm wegzurollen, aber er ließ es nicht zu. »Du willst wissen, was mein Problem ist? Ich hasse es, was ich für dich empfinde! Ich mag es nicht und ich will es nicht.« Sie warf den Kopf auf dem Kissen hin und her, wütend, dass es so weit gekommen war. Er hatte gewonnen, wie immer.

»Warum nicht, zum Teufel?«

Sie hörte auf, sich zu wehren. »Ganz einfach: Ich traue dem nicht.«

Er verengte seine Augen und legte den Kopf schräg. »Dem oder mir?«

»Beidem.«

Jared kam näher und legte seinen Mund auf ihren. Langsam und sinnlich küsste er sie – es war der Inbegriff von Herrlichkeit. Ihr war ganz schwindlig; sie war noch nie so geküsst worden. Er teilte ihr damit seine Gefühle und seine Sehnsüchte mit. Er schmiegte seinen warmen Körper an ihren und alles drehte sich. Das Zimmer. Ihr Kopf. Die Mauern, die sie um sich herum aufgebaut hatte, um ihn fernzuhalten, drohten dabei einzustürzen.

All ihre Sinne waren wach und sie liebte es, seine Muskelstränge und seinen immer härter werdenden Ständer zu spüren. Greifbare Emotionen wohnten dem Kuss inne.

Worte waren gar nicht mehr nötig. Seine heiße Zunge in ihrem Mund vermittelte seine Gedanken und Gefühle. Wenn er ihr damit hatte klarmachen wollen, dass er an ihr interessiert war, dann konnte er das jetzt als Erfolg verbuchen. Gut gemacht. Applaus für den Boss.

Jareds Zunge schnellte wieder vor und eine Welle der Lust kam über sie. Ihre Brustwarzen stellten sich auf. Ihre Beine entspannten sich, erlaubten ihm, sich noch dichter an sie zu schmiegen.

Der Mann konnte küssen, als ob er dazu die Gebrauchsanleitung geschrieben hätte. Vielleicht würde dieser Kuss niemals enden. Sie vergrub die Finger in seinem Hemd. Wenn sie ihn dicht genug an sich zog, würden vielleicht ihre Ängste einfach davonschweben und sie würde sich niemals der Realität stellen müssen.

Er schloss den Mund über ihrem und löschte damit ihren unerfüllbaren Wunsch aus. »Nichts an diesem Kuss hat signalisiert: Aufhören.« Der tiefe Bass seiner Worte zuckte über ihre Haut.

»Lass uns das nicht noch mal machen«, flüsterte Sugar. Ihr Herz und ihr Verstand kämpften miteinander und sie musste flüchten. Sie konnte sich ihm nicht öffnen. Ihr Herz würde innerhalb einer Sekunde brechen und sie würde sich damit lächerlich machen. Sie glaubte nicht an Monogamie. Er auch nicht. Sie verstand nicht, wieso ihr Körper und ihr Verstand an ihr Verrat begingen, wo sie es doch instinktiv wusste.

Jared setzte sich auf und gab ihr etwas Raum. Kalte Luft hüllte sie ein und sie fühlte sich so einsam und verlassen, dass es wehtat. *Was?* Sie hatte nicht mehr alle Tassen im Schrank! Sie war kurz davor, den Verstand zu verlieren, eine verrückte, übertrieben anhängliche Frau zu werden. Wenigstens war sie so gut gewesen, ihn zu warnen. Gott sei Dank war er schlau genug, um Vorsicht walten zu lassen.

Ein Siegerlächeln breitete sich auf seinem Gesicht aus. Er war es gewohnt, das zu bekommen, was er wollte. »Ich gebe dir Zeit und Raum. Ich lasse dich sogar vor mir davonlaufen. Aber Sugar, Baby, ich bin dir dicht auf der Spur. Mach dich auf was gefasst!«

Er pfiff zum zweiten Mal und ging dann weg. Sie wischte sich ihr verschmiertes Lipgloss weg und setzte sich schnell auf, um sich zu sammeln. *Dicht auf der Spur?* Was passierte, wenn er mit ihr fertig war? Das war das Problem. Er würde mit ihr fertig werden und sie würde ihm immer noch hinterherschmachten.

STUNDEN WAREN VERGANGEN, seit Sugar sich in ihre Hotelsuite gerettet hatte, und jetzt war sie gezwungen, ihren Zufluchtsort zu verlassen. Es war ihr aber erlaubt, sich erst Mut anzutrinken.

Sie knallte ihr Schnapsglas zum selben Zeitpunkt wie Nicola auf den Küchentresen aus Granit. Sie nahmen beide eine Zitronenscheibe. Sugar verzog das Gesicht, weil es so bitter schmeckte, aber das war ja der Sinn der

Sache – der saure, brennende Geschmack sollte sie ablenken.

»Toll!« Nicola schmatzte und warf ihre Zitrone in den Müll. »Können wir jetzt gehen?«

Sugar nahm ihren Lipgloss und trug ihn neu auf. Im Moment würde sie Nicola überallhin folgen, solange es sie nur von ihrem Tag ablenkte. »Ja. Ich bin bereit.«

Sugars Outfit drückte nicht nur aus, dass sie Ablenkung brauchte, sondern auch, dass sie eine war. Ihr Mädelsabend würde Spaß machen, und es würde ihr egal sein, wer noch in dem Club war. Jared ganz sicher nicht. Das war so, als ob man einen Raketenkopf auf einem Spielplatz aufbewahrte: Beides passte einfach nicht zusammen.

Es gab immer noch die Möglichkeit, dass er in der Nähe war, irgendwo in einem Flur herumlungerte, um seine Spielchen mit ihr zu treiben. Aber da sie dieses Club-Outfit anhatte, würde er sie wahrscheinlich gegen die Wand drücken und das würde dazu führen, dass er es noch ganz anders mit ihr trieb. *Träumen ist erlaubt ... Verdammt, hör auf damit!*

»Sugar?« Nicola verengte die Augen. »Was hast du gesagt?«

Der Himmel wusste, was sie gesagt hatte. »Nichts, das man wieder-holen muss.«

»Ha! Ich kann's mir vorstellen!«

Glänzende Lippen und sexy Outfit waren gefordert. Nur für den Fall, dass Jared in einer Ecke schmollte und sie daran vorbeigingen. Sie würde weitergehen, selbst wenn ihre Louboutins sich auf einmal so schwer wie Betonklötze anfühlen würden.

Sie gingen aus der Tür. Flur: frei. Aufzug: frei. Jared war nirgends in Sicht.

»Du siehst enttäuscht aus.« Als sie und Sugar aus dem Fahrstuhl gingen, lächelte Nicola, als ob sie wüsste, was für eine verrückte Karussellfahrt in Sugars Kopf abging, wenn sie an Jared dachte. »Vergiss ihn! Lass uns tanzen gehen!«

»Ich denke gar nicht ...«

»Aha! Und ich habe vor, heute Abend gemütlich vor dem Kamin ein Buch zu lesen.« Nicola grinste schief. »Na los! Wir holen uns einen Cocktail, schauen uns um und vergessen unsere Männer.«

»Du hast einen Mann. Ich hab ein Problem.«

»Scheiße, Mann! Cash macht mir auch dauernd Probleme! Das heißt doch nicht, dass wir nicht …«

»Beende den Satz, und diese Freundschaft auf Probe ist vorbei!«

Nicola lachte und schüttelte den Kopf. Sie betraten den Club des Hotels und die Türsteher ließen sie durch, ohne sie groß anzuschauen. Sie waren hübsche Frauen, die in einen Raum voller feiernder Milliardäre gingen. Sie da reingehen zu lassen gehörte wahrscheinlich zu den Pflichten eines Türstehers.

»Jared und Sugar, na-na-na-na-na …« Nicola wirbelte herum. Die Musik übertönte das, was sie noch sagte.

Sugar griff sie am Arm und machte sich schnurstracks auf den Weg zur Bar. Eine Gruppe stinkreicher Männer ließ sie durch. Trotz der Trophäen am Arm begutachteten sie Sugar und Nicola wie Frischfleisch.

Vielleicht war das hier doch nichts für sie, wie sie ursprünglich gedacht hatte. Sie konnte hochgehen, die UNO-Babysitterin dazu überreden, mehr Zeit mit Asal zu verbringen. Sie konnten sich gemeinsam SpongeBob anschauen oder was die Kleine sonst so mochte. Aber es war wahrscheinlich schon bald Schlafenszeit für sie. *Mist, was weiß ich schon über Kinder?* Sie konnte herausfinden, wie Kinder tickten, wenn sie wollte. Sie zuckte mit den Schultern, immer noch auf Mission, die Aufmerksamkeit eines Barkeepers auf sich zu lenken.

Als ihr das gelungen war, bestellte sie. »Zwei Kurze. Was Hochprozentiges.«

»Super!« Nicola schob einen Kerl aus dem Weg, der ihr zu nahegekommen war. »Ich danke dir jetzt schon mal für meinen Kater morgen!«

Sugar rollte mit den Augen. »Ich trink deinen, wenn du ihn nicht willst, *Prinzessin.*«

»Genau ins Schwarze! Genau wie Jared!«

Der Barkeeper schob ihnen zwei Schnapsgläser mit einer unidentifizierbaren goldenen Flüssigkeit rüber. »Ihr beiden seid süß! Wirklich!«

»Nimm dir deinen Schnaps, *Freundin.*« Sugar schob ihn näher an sie heran.

»Gerne!« Nicola lachte. Dann kippten sie den Schnaps hinunter.

Wow! Der brennt ganz schön! Himmel! Sugar atmete aus. Ihre Augen tränten.

Nicola schlug mit der flachen Hand auf die Bar.

»Genau das, was ich gebraucht habe!« Nicht irgendwelche dummen Fantasien von ihr und …

»Jared«, lächelte Nicola.

Genau. Moment. »Was?«

»In den sonderbarsten Momenten machst du ein düsteres Gesicht. Das muss doch am Boss liegen! Was ist passiert, nachdem wir gegangen sind?«

»Er hat gedroht, mir das Leben schwer zu machen.«

»Das hat er gesagt, was?« Nicola schnipste mit dem Finger gegen das leere Glas und ließ es über den Tresen gleiten. »In seiner Sprache heißt das wahrscheinlich: ›Lass uns zusammen essen gehen! Hier ist ein Strauß Rosen! Darf ich deine Hand halten?‹«

Es wurde immer enger inmitten der Gruppe Männer, die um sie herumstand. Der Geschmack von Schnaps im Mund fühlte sich gut an, aber das Gedränge machte sie aggressiv. »Lass uns tanzen!«

Nicola nickte und schubste einen Mann weg, der ihr zu nahegekommen war. »Praktischer Zeitpunkt für den Themawechsel.«

Sugar tat so, als wüsste sie nicht, was Nicola damit meinte, und stieß einem überfreundlichen Mann »aus Versehen« den Ellenbogen in die Seite.

Sie drängten sich aus dem Testosteronhaufen heraus und in Richtung Tanzfläche. Die lauten Bässe der Musik vibrierten. Tänzer, die sich im Ecstasy-Rausch befanden und Leuchtstäbe in der Hand hatten. Dieser Laden entsprach nicht gerade ihrer Vorstellung von einem guten Ort zum Party-Machen, aber man nahm, was kriegen konnte. Sie könnte diesen Überschuss an Anspannung loswerden und danach erschöpft einschlafen. Der Schnaps, der durch ihre Blutbahn schoss, die rhythmische Musik und die tanzenden Leute steckten ihren Körper an, und sie hatte richtig Lust zu tanzen.

»Hier!« Nicola nahm sie am Arm und zog sie in die Mitte der Tanzfläche, wo noch etwas Platz frei war.

Besser, hier zu sein und nicht bei Asal. Sie fing an, eine echte Bindung zu dem Kind zu entwickeln. Das ging zu schnell! Dasselbe passierte mit Jared. Es gab jetzt zwei Menschen, gegen die sie ihr Herz verschließen musste.

Hände umschlossen ihre Taille. Wahrscheinlich so ein Ölbaron oder ein Golf-Prinz. Sie ließ eine Schulter hochschnellen und traf ihn unter dem Kinn. Damit hatte sie ihm so laut und deutlich, wie diese Musik war, mitgeteilt, dass sie in Ruhe gelassen werden wollte. Sie lachte und Nicola lächelte, bevor sie ihm zum Abschied eine Kusshand zuwarf.

Sugar musste lachen. Nicola war eine coole Frau. Sie passte zu Titan. Vielleicht sollte Sugar mehr Zeit damit verbringen, sich zu entspannen. Wen interessierte es schon, dass sie nicht mehr beim ATF war? Wenn sie wieder zu Hause war, konnte sie sich um GUNS kümmern und versuchen, etwas Solideres zu machen – wie zum Beispiel, nicht nach Afghanistan zu fliegen. *Was habe ich mir nur dabei gedacht? Ach ja, ich wollte Kollega Jared aus dem Weg gehen.*

Bis sie zu Hause war, würde sie etwas tanzen, ein paar Kurze trinken und dann selig im großen Bett einschlafen.

»Dieser Abend ist gerade *richtig* gut geworden.« Nicola grinste von einem Ohr zum anderen. »Du errätst nie, wer eben reingekommen ist!«

KAPITEL ZEHN

SPIELCHEN WAREN NICHT sein Ding, aber Sugar schon. Je eher er sich das eingestand, desto besser konnte er damit umgehen. *Was auch immer das heißen soll.*

Jared schaute sich im Club um. Dunkle Wände. Blendende Lichter. Dröhnender Bass irgendwelche Euro-House-Musik. Russische Gangster, die es sich mit langbeinigen Supermodels auf den Sofas gemütlich gemacht hatten. Playboys aus dem Nahen Osten, die sich wie ein Hahn im Korb voller nach Sex bettelnder Möchtegern-Schönheitsköniginnen vorkamen. Er entdeckte Nicola und dann Sugar.

Keine ließ sich mit ihr vergleichen. Sie war eine atemberaubende Brünette, die wusste, wie man tanzte, und die mehr nackte Haut zeigte, als es in der Öffentlichkeit erlaubt sein sollte. *Und diese Bewegungen!* Eine Frau, die so tanzen konnte, würde sogar noch besser im Bett sein. Obwohl Jared sich Sugars Talent ja mehr als bewusst war. Er war auf den Geschmack gekommen und wollte mehr.

Sie warf den Kopf zur Seite und ihr langes, volles Haar glitt über eine nackte Schulter. Sie wagte einige laszive Bewegungen und ignorierte die Männer, die sich an ihr sattsahen. Sugar und Nicola wurden von Männern umgarnt. Jared tröstete sich mit dem Wissen, dass beide einen Mann k. o. schlagen konnten, ohne dabei aus dem Takt zu kommen.

Sein Herz zog sich zusammen vor besitzergreifendem Verlangen. Zu gerne würde er ein paar von denen in die Fresse schlagen, die da um seine Frau herumscharwenzelten. Dann würde niemand hier mehr seine Mädels anstarren! *Scheiße, wo ist Cash überhaupt? Prinzessin sollte hier wirklich nicht mit Blicken gevögelt werden!*

Aber statt ihnen den Spaß zu verderben, genoss er lieber den Anblick.

Sugars Rock lag eng an ihrem runden Hintern an, in den er am liebsten hineinbeißen würde. Nach dieser Aktion, bei der sie sich so zur Schau stellte, brauchte sie auch einen ordentlichen Klaps auf den Hintern. Seine Handfläche kribbelte schon, als er daran dachte.

So ein Euro-Trash-Möchtegern-Playboy kam Sugar etwas zu nahe. Dann noch näher. *Jetzt reicht's!* Jared setzte sein Glas ab.

Sugar machte eine harte, schnelle Bewegung mit der Faust, die den Mistkerl auf die Nase traf, und tief in Jareds Innerem machte sich Stolz breit. Sie hatte sich noch nicht mal dafür umgedreht. Das Stroboskoplicht flackerte auf und Nicola schnipste mit den Fingern, als der Mann zurückstolperte, sich die Nase hielt und aufheulte. *Eins A. Brave Mädchen.*

Er gab sich damit zufrieden, zuzuschauen und setzte sich wieder auf seinen Barhocker. Dann begegnete er Nicolas Blick. Sie machte eine Bewegung mit gekrümmtem Finger. *Komm her? Die Antwort dazu wäre: ›Ganz sicher nicht.‹ Aber danke für die Einladung! Himmel!*

Nicola beugte sich zu Sugar hinüber, die sich umdrehte und nickte. Und das gab ihm einen viel besseren Blick auf ihr Outfit frei. Das dunkle Trägershirt schmiegte sich eng an ihre Kurven. An manchen Frauen wäre das ein langweiliges Ausgeh-Top gewesen, aber an Sugar lud es zum Träumen ein, so wie ihre granatenmäßigen Brüste darin zur Geltung kamen.

Nicola nahm Sugar bei der Hand und zog sie in Richtung Bar. In seine Richtung.

Er war völlig hypnotisiert von Sugars Oberteil. Wenn er es ihr vom Körper riss, dann würde es sich gut dafür eignen, sie damit ans Bett zu fesseln. Ihre Beine sahen spitze in den Lederstiefeln aus, die gerade bis zu den Knien gingen – es war nur eine Frage der Zeit, bis er ihr die ausziehen und seine Hände ihre Beine hoch bis unter ihren Rock wandern würden.

In Nicolas totem Winkel machte ein Volltrottel gerade Anstalten, sie anzugrapschen. Ein Knurren stieg in seinem Hals auf und Jareds Instinkt, den Kerl abzuschlachten, ließ ihn in Aktion springen. Er war schon aufgestanden, losgestürmt und in Nullkommanichts bei ihnen. Bevor Jared seine Strafe austeilen konnte, hatte Nicola den anderen Mann allerdings schon am Handgelenk gepackt und seine Grapschhand nach hinten gebogen. *Verdammt, sind meine Mädels gut!*

»Prinzessin. Sugar.« Jared blickte in ihre betont unschuldigen Mienen. Der Volltrottel war in die Knie gegangen, mit Nicolas Daumen immer noch auf den richtigen Druckpunkt an seinem Handgelenk gepresst, sodass es richtig wehtat. Nur um sicherzugehen, dass er auch richtig verstanden hatte, beugte sich Jared hinunter. »Wenn du sie noch einmal anschaust, wirst du den morgigen Tag nicht erleben!«

Er führte die Damen in einen abgesperrten VIP-Bereich. Eine Kellnerin tauchte auf, als ob man sie gerufen hätte, reichte den Frauen Champagner und ihm einen Bourbon.

»Du bist ja ein richtiger Beschützer, Boss!« Nicola kicherte.

»Prinzessin, wenn Cash dich sehen würde, wie …«

»Hätte er uns ein High five gegeben. Weil wir es total drauf haben.« Sie und Sugar schlugen mit Fäusten ein und machten sie zu dem Geräusch einer explodierenden Bombe wieder auf.

Geduld. Tief einatmen und verdammte Geduld bewahren!

Ein Schatten bewegte sich. Cash war ein Scharfschütze auf der Pirsch, so unsichtbar wie wenn er seine Arbeit erledigte. Jared sagte nichts. Cash legte einen Arm um Nicola und sie zog ihn an sich. Sie schmiegte sich an ihn. Er hatte keine Ahnung, woher sie wusste, dass es Cash und nicht der Volltrottel von eben war.

»Wie lange bist du schon hier?« Nicola war jetzt völlig von Cash eingenommen, ihre Hände auf seiner Brust.

Cash nickte Jared zur Begrüßung zu und nahm seine Frau fester in den Arm. »Lange genug, um zu wissen, dass ihr beiden es zu weit getrieben habt.«

Nicola rollte mit den Augen, Sugar schüttelte den Kopf und Jared wollte woanders hingehen.

»Lass uns gehen, Nic.«

Nicola stimmte zu und zupfte an Cashs Hemd herum. Dann kicherten die beiden Frauen auf so mädchenhafte Weise, dass Nicola in Gelächter ausbrach und Sugar sie wegschubste.

Als sie den Club verließen, klebten Cash und Nic regelrecht aneinander. Für zwei Menschen, die sofort richtig ernst werden konnten, wenn sie einen Job zu erledigen hatten, konnten sie superschnell auf den

Flitterwochenmodus umstellen. Es konnte einem fast schlecht werden, wenn man das mit ansah. Jared schüttelte den Kopf. So blieben nur er und die schweigende Sugar übrig, die eine richtige Partymaus war, wenn sie sich nicht gerade in seiner Nähe befand. Er wünschte, das hätte sich nicht geändert.

Sie grinste schief. »Hast du nicht irgendeinen Spruch auf Lager?«

»Nö.«

Für einen ganz kurzen Augenblick sah Sugar verletzt aus, aber der Ausdruck verschwand schnell wieder. »Warum nicht, zum Teufel? Ich dachte, du seist mir ›dicht auf der Spur‹?«

Er nahm einen Schluck Bourbon. »Ich habe meine Taktik geändert.«

Sie verschränkte die Arme vor der Brust, wobei sie unbeabsichtigt ihre Brüste noch voller erscheinen ließ. »Wie auch immer. Bis dann mal.«

Sugar drehte sich um. Beim Anblick ihres Hinterns konnte man einen Herzinfarkt bekommen! Er wackelte beim Gehen ganz leicht hin und her – es war hypnotisierend! Ihr dunkelbraunes Haar schwang im selben Rhythmus mit. Seine Hände ballten sich zu Fäusten in seinen Hosentaschen, als er das heftige Verlangen ignorierte, seine Finger in ihren seidigen Haaren zu vergraben.

Sie ging direkt zur Bar, kanzelte dabei Verehrer ab, und bestellte Kurze. Einen. Zwei. Drei davon.

Super, Sugar ist auf Kamikaze-Mission! Das war nicht gerade das Verhalten, das er in diesem Schuppen sehen wollte.

Sie machte eine leichte Bewegung aus dem Handgelenk und der Barkeeper stellte ihr die Flasche hin.

Teufel, nein! Er hatte genug. Sie würde sich nicht schutzlos in Abu Dhabi besaufen. Der Club hatte vielleicht weggeschaut, als zwei Frauen Männer auf der Tanzfläche ein paar verpasst hatten. Aber es würde ihn auch nicht interessieren, wenn ein Mann sich ihr aufdrängte. Willig oder nicht, betrunken oder nüchtern, Sugar stand bei einigen Männern, die sie anstarrten, in der engeren Auswahl. Wenn sie unfreiwillig den Club verließ, dann mit ihm.

Jared kippte den Rest seines Drinks hinunter und genoss das Brennen in der Kehle. Er knallte das Glas auf den Tisch, stand auf und schob ein paar Idioten aus dem Weg.

Als er hinter ihr stand, packte er sie am Oberarm. Ihre Blicke begegneten sich im Spiegel hinter dem Tresen. Er vergrub sein Gesicht in ihrem Haar. Der Duft von Vanille und Blumen stieg ihm in die Nase. Und er packte sie fester, während er mit dem Daumen die Unterseite ihres Arms streichelte. »Wir gehen.«

Sie drehte sich nicht um. »Ich nicht.«

»Mach ruhig ein Theater, wenn du willst.« Er packte sie am anderen Arm und widerstand dabei dem Drang, über ihre Haut zu streicheln. »Es interessiert hier niemanden.«

»Ich werde nicht mit dir ins Bett gehen.«

»Darum habe ich dich auch nicht gebeten.« Er atmete wieder ihren Duft ein und trat ein Stück näher. »Beweg deinen Hintern, Sugar. Bevor ich ihn für dich bewege.«

Er würde lautlos bis drei zählen. Danach würde er sie sich über die Schulter werfen. Das war nicht die beste Methode, weil er sich nicht sicher war, wie viel von ihrem Hintern dann noch von ihrem zu kurzen Rock bedeckt werden würde – oder was sie unter dem Rock trug. Er stöhnte. *Eins, zwei …* Jared hielt den Atem an, im Begriff, sie vom Barhocker zu heben. *Und drei.*

Gott sei Dank.

»Na gut.« Sie streckte die Arme aus, um das Gleichgewicht nicht zu verlieren.

Er nahm ihre Hand und verschränkte ihre Finger mit seinen. Sie waren klein. Fein. Unschuldig und weiblich. *Du hast doch sicher schon mal mit einer Frau Händchen gehalten. Oder?* Es war ein ungewohntes Gefühl. *Also, äh, vielleicht nicht.*

Ihre Finger spannten sich gegen seine Knöchel an. Abgesehen von dem Messerschnitt auf ihrer Handfläche waren ihre Hände so unglaublich glatt! Wie konnte sie an AR-15-Gewehren herumschrauben und in den Bergen in Afghanistan überlebt haben, ohne schwielige Finger zu bekommen? Er hatte keine Ahnung. Die einzige Antwort, die ihm darauf einfiel, war, dass sie eine besonders tapfere Frau war.

Sie verließen den Club und er führte sie zu den Aufzügen. Seine Hand, immer noch um ihre geschlossen, stützte sie, sodass sie nicht ganz so schwankte, während sie warteten.

Ping. Die Messingtüren öffneten sich. Sie waren allein im Aufzug. Er drückte den Knopf für den dreiundsechzigsten Stock, im Vorhaben, sie in ihr Zimmer einzusperren. Dazu musste es ihm nur noch gelingen, die Tür irgendwie von außen zuzusperren. Die Nummern, die die Stockwerke ankündigten, flogen nur so auf dem Display vorbei, erst die Vierziger, dann die Fünfziger.

Eigentlich hätte der Aufzug langsamer werden müssen. Sie kamen zu einundsechzig, zweiundsechzig und dann dreiundsechzig. Aber der Aufzug fuhr einfach weiter. Jared drückte wieder den Knopf, aber es ging weiter, bis zum siebzigsten Stockwerk und darüber. Bei neunundneunzig würden sie im Penthouse ankommen.

»Jared?« Sugar hörte sich unsicher an.

Er ließ ihre Hand los und drückte auf den Notfallknopf. Der Aufzug hielt mit einem Ruck an. Sugar fiel auf die Knie und fluchte. Seine Schulter rammte gegen die Wand und er spürte den Schmerz bis ins Mark. Die Lichter flackerten auf, gingen aus, und dann ging das Notlicht an.

»Was zum Teufel?«, knurrte er und drückte den Knopf, um mit einem Fahrstuhltechniker zu sprechen. Er starrte zu der Überwachungskamera hinauf und haute wieder auf den Knopf. »Hallo?«

Eine Stimme, die in amerikanischem Englisch sprach, kam durch den Lautsprecher. »Bitte entschuldigen Sie das Problem. Sie befinden sich zwischen zwei Stockwerken. Ein Techniker sollte bald eintreffen.«

Eine Teilhaberschaft am Hotel zahlte sich gerade aus. Die treuen Angestellten kannten Jared beim Namen, aber der Mann, der durch den Lautsprecher sprach, hatte Jared nicht mit Namen angesprochen. Das Hotel wusste sehr wohl, was Titan war und machte besondere Zugeständnisse, wie zum Beispiel eine Panzertür zu seiner Suite und extra Sicherheitsmaßnahmen, die Fort Knox so aussehen ließen, als ob es von der Sicherheitsfirma eines Einkaufszentrum bewacht würde. Außerdem würde jeder, der am anderen Ende dieses Lautsprechers saß, einen ausländischen Akzent haben. »Kein Problem. Danke, dass Sie uns Bescheid sagen.«

Sugar machte große Augen. Trotz des Alkohols in ihrem Blut war sie schlau genug, stumm zu bleiben.

»Komm her, Mädchen.« Er zog Sugar eng an sich und drückte sie dann gegen die Wand. Seine Lippen strichen über ihren Hals, zu ihrem Ohr. »Sag nichts. Wir stecken in Schwierigkeiten.«

Sie stöhnte etwas, das wie ein Einverständnis klang. Er streichelte über ihren Rücken, bis seine Hände auf ihren Pobacken ruhten.

Jared knabberte an ihrem Ohrläppchen. »Ich werde dich jetzt hochstemmen. Schlag gegen den Gitterrost in der Decke, sodass er sich löst und zieh dich dann durch das Loch hoch. Schau nicht über den Rand und halte dich fest, wenn ein anderer Aufzug vorbeikommt. Ich werde direkt hinter dir sein.« Ein Geräusch erklang im Aufzugsschacht unter ihnen – Stimmen, mechanisches Klappern und Klettern.

Sie bewegte ihren Kopf, hauchte ihren Atem über seine Haut, so wie er es getan hatte. Als ihre Lippen ihn an der Ohrmuschel kitzelten, stöhnte er. *Bleib bei der Sache, Mann!*

Sugar murmelte: »Ich habe getrunken. Ich weiß nicht, ob …«

»Du wirst das schon machen! Du bist ein Profi! Und das sind keine Techniker, die da zu uns stoßen.«

Ein lautes metallenes Geräusch erklang wieder im Aufzugsschacht. Sie waren auf dem Weg zu ihnen. »Bereit?«

Sie antwortete nicht, kam einfach näher und legte ihre Lippen auf seine.

Wenn das mal nicht das beste verdammte »Ich bin bereit« war, was ich je gehört habe … Er küsste sie eine Sekunde länger, als er sollte und katapultierte sie dann in Richtung Decke. Der Gitterrost flog hoch und Sugar zog sich an den Armen hinauf und schwang die Beine durch das Loch, trotz kurzen Rocks und hoher Stiefel. *Jetzt ist das Geheimnis gelüftet, was sie unter dem Rock anhat: Verdammt wenig.*

Er zog sich am Geländer hoch und schwang die Beine durch das Loch. Der Aufzug schwankte. Er hing an dicken Kabeln und Drähten. Von unten hörte er Rufe. Andere Aufzüge links und rechts von ihnen fielen und schossen in die Höhe. Ihr Aufzug ruckelte, und die Kabel schwankten. Er zeigte auf eine metallene Leiter an der Wand des Schachts. »Beweg dich!«

Sie war schon auf der ersten Sprosse und kletterte hoch. Er war ihr dicht auf den Fersen. Der Aufzugsschacht roch nach Öl und Gummi. Alles war dunkel, dreckig und schmierig.

Über ihnen gingen Türen auf. Grelles Licht erleuchtete den Schacht etwa zehn Stockwerke über ihnen. Jared griff nach Sugars Bein, um ihr zu signalisieren, dass sie sich nicht bewegen sollte. Sie pressten sich flach gegen die Leiter. *Knack!* Eine Handvoll Neon-Leuchtstäbe flogen an ihnen vorbei und landete auf dem Dach des Aufzugs.

Männerstimmen drangen durch den Schacht. »Seht ihr sie? Sind sie da rausgekommen? Findet sie!«

Jared drückte Sugars Bein zweimal, in der Hoffnung, dass sie verstand, sie solle bleiben, wo sie war. Die Leiter war schmal und er musste an ihr vorbeikommen, um sie aus dem Schacht zu bringen. Er griff um Sugar herum, bewegte sich vorsichtig zur Seite und rutschte die Seite der Leiter hoch, bis ihre Gesichter sich nebeneinander befanden.

»Sie können uns nicht sehen. Verdammte Idioten. Geht es dir gut?«

»Mir ist ein bisschen schwindlig«, flüsterte sie.

»Konzentrier dich auf die Leiter. Ich will, dass du immer an meiner Seite bleibst. Wenn ich einen Schritt mache, dann machst du auch einen Schritt. Wenn ich anhalte, dann mache ich die Tür auf, damit wir hier rauskommen. Du musst dich an mir festhalten. Kriegst du das hin?«

Sie nickte.

»Sprich es aus, Zuckerschnütchen. Ich muss es hören!«

Ihre Stimme klang weinerlich. »Ich hätte heute nicht trinken sollen.«

»Das ist die kleinste unserer Sorgen. Wenn du das Gleichgewicht halten kannst, dann bringe ich dich in Sicherheit. Verstanden?«

Sie holte tief Luft, um nüchterner zu werden. »Ich schaff das. Los!«

Er legte eine Hand an ihren Hinterkopf und ließ die Finger in ihr Haar gleiten. »Du wirst nicht verletzt werden. Niemals. Von mir nicht. Von diesen Arschlöchern nicht. Auf geht's!«

Er zog sich hoch, sodass er über ihr auf der Leiter war, obwohl er hasste, sie ohne Sicherheitsnetz hinter sich zu lassen. Aber er hatte keine Wahl. Sie kletterten zum nächsten Stockwerk. Er schaute hinunter. Sie konzentrierte sich auf die Sprossen. *Braves Mädchen.* Unter ihm hörte er lautes Stampfen im Aufzug. Gesichter schauten durch das Loch in den dunklen Schacht. Er konnte sie sehen, aber sie konnten ihn nicht sehen – bis er die Türen aufmachte. Dann hieß es »Auf die Plätze, fertig los!«

Jared streckte die Hand zu ihrem Ausgang aus, der eine Tür zum Aufzug war. Er tastete mit dem Fuß, bis sein Zeh einen winzigen Vorsprung fand. Das rauschende Geräusch eines anderen Aufzugs bereitet ihm Sorgen. Er zischte: »Halt dich fest, Sugar!«

Er drückte sich flach gegen die Tür, hielt sich krampfhaft mit den Fingern in kleinen Löchern fest und wartete, bis der Luftzug des vorbeifahrenden Aufzugs vorüber war. Sugars Haare flogen hoch. Sie wandte den Blick nicht von der Leiter ab.

Der Aufzug ging an ihnen vorbei, hielt an und fiel dann wieder mit derselben orkanartigen Windböe. Als es vorbei war, flüsterte er, so laut es ging: »Komm hoch, bis du direkt neben mir bist. Ich ziehe dich rüber.«

Sie sagte kein Wort, kletterte aber fünf Sprossen höher. Die Aufzüge in der Nähe bewegten sich. Kabel sprangen auf und ab und der nächste Aufzug hielt an. In der Annahme, dass Leute aussteigen, wieder einsteigen und Knöpfe drücken würden, dachte Jared, dass er gute dreißig Sekunden hatte, in denen sich nichts bewegte.

Er stemmte die Türen auf. Licht durchflutete den Schacht und beleuchtete sie. Schüsse kamen von unten und oben. Er griff nach Sugars Hand und zog. Sie flog neben ihm hoch, landete im Hotelflur auf ihm und rollte von ihm herunter.

Jared sprang auf, eilte zu ihr hinüber und streichelte sie von ihren Wangen bis zu ihren Hüften, um sicherzugehen, dass sie sich nicht verletzt hatte. Kein Blut. Keine Tränen. Keine Probleme.

Er zog seine Waffe aus dem Holster am Rücken, beugte sich über den Schacht, schaute hoch, dann runter und erwiderte das Feuer. »Wagt es nicht, auf mein verdammtes …« *Mädchen* »… Team zu schießen!«

Ping, ping! Kugeln flogen ihm um die Nase. Sie würden unbeteiligte Dritte treffen, wenn sie dieses Spielchen weiter fortführten. *Genug damit!*

Er sprang auf und steckte die Waffe wieder weg. Sugar versuchte, auf ihren hohen Absätzen das Gleichgewicht zu halten und schaute den Flur hinunter. Niemand kam aus den Zimmern, um nachzuschauen, wo der

Lärm herkam. Schlau. Aber er würde seine AmEx Black Card darauf verwetten, dass mehr als ein Dutzend Anrufer den Schusswechsel gemeldet hatten. Er würde außerdem wetten, dass nicht einer von denen wirklich jemanden erreicht hatte, der helfen würde. Wenn GSI die Notfallmeldungen aus den Aufzügen abfing, dann hatten sie ganz sicher auch jemanden, der ausgehende Anrufe abfing.

Jared schnappte sich mit einer Hand sein Handy und griff mit der anderen nach Sugar. In Windeseile schickte er seinem Team einen Notfallcode per SMS, aber wenn sie die Schüsse gehört hatten, dann waren sie schon unterwegs.

Jared wechselte wieder Handy mit Waffe ab und trat die Tür zum Treppenhaus auf, ohne sein Mädchen einmal loszulassen.

»Hier entlang!« Er zog sie eine Treppe hinunter.

Sugar beschwerte sich nicht, als sie drei Stufen auf einmal nahmen. Er entdeckte eine Tür für Dienstpersonal und ergriff die Gelegenheit. Er schaute ein, dann ein zweites Mal nach, ob irgendwo jemand von GSI herumschwirrte, schubste Sugar dann durch die Tür und stellte sich vor sie, nur um sicherzugehen. Sie versteckten sich hinter großen Wagen mit Schmutzwäsche. Jared zog sein Handy aus der Tasche und drückte eine Schnellwahltaste, um Brock zu erreichen. »GSI ist hinter uns her. Verpfuschter Versuch, uns im Aufzug dranzukriegen. Mittlerer Aufzug. Erledigen.« Er legte auf und schaute Sugar an.

»Ich hätte nicht so viel Tequila trinken sollen. Ich hätte wissen sollen, dass mich so etwas erwartet.« Sie rieb sich die Schläfen. »Hör zu, ich war eine Zicke. Es tut mir leid, was vorhin passiert ist. Dass meinetwegen auf dich geschossen wurde.«

»Man schießt dauernd auf mich. Das ist keine große Sache.«

»Aber nicht wegen mir. Es tut mir leid, okay? Ich fühle mich scheiße, und nicht wegen dem Patron.«

Ihre großen blauen Augen glänzten. Er wusste nicht, ob sie überwältigt oder emotional ergriffen war. Es war egal – auf jeden Fall traf es ihn voll ins Herz. »Scheiße, Sugar. Du bist meine Hauptverantwortung. Denk dir dabei, was du magst. Mein Job ist es, dich zu beschützen. Sicherzugehen, dass du es von Punkt A nach Punkt B schaffst.«

Wieso fühlt sich das bedeutsamer an, als ich es gemeint habe?

Ihre nackten Schultern zitterten, so, als ob sie fror. Ihr dünnes Top war kein Kleidungsstück, das er für eine Runde Ausweichen und. Weglaufen empfohlen hätte. Am ganzen Körper, von den Brüsten bis zu den Stiefeln, hatte sie schwarze Schmieren, ganz zu schweigen von ihren Händen und ihrem Gesicht. Ein animalischer Zwang breitete sich in seiner Brust aus, wie bei King Kong. Sie in die Arme zu nehmen. Hier weg zu bringen. Nur sie beide. Es gab keinen sichereren Ort als seine Arme.

Sein Hals schnürte sich zu. Ihr Outfit hatte einen zu starken Effekt auf ihn. Er wandte den Blick ab.

»Jared?« Sie berührte seine Schulter. »Warte!«

Er drehte sich um. Ohne darüber nachzudenken, rieb er an einem schwarzen Schmutzfleck auf ihrem Schlüsselbein herum, aber er machte es nur schlimmer. »Ja, Baby?«

Ihre Wangen färbten sich pink. Er hatte sie noch nie verlegen gesehen. Sugar biss sich auf die Lippe. »Wenn du wirklich … Scheiße, ich weiß gar nicht, was ich da tue. Aber ich bin gewillt, das Verbot für Gelegenheitssex aufzuheben.« Sie holte tief Luft und der Ausdruck der Verletzlichkeit verschwand. Sugar schnipste mit ihrem Finger gegen seine Brust. »Aber wenn du mich verletzt, dann schneide ich dir die Eier ab und lasse dich ausbluten.«

Er lachte und trat einen Schritt auf sie zu. *Ist das die Art von Frau, in die ich mich verliebe? Warte … verliebe ich mich in sie?*

Er schüttelte den Kopf und rieb sich mit den Fäusten die Augen. Er öffnete sie wieder und starrte diese aufgemotzte Bombenfrau an, die seine Männlichkeit bedroht hatte. Für diese Frau würde er das Risiko eingehen. Im schlimmsten Fall würde er wenigstens Spaß haben, während er zu Boden ging.

KAPITEL ELF

S UGARS HALS FÜHLTE sich so trocken an wie eine Wüste und alles in ihrem Kopf drehte sich. Sie fühlte sich nüchtern, aber das war nur das Adrenalin. Sie hatte immer noch zu viel Tequila in der Blutbahn. Es war heiß und stickig in diesem Haushaltsraum des Hotels. Bergeweise Bettwäsche, dröhnende Rohre und Maschinen, die für Gott weiß was gut waren, waren in den sowieso schon engen Raum gedrängt.

Jared entfernte sich einen Schritt von ihr und erteilte leise Befehle in sein Handy. Es war nicht nötig, zu flüstern. Das Dröhnen der Maschinen sorgte dafür, dass sein Anruf vertraulich blieb. Sie konnte kein Wort verstehen, aber sie konnte jedes Wort erraten. Sugar brauchte Hilfe. Sie kam alleine nicht klar. *Zum Teufel damit!* Sie konnte ihren Ärger nicht herunterschlucken, auch wenn sie wusste, dass es völlig irrational war. Titan musste ihr wirklich nicht jedes Mal den Arsch retten.

Sie wagte es, einen Schritt zu machen und fühlte, wie ihr Bein zitterte. Sie balancierte gefährlich auf den Absätzen der Stiletto-Stiefel, bis sie sich gegen die Wand lehnte. *Vielleicht müssen sie das, und vielleicht bleibe ich doch noch eine Minute da, wo ich bin.* Ihre Hände zitterten und ihr Kopf schmerzte. *Verdammter Adrenalin-Tequila-Tatterich. Das Come-down wird ganz schön scheiße werden.*

»Geht es dir gut?«

Sie schaute auf und sah, wie Jared auf ihre zitternden Finger starrte. *Super! Noch nie besser! Verdammt spitze!* »Kannst du mal aufhören, mich das zu fragen?«

Er lächelte darüber, so, als ob das hier der größte Spaß wäre, seit sie Afghanistan mit dem Helikopter verlassen hatten.

Schön für ihn.

»Na gut, Sugar. Ich dachte kurz, du wärst benommen herumgestolpert. Ich nehme an, dann warst du das gar nicht, die gerade fast mit dem Gesicht zuerst auf ein heißes Wasserrohr gefallen wäre.«

»Ach, leck mich doch am Arsch, Jared!«

Er lachte leise und sie hätte ihm am liebsten das Grinsen aus dem Gesicht geschlagen. Er sah so verdammt großspurig aus, so, als ob er sie gleich tatsächlich über seine Knie legen würde. »Glaub nicht, dass ich das nicht tun werde, Zuckerschnütchen!«

Die Hitze stieg ihr ins Gesicht. Zu wissen, was er im Sinn hatte, zu wissen, wie gut es zuvor gewesen war … Er war ein Roller Derby der Ablenkung. Sie fuhren immer und immer wieder im Kreis, wie bei dem Sport auf Rollschuhen. Es war etwas gewalttätig, machte aber auch Spaß. Viele Spielchen und Strategien. Sie wollte ihn mehr, als sie es sich bewusst gewesen war.

Als ob er ihre Gedanken lesen könne, war er in zwei großen Schritten an ihrer Seite und nahm ihre Hand. Sie kämpfte nicht dagegen an, weil sie schon mit sich selber kämpfte. *Lass dich nicht in seine Arme fallen, streichel nicht seine Brust oder bettel um einen Kuss!*

Als er sie zurück zum Treppenhaus führte, vibrierte ihr ganzer Körper. Er ging immer noch völlig in seiner Rolle als überwachsamer König der Agenten auf. All das Gerede und die tiefen Blicke waren nur ein Vorspiel für ihn. Er schmiss damit um sich und vergaß sie wieder. Schade, dass das immer noch seinen Effekt auf sie hatte.

Diese Beschützernummer erfüllte ganz toll ihren Zweck für Jared. Er war auf seine eigene Art sexy. Er trug noch nicht mal seine Kampfkleidung; trotzdem sah er aus, als ob er jeden Morgen seine Frosties frühstücken und dann mit seinem Ford Expedition Gewichtheben machen würde.

Sein Blick ging hin und her, auf der Suche nach bösen Männern, die es zu töten galt. *Mein rächender Ritter in glänzender Rüstung.* Er blieb richtig geschmeidig dabei, das musste sie ihm zugestehen. Jedes Mal, wenn sie im Treppenhaus um die Ecke bogen, wusste der Mann, was auf der anderen Seite war, bevor sie es wusste. Was für ein knallharter Typ!

Sie gingen an dem Stockwerk vorbei, auf dem sich ihr Zimmer befand; wahrscheinlich, um zu seiner Suite zu gelangen, was definitiv die sicherere

Option war. Vor ihrer lauerte wahrscheinlich der Feind. Sie war immer noch das Zielobjekt, selbst wenn Titan die GSI-Agenten vor Ort schon dezimiert hatte.

Er machte die Tür zu seinem Stockwerk auf, bereit, zu töten, und ging dann zur Tür, die sich am weitesten weg vom Aufzug und am nächsten zu dem anderen Treppenhaus befand.

»Das traute Heim.« Er steckte seine Schlüsselkarte ins Schloss und schob mit dem Fuß die Tür auf.

Sie versuchte, tief durchzuatmen, was ihr aber nicht sonderlich gut gelang. Wer wusste schon, wieso dieses Mal? Sie war ja schon in seiner Suite gewesen. Sie hatten es schon getrieben. Ihr fiel nichts weiter ein, das ihr den Atem nehmen könnte. Aber die Luft blieb ihr trotzdem weg. In diesem Zimmer zu sein kam ihr auf einmal so bedeutsam vor, dass sich ihr Hals zuschnürte. Es herrschte eine solche Anspannung, dass sie fast daran erstickte. Nicht so Mr Mich-bringt-nichts-aus-der-Ruhe. Jared huschte an ihr vorbei, ohne eine Bemerkung darüber zu verlieren, dass sie in der Tür herumlungerte wie ein schüchternes Mädchen beim Abschlussball neben der Tanzfläche.

Sugar brachte keinen Fuß vor den anderen, während sie einen inneren Kampf austrug. *Wieder mit ihm allein – ich will ihn. Ich will ihn nicht.*

»Hungrig?«, rief er aus der Küche und wühlte in Schränken herum. Den Rest seines Gemurmels verstand sie nicht – wahrscheinlich ging es um sie und ihre Situation.

»Hier!« Er warf ihr eine große Flasche Wasser zu. Seine hochgewachsene Gestalt lehnte am Türrahmen. »Trink!«

Er musste immer das Sagen haben. Immer seine Muskeln spielen lassen. Und wieso drängte ihr der Mann immer Essen und Trinken auf? *So lästig.* Aber sie hatte *tatsächlich* Durst. »Okay.«

Sie drehte den Verschluss auf und folgte ihm ins Wohnzimmer. Er war so penetrant! Obwohl: seine Aufforderungen waren nur dann penetrant, wenn es nötig war. Zum Beispiel, wenn sie ausgetrocknet oder betrunken war. Sugar biss sich auf die Lippe. Vielleicht war *er* ja gar nicht das Arschloch.

Er sah ihr tief in die Augen und ihr wurde ganz heiß. *Gott steh mir bei!*

»Trink schneller, Sugar!«

Sie unterdrückte ein *Ja, Sir!* und den Drang, ihm den Mittelfinger zu zeigen. »Na gut.« Sie legte den Kopf in den Nacken, hielt die Flasche hoch und trank, wie er ihr befohlen hatte. *Echt jetzt, ich komme nicht alleine klar, ohne dass Kollega Jared mir sagt, was ich machen soll.*

»Mr. Westin?«

Sugar schrie auf, spuckte Wasser aus und wirbelte herum. Der Butler stand hinter ihr. Sie versuchte, Luft zu bekommen, obwohl sie fast erstickte. Wasser tröpfelte auf ihr Top und sie hustete wieder. *Was – schleichen sich alle Butler so an?* Natürlich taten sie das, sie waren ja von Jared Westin ausgebildet worden, Agent der Extraklasse. »Bitte entschuldigen Sie.«

Sie wischte auf ihrem Oberteil herum, wobei sie wieder merkte, wie schmierig ihre Hände waren. *Wie attraktiv!* Duschen stand ganz oben auf ihrer Liste.

Mit undurchschaubarer Miene verschränkte Jared seine Arme vor der Brust. Der Butler schien völlig ungerührt. Er arbeitete ja aber auch in einem Hotel, in dem gerade ein Schusswechsel stattgefunden hatte und – soweit Sugar das beurteilen konnte – für den die Abu-Dhabi-Version der Polizei noch nicht aufgetaucht war.

Jetzt hatte sie einen Ohrwurm, nämlich den Titelsong der Reality-TV-Serie *Cops*. Sugar nahm noch einen großen Schluck Wasser. Sie musste noch nüchterner werden, als sie gedacht hatte.

Jared und der Butler tauschten einen wissenden Blick aus. »Wir könnten ein bisschen Hilfe in der Küche gebrauchen, mein Lieber. Schwarzer Kaffee und etwas, das Jose aufsaugt.«

»Patron«, verbesserte Sugar Jared, der die falsche Tequila-Marke genannt hatte.

»Patron«, sagte er, nicht gerade begeistert davon, dass sie ihn korrigiert hatte. Dann wandte er seine Aufmerksamkeit wieder dem Butler zu. »Vielleicht etwas zum Frühstück. Pfannkuchen. Waffeln. So was. Ohne Rosinen.«

Sie hob die Augenbrauen, aber er nickte dem Butler zu und ging weg, während er auf seinem Handy eine Nummer wählte.

Ohne Rosinen? Jetzt zeigt der Mistkerl auch noch, dass er ein bisschen Herz hat, und zieht sich dazu noch einen aufmerksamen Moment aus dem wohlgeformten Arsch!

»Ich gehe mir die Hände waschen.« Sie fand das Badezimmer am Ende des Flurs. Die Einrichtung war sehr männlich. Sehr Titan, und es sah so aus, als ob er sich hier gut eingelebt hatte. Sie fragte sich, wie oft er hier wohnte. Wie vielen anderen Frauen hatte sein Butler Frühstück gemacht? Sie wusste, dass es ihr nichts ausmachen sollte, aber ihre Gedanken drifteten doch ab.

Nachdem sie gerade genug Zeit gehabt hatte, Spekulationen darüber anzustellen, was wohl in Jareds Kopf vorging, klopfte der Butler an die offenstehende Tür zum Badezimmer und bat sie, zum Esstisch zu kommen. Himmlische Düfte kamen aus der Küche, bevor sie sagen konnte: *Küchenschlacht-Gewinner: Abu Dhabi.*

Jared kam mit einer Tasse Kaffee zurück und drehte einen Stuhl um, sodass er rittlings darauf sitzen konnte. Er zeigte mit dem Kinn auf ihre leere Wasserflasche. »Brauchst du eine Tasse Kaffee?«

»Nein. Aber danke.« Sie war voll und ganz dabei, nüchtern zu werden. Und müde. Sie brauchte Schlaf, aber das konnte sie wohl erst mal vergessen. Zumindest, solange Leute versuchten, sie zu töten. Solange sie sich darüber den Kopf zerbrach, wie sie sich in einen Mann verlieben konnte, der laut ihren Informationen noch nie eine längere Beziehung gehabt hatte. Genau wie sie.

Außerdem würde Koffein sie nur zittrig machen, womit keinem geholfen wäre. Wach zu bleiben und sich erschöpft zu fühlen war der beste Plan. »Was haben wir denn vor? Ich kann mich ja nicht für den Rest meines Lebens in einem Hotelzimmer verstecken?«

Der Butler erschien mit einem Orangensaft für sie und zwei Tellern Pfannkuchen. Jareds Finger verkrampften sich um seine Tasse. Er schwieg. Ein unangenehmes Gefühl in der Magengegend sagte ihr, dass er ihr etwas verschwieg. Er tippte mit dem Finger auf den Rand der Tasse, trommelte nervös darauf herum. Oh ja, er verschwieg ihr etwas. Etwas Wichtiges.

»Jared?«

Er setzte den Kaffee ab und knackte mit den Fingerknöcheln, einen nach dem anderen. »Du glaubst, dass das hier dein Kampf ist, Sugar.« Er sprach langsam, wohl überlegt. Seine Stimme hörte sich patriarchisch an.

»So ist es.« Sie hatte recht gehabt. Irgendetwas stimmte nicht. Wahrscheinlich etwas Schlimmes. Ihr Magen verkrampfte sich und sie nickte ihm zu, in der Hoffnung, dass sie ihm mit ihrem Blick vermitteln konnte, was sie brauchte. Vielleicht war nicht der ganze Kampf ihrer, aber ein großer Teil davon schon.

»Du wirst mich dafür hassen, und das ist in Ordnung. Es ist mir egal. GSI ist eine Nummer zu groß für dich. Zumindest, wenn sie sich in Aufzugschächte abseilen. Du und Kip, Frau gegen Mann, da würde ich auf dich wetten. Du bist clever und du kennst dich mit Waffen aus. Aber du gegen alle von denen – mir ist es lieber, wenn du irgendwo in Sicherheit bist.«

Was? Auf keinen Fall. »Jared …«

»Keine Widerrede.« Er nahm einen Schluck aus seiner Tasse. »Bis dieses Hotel sicher ist, bleibst du in meinem Blickfeld. Die Jungs werden sich alle vorknöpfen, die sie finden, sie vernehmen und dann können wir heimgehen. Ich vermute, am Vormittag.«

»Gehen? Meinst du, nach Hause gehen?«

»Ja, kennst du noch eine andere Bedeutung, Zuckerschnütchen?«

»Wir können nicht einfach gehen!«

»Warum nicht, zum Teufel?« Er stellte die Tasse ab, kniff sich in die Nasenwurzel und machte sich dann über seine Pfannkuchen her, immer noch rittlings auf dem Stuhl sitzend.

»Ich lasse Asal nicht hier zurück.«

Die Gabel hielt auf halbem Weg zum Mund an. Er ließ den Kopf sinken. Sie hatte keine Zweifel, dass er das Mädchen vergessen hatte. *Nun, zum Teufel mit ihm!*

Er schob sich den Bissen Pfannkuchen in den Mund und kaute so, als ob er an Beton knabbern würde. »Sugar, was erwartest du denn, was soll ich denn mit ihr machen? Du hast sie aus einer schlimmen Situation herausgeholt. Freu dich darüber! Sie wäre auf dem Berg gestorben! Jetzt lass die Frau von der UNO ihren Job machen. Asal in ein sicheres Zuhause stecken.«

»Du meinst in ein Waisenhaus?«, fauchte sie und schlug mit der Hand auf den Tisch. Das Besteck klirrte. Das bisschen Appetit, das sie gehabt hatte, war längst weg.

Er nahm noch einen Bissen, dann noch einen. »Ich weiß nicht, was du von mir willst. Was hast du denn gedacht, was du machen kannst? Für den Rest eures Lebens in diesem Hotel abhängen? Himmel!«

Sie zuckte mit den Schultern. Die Zukunft schien weit weg. Sie hatte nicht darüber nachgedacht, was sie wollte – oder was Asal brauchte. Ihre Gedanken rasten davon, schneller als sie hinterherkam. »Na ja, nein. Nicht unbedingt in einem Hotel …«

»Warte. Was?« Jared ließ seine Gabel fallen. Das Klappern klang so wie das Chaos in ihrem Leben: Laut und nervtötend. »Was hast du denn gedacht, wo du mit Asal abhängen würdest?«

»Ich weiß es nicht. Ich habe bis eben nicht darüber nachgedacht.«

»Und jetzt denkst du … was, Sugar?«

»Vielleicht könnte sie mit mir nach Hause kommen.« Es war ein Flüstern. Eine Erkenntnis. Ein »Oh, mein Gott«-Moment, in dem man etwas versteht, das sein Leben verandert. Sie räusperte sich, um ihre Stimme von den Spinnweben zu befreien, und verengte die Augen. Sie versuchte, ihm mit ihrem Blick klarzumachen, wie sicher sie sich war. »Ich möchte, dass sie mit mir nach Hause kommt.«

»Hast du irgendeine Ahnung, was für einen Papierkram und zeitlichen Aufwand das mit sich bringt? Allein die bürokratischen Hürden …«

»Du bist ein Arschloch! Für einen Moment habe ich gedacht, dass du kein kalter, herzloser Mistkerl bist.« Ein humorloses Lachen kam tief aus ihrer Brust, überraschte sie und unterstrich ihre Aussage. Sie würde es wahrmachen, mit oder ohne den großen Jared Westin. »Ich brauche deine Hilfe. Ich bitte nicht um Hilfe. Niemals. Aber jetzt tue ich es, zum ersten Mal. Hilf mir.«

»Sugar …«

»Jared. Du redest über ein Waisenkind, als ob sie ein Paket wäre, das man beim Zoll anmelden müsste. Sie wird in einem afghanischen Waisenhaus landen. Verstehst du das? Weißt du, wie es dort zugeht? Hunderte von Kindern, die auf das große Los warten. Du bist der gottverdammte Möglichmacher und Reparierer von allem! Meister des verdammten Universums! Mach das möglich. Mach es irgendwie!«

Sie schlug mit den Händen auf den Tisch und die Handflächen taten ihr weh. Sie hatte gar nicht gemerkt, wie ihr die Tränen in die Augen geschossen waren und ihre Wangen herunterliefen. Bedürftig und hilflos zeigte sie Jared ... sich selber, nicht die Fassade, die sie der Welt zeigte. Sie öffnete sich ihm, zeigte sich verletzlich und eröffnete ihm, dass sie etwas wollte, von dem sie nicht wusste, wie sie es bekommen sollte. Asal, nicht Jared. Vielleicht beide. »Ach, scheiß drauf! Ich muss gehen.«

Sugar war als Kind eine Last gewesen und das hatte sich schlimm angefühlt. Zu spüren, dass man nicht gewollt war ... Sie schüttelte den Kopf, musste irgendwie ihren Gedanken entfliehen, aber sie konnte es nicht. Ein ungewolltes Kind in einer ungewollten Ehe war schlimm genug im Amerika der Arbeiterklasse. Aber ein ungewolltes Kind in einem Waisenhaus in der Dritten Welt zu sein? *Nein, verdammt! Das werde ich nicht zulassen!* Ihre Gedanken drehten sich um all die Gefühle, die ihre Eltern ihr vermittelt hatten. Sie hatte sich verlassen gefühlt. Unausstehlich. Nutzlos. Sie konnte es besser machen als ihre Eltern. Sie konnte Asal etwas Besseres bieten als ein Waisenhaus.

Sie schob den Stuhl zurück und wollte aufstehen, merkte aber gar nicht, dass Jared schon neben ihr stand, und stieß gegen eine Wand aus warmen Muskeln. Sie fragte sich, wie lange sie schon in Erinnerungen verloren und weggetreten gewesen war.

Er legte seine Arme um sie und tätschelte ihren Hinterkopf. Er hielt sie im Arm. *Hielt sie.* Der Gedanke daran ließ die Tränen noch heftiger werden und sie vergrub ihr Gesicht in seiner Brust.

»Alles ist gut. Dir geht es gut«, tröstete er sie. Die tiefen Töne seiner Stimme hörten sich nicht wie die einstudierten Sprüche an, die Titan sonst für gerettete Opfer parat hatte. Es hörte sich so an, als ob es von Herzen kam. Wieder kamen ihr die Tränen.

»Das ist es nicht.« Sie schniefte. »Nichts ist gut. Alles, was ich will, ist so weit weg, dass ich es nicht schaffe.«

Er löste sich von ihr und trat einen Schritt zurück. *Wie passend.*

Dann nahm er ihre Hand in seine und streichelte sie mit der anderen

Hand. »Sugar, wir werden eine Lösung finden. Lass mich dir ein paar Klamotten organisieren und dann kannst du dich in mein Bett legen. Ein bisschen Schlaf nachholen und alles wird wieder in Ordnung kommen.«

Er zog sie wieder an sich. Sie hätte sich ihm entziehen sollen. Sie musste ihr Herz unter Verschluss halten. Aber sie konnte nicht. Unweigerlich schmiegte sie sich an ihn. Er roch wunderbar. So natürlich und männlich. Ein Hauch von Schießpulver und Kaffee.

»Sugar?«

»Ja?«

»Jeder Mann in dem Club wollte heute, dass du ihn bemerkst. Und ich wollte jeden von ihnen umlegen. Das musst du wissen. Wenn Asal dir so wichtig ist, dann fällt mir schon etwas ein. Glaubst du mir?«

»Welchen Teil?«

»Himmel, Frau! Du machst mich verrückt!« Er hob ihr Kinn an und wischte ihre Tränen weg. »Ich mag es nicht, dich weinen zu sehen. Ich will nicht, dass du traurig bist und ich will nicht, dass so ein Idiot dich mit den Augen auszieht und es in Gedanken mit dir treibt.«

Sie lächelte, fühlte sich, zumindest im Moment, gut aufgehoben, und widerstand der leisen Versuchung, wegzulaufen. »Ich muss erst mal duschen.«

»Keine Einladung? Ich dachte, du hast das Verbot aufgehoben?«

»Ich muss *duschen* und frische Klamotten anziehen.«

»Das ist ein Job, den ich hinbekomme.« Er nahm ihr Gesicht in seine Hände und schaute ihr tief in die Augen. »Ich bin froh, dass du hier bist, und nicht nur, weil du hier sicher bist. Ich mag es, dass du bei mir bist.«

Er beugte sich vor, strich mit den Lippen über ihre Unterlippe, saugte daran und stahl ihr das Herz. Ihre Augen schlossen sich. In diesem Moment lebte sie ganz in der Gegenwart, wo sie beide gerade keinen Kampf auszutragen hatten. Seine fordernde Zunge drängte sich sanft zwischen ihre Lippen und sie öffnete den Mund. Sie hielt sich an seinem Hemd fest, kratzte mit den Nägeln über mit Kleidung bedeckte Haut. Ihr Herz raste und Verlangen pulsierte tief in ihrem Inneren.

Sie kämpfte um den Kuss. Seine Lippen brannten auf ihren. Weich und hart. Empfindsam und besitzergreifend. Er drückte sie sanft, sodass sie rückwärtsging, bis sie gegen die Wand prallten. Seine Zähne fuhren über ihre Wange, dann ihren Hals. Ein Stöhnen entwich ihren Lippen, als er heiße Kussspuren auf ihrer Haut hinterließ, neckisch über ihr Schlüsselbein leckte, mit den Zähnen am Träger ihres Tops zog.

»Sugar, Baby, du verdienst etwas Besseres als mich. Aber ich glaube, wir wollen beide sehen, wo das hier hinführt.« Seine Finger glitten in ihr Haar. Er zog daran, drehte ihre Locken um seine Finger und spielte mit ihnen. Seine Zunge fuhr mit der Folter fort.

»Ja.« Das Wort hörte sich genauso erregt an, wie sie es war. Sie war immer noch schmierig vom Öl und roch nach Aufzugsschacht. »Ich muss wirklich duschen.«

»Ich kann nicht versprechen«, sagte er mit heiserer, tiefer Stimme, »dass ich meine Hände heute Nacht von dir lassen kann, aber ich verspreche dir, dass du genug Schlaf bekommst, um zu überleben, bis wir nach Hause kommen. Dusche, und dann werde ich auf dich warten.«

KAPITEL ZWÖLF

NACHDEM SIE DAS Wasser abgestellt hatte, schaute Sugar den Tropfen zu, wie sie von ihren Armen und Fingerspitzen rollten. Sie wusste nicht, wie sie sich verhalten sollte, als Jareds Worte ihr nicht aus dem Kopf gingen. *Dann werde ich auf dich warten.*

Das Badezimmer war wie eine Sauna. Dampfwolken zogen durch den großen Raum. Obwohl sie von beschlagenen Spiegeln und Wasserdampf umgeben war, zitterte sie. Gänsehaut breitete sich auf ihren Armen und Beinen aus, als ob seine Worte fühlbar geworden wären und über ihre feuchte Haut strichen. Sie war hin- und hergerissen und durcheinander und wusste nicht, wieso seine Sprüche ihr so ans Herz gingen. Sie sollten sie doch bestimmt nicht so tief treffen, wie sie es taten! Er war ein Playboy. Seine Sprüche waren sein Werkzeug. Sie war nicht dumm. Oder vielleicht war sie es und zu leugnen, dass das, was er sagte, der Wahrheit entsprach, war einfach nur idiotisch.

Die massive Holztür zum Badezimmer trennte sie. Jared würde sich nicht mit der Schulter gegen die Tür werfen und ins Bad gestürmt kommen, um sich auf sie zu stürzen wie vorhin in ihrer Hotelsuite. Sie wusste es tief in ihrem Inneren. Er würde auf sie warten. Weil er gesagt hatte, dass das hier anders sein könnte und dass er sich wirklich etwas aus ihr machte. Und er hatte versprochen, ihr nicht wehzutun.

Sie war nackt und von einer Wand abgeschirmt. Sie überlegte, ob sie sich in ein Handtuch wickeln sollte. *Das hat ihn ja vorhin auch nicht abgehalten.* Aber in ihrer Suite war es wilder, freier Sex gewesen. Das hier würde anders sein. Der Ton in seiner Stimme und seine starken Arme, die er so fest und sicher um sie gelegt hatte, hatten ihr das gesagt.

»Worauf wartest du?«, flüsterte sie ihrem beschlagenen Spiegelbild zu.

Ihre Nerven sprühten förmlich vor Aufregung, so wie spritziger Champagner. Jetzt wurde es ernst mit dem Aufheben ihres Sex-Verbots. Sogar der Schleier, der normalerweise über ihren Gefühlen lag, war ein bisschen hochgerutscht. Bis jetzt hatten sie nur gespielt. Jetzt kam ihr Jared mit tiefgreifenden Worten und ernsten Blicken so nahe!

In ihrem Kopf schwirrte ein Durcheinander an Gefühlen. Ihre Handflächen fühlten sich an, als ob sie bereit für ein Feuerwerk wären, sobald sie aus dieser Tür ging. Und das hatte mit Sex nichts zu tun.

Auf geht's. Sie zog sich einen Bademantel über, band den Gürtel zu und machte die Tür einen Spalt auf. Gegenüber vom Badezimmer stand Jared an die Wand gelehnt und sah sie wie immer mit diesem intensiven Blick an.

Die nackten Rundungen seiner Oberkörpermuskeln sahen aus wie in Stein gemeißelt. Seine graue Jogginghose hing gefährlich tief auf seinen Hüften. Ein dunkler Pfad Haare führte von seinem Bauchnabel hinunter und verschwand verführerisch im Hosenbund.

Ihr tat der Hals weh. Ihr Magen machte einen Salto. »Hast du lange warten müssen?«

»Länger, als mir bewusst war.« Er ging auf nackten Sohlen einen Schritt auf sie zu. Ihre Blicke begegneten sich in einer Art Trance, während die Hitze aus dem dampfgefüllten Badezimmer sie einhüllte.

Sie machte eine schnelle Bewegung, um ihre Handflächen zu zeigen. »Ich musste die Schmiere unter meinen Fingernägeln wegschrubben.«

»Das habe ich nicht gemeint.« Die Worte klangen wie ein tiefes Knurren und alle ihre Muskeln zogen sich zusammen. Er trat noch einen Schritt auf sie zu. »Du bist unglaublich.«

Jared faltete die Arme auseinander. Schön definierte Muskeln und glatte Haut, die über seinen breiten Brustkorb spannte. Er war bei ihr, bevor sie etwas sagen konnte, um den magischen Moment zu ruinieren.

Sie zögerte. »Was, wenn GSI hier auftaucht? Die Tür sprengt. Uns dabei erwischt, wie wir ... nicht aufpassen?«

»Unmöglich.«

»Nichts ist unmöglich.« Ein guter Beweis dafür war, dass sie mit dem halbnackten Boss im Badezimmer seiner Hotelsuite stand.

»Dann eben unwahrscheinlich.«

»Ach, du weißt immer, was du sagen musst.« Ein Witz. Eine Stichelei. Die ihr Misstrauen rechtfertigte. Aber es fühlte sich nicht so an wie seine typischen Alphamännchen-Sprüche. Es fühlte sich intensiv an. Heiß. Zum Schwach-Werden. Wenn er redete, dann bebte sie am ganzen Körper. Ihre Seele hörte zu.

»Das Einzige, was ich weiß, ist, dass ich dich will.«

Und *das hier*, hörte sie das Unausgesprochene. Seine Finger tanzten über den Stoff ihres Bademantels, von den Schultern bis zum Gürtel, und spielten mit dem Knoten. »Brauchst du etwas Neues zum Anziehen?«

»Später schon.«

Verlangen blitzte in seinen schwarzen Augen auf. »Später. Ich merk's mir.«

Sie hätte ihre Schutzwälle wieder hochziehen können. Beziehungen sollten als *Katastrophen* definiert werden. Manche Paare bekamen sie hin, die meisten Paare nicht. Nicht, dass Jared ihr anbot, dass sie ein Paar werden sollten.

Sugar würde niemals einem Mann hinterherlaufen, nachdem er das Interesse an ihr verloren hatte. Auf keinen Fall würde sie so etwas rückgratlos wissentlich ignorieren, wie es ihre Mutter getan hatte.

Je mehr sie und Jared sich aufeinander einließen, desto mehr würde es sie zerstören, desto schlimmer würde es wehtun, wenn er sie verließ. Sie würde ihren Stolz behalten und er würde nie zurückschauen. Was auch immer Jared an ihrer gegenseitigen Anziehungskraft reizte, der Funken würde irgendwann zu einem schwachen Glühen werden und letztendlich ganz ausgehen.

»Sugar?« Jared schmiegte sich an sie und legte die Hände auf ihre Hüften. »Ich hab dich gerade für einen Moment verloren.«

»Nein, ich bin hier.«

»Unsinn, Frau. In einem Augenblick bist du ganz …« Sein Blick ging absichtlich ganz langsam und bewundernd über ihren Körper. Er musterte ihre Kurven so, als ob er zwischen ihnen das gelobte Land finden würde. »Aber jetzt bist du wieder ganz verschlossen.«

»Das bildest du dir nur ein, Kollega.«

»*Kollega*? Der Spitzname deines Abwehrmechanismus. Jetzt weiß ich, dass ich recht hatte.« Er zupfte mit den Zähnen an ihrem Ohrläppchen. »Lilly.«

Sie zuckte in seinen Armen zusammen und drehte sich um, um ihm ins Gesicht zu sehen. Sein Gesicht war so dicht vor ihr, dass sie unweigerlich weit die Augen aufriss. »Mein Name ist Sugar. Lilly nennt mich keiner.« Das war der Name, den ihr ihre Eltern gegeben hatten. Es war ein schwacher Name. Der Name versteckte ihre weiche Seite nicht, die sie vor langer Zeit beschlossen hatte, zu vergraben.

Ein himmlisches Lächeln bereitete ihr weiche Knie. »Er passt zu dir.«

»Die Namen sind nicht austauschbar.« Sie wollte den Bademantel enger um sich wickeln, um wegzulaufen, von dem getroffenen Nerv, von dem er keine Ahnung hatte, dass er gerade darübergetrampelt war. Aber sie würde nirgendwohin gehen, nicht, wenn er so lächelte und aussah und roch wie jetzt. Er war ein charmanter Alpha auf einer Mission und seine Methode war eine Wahrheitsdroge.

»Mir gefällt *Lilly*, Lilly. Du kannst nicht einfach Regeln aufstellen und von jedem erwarten, dass er sie einhält.« Er löste ihren Gürtel und fuhr mit der Hand unter den Bademantel, über eine immer noch leicht feuchte Hüfte. Seine Hand war rau und stark und der Hautkontakt einfach und erotisch. Ein Schauer breitete sich auf ihrer Haut aus, von den Brüsten bis zum Bauch und tiefer. Seine Fingerspitzen drückten in ihre Haut. »Ich stelle meine eigenen Regeln auf. Ich dachte, das würdest du mittlerweile wissen.«

Sie wusste es. Seufzend ließ sie es zu, dass seine Hand ihren Bauch erkundete. *Himmel, wir werden es niemals bis ins Schlafzimmer schaffen!* Bis dahin hätte sie überhaupt keine Kontrolle über ihren Körper mehr. Beine wie Wackelpudding und Arme wie Spaghetti. Sie musste sich wirklich zusammenreißen. Das Verbot war vielleicht aufgehoben, aber ihr Herz musste immer noch beschützt werden. Es war eine verdammt schwindelerregende Schwäche, die sie für diesen halbnackten Hünen vor ihr hatte, aber sie konnte diese Obsession überleben.

»Ich mag Kontrolle.« Sie gab sich Mühe, sich überzeugend anzuhören, aber sie schaffte nur ein Flüstern. »Regeln. Mottos. Mantras. Ich habe sie aus einem bestimmten Grund.«

Er zog den Gürtel auf und ließ die Enden los, sodass sie an ihren Seiten baumelten. Seine Hände strichen über ihre Brustwarzen. *Verräterische Titten.* Sie hatten um seine Aufmerksamkeit gefleht und er merkte es, als er erst einen, dann den anderen Hügel auf so erregende Weise massierte, dass sie kommen würde, wenn sie nicht aufpasste.

»Glaubst du, ich habe keinen Kodex? Scheiß drauf! Lass uns meine Titten-und-Arsch-Dogmen und deine Regeln zum Schutz deines Herzens einfach vergessen!« Seine Daumen und Zeigefinger reizten und spielten, bis sie ihre Augen schloss und die Anspannung aus ihrem Körper wich.

Zum Schutz meines Herzens? Ihre Unterlippe zitterte und sie versuchte, das zu unterbinden. »Ich bin nicht gerade in einer guten Position, um zu verhandeln.«

»Dann lass es! Gib mir die echte Sugar. Ich spiele gerne mit der knallharten Sugar, aber hol die heute Abend mal nicht raus. Ich möchte die wahre Sugar.«

»Ich bin …«

»Nein. Lüg mich nicht an!« Er fuhr mit den Lippen über ihren Hals. Seine Zähne berührten die empfindliche Haut und Blitze zuckten ihren Rücken hinunter. »Halte in meiner Gegenwart nichts zurück. Nie.«

»Nie?« Sie legte den Kopf in den Nacken, um ihm vollen Zugang zu ihrem Hals zu erlauben. Er verlangte viel von ihr. Aber sie konnte ihm vertrauen.

Das kann ich doch … oder? Ja. Sie konnte es. Sie würde es.

»Nie«, sagte er mit tiefer Stimme. Die Autorität in seiner Stimme und die eiserne Stärke seines Tons klangen so verbindlich, dass sie mit derselben Hingabe einwilligen konnte.

»Okay.« Auf einmal war ihr viel leichter ums Herz. *Moment.* Im beschlagenen Spiegel sah sie eine frische Narbe an seiner Schulter. Sugar hielt inne und drehte sich, damit sie es besser sehen konnte. »Die ist neu.«

»Granatsplitter. Der Arzt hat alle rausbekommen.« Er widmete sich wieder ihrem Hals. »Was nicht heißen soll, dass es nicht immer noch wehtut.«

»Du warst verletzt, als du für mich zurückgekommen bist?« Sie drehte seinen Mund weg. »Jared?«

»Ich habe eine hässliche frische Wunde hinten am Bein, wenn du die auch mal anglotzen möchtest.« Er strich ihr eine nasse Haarsträhne aus dem Gesicht. »Nichts hätte mich davon abhalten können, dich nach Hause zu bringen.«

»Oh.« *Nicht? Vielleicht kann ich mich mit diesem Jared anfreunden. Vielleicht.*

Sie nahm sein Gesicht in ihre Hände und küsste ihn stürmisch, weil sie ihm ohne ein Wort zu sagen zeigen musste, was sie mit »Oh« gemeint hatte. Sie konnte alles an ihm spüren. Sein Ständer drückte gegen den Stoff seiner Jogginghose, während ihr Bademantel wie ein Vorhang war, der ihren nackten Körper für ihn einrahmte.

Ihre Zungen tanzten Tango zu einer schnellen Sinfonie, umschlangen einander und streichelten sich. Es war eine Ouvertüre, ein Vorspiel, bevor er sich mit völliger Hingabe über sie hermachen würde, und hinterließ ein unsterbliches Verlangen nach mehr.

»Keine Spiele mehr.« Jared hob sie hoch in seine Arme.

»Abgemacht.« Ihre Fingernägel kratzten über seine Bartstoppel, über sein markantes Kinn. »Keine mehr.«

Auf einmal waren sie nicht mehr im dampferfüllten Badezimmer. Er hatte sie in das schwach beleuchtete Schlafzimmer getragen und legte sie mitten auf die luxuriöse Daunendecke. Ihr Körper war umgeben von Seide und Satin. Das Bett bewegte sich, als er näherkam. Seine große Gestalt ragte über ihr.

»Jedes Mal, wenn ich meine Augen schließe, Sugar, dann sehe ich das. Dich. Nackt. Und ganz mein.«

Sie bekam kaum Luft mehr. Sie wollte das, musste es hören und würde alles nehmen, was er anbot, auch, wenn es auf unbestimmte Zeit war. In diesem Augenblick konnte sie sein törichtes Geständnis für gerechtfertigt halten.

Sugar zog die Arme aus dem Bademantel und machte ihm damit eine eindeutige Einladung. Sie. Er. Jetzt. »Du bist doch derjenige, der noch seine Hose anhat. Was soll ich davon halten?«

Er nahm ihre Unterlippe zwischen seine Lippen und ächzte, als sie lächelte und ihm die Hüften entgegenbrachte. »Du bist so ein böses Mädchen! Immer provozierst du mich!«

»So magst du mich doch!«

»Du kennst mich zu gut!«

Ihre Münder trafen aufeinander. Ihre Zunge fuhr über seine, herausfordernd und wild. Hitze breitete sich wie ein Feuer in ihrem Magen aus, stieg bis zu den Brüsten an, schnürte ihr den Hals zu und flammte zwischen ihren Beinen auf. Jede ihrer empfindlichen Körperstellen war in höchster Alarmbereitschaft, wartete ungeduldig darauf, dass Jared sie küssen, beißen und reizen würde.

Er fand ihre Brustwarze und ihr stockte der Atem. Die heißen Bewegungen seiner Zunge auf ihrer Haut raubten ihr fast den Verstand und bewirkten, dass sie sich aufbäumte. Jedes Mal, wenn er saugte oder zärtlich biss, buckelte sie ein bisschen, ohne dass sie es kontrollieren konnte.

Gott, was für Gefühle er in ihr auslöste und wie ihr Körper darauf reagierte … und er hatte sie noch nicht mal *richtig* berührt! Noch nicht.

Aber das würde er. Die bildhafte Erinnerung ihres Techtelmechtels auf dem Fußboden gab ihr einen Vorgeschmack von dem, was sie erwartete. Großartige Dinge. Monumentale Dinge. Und das hatte nichts mit der Größe seiner Waffe zu tun. *Himmel, hilf!*

»Genug!«, befahl sie. »Hosen runter! Jetzt, Jared!«

Er lachte leise an ihrer Haut. »Noch nicht.«

»Willst du mich betteln hören?«

»Nein, meine Süße.« Er gab ihr einen heftigen Kuss. »Ich brauche das hier genauso wie du. Ich nehme mir Zeit.«

Seine Hand wanderte ihren Bauch hinunter und dann zwischen ihre Beine. Sie war bereit für ihn, feucht genug für mehr als nur einen kleinen Spaß. »Bitte!«

»Ich will, dass du dich nach mir verzehrst.«

Sie zitterte, als er sie nur sacht berührte. Schnell und wild hatten sie längst hinter sich gelassen. Er hatte einen langsamen Tod für sie geplant und sie brauchte mehr. »Das ist einfach nur gemein!«

»Ich bin ein Mistkerl, der Folter austeilt«, murmelte er und strich mit den Fingerspitzen über ihre Mitte.

Sie warf den Kopf in den Nacken und drückte sich tiefer in die Daunendecke. Er streichelte und rieb sie, sodass sie sich für ihn öffnete. Sein Name sprudelte in allen Variationen aus ihr heraus, während sie es genoss, wie seine Finger über ihr Fleisch tanzten. Er trieb sie fast in den Wahnsinn und die Emotionen bauten sich immer mehr auf, während Haut gegen Haut rieb.

»Verdammt schön, Sugar. Ich liebe die Geräusche, die du von dir gibst. Ich liebe es, wie süß du bist.«

Oh Gott. Er rutschte bis zu ihrem Bauch hinunter und ließ die Zunge in ihren Bauchnabel schnellen. Dann schlang er einen freien Arm um ihre Taille und hielt sie dort fest. Sie stöhnte wieder seinen Namen. Kein Wunder, dass er einen Gott-Komplex hatte. Sie konnte sich nicht zurückhalten und musste immer wieder aufschreien. Sie wollte nicht. *Jared! Jared! Jared! Herrscher des Schlafzimmers, Jared!*

Seine Zunge wanderte von einem Hüftknochen … tiefer und tiefer. Er hielt inne.

»Ich sterbe hier.« Sie konnte sich nicht länger vom Betteln abhalten. »Erlöse mich von dieser Qual!«

Er lächelte, lachte wieder gegen ihre Haut, bedeckte sie mit sündigen Küssen, während er sich auf den Weg zum anderen Hüftknochen machte. »Ich könnte das hier den ganzen Tag lang machen.«

»Nein, das könntest du nicht.« Ihre Stimme hörte sich heiser an. »Das wirst du nicht. Wir brauchen das. Gemeinsam.«

Er biss sie und stach unvermittelt einen forschen Finger in ihre feuchte Mitte. Sie bäumte sich auf. »Das stimmt.«

»Noch mal«, stöhnte sie. Sie würde wieder betteln – alles, um von dieser Pein zum Höhepunkt zu kommen.

Er drückte wieder seinen Finger gegen sie und kreiste mit dem Daumen um ihren empfindlichsten Punkt. Sein Finger wagte sich tiefer in sie hinein, zu den Stellen, die sich noch nicht vollständig von seinem früheren Eindringen erholt hatten.

»Fühlt sich das gut an, Baby?« Er beobachtete ihr Gesicht und kreiste immer noch mit dem Daumen um das Bündel Nervenenden. Alles, was sie herausbrachte, war ein heiseres Seufzen und ein Nicken. Ein *Bitte mach weiter, egal was passiert, hör nicht auf!* »Du bist so offen. Zeig mir mehr! Zeig mir die wahre Sugar!«

Zwei Finger drangen in sie ein und sie kniff die Augen zusammen. Ihr Kopf fiel zur Seite und das Blut in ihren Brüsten pulsierte im eigenen Rhythmus. Sie zog die Beine an und drückte die Knie gegen seine breiten Schultern. Er beugte den Kopf und hielt kurz vor ihrer brennenden Mitte an.

»Jared …«

Und dann küsste er sie.

»Ja.« Sie schluckte das Wort herunter, weil sie nicht gleichzeitig atmen und sprechen konnte. »Ich brauche dich.«

Diese Ehrlichkeit war überwältigend. Seine Finger und Zunge fielen in einen immer schneller werdenden Rhythmus. Sie verlor sich völlig in dem Gefühl. Es war ihr egal, ob sie Teile von sich nie wiederfinden würde.

Sie wand sich unter ihm und ihre Beine wollten zusammensacken, aber seine Arme, die um ihre Oberschenkel gewickelt waren, machten das unmöglich. Sein Lecken fühlte sich an wie das Lecken heißer Flammen. Ihr ganzer Körper war wie berauscht. Lustgefühle und Offenbarungen übermannten sie.

»Gib dich mir hin, Sugar.« Es war eine Weisung, ein Befehl, dem sie nachkam. Die Vibrationen zwischen ihnen pulsierten bis in ihre Seele, wo sie ihre Leidenschaft für ihn noch mehr anfeuerten. »Jetzt, Baby!«

Sie verlor die Kontrolle, bäumte sich gegen seinen Mund auf. Er packte ihre Hüften, um sie festzuhalten und bei ihr zu bleiben. Seine samtene Zunge machte jede Zuckung mit. Ihre Hände fuhren wild durch sein kurzgeschorenes Haar. Als sie dabei keine Strähnen zwischen die Finger bekam, gab sie auf. Wie von selbst schlugen ihre Hände auf die Bettdecke, krallten sich dort fest. Ein Feuerwerk explodierte in ihrem Kopf. Helle, leuchtende elektrisch geladene Blitze zuckten durch das Zimmer.

Er ließ sie von ihrem Höhepunkt wieder herunterkommen. Langsam. Sie genoss die Welle der Euphorie, saugte das Wunderbare, das zwischen ihnen war, in sich auf.

»Perfekt.« Er setzte sich auf und zog sie fest an sich. Mit heiserer und tiefer Stimme sagte er zu ihr: »Ich habe noch nie etwas so Perfektes geschmeckt wie dich. Wie ein verdammter, süßer Nektar, Sugar. Ich bin süchtig.«

Süchtig? Sie sollten wohl eine Selbsthilfegruppe für zwei gründen, um ihr gemeinsames High zu überleben. Ihre Gliedmaßen zitterten. Ihr Gehirn war gerade nicht in der Lage, Gedanken in Worte zu formen, also sagte sie gar nichts. Jared rollte rüber zum Nachttisch, zog die Hose aus und zog sich ein Kondom über.

Er beugte sich über sie und küsste sie. Zärtlich und liebevoll fing er wieder an, auf eine Wahnsinnsexplosion hinzuarbeiten. Seine Küsse versprachen einen atemberaubenden Orgasmus. Dieser Mann hatte immer einen Plan. Ein Ziel. Sie dankte den Waffen-Göttern im Himmel, dass er es sich diesmal zum Ziel gesetzt hatte, ihr Lust zu bereiten.

Sein forscher Mund tat das, von dem sie gelernt hatte, dass er es am besten konnte: Sie mit Küssen verrückt zu machen und das, was sie verband, in etwas noch Besseres, Engeres zu verwandeln. Nichts war je so gut gewesen wie Jared. Nichts würde je wieder so gut sein.

Der melancholische, düstere Ausdruck auf seinem Gesicht und diese primitive Besitzgier, die von ihm ausging, stahl ihr das Herz und jegliche Logik. Wie eines seiner feindlichen Zielobjekte hatte sie keine Chance zu entkommen, und die Konsequenzen würden katastrophal werden.

»Ich kann es nicht erwarten, es noch mal mit dir zu treiben.« Er kroch auf sie zu. »Du bist in meinem Kopf, Mädchen. In meinem Blut. Ich kann dir nicht fernbleiben.«

Sie verschränkten die Finger und Sugar zog ihn auf sich. Sie legte ihre Beine um ihn und positionierte seine Männlichkeit, die bereit war für unvorstellbare Ekstase.

»Du hast gesagt … halte dich nicht zurück?« Ihr Mund war drauf und dran, ihre innersten Geheimnisse preiszugeben, bevor ihre Unsicherheit die Gelegenheit hatte, zu sagen: »Halt die verdammte Klappe!« Aber der unsichere, wache Teil ihres Verstandes schwieg und signalisierte ihr damit einen unerschütterlichen Glauben. *Jared wird mir nicht wehtun.*

»Niemals.« Er drückte ihre Hände fester. »Halte niemals etwas vor mir zurück.«

»Ich will nicht nur …« *Jetzt gibt es kein zurück.* »Ich will, dass das hier mehr wird. Mach Liebe mit mir. Ich brauche alles von dir. Auch wenn es nur dieses eine Mal ist. Nur heute Abend. Lass mich ganz dein sein.«

Eine Emotion huschte über sein Gesicht. Etwas Nachdenkliches. Ein Moment.

Sie hatte den Pin herausgezogen und geworfen. Jetzt war die Granate auf seinem Grundstück und er war am Zug.

Er küsste sie sanft, öffnete vorsichtig ihre Lippen und legte dann seine Stirn an ihre. »Für dich, Lilly Chase, würde ich alles tun.«

Ihr Herz und ihre Seele seufzten. Die Erleichterung, die sie spürte, ließ sie ihn nur noch mehr wollen. Jared brachte ihr seine Hüften entgegen, presste seine Erektion gegen sie. Sie war wund und erregt, und ein Stöhnen entwich ihr. Er brachte den Laut mit einem hypnotisierenden Kuss zum Schweigen. Der Kuss schien gar nicht möglich für einen Mann, der so unantastbar und unflexibel war wie der kampferprobte Krieger zwischen ihren Beinen. Aber aus irgendeinem verrückten Grund ergab er absolut Sinn für sie beide.

Er spaltete sie von innen auf und stieß zu. Gigantisch und geil. Lustvolles Leiden und gewagte Gelüste. Ihr Rhythmus trug sie in unglaubliche Höhen und zu unauslöschbaren Momenten. Er hielt sie, drückte und streichelte sie. Versprach ihr die Welt ohne ein Wort zu sagen, füllte sie, brachte sie zu einer Erkenntnis, die alles änderte. Sie hatte sich an ihn gebunden. Seine wilden Stacheln hatten sich mit ihren Widerhaken in ihrem Herzen verfangen.

Sie bäumte sich auf und kam ihm entgegen, nahm ihn in sich auf. Ihre Küsse waren unterbrochen von Schreien nach Erlösung. Sie waren gefangen in einem Wirbelsturm der elektrischen Spannung. Ihre Mitte pulsierte und es baute sich ein Sturm der Intensität auf. Sie konnte nicht atmen oder etwas sehen. Sie konnte nur ihre enge Verbindung spüren.

»Ja, Lilly. Komm für mich!« Seine Worte waren ein sinnliches Gebot.

Lilly? Er war mit *ihr* zusammen, nicht der Sugar, die sie der Welt zeigte. Sie nickte, verstand und musste die Erlösung spüren, musste die Welle reiten, war fast schon auf dem Kamm.

Ihre Hüften bewegten sich in einem verrückten Tempo. Jared keuchte und schwitzte. Sie gehörte ihm. Sie hatte wegen ihm den Orgasmus gehabt, für ihn …

Und wieder. Sie spürte eine Erlösung, wie sie sie noch nie gespürt hatte. Ihre Mitte zog sich zusammen, ganz eng, und pulsierte für ihren Meister von allem. Sugar ging in Flammen auf. Lichter und Sterne explodierten im Auge des Orkans. Sie versuchte, einen Atemzug zu tun, dann noch einen, und gab auf. Erst als sie seinem tiefen Blick begegnete, fand sie wieder die Kraft dazu. Was sie in seinen Augen sah, hielt sie inmitten des Wirbelsturms fest.

Er sah gequält aus. »Du zerstörst mich, Baby.«

»Ich bin schon ruiniert«, flüsterte sie. Endlich war die niederschmetternde Wahrheit ans Licht gebracht.

Immer wieder stieß Jared zu, griff jeden Ton auf, den sie von sich gab, und schaukelte sich so immer höher auf seinen Zenit zu.

Das Gefühl kam schließlich über sie wie eine Flutwelle, als er sich in ihr ergoss, jeder Muskel in seinem Körper angespannt. Ihr Name kam gleich einem Urschrei über seine Lippen.

Zu sehen, wie er kam, ihn durch das gottverdammte Kondom zu spüren, feuerte sie wieder an. Sie klammerten sich aneinander, als ob sie kämpfen würden. So eng in seinen Armen fühlte Sugar sich, als ob sie sich an einer Supernova festhalten würde. Es kamen ihr die Tränen.

Er brach auf ihr zusammen, sodass ihre Körper wie ein Haufen aufeinander lagen. Sie keuchten um die Wette, in einem fast tierischen Takt. Sein Mund war immer noch auf ihrem. Kein Küssen. Kein Lecken. Einfach nur festhalten. Von den Lippen bis zu den Beinen lagen sie Haut an Haut. Da war kein Millimeter Raum mehr zwischen ihnen. Da war kein Geheimnis mehr zwischen ihnen. Nur Jared und Lilly.

Wenn sie in seinen Armen eingeschlafen war, dann hatte sie das nicht gemerkt. Die Zeit stand still. Gefahr verschwand. Sie waren nicht in Abu Dhabi. Sie waren nirgendwo.

Er flüsterte ihr ins Ohr und stellte damit sicher, dass sie wach war. »Ich bin hier in unerforschtem Gebiet. Und das einzige verdammte Ding, das ich in meinem Arsenal habe, bist du.«

Sie zog ihn noch fester an sich, wenn das überhaupt ging, und mit dem Seufzer, der ihr entwich, gab sie auch ihr Herz frei. »Jared …«

Sein Handy piepte wie ein Alarmsignal. Er reagierte sofort, rollte über sie und schnappte es sich, als ob ein Mann gerade zu Boden gegangen wäre. »Verdammte Scheiße.«

Vielleicht war das auch gerade passiert. Sie bekam Angst, und all seine Zärtlichkeit war weg. Der verhärtete Mistkerl war zurück und ihr Magen krampfte sich zusammen – nicht, weil sie seine Kommandanten-Nummer nicht mochte, sondern weil das hieß, dass etwas schiefgelaufen war. War jemand von Titan umgekommen? Ihretwegen? Sie würde mit den Schuldgefühlen nicht leben können.

Seine Augen verengten sich und sie bekam einen Kloß im Hals.

»Was ist passiert?«

Seine Finger verkrampften sich um sein Handy.

Sugar setzte sich auf und zog die Decke über sich, weil ihr auf einmal kalt war. »Gottverdammt. Sag es mir!«

Er schwieg eine Sekunde. Seine Züge verhärteten sich. »Asal ist weg.«

KAPITEL DREIZEHN

J AREDS MAGEN HATTE sich so zusammengezogen wie ein Finger, der sich um einen Abzug spannte. Eine vermisste Asal bedeutete eine Sugar mit Kriegsbeil. Er konnte die Wut und die Anspannung förmlich schmecken. Er musste sie davor bewahren, emotional auszubluten. Aber er hatte keine Ahnung, wie er ein solches Manöver hinbekommen sollte. Schließlich konnte er nicht ihre Sorgen mit einer Elastikbinde fixieren oder ihre Wut schienen.

»Sugar. Hol tief Luft. Alles wird gut.« Ja, sie wussten beide, dass diese Worte eine Antwort wie aus dem Buche waren. Er brauchte einen Plan.

»Wer war das?« Ihre Lippen waren rot und geschwollen und erinnerten ihn an ihre Wahnsinnsnummer zwischen den Laken. »Ich muss alles wissen!«

»Rocco. Mein Team ist im ganzen Hotel verteilt, um GSI zu erledigen.« Jeder Plan, den er machen könnte, würde seinen Stellvertreter beinhalten, Brock, der alle anweist.

Sugar machte ein finsteres Gesicht und ihre Blicke spritzten Gift. »Sie haben etwas übersehen.« Sie sprang auf und nahm die Decke mit.

»Ganz ruhig, Zuckerschnütchen.«

»Was hat er gesagt?« Ihr Körper beugte sich vor, als ob sie drauf und dran war, ihn anzugreifen, wenn er eine falsche Bewegung machen würde.

Die Situation war ernst und würde auch nicht besser werden, wenn er etwas beschönigte. »Er hat gesagt …«

»Raus damit, Jared!«

»Die Frau von der UNO ist tot. Keine Spur von Asal.«

Sugar keuchte. »Was zum Teufel? Was, wenn Asal auch tot ist? Gott! Ich bringe sie in dieses luxuriöse Hotel, obwohl sie bisher nur Felsen und

Höhlen kannte. Verdammte Ziegen …«

»Sie ist am Leben. Das muss sie einfach sein!« Sein Herz schlug schnell und laut. Das Kind zu entführen? Asal war stark, ein richtiger Wildfang, der mit seiner Spezialeinheit über einen Berghang gerutscht war. Sie würde überleben und er würde sichergehen, dass Sugar das wusste. »Sie hätten keine Leiche dagelassen, wenn sie Asal umbringen wollten. Es war besser, dass sie hier war als in dem zerstörten Lager in den Bergen. Wir werden sie finden. Wir werden sie zurückbringen.«

Das Kind hatte Sugars Herz erobert. Er würde Sugar nicht enttäuschen.

»Zu mir!« Aus ihrem Blick sprach Entschlossenheit. Es war ein Befehl und er war niemand, der Befehle von anderen annahm – außer von ihr.

Jared nickte. »Ja, zu dir.« Sein Handy klingelte wieder. *Brock.* »Erzähl mir etwas Gutes!«

Sugar wickelte die Decke enger um ihren Körper und ging im Schlafzimmer auf und ab.

Er hob seine Jogginghose vom Boden auf, zog sie an und ging im gleichen Tempo wie sie auf und ab. So hätte die Nacht nicht enden sollen.

Die Statusmeldung war unschön und knapp. Da hatten Profis zugeschlagen. Rein und raus. Asal wurde immer noch vermisst und sein Team verfolgte ohne Rücksicht auf Verluste das Ziel, sie wiederzufinden.

Sugar knackte mit ihren Fingern. »GSI wird sie dazu benutzen, mich aus dem Versteck zu locken.«

Wie ist das möglich? Niemand wusste von Asal. Nur Titan und sein Kontakt, der das mit der UNO-Gesandten arrangiert hatte. Jared vertraute allen, die in die Sache eingeweiht waren. Hier passte etwas nicht zusammen.

»Brock, lass Sugars Zimmer auf Wanzen untersuchen. Scheiße, alle unsere Zimmer, inklusive meinem!« Obwohl seine Suite jeden Tag überprüft und dauernd beobachtet wurde.

Nachdem Brock seine Zustimmung gegrunzt hatte, legte Jared auf. Brock würde dem Team Anweisungen geben und Jared konnte bei Sugar bleiben, zumindest, bis es nötig war, die Situation zu klären, und sie davon abhalten, komplett durchzudrehen. GSI konnte nicht weit mit Asal gekommen sein. Sie konnten nicht ...

Unsinn. Wieso machte er sich etwas vor? GSI hatte genauso Zugang zu den ganzen Flugzeugen, Zügen und ehemaligen Militärkräften, die man anheuern konnte, wie Titan auch. Das Problem mit GSI war, dass sie skrupellos waren. Ein Kind kidnappen und es als Köder benutzen? Buck Baer würde keine Sekunde zögern.

Die Ader an ihrer Schläfe stand hervor. Sie schluckte schwer. »Mein Zimmer muss verwanzt gewesen sein. Das ist meine Schuld. Ich werde ...«

»Sugar, hör auf!«

Das Telefon klingelte. Roccos Name erschien auf dem Display. »Ja, Roc?«

»Ich habe alle Räume außer deinem geprüft. Sie sind sauber. Brock ist auf dem Weg zu dir.«

Keine Wanzen? Wieso würde GSI sie entfernen? Das wäre doch sinnlos.

»Zieh dich an!« Er warf Sugar eine Jogginghose und ein T-Shirt zu. »Wenn dieses Gebäude nicht gleich mit Bomben in die Luft gesprengt wird und in sich zusammenfällt, gibt es keinen sichereren Ort als dieses Zimmer. Brock wird bei dir bleiben, nachdem sie meine Suite überprüft haben.«

Sie zog sich das T-Shirt über den Kopf und schlüpfte in die Hose. »Wo gehst du denn hin? Ich komme ...«

»Ich werde mich mit GSI unterhalten. Um Buck Baer mit solcher Wucht in den Arsch zu treten, dass er an meinen verdammten Schnürsenkeln erstickt.«

Mit hektischen Bewegungen rollte sie den Hosenbund runter. »Ich werde hier nicht rumsitzen wie ein ...«

»Doch, das wirst du. Du wirst das machen, was ich dir sage. Es ist mir egal, was gerade in diesem Zimmer zwischen dir und mir passiert ist.«

Sie brach nicht in Tränen aus oder sah sonst wie enttäuscht aus. *Gott sei Dank.* Was er gesagt hatte, war reine Gewohnheit, aber was er fühlte ... das sagte ihm, dass er es nicht ganz so krass hätte formulieren müssen.

Sie nickte. »Ich hab's verstanden.«

Diese Reaktion ließ sein Herz schneller schlagen. »Sugar ...«

»Ich werde nicht lange hier rumsitzen«, sagte sie durch zusammengebissene Zähne. »Mach deine Arbeit, Jared. Und wenn die Zeit gekommen ist, erwarte ich, dass du mich freilässt.«

Er gab ihr sein Wort. *Und jetzt geht's los.* Parker konnte Buck nirgendwo in der Welt finden, aber die Chancen standen gut, dass er auf seinem feinen Arsch in einem teuren Stuhl saß. *Der Mistkerl.* Als er Parker anrief, klingelte es einmal, bis der abnahm.

»Yo, Boss!« Parker erwartete seinen Anruf wohl. Sein Team arbeitete wie eine gut geölte Maschine Reibungslos und tödlich, und jeder Teil erledigte seine Aufgabe. »Ich schicke Rocco gerade die Überwachungsaufnahmen. Brock hat sich schon gemeldet.«

»Ich will Buck Baer auf meinem Bildschirm. Sofort!«

»Ja, Sir. Gib mir fünf Minuten.«

Die Verbindung wurde getrennt. Keine Pause. Keine Zweifel. Das war ein guter Angestellter.

Jared schnappte sich ein T-Shirt. Er zog es sich über, während er ins Wohnzimmer ging. Buck Baer war ein Stück Scheiße untersten Niveaus. Nach der Katastrophe heute Abend würde Jared ihn fertigmachen. Fix und fertig.

Er tigerte vor dem Fernseher auf und ab und zählte gedanklich die fünf Minuten herunter, die er Parker zugestanden hatte.

Der Bildschirm ging an und zeigte grauen Schnee. Das Bild blinkte.

Einmal.

Dann ein zweites Mal.

Endlich erschien Buck Baer.

»Jared Westin! Welchen Umständen verdanke ich diese unhöfliche Einladung zu einem persönlichen Gespräch von Angesicht zu Angesicht? Ein Notfall, wenn ich richtig verstanden habe?« Das rotgesichtige Arschloch lächelte selbstgefällig. Der Ton war so gut, dass die Telekom stolz auf die Verbindung gewesen wäre.

Jared versuchte, seinen inneren Grizzlybären im Zaum zu halten, und holte tief Luft. »Ich will das Mädchen haben!«

»Ohne Umschweife auf den Punkt gebracht. Das habe ich immer so an dir gemocht, Jared. Oh, warte, ich wollte eigentlich sagen: Wovon redest du überhaupt?«

»Dein Team ist hier. Ihr wart hinter meinem Zielobjekt her. Ihr habt ein Kind entführt. Das ist nicht mal mehr im Graubereich dessen, was unsere Einsatzregeln erlauben, Baer!«

»Ich spiele nicht nach den Regeln.«

»Du kannst mich mal mit deinen Spielchen! Es interessiert mich einen Scheiß, was du von der Regierung absahnst, von ausländischen Regierungen oder den verdammten Taliban. Ich gebe dir eine Chance, das Kind zurückzubringen. Ein Stunde, oder ich verspreche dir, dass GSI zu Boden gehen wird. Du wirst es dann mit mir zu tun haben. Ein Schicksal, das um einiges schlimmer ist, als im Bundesgefängnis in Leavenworth zu landen.«

»Ich weiß nicht …«

»Neunundfünfzig Minuten.« Jared war selber überrascht, wie sicher seine Stimme klang. Jared würde Baer und GSI trotzdem vernichten, selbst wenn Asal mit Pfadfinderkeksen auftauchen würde. »Die Zeit läuft! Unterschreibe nicht dein Todesurteil!«

»Auf Wiedersehen, Jared.« Und dann wurde die Verbindung unterbrochen.

Was zum Teufel soll das? Kein Lösegeld? Keine Aufforderung, Sugar auszuliefern? Sein Telefon klingelte genau eine Sekunde, nachdem der Bildschirm schwarz geworden war. Er schnappte es sich. *Parker.* »Sprich.«

»Nicht gut.«

»Kein verdammter Kommentar. Gib mir den aktuellen Lagebericht, sofort!«

Die mechanischen Schlösser an seiner Tür begannen sich zu bewegen. Sehr wenige Leute hatten die Fähigkeit, seine Suite zu betreten, aber das war ihm egal. In Anbetracht der Tatsache, dass er nur drei Sekunden hatte, um die Sicherheitsvorkehrungen zu verbessern, machte sich Jared bereit, zu töten. Er beugte sich vor, griff unter die Couch nach der 9mm, die er dort versteckt hatte und zielte auf die Tür. Sie ging auf. Langsam. *Brock.*

»Kündige dich beim nächsten Mal an!« Jared verstaute die Waffe wieder dort, wo sie gewesen war, und ermahnte sich, daran zu denken, alle Waffen zu checken, die in seiner Suite versteckt waren, sobald Asal wieder in ihrer sicheren Obhut war.

Er zeigte in Richtung Schlafzimmer. »Sugar ist dort hinten. Lass sie nicht aus den Augen!« Er hielt das Handy wieder ans Ohr, als ihm etwas einfiel. »Warte! Klopf erst an!«

Brock lachte, ging aber weiter.

»Parker. Was hast du herausgefunden?«

»Die Aufnahmen der Überwachungskameras sind verschlüsselt worden. Ich arbeite daran. Ich habe aber bisher niemanden von GSI entdeckt. Ich weiß nicht, wen oder wie viele wir suchen.«

Verdammt, Parker! »Du verdienst gerade nicht das, was ich dir zahle.«

»Aber ich kann dir sagen, dass ich jeden Wagen in der Parkgarage identifiziert habe, mit Ausnahme von zwei Range Rovers. Ich würde sagen, wir suchen nach einem Team von nicht mehr als acht. Es waren ungefähr drei unter eurem Aufzug, drei darüber. Damit blieben zwei Mann über, die für das Sicherheitsbüro verantwortlich sind, und falls etwas schiefläuft.«

Das passte. »Was noch?«

»Nicola hat Nachforschungen zum Tod der Frau von der UNO angestellt und den Tatort untersucht. Sie hat keine Ahnung, wie sie von dem Kind wissen konnten.«

»Ich will, dass die undichte Stelle gefunden wird und …«

Der Fernsehbildschirm schaltete sich wieder ein. Nur Rauschen. Parker flüsterte in sein Ohr, als ob ihm jemand zuhören konnte. »GSI versucht, eine Verbindung aufzubauen. Ich kann sie daran hindern.«

»Lass sie.«

Piep. Buck Baer erschien und Jared riss beinahe den Bildschirm von der Wand. »Was zum Teufel willst du, Baer?«

»Es stellt sich heraus, dass ich doch weiß, wo dein Mädchen ist. Stell dir das vor!«

»Ich spiele keine Spielchen mit dir.«

Buck lachte und lehnte sich in seinem Stuhl zurück. »Natürlich wirst du das.«

»Er wird es nicht tun, aber ich«, sagte Sugar, die ins Zimmer gelaufen kam.

Verdammt noch mal! Er wirbelte herum, um sie anzusehen. Wunderhübsch und ungehorsam. »Sugar, halte dich zurück!«

Bucks Lachen kam durch die Lautsprecher. Jared drehte sich zu dem Bildschirm um und wünschte, er könnte den Mann durch den Fernseher hindurch erwürgen.

»Nein.« Buck presste seine Fingerspitzen zusammen. »Das ist perfekt. Genau die Dame, die ich suche.«

Brock stellte sich vor Sugar. *Brock hat besser eine verdammt gute Entschuldigung dafür, wie sie an ihm vorbeigekommen ist, sonst wird er suspendiert. Auf unbestimmte Zeit.*

»Nein.« Das Wort kam tief aus Jareds Brustkorb, wie ein Grollen. »Ich verhandle nicht mit Schwachköpfen.«

»Gut«, sagte Sugar. »Kein Problem. Wann und wo, Bucky? Ich habe dir ein paar ganz nette Sachen zu sagen.«

Sugars Tendenz, die Regeln zu missachten, war legendär. Dieses Spektakel hätte Jared nicht überraschen sollen.

Buck Baer klatschte. »Gut gemacht, Jared! Schöne Frau, Haare die schreien ›Gerade Sex gehabt‹, und sie hat deine Klamotten an. Ich habe schon gehört, dass dir dein Team und deine Aufträge nahestehen, aber ich sehe, dass du dir besondere Mühe gibst, deine *Wertschätzung* zu zeigen.«

»Pass du besser auf deinen Arsch auf, Baer!«

»Natürlich. Das Kind ist schon auf dem Weg zu mir. Bring Miss Chase zurück in die Staaten. Ich gebe dir später weitere Anweisungen.« Der Bildschirm wurde schwarz.

Jared wirbelte zu Sugar und Brock herum. »Was zum Teufel war das?«

Brock versuchte, die Schuld abzuwälzen, während er sich das Kinn rieb. »Sie kann ganz schön zuschlagen und mit dem Knie trifft sie auch nicht schlecht.«

»Ich habe ganz vergessen, dass du mir befohlen hast, ich solle artig sein.« Sie zuckte mit einer Schulter und grinste schief.

»Gottverdammt, Sugar! Wir planen und sprechen uns ab! Wir reagieren nicht einfach und zeigen unsere Schwächen!« Er fuhr sich mit den Händen durch die Haare. »Lass dir etwas einfallen, um zu bestätigen, dass GSI Asal hat und dass sie auf dem Weg zu Baer sind. Flughafensicherheit oder so etwas. Und lass Parker das Flugzeug verfolgen. Wenn alles gut aussieht, dann fliegen wir innerhalb der nächsten Stunde nach Hause. Ich will GSI von innen zerstören, Asal zu Sugar zurückbringen und diese lächerliche Mission zu einem perfekten Ende bringen, ohne etwas unerledigt zu lassen.«

Brock zögerte keine Sekunde und ging zur Tür. »Ich trommle alle zusammen.«

Sugar folgte ihm. »Ich gehe auf mein Zimmer.«

»Sicher nicht. Bleib hier!«

Sie machte eine Handbewegung von der Hüfte aufwärts. »Ich trage deinen Schlafanzug, mein Großer. Ich werde auf keinen Fall mit Team Titan in einen Jet steigen, bevor ich meine eigenen Klamotten anhabe. Also *begleite* mich oder lass mich gehen. Am liebsten mit einer geladenen Waffe.«

Himmel, Arsch und … Was zum Teufel soll ich bloß mit ihr machen? Jared nahm ihre Hand und zog sie zur Couch. »Hier, neun Millimeter. Gib mir eine Minute. Ich hol mir meine Sachen und dann komme ich mit dir mit.«

Zwanzig Sekunden später war er fertig und kam mit seiner Tasche in ein leeres Wohnzimmer zurück. Sugar würde ihn noch ins Grab bringen, und das hatte nichts mit Waffen oder Munition zu tun.

KAPITEL VIERZEHN

WEIL SIE AUFZÜGEN nicht mehr traute, nahm Sugar die Treppe. Die schmutzigen Fliesen fühlten sich kalt unter ihren nackten Füßen an. Die Wände sahen ganz gewöhnlich aus und waren weiß gestrichen, was bei einem so vornehmen Hotel überraschte.

Nach allem, was in den letzten paar Stunden in diesem Hotel passiert war, erwartete sie eigentlich, dass sie auf Leute treffen würde, die um ihr Leben rannten und bewaffnete Wachen vor jeder Tür standen. Aber nein. Gar nichts davon.

Schwarze Buchstaben an der Wand kündigten das dreiundsechzigste Stockwerk an. Ihr Stockwerk. Sie machte die Tür auf und schaute vorsichtig um die Ecke, um nach jemand anderem mit einer Waffe Ausschau zu halten. Oder nach einer Bombe. Oder irgendeinem anderen Gegenstand, mit dem man sie umbringen konnte.

Kein Mensch zu sehen. Es war ganz still. Fast zu still. Sie schüttelte den Kopf. Sie bildete sich etwas ein. Aber trotzdem hielt sie ihre 9mm fest in der Hand. Normalerweise war sie unter Druck ruhiger, aber in Anbetracht der letzten paar Stunden mochte man es ihr wohl verzeihen, dass sie das Griffstück ihrer Pistole so fest umklammerte, als wolle sie es erwürgen.

Auf leisen Sohlen ging sie den Korridor hinunter. Ihr Zimmer war überprüft worden, um sicherzugehen, dass GSI sich nicht daran zu schaffen gemacht hatte. Sie hatte keinen Grund dazu, nervös zu sein, aber ihr Magen spielte trotzdem verrückt.

GSI war nicht hier. Asal war nicht hier. Die Chancen standen besser, dass Jared den Flur entlanggerannt kommen würde, sauer, dass sie gegangen war, ohne sich zu verabschieden. Manchmal konnte sie nicht anders, da wollte sie den Kerl einfach ein bisschen provozieren. Es machte so viel Spaß – selbst wenn jemand von den Balken springen und sie umlegen könnte.

Ihre Lippen verzogen sich zu einem Lächeln. Jared war wirklich niedlich, wenn er sauer war. Das war mal eine interessante Beschreibung für Jared – niedlich. Sie lachte. Das war er so gar nicht, aber irgendwie passte es. Sie fand es toll, wenn er eine Schnute zog und die Augenbrauen zusammenzog. Er machte dann diese Meister-Proper-Geste, bei der man die Arme vor der Brust verschränkte und die Muskeln dadurch noch größer wirkten. Na ja, das war nicht niedlich. Das war verdammt heiß. Aber das mit dem Niedlichsein würde ihr Geheimnis bleiben.

Das Geräusch von schnellen Schritten drang zu ihr herüber. Sie wirbelte herum, entsicherte ihre Waffe und rannte in einen Mann rein. »Menschenskind, Brock!«

Er trat einen Schritt zurück und ignorierte ihre Waffe. »Weißt du, wie sauer der Boss ist?«

»Ist mir egal. So sauer kann er ja nicht sein, wenn du hier bist und er nicht selber kommt.« Sie sicherte ihre Waffe wieder und ließ die 9mm sinken.

Brock rieb sich die Augen. »Ich war in der Nähe.«

»Ich hasse es zu warten und ich brauche keinen Babysitter.«

»Du bist genauso störrisch wie er!«

Ihre Lippen verzogen sich zu einem stolzen Lächeln. »Vielleicht sogar störrischer.«

»Hör zu.« Brock machte einen Schritt vorwärts. »Du musst mit mir mitkommen. Wir müssen los.«

»Ich brauche nur ein paar Sachen aus meinem Zimmer. Gib mir eine Minute.«

»Sugar, lass uns gehen!«

Seine Hand landete auf ihrem Bizeps und sie wirbelte herum.

»Nimm deine Finger von mir, großer Junge!«

Sein Griff wurde fester.

»Im Ernst jetzt, Brock. Ich lass mir das von Jared nicht gefallen, und von dir schon gar nicht!«

»Ich will nicht …«

»Dann lass es! Sag ihm, du hast mich nicht gefunden. Sag ihm, du hast mich gefunden, *nachdem* ich mich umgezogen habe.« Verärgert, weil seine Finger vielleicht einen blauen Fleck hinterlassen würden, schüttelte sie seine Hand ab. »Es ist, als ob ihr Jungs erwartet, dass wir alles so machen, wie es Titan in den Kram passt. Regeln, Befehle und Vorschriften. Ich habe Neuigkeiten für dich, Brock: Ich möchte meine eigenen verdammten Klamotten anziehen!«

»Die Regeln sind aus gutem Grund da.« Er kam noch einen Schritt auf sie zu und hörte sich verärgert darüber an, dass sie sich widersetzte. »Wenn du mal zuhören würdest, wenn jeder einfach mal zuhören würde, dann wäre jetzt nicht alles so verdammt kompliziert!«

»Dreißig Meter. Du streitest dich mit mir um dreißig elendige Meter!« Sie lief los. »Ich bin fast in meinem Zimmer. Wenn du mich dazu zwingst, zu Jared zurückzugehen, dann mach das jetzt. Sonst ziehe ich mich um.«

Er kam ihr hinterher und polterte: »Hast du überhaupt irgendeine Idee, in welcher Gefahr du dich befindest, Sugar? Ich hätte GSI sein können. Ich könnte …«

»Aber das warst du nicht. Du bist stellvertretender Kommandeur bei Titan. Du vertrittst Mr Inbegriff von Loyalität.« Sie blieb vor ihrer Tür stehen. »Genauso wie ich weiß, dass dieses Zimmer sicher ist und dass du mir nicht wehtun wirst. In diesem Moment wird mir nichts passieren. Nicht, wenn du da stehst. Komm rein oder bleib draußen. Ich muss mich umziehen.«

Sein Handy klingelte einmal. Er fluchte, bevor er abnahm. *Toll, Jared, der sich nach mir erkundigt. Genau das, was ich jetzt brauche.*

Brock fuhr sich mit der Hand übers Gesicht. »Nein. Zielobjekt nicht gefunden.« Er legte auf. »Zieh dich um. Beeil dich!«

»War das Jared, der nach mir gefragt hat?« Sie steckte die Schlüsselkarte ins Schloss und die Tür ging auf.

»Nein.«

Sie lachte. »Verdammt, Brock. An wie vielen Projekten arbeitet ihr Jungs denn?«

Er legte den Kopf in den Nacken und starrte die Decke an, als sie ihm die Tür aufhielt. »Einem zu viel?«

»Kommst du rein?« Sie wusste nicht, wieso er so zögerte. Seinetwegen brauchten sie länger als nötig. »Brock? Kommst du rein oder musst du dich um ein *Zielobjekt* kümmern?«

Er schritt über die Türschwelle und streckte den Rücken durch. Er ließ die Tür hinter sich zufallen. »Ja. Zu beidem.«

ALLE TITAN-AUGEN WAREN während des Flugs nach Hause auf Sugar gerichtet. Sie konnte die Blicke auf sich spüren. Nun ja, weniger die Blicke als Jareds eisernen Griff um ihre Hand. Sein Team schaute zu und niemand sagte ein Wort. Und das sagte einiges aus. *Echt, wann hat irgendeiner der Titan-Jungs mal die Klappe gehalten? Noch nie!*

Zu schade, dass dieser feste Griff nichts mit Herzklopfen zu tun hatte. Er war sauer. Und zwar so richtig. Das Händehalten hieß nicht, dass er der Welt zeigen wollte, dass sie seine Freundin war. Er war einfach nur ein freier Agent, der einen Auftrag festhielt.

Pfff, Jared, Kollega. Du hättest doch wissen sollen, dass ich Buck Baer etwas zu sagen habe. Ihre Gefühlsausbrüche zu kontrollieren war nicht gerade eines ihrer Talente. Sich zu fügen und irgendwo abzuwarten auch nicht. Es hätte keine Überraschung für ihn sein sollen, dass sie aus seiner Suite spaziert war.

Die Räder trafen auf der Landebahn auf und die Landeklappen gingen hoch, woraufhin die Anspannung in der Kabine sich ein bisschen auflöste. Der Motor dröhnte, als der Jet wendete, bremste und zum Stehen kam.

Fast frei.

»Ich glaube, sie ist jetzt in Sicherheit, Boss.« Cash lachte. »Du kannst sie loslassen.«

»Halt den Mund, Cowboy«, entfuhr es Sugar.

Jared drückte ihre Hand und sie wusste nicht, ob er ihr damit sagen wollte, dass sie still sein sollte, oder ob diese Geste die Testosteron-Überschuss-Variante von »Ich kann meine eigenen Kämpfe austragen« war.

Einer nach dem anderen stieg der Rest des Teams aus dem Flieger, während Sugar und Jared sitzen blieben. Jared bewegte sich nicht und schien nicht zu bemerken, dass sie allein waren.

Genug. »Also. Das hat Spaß gemacht. Fährst du mich zu GUNS oder muss ich ein Taxi nehmen?« Sie schaute aus dem Fenster auf die private Landebahn. Keine Taxen. *Na klar.*

»Lass uns zu Titan fahren.« Jared stand auf und zog sie hinter sich her, ohne seinen Handgriff zu lockern.

Sie zog zurück. »Cash hatte recht, weißt du? Mir geht es gut. Ich bin sicher und daheim, auf eigenem Boden.« *Fast.* »Wir werden später mit Buck unser Tänzchen aufführen und ihn vermöbeln. Aber jetzt will ich erst mal nach Hause.«

»GUNS und Zuhause sind zwei verschiedene Orte.«

Sie zuckte mit den Schultern, als sich ihre Augen an das grelle Sonnenlicht gewöhnten. »Könnten aber auch derselbe Ort sein. Ich fühle mich im GUNS fast zu Hause.«

»Ich weiß nicht, ob es klug wäre, dich in einem Waffenladen abzuladen.«

»Niemand wird hinter mir her sein. Zumindest noch nicht. Ich werde mir nicht meine Waffen schnappen und bei GSI an die Tür klopfen!«

»Niemand ist hinter dir her?« Er hielt mitten auf der Treppe zur Landebahn inne und starrte sie an. »Du weißt, dass das Unsinn ist.«

»Und ich weiß, dass du mich nicht einfach überallhin zerren und dich wie mein persönlicher Bodyguard aufführen kannst.«

Sie gingen weiter. Er hielt sie immer noch fest, als sie über die leere Landebahn gingen. »Man will dich töten lassen. Du brauchst mich.«

»Da liegst du falsch, Jared. Ich brauche niemanden. Das habe ich noch nie und das werde ich auch nie. Aber ich mag dich, also ist diese ganze Ritter-in-goldener-Rüstung-Nummer nicht unerträglich. Die Sache mit dem Händchenhalten: irgendwie süß für einen griesgrämigen Mistkerl ...«

Er zog sie in seine Arme und legte seine Lippen auf ihre. Ein harter, gieriger Kuss brachte sie zum Schweigen – selbst zu einem widerspenstigen Gedanken war sie nicht mehr fähig, geschweige denn zu einer schlagfertigen Antwort. Der Zusammenstoß ihrer Lippen und Zungen war wie ein Tritt auf die Bremse. Alles blieb stehen. Alles, bis auf das wilde Klopfen ihres Herzens.

Jared knurrte gegen ihre Lippen: »Du machst mich so verdammt hart, dass ich nicht mehr richtig denken kann!«

Heilige Scheiße! Schmetterlinge im Bauch trafen auf Hirnfrost.

Er küsste sie leidenschaftlich, neckte und streichelte ihre Zunge mit seiner. *Sehnsucht.* Sie sehnte sich so sehr nach seinen Berührungen, dass es fast wehtat. Danach, dass er sie nahm. Sie würde sich mit dem Rollfeld zufriedengeben, wenn sie es nirgendwo anders hin schafften. »Bitte. Lass uns etwas dagegen tun.« Trotz seiner Grundhaltung hatte sie nicht vergessen, was er mit ihr gemacht hatte. Wie ihr Körper nach jedem Zentimeter von ihm ächzte und gierte.

»Mein Auto. Auf geht's.«

Oh ja. Sie nickte und schmiegte sich an ihn, während sie schnell über den Parkplatz eilten. Seine Finger drückten in ihr Fleisch und kneteten es. Kleine Feuerpfeile schossen von ihren Lippen bis in die Zehen und ließen den Jetlag und ihre Probleme einfach verglühen.

Ein einziger Ford Expedition stand noch auf dem sonst leeren Parkplatz. Nirgends war Besatzung, waren Angestellte des Flughafens zu sehen. Innerhalb von Sekunden hatten sie es zum Auto geschafft, ließen sich gegen den SUV fallen, der sich kalt und hart an ihrem Rücken anfühlte. Er hatte die Hände rechts und links von ihr gegen den Wagen gestemmt und verteilte Küsse auf ihrem Hals. Ungestüme Küsse. Zähne, die über ihre Haut kratzten. Ein beeindruckendes Zelt in seiner Hose presste gegen die empfindsame Stelle zwischen ihren Beinen.

Piep, piep! Die Türen wurden aufgeschlossen.

»Willst du mich, Zuckerschnütchen?«

»Absolut.« *Vielleicht mehr als je zuvor.*

Er tastete nach dem Türgriff zum Rücksitz, öffnete die Tür und hob sie hinein. In der Enge ragte Jared über ihr und schaffte es irgendwie, die Tür hinter ihnen zuzuziehen. Sie war sich nicht mal sicher, ob seine Hände dabei je ihren Körper losgelassen hatten. Sie spürte ihn an Millionen Stellen an ihrem Körper, aber sie konnte nicht sagen, was er machte oder wo er war. Es war einfach nur scharf und heiß. Unbeherrschbar. Unaufhaltsam. Genau wie der Mann.

Seine Augen brannten dunkel. »Weißt du, was du mit mir anstellst?«

»Das hier.« Sie strich mit der Handfläche über die Beule in seiner

Hose, über den Reißverschluss. Er war hart und auf einer Mission.

»Ich weiß nicht, ob ich je genug von dir bekommen werde, Sugar.«

»Das ist mein Problem.« Ihr Atem ging stoßweise. Sie bäumte sich auf und ihre Brust stieß gegen ihn, als ob er es befohlen hätte. »Such dir dein eigenes.« »Ich brauche mehr von dir als nur eine schnelle Nummer in meinem Pick-up.«

»Das kannst du laut sagen!« Sie öffnete seine Gürtelschnalle. »Aber für den Moment muss es reichen.«

Mit geschickten Fingern öffnete er den Knopf ihrer Jeans und zog ihr dann ihre Hose und ihren Tanga über die Hüfte. »Für den Moment …«

Ein lautes Klopfen ließ sie mit einem Schreck innehalten. Obwohl er sich solche Sorgen um ihre Sicherheit machte, hatten sie beide nicht nach möglichen Gefahren Ausschau gehalten. Wut breitete sich auf Jareds Gesicht aus, als er seine Waffen aus dem Hüftholster nahm und sich umdrehte, um aus der getönten Scheibe zu schauen.

»Mr. Westin, alles in Ordnung bei Ihnen da drinnen?«, rief eine Stimme von draußen. »Ich habe Ihr Auto gesehen. Alle anderen sind schon weg.«

Jared ließ den Kopf sinken und lachte leise. »Ein Wachmann. Ein Wachmann, der mir die Tour vermasselt.«

Sugar setzte sich aufrecht hin und zupfte an ihrer Bluse herum. Jared steckte die Waffe ein und öffnete die Tür. Mit rotem Gesicht tat sie es ihm gleich und öffnete die andere Tür. Sie waren gerade beim Herummachen erwischt worden, von einem ahnungslosen Mann in einer Sicherheitsweste.

»Alles gut bei uns. Danke.«

Als dem Mann aufging, was er gerade unterbrochen hatte, wurde er puterrot im Gesicht. Er wetzte zu seinem Sicherheitsfahrzeug, das gelbe Blinklichter auf dem Dach hatte. *Wie konnte uns nur entgehen, dass das Teil neben uns parkt?*

Jared schnallte sich an und bediente mit etwas mehr Wucht als nötig den Schalthebel. »Spaßbremse.«

DIESER TAG KÖNNTE nicht noch sonderbarer werden. Am Morgen waren er und Sugar dabei erwischt worden, wie sie auf dem Rücksitz seines Ford Expedition herumgemacht hatten. Dann war der Mittag auch schon bald vorbei gewesen, nachdem sie die Zeit im GUNS genutzt und eine heiße Nummer in Sugars Büro geschoben hatten. Als Jared am Nachmittag in Colby Winters' vertrautem Wohnzimmer stand, konnte er sich einfach nicht entspannen, weil er das Gefühl nicht loswurde, dass irgendetwas Schreckliches in der Luft lag.

Ein verliebter Winters kam ins Zimmer, ein kleines Bündel blauer Decken beschützend im Arm. Er strahlte übers ganze Gesicht und konnte seinen Blick nicht von seinem Sohn abwenden. »Das ist Ace.«

Titan hatte schon alle wichtigen Informationen erhalten. Andrew Reese »Ace« Winters. Zehn Finger. Zehn Zehen. Alles war gut.

Jared trat einen Schritt vorwärts und ging dabei auf Zehenspitzen, um das kleine Etwas nicht zu stören.

Er hatte noch nie ein Neugeborenes gesehen. *Klein* passte gut. Wie alt war das Kind? Fünf, sechs Tage? Ace schlief friedlich, die Augen fest geschlossen. Das dümmliche Grinsen auf Winters' Gesicht sagte ihm, was für ein stolzer Papa sein Kollege und Freund war. Seine müden Augen sprachen ebenfalls Bände. Das war nicht das Gesicht des Kriegers, den Jared kannte. Es wärmte ihm das Herz, zu sehen, dass seine Jungs mehr als nur Revolver schwingende Maschinen waren.

»Möchtest du ihn mal halten?« Winters streckte die Arme ein wenig aus, um ihm Ace zu reichen.

»Sicher nicht, verdammt!« Jareds Hände gingen hoch, als ob das Baby Sprengstoff mit einer kurzen Lunte wäre. Ganz automatisch wich er zurück. »Ich meine *Sicher nicht, danke.*« Oder? Er konnte ja wohl nicht in Gegenwart eines Kindes fluchen.

Winters lachte und Mia kam herein. Sie hatte denselben müden Ausdruck im Gesicht wie Winters, sah aber auch genauso glücklich und stolz aus. *Gut für sie.*

»Jared Westin.« Mia stemmte die Hände in die Hüften. »Du hast doch nicht etwa gerade abgelehnt, Ace zu halten?«

»Äh …«

»Ein großer, knallharter Typ wie du hat also tatsächlich Angst vor einem schlafenden Baby?« Sie schüttelte den Kopf.

»Aber …«

»Colby, behalte das Baby nicht nur für dich.« Mia stupste ihren Mann gegen die Schulter. »Gib Jared auch mal die Gelegenheit.«

Mit Mia konnte man nicht verhandeln. »Ich will nicht …«

»Clara, kommst du bitte rein?« Mia schaute den Korridor hinunter und winkte die Folter heran, die er sich selber eingebrockt hatte.

Das kleine Mädchen kam ins Zimmer gestürmt, schneller, als man gucken konnte. Blonde Zöpfe hüpften mit jedem Schritt auf und ab.

Auf das Sofa. *Hüpf, hüpf, hüpf.*

Über die Armlehne.

Auf einen Stuhl. *Heilige Scheiße, runter da!*

Dann auf den Boden. Und schon war sie wieder am Rennen.

Jared hob die Hand, um zu winken oder so, und merkte dann, dass ihm der Mund offenstand. Das konnte doch nicht die kleine Clara sein, die er vor ein paar Wochen umherstolpern sehen hatte, die sich an den Sofas festgeklammert hatte, um sich daran entlangzuhangeln? Das war der Speedy Gonzales unter den Kleinkindern!

»Bist du sicher, dass du das hier hinbekommst, Mann?« Winters reichte Mia, die über Jared den Kopf schüttelte, das Baby. »Ich könnte daheim bleiben. Ich weiß, es war sehr kurzfristig und ich rufe nicht gerne irgendeinen Babysitter an, nur weil meine Mutter nicht auf sie aufpassen kann.«

»Nein. Ich werde das schon hinkriegen.« Er kam ja wohl mit einem Kleinkind zurecht! Er kannte Clara. *Ich bin noch nie mit ihr allein gewesen …* Aber er hatte eine To-Do-Liste von Mia bekommen, die er sich genau angeschaut hatte … und gegoogelt hatte, denn wer wusste denn schon, was ein Tri-ci-coo war? *Seit wann sagt man nicht mehr Dreirad dazu?*

Clara rannte vorbei, immer im Kreis durch das Wohnzimmer und durch die Küche. Die Flure waren wie eine Rennbahn für Kleinkinder. Dieses Mal kam sie mit einem roten Plüschtier mit hervorstehenden Augen unter dem Arm zurück.

»Clara.« Winters ging auf sie zu, hob sie vom Sofa herunter und stellte sie vor Jared hin. »Erinnerst du dich noch an unseren Freund Jared?«

»Hi!«, rief sie und winkte mit dem hässlichen roten Tier.

Jared ging in die Hocke. »Hey, Clara!«

»Gib ihr ein High five«, ermutigte Winters ihn. »Das funktioniert jedes Mal.«

Äh. Okay. Er hielt die Hand hoch. »High five?«

Clara lief auf ihn zu, schlug ein und kicherte.

»Das ist Elmo.« Winters zeigte auf das Plüschtier. »Du wirst alles unter Kontrolle haben, wenn du zu jeder Zeit weißt, wo er ist.«

Trommelwirbel ersetzte Jareds regulären Herzschlag. Ein rotes Plüschtier sollte sein Überleben sichern? Er würde das doch wohl überleben, ob mit oder ohne Elmo! »Alles klar.«

»Also, wir gehen dann.« Winters ging zu Mia, die an der Tür stand.

Sie winkte, als ob das jeden Tag passieren würde. Jared und Clara. Allein. Überhaupt keine große Sache. »Tschüss, ihr beiden! Wir sind bald wieder zurück!«

»Tschüss!«, brüllte Clara und lief wieder den Flur entlang. »Tschüss, tschüss, tschüss!«

Jared orientierte sich an ihrer Stimme, um Clara zu finden, und eilte hinterher. *Sie ist so verdammt schnell!* Dann war alles still. Verdammt. *Kein Wunder, dass Sugar ein älteres Kind wie Asal haben will.* Damit würde sie die berühmte Trotzphase von Zweijährigen überspringen. Und Clara war noch nicht mal zwei. Er hätte Sugar anrufen sollen, aber es war ihm gar nicht in den Sinn gekommen, dass Babysitten ein Job für zwei sein könnte.

Wo war Clara? Sein Herz raste. *Sie muss in der Küche sein.* Er drehte noch eine Runde um die Kleinkind-Rennbahn. Dreißig Sekunden nach Beginn der Operation »Erhalte das Kind am Leben«, und seine Mission sah düster aus.

Ein Stuhl scharrte über den Fußboden. Jared wirbelte herum und ließ sich auf die Knie fallen. Clara krabbelte und schlängelte sich zwischen den Stuhlbeinen hindurch, wobei sie Elmo hinter sich herzog. *Himmel, ich hätte einen Peilsender mitbringen sollen! Ich hätte ihn einfach vorsichtshalber an ihrem T-Shirt anbringen können.*

Sein Handy klingelte. Nein. Keine Zeit für Ablenkungen. Er wollte den Anruf gerade ablehnen, als er sah, dass es Sugar war, die ihn anrief.

»Hallo?«

»Alles in Ordnung?«

»Nein. Ja. Wieso?« Er sank auf den Boden, um Clara besser im Auge zu behalten.

»Du hörst dich an, als ob du Helium eingeatmet hättest. Deine Stimme ist etwas hoch.«

»Ist bei dir alles in Ordnung?« *Ich fühl mich, als wenn es gerade um Leben und Tod geht ...* »Wenn alles okay ist, dann muss ich auflegen.«

Clara rutschte unter dem Tisch hervor und rannte zur Treppe. Er war ihr dicht auf den Fersen und kam gerade so vor ihr an. *Okay. Großes, weißes Gitter. Keine Todesfalle.*

Sugar seufzte. »Mir geht es gut ...«

»Okay. Tschüss. Ich erkläre dir alles später.«

Sie seufzte wieder. »Ich mache mir Sorgen um Asal. Ich hasse es, auf Baer zu warten und habe das Gefühl, dass ich etwas tun muss.«

Clara war wieder im Wohnzimmer und sprang auf dem Sofa auf und ab. Er stand daneben, um sicherzugehen, dass sie nicht herunterfallen und sich den Hals brechen würde. »Du hast dich dazu bereiterklärt, dich mit Baer zu treffen. Damit haben sich die Spielregeln geändert. Aber wir kriegen das hin. Es wird alles in Ordnung kommen. Noch zwei Tage, und sie wird bei dir sein ...«

»Was machst du da?«, fragte Sugar.

Ja, gute Frage. Verdammt gute Frage! Einen Stuhl mit beiden Armen abschirmen. Auf dem Boden krabbeln. Sich fragen, wie viele Zähne sich ein Kind ausschlagen konnte, wenn es auf den Boden fiel. »Ich mach gerade ... Babysitten.«

Sie schnaubte lachend ins Telefon. »Wie bitte?«

»Ace hat einen Arzttermin. Winters' Mutter ist krank geworden, konnte nicht auf Clara aufpassen. Mia hat mich gefragt, ob ich einspringen kann, damit sie und Winters den Termin wahrnehmen können. Und das mache ich jetzt.«

Sugar klatschte im Hintergrund Beifall. »Und er kann gut mit Kindern, meine Damen und Herren! Was kann Jared Westin nicht?« Sie lachte wieder. »Das ist unglaublich. Ich würde Eintritt zahlen, um das zu sehen.«

Clara lief laut schreiend den Flur entlang, Elmo hoch über ihren Kopf gehoben. Er versuchte, sie einzuholen. »Sugar, ich muss weiter.«

»Ich dachte gar nicht, dass du der Typ bist, der mit Kindern kann.«

Mann, im Ernst! Muss dieses Gespräch jetzt stattfinden? »Bin ich auch nicht. Bin ich. Ich bin nicht … ich habe darüber noch nicht nachgedacht.« Aber hatte er darüber nachgedacht? Asal und Sugar und … »Clara, warte!«

Clara bog scharf nach rechts ab und blieb abrupt vor der Hintertür stehen. Das war vielleicht ganz gut – ein großer, offener Platz, an dem es nicht viel gab, worunter sie sich verstecken oder auf das sie hinaufklettern konnte. Er konnte ein Auge auf sie haben und schneller bei ihr sein, als sie zu Winters' See gelangen konnte. *Okay, gute Idee, Kleine.*

Er öffnete die Tür. Wenn er Claras Tempo vorhin für schnell gehalten hatte, dann war sie jetzt unterwegs wie ein Feuerwerkskörper, als er die Tür aufmachte. Ihre kleinen Beinchen liefen so schnell wie die eines Star-Athleten. Ihre Bewegungsbahn stimmte irgendwie nicht. Wenn sie sich ein bisschen aufrechter halten würde, wäre das besser. Dann wäre die Wahrscheinlichkeit geringer, dass sie …

Sturz. Oh Scheiße.

Jared lief zu Clara, während Sugar weiter in sein Ohr plapperte. Clara war schneller wieder auf den Beinen, als er sie fragen konnte, ob sie sich wehgetan hatte. *Sie läuft schon wieder. Hart im Nehmen, die Kleine. Okay. Alles klar.* Dem Kind ging es gut. Er holte tief Luft.

Er sank auf die Knie und sah Clara dabei zu, wie sie im Kreis herumrannte. »Himmel!«

»Was?«

»Das Kind hat Energie. Viel davon.« Er sah sich um, ob ihr hier irgendetwas zur Gefahr werden könnte. Gruben. Äste. Erdlöcher. Egal. »Sie rennt, verliert immer das Gleichgewicht. Klettert auf irgendwas, das nicht stabil ist. Unter Sachen, die auf sie drauffallen könnten. Das Kind kennt keine Angst.«

»Ha! Hört sich an wie du!«

»Kein Scherz. Sie könnte die Jungs ausbilden. Erst springen, dann fragen.«

»Du wärst ein guter Vater.«

Die Worte ließen seinen Magen zusammenkrampfen. Das wäre ihm nie eingefallen. Nicht das mit dem Gutsein, sondern das mit dem Vater. Das war nie Teil seiner Pläne gewesen. Pläne solcher Art machte er überhaupt nicht. Sein Leben gehörte ganz Titan, die ganze Zeit. Aber vor Sugar hatte sein Leben auch immer vielen Frauen ganz gehört, die ganze Zeit. Und im Moment war er nicht daran interessiert, dass Sugar sich zu weit von ihm entfernte.

Was auch immer das bedeutet ...

Er hatte ein Auge auf Clara, während er das Handy mit der Schulter ans Ohr klemmte und seine Finger knacken ließ. »Ich möchte dich heute Abend sehen.«

»Du hast mich gerade gesehen.«

Sugar machte es einem nie einfach. »Hast du ein Problem damit, dass ich dich wiedersehen möchte?«

»Ich muss arbeiten. Ich habe ganz viel liegengebliebenen Kram, den ich erledigen muss.«

»Wir hatten doch abgemacht, dass du zu Hause bleibst, nachdem wir GUNS verlassen haben.«

»Ach, komm schon, Jared!« Sie schnurrte, und wenn er nicht seine volle Aufmerksamkeit auf das Kind gerichtet hätte, dann wären seine Gedanken abgeschweift. »Du weißt ganz genau, dass ich da nicht viel Arbeit geschafft habe. Du hast mich abgelenkt!«

Verdammt, sie hat recht.

Clara blieb mitten im Rennen abrupt stehen und hielt bewegungslos inne, als ob sie den Feind direkt auf sich zurennen sehen würde. Ihre Hände gingen hoch, dann runter. Sie fing an zu jammern.

Jede Faser in seinem Körper war jetzt in höchster Alarmbereitschaft. Fieberhaft suchte er den näheren Umkreis ab. »Wo zum Teufel ist Elmo?«

Sugar prustete vor Lachen. »Elmo?«

Clara ließ sich auf den Boden fallen, rollte auf den Rücken und fing an zu schreien. Er wirbelte links, dann rechts herum. Elmo. Wo war das blöde leuchtend rote Kuscheltier?

Dann sah er es – in ungefähr zehn Metern Entfernung – und rannte darauf zu. Im Vorbeilaufen schnappte er sich das Plüschtier, schlug einen Haken und raste zu Clara zurück, die rot im Gesicht war und Rotz und Wasser heulte. Er nahm ihre kleine Faust, drückte ihr Elmo in die Hand. Als ob er einen Knopf gedrückt hatte, lächelte sie, setzte sich auf und fing an zu *singen*.

»Du lenkst mich ab, Sugar. Elmo ist verschwunden und es ist fast eine Katastrophe passiert. Ich muss auflegen.«

»Okay, Kollega. Viel Spaß beim Babysitten. Ich bleibe vielleicht zu Hause und überlege mir Sachen, die dich in den Wahnsinn treiben. Meine neueste Lieblings-Freizeitbeschäftigung.«

Ich zeig dir eine neue Lieblings-Freizeitbeschäftigung. Er schüttelte den Kopf. Jetzt war keine Zeit dafür. Nicht, wenn Elmo eingefangen werden musste. »Bis später, Zuckerschnütchen.«

Der Typ, der gut mit Kindern kann, und ein guter Vater. Sie brachte ihn jetzt schon ganz durcheinander. Er trommelte mit den Fingern auf seinem Oberschenkel herum. Was er wollte, worin er gut war, war allein Titan. Und das entsprach ungefähr Sugars Versuch, GUNS ganz ihre Welt werden zu lassen. Aber sie schuf Platz für Asal. Würde sie auch Platz für ihn schaffen?

Clara lief auf ihn zu und hielt ihre Hand hoch. *High five.* Er schlug ein und sie kicherte, bevor sie wieder in geschwindem Kleinkind-Tempo davonrannte. *Ja, ich könnte mit Kindern klarkommen. Ich kann gut mit Kindern.* Sie waren definitiv kein einfacher Job. Aber was hieß das schon? Das gab ihm nicht die Erlaubnis, an sich selber zu zweifeln. Das Problem war Sugar. Mit ihr zu tun zu haben brachte einfach Probleme mit sich.

Winters' Hund kam von irgendwo angerannt. Clara quietschte und unterbrach damit seine Gedankengänge. Er hatte keine Zeit, über etwas anderes nachzudenken als das, was direkt vor ihm war.

SUGAR WAR BEWAFFNET und hatte den Anfang eines Plans. Der Rest würde sich dann ergeben. Sie balancierte das Gewicht der Waffe perfekt in ihrer Hand. Ihre Berührung wärmte das kalte Metall. Vorsichtig setzte sie einen Schritt nach dem anderen, so leise wie möglich, und kam so ihrem

Zielobjekt immer näher.

Das Zimmer war dunkel. Die Klimaanlage summte. Adrenalin pumpte durch ihre Adern. Gott, sie liebte ein gutes Spiel! *Heute Nacht könnte es das beste werden, das sie je gespielt hatte.*

Sie schlich sich näher heran, kletterte aufs Bett und setzte sich dann rittlings auf den schnarchenden Mann. Die Bewegung verlieh ihr die pure Macht.

Sie hielt den Lauf der Waffe leicht gegen seine Lippen. Das Schnarchen kam aus dem Takt und hörte dann ganz auf. Er blinzelte. Sein Hirn fing an zu arbeiten. Sein Körper wurde ganz steif.

»Aufwachen, du durchtriebener Mistkerl!« Sie fuhr mit dem Gewehrlauf über seine Zähne und beobachtete seinen Gesichtsausdruck in dem schwachen Licht, das durch das Fenster drang. »Kip Pearson, so sieht man sich wieder.«

Er öffnete den Mund, aber nichts kam heraus.

»Ganz genau. Denk lieber gut darüber nach, was du sagst.« Wut und Rache rasten durch ihre Adern.

Mit heiserer Stimme murmelte er: »Wenn du mich umbringen willst, dann tue es.«

»Nö, ich bin aus zwei Gründen hier: Erstens, wo ist Asal? Zweitens wirst du meine Nachricht überbringen.«

Er lachte in die Öffnung des Gewehrlaufes. »Keine Chance.«

Sie lehnte sich zurück, holte aus und schlug ihn mit der Pistole. Kip gab einen befriedigenden Schmerzlaut von sich. Blut tropfte aus einem Nasenloch. »Ich habe kein Problem damit, dich umzubringen, Kip. So wie du kein Problem damit gehabt hast, mich umzubringen. Aber ich brauche dich noch für etwas Wichtigeres. Bis aufs Weitere.« Sein Oberkörper bewegte sich unter ihr und Sugar entsicherte ihre Waffe und stieß dann den Lauf unter sein Kinn. »Vorsicht! Man unterschätzt mich anscheinend leicht. Eine kleine Fingerbewegung und, na ja, du kannst es dir vorstellen.«

»Du wirst mich ja eh umbringen.«

»Werde ich nicht.« Sie drückte die Waffe in die weiche, fleischige Stelle unter seinem Kinn. »Ich habe dir doch gesagt, dass ich eine Nachricht habe, die du überbringen sollst. Sei kein Spielverderber, Kippy. Sag Mama, wo ihr Mädchen ist.«

»Ach, Scheiße, egal. Spielt eh keine Rolle.« Hinter seiner schwach beleuchteten Stirn drehten sich die Rädchen. »Er erwartet dich sowieso. Buck Baer hat ein Haus außerhalb von Charlottesville. In den Bergen. Das Kind ist dort. Mehr weiß ich nicht.«

Sie presste das Gewehr in seinen Hals. »Weißt du eigentlich, wie viel Willensstärke ich aufbringen muss, um nicht abzudrücken? Gib mir einen Grund, nicht abzudrücken!«

Ein paar Schweißtropfen bildeten sich jetzt auf Kips Stirn. »Es gibt da mehr als nur ein Kind. Das ist mein Friedensangebot.« Er leckte sich nervös die Lippen. »Komm schon, Sugar. Du weißt, dass das nur ein Job war, in Afghanistan. Nichts Persönliches. Buck hat noch ein, zwei weitere Kinder. Diese Infos sind es doch wert, mich zu verschonen?«

Ein, zwei weitere Kinder? Wieso sollte GSI Kinder festhalten? »Ich weiß nicht, ob ich dir das glaube, aber es ist ein Anfang.«

»Wie ich schon gesagt habe: Er erwartet dich. Mit oder ohne Titan. Viel Glück!«

»Glück brauche ich nicht, Kip.« Sie zog ein Paar Handschellen vom Gürtel und schlug seine Handgelenke zusammen. »Ich wollte dich nur wissen lassen, dass ich hier reinkommen kann und dass ich mit dir noch nicht fertig bin.«

»Ach, komm schon!«

»Ich bin mir sicher, dass jemand nach dir suchen wird.« Sie rutschte vom Bett, schnappte sich ein zweites Paar Handschellen und fesselte auch seine Füße an den Bettpfosten. »Du wirst schon wieder befreit werden – oder auch nicht. Vergiss nicht, Buck Baer auszurichten, dass er es sich mit der Falschen verscherzt hat. Ich hab ihn im Visier.«

KAPITEL FÜNFZEHN

SUGARS HÄNDE UMKLAMMERTEN fest das mit Leder bezogene Lenkrad, als sie in die Einfahrt einbog. Laute Musik dröhnte aus dem Radio. Das Licht ihrer Scheinwerfer fiel auf einen Berg von einem Mann, der sich ihr – wütend und die Arme vor der Brust verschränkt – in den Weg gestellt hatte.

Sie schüttelte den Kopf, stellte den Motor ab und steckte die Schlüssel ein. *Wieso überrascht mich das überhaupt? Wieso würde Jared nicht auf mich warten?* Es war mitten in der Nacht und er war nicht dagewesen, als sie gegangen war. Sugar seufzte und stieg aus dem Auto aus. Extra ganz langsam. Nur um ihren Lieblings-Griesgram ein bisschen länger warten zu lassen.

»Du auch hier?« Ihre Stiefel knirschten in der stillen Nacht, als sie an ihm vorbei zu ihrer Eingangstür ging. Hinter ihr erhob sich ein lautes Knurren. Sie nahm an, dass er nicht in der Stimmung dafür war, so blasiert abgekanzelt zu werden. »Ich würde dich ja bitten reinzukommen, aber es ist spät. Ich bin müde.« *Und ich habe keine Lust auf ein Verhör.* Sie hatte zu viele Nachforschungen anzustellen, um Bucks Haus zu finden. Die Fahrt dorthin würde bestimmt ein paar Stunden dauern. Sie war nicht der Typ, der darauf wartete, in die Defensive gedrängt zu werden. Lieber griff sie Buck an. Sie konnte Asal abholen und Buck damit unmissverständlich vermitteln, dass sie vorhatte, am Leben zu bleiben.

»Wo bist du gewesen?«

Seine Stimme klang so kalt, dass eine Frau, die leichter einzuschüchtern war, sofort eingeknickt wäre. »Ich habe Besorgungen gemacht.«

»Sugar ...«

»Jared.« Sie drehte sich um, stand neben ihrer Wohnungstür und grinste ihn an. Sein Gesicht sah ernst und besorgt aus. »Ich muss meinen Schönheitsschlaf bekommen. Ich habe dir versprochen, dass wir morgen über Buck reden, nachdem er dich kontaktiert hat.«

Er kam einen Schritt auf sie zu. Er strahlte eine wutgeladene Energie aus. »Ich merke es, wenn du lügst.«

»Aber das tue ich doch gar nicht! Wir reden *morgen* über Buck. Das schwöre ich.« Sie machte das Zeichen eines Kreuzes über dem Herzen und blies ihm dann einen Kuss zu.

»Du hast doch irgendetwas vor?«

Äh, hallo, du Blitzmerker! Wie hast du denn das erraten? Weil ich mit einem Fuß in der Tür stehe und mit dem anderen dem Mann in den Hintern trete, der mein Herz schneller schlagen lässt? Sehr scharfsinnig, Kollega! »Habe ich immer. Wenn du eine Beziehung mit mir haben möchtest, dann ist das ein Mantra, an das du dich am besten schnell gewöhnst.«

Er rieb die Hände zusammen und versuchte erfolglos, so ungerührt wie möglich auszusehen. Er entspannte seine Schultern und der Ausdruck des Unmuts auf seinem Gesicht verschwand.

Was für ein Intrigant. Und Vermittler.

»Zwei Köpfe sind besser als einer.« Er kam einen Schritt auf sie zu.

Ach, was für ein Scheiß! Er wollte einfach nur wissen, was sie gemacht hatte, aber es stimmte: zu zweit an einem Plan für Buck zu arbeiten war besser als alleine. Der Meister in allem war gut, wenn es um Taktiken und Strategien ging. Bisher war ihr Plan ganz einfach: Pack Unmengen an Sprengstoff ein, finde Buck und bring Asal nach Hause. Ihr Plan hatte Löcher.

»Mir geht's gut.« Sie biss sich auf die Innenseite ihrer Lippe. Eigentlich hätte sie auch sagen können: »Ich bin stur.«

Er trat einen Schritt vor. In diesem Tempo würde er irgendwann vor dem Morgengrauen auf der anderen Seite ihrer Tür ankommen. »Dann lass mich rein. Wir schlafen darüber.«

Selbst wenn er bestimmte Absichten und nur im Sinn hatte, sie zu überreden, schaffte er es trotzdem, dass sich ihr Hals zuschnürte und das Blut heftig in ihrer Halsschlagader pulsierte. Der Gedanke, dass er sich in ihrer privaten Domäne aufhalten würde, bescherte ihr Gänsehaut. »Ich glaube nicht, dass du vorhast, zu schlafen.«

»Das weißt du ja nicht.« Er machte noch einen Schritt vorwärts bei seinem Langsam-ans-Opfer-heranpirschen-Überfall.

Erschöpfung und Anflüge von Selbstzweifeln brachten sie durcheinander, je länger sie draußen stehenblieb. Sie verschränkte die Arme vor der Brust, holte langsam tief Luft und betete, dass er ihren inneren Kampf nicht bemerkt hatte. »Ich kenne dich besser, als du denkst, Jared. Ich weiß, dass du dir um mich Sorgen machst. Ich mache verrückten Scheiß, ohne vorher darüber nachzudenken. Ich verstehe deine Bedenken.« Sie nahm noch einen kalten Atemzug, damit ihre Stimme fester und damit ihre Beurteilung sicherer klang. »Ich weiß, dass du verärgert bist, dass ich mitten in der Nacht außer Haus bin.«

Seine Haltung änderte sich. Ein wissender Ausdruck zeigte sich in seinem Blick, die Brauen zogen sich zusammen und seine Augen wurden schmaler, so, als ob er sein Zielobjekt gesichtet hätte. »Du riechst nach Schießpulver.«

Instinktiv trat sie einen Schritt zurück. Ihr Absatz stieß gegen die Stufe, die zu ihrer Eingangstür führte. Er hatte sie in eine Ecke gedrängt. Jared war gut. Aber sie auch. »Lass mich in Ruhe. Ich rieche immer nach Schießpulver. Damit muss man als Waffenschmied rechnen.«

»Du bist eine ATF-Agentin. GUNS diente dir nur zur Tarnung.«

»Ich *war* eine ATF-Agentin.« Sugar schloss die Tür auf, bereit, ihm einen letzten Tritt zu verpassen. »GUNS war ein Bonus und wird noch für lange Zeit bestehen bleiben. Ich kann nicht sagen, dass ich darüber traurig bin, meinen ATF-Ausweis abgeben zu müssen. Können wir dieses Gespräch morgen fortführen? Ich habe viel …« Hundert Kilo purer Muskelmasse drängten sich an ihr vorbei. »Na, dann komm eben rein, Arschloch.«

Er ging den Flur entlang und schaute sich um. »Schöne Bude! Ganz anders als GUNS.«

Habe ich etwas anderes erwartet? Sie legte den Kopf in den Nacken und starrte die Decke an. »Da du nicht eingeladen warst …«

»Führ mich herum oder ich mache die Tour auf eigene Faust.«

»Du kannst nicht lange bleiben.«

»Hast du heute Abend noch was vor, Zuckerschnütchen?«

Frustration breitete sich in ihr aus, sodass sie die Hände zu Fäusten ballte und ihre Fingernägel sich in die Handflächen gruben. »Vielleicht habe ich das. Wenn du also nichts dagegen hast, dann beenden wir das Ganze und sagen gute Nacht.«

Er wirbelte herum, um sie prüfend anzuschauen, ging dann aber weiter. »Ich bin es nicht gewohnt, dass eine Frau mich rauswirft.«

»Gewöhn dich an mich.« Sie warf ihre Handtasche auf einen Tisch. »Oder vergiss mich. Entweder oder. Ganz einfach.«

Er drückte auf einen Lichtschalter, dann noch einen. »Ich werde dich noch einmal fragen. Wo warst du?«

»Es ist an der Zeit, dass du gehst.« Sie streifte ihre Stiefel ab und wackelte auf dem kalten Fußboden mit den Zehen.

»Hast du nach Asal gesucht?« Er legte den Kopf schräg und seine Augen funkelten in der Dunkelheit, während er sie beobachtete.

»Nach Asal gesucht? Nicht ganz. Also, wenn das alles wäre, dann kannst du jederzeit gehen. Ich verabschiede mich und sage gute Nacht. Ich weiß nicht, wie ich es dir sonst noch verklickern kann. Vielleicht brauche ich eine Titan-Landkarte und ein Einsatzziel?«

»Und du wirst wieder das Haus verlassen.« Er verschränkte die Arme vor der breiten Brust, die einen schon ablenken konnte. »Sobald ich weg bin.«

»Vielleicht.« Das war nicht gelogen. Er musste ja nicht alle Einzelheiten wissen. »Wenn du nichts dagegen hast, dann melde ich mich morgen wieder bei dir.«

»So läuft das nicht, Lilly Chase.« Er ließ sich auf die Couch fallen. »Du hast drei Möglichkeiten: Erstens, du gehst schlafen. Das wäre das Vernünftigste. Ich gehe davon aus, dass du diesen Vorschlag ignorierst. Zweitens, wir vergessen das Ganze und verschwinden in dein Schlafzimmer. Den Plan wirst du auch ablehnen, aber das wäre mein Favorit. Und drittens, du erzählst mir, was du getan hast, was du vorhast, und wir schmieden gemeinsam einen Plan. Ich hasse diese Einsamer-Kämpfer-Tour, also lass es.« *Na gut. Er will es wissen. Dann soll er sich damit wie ein großer Junge auseinandersetzen.* »Ich habe Kip Pearson mit

Handschellen an sein Bett gefesselt. Er hat mir gesagt, wo Asal und Buck sind.«

Eine Welle des Schocks wusch über Jareds Gesicht. Sie hätte darauf wetten können, dass er so reagieren würde. Es brachte sie zum Lächeln. Ihn zu überraschen machte Spaß.

Jared rieb sich mit den Händen über das Gesicht. »Verdammt noch mal, Frau!« Er stieß einen langen Atemzug aus. »Heilige Scheiße.«

Sie wippte mit dem nackten Fuß auf dem Boden. »Ich wähle Option Nummer drei. Wirst du jetzt dein riesiges Titan-Gehirn dafür verwenden, einen Plan für mich zu schmieden, oder soll ich mich aus dem Haus schleichen, nachdem ich dich bewusstlos gefickt habe?«

Ein tiefes, grollendes Lachen kam aus seiner Kehle und er rieb sich die Schläfen. »Lass uns das Beste von diesen Vorschlägen kombinieren.«

Das Fußwippen hörte auf. Auch die Nägel gruben sich nicht mehr so tief in ihre Handflächen. Sie stemmte die Fäuste in die Hüften. »Ich meine es ernst, Jared. Ich bin hinter meinem Mädchen her ...«

»Und GSI ist hinter meinem her!« Er kam auf sie zu. »Was hast du denn vor? Baer zu bedrohen? Ihm zu sagen, dass er dich in Ruhe lassen soll?«

Sie zuckte mit den Schultern und versuchte, seinen besitzergreifenden Wutausbruch zu ignorieren. »Nicht, wenn dir etwas Besseres einfällt.«

»Du machst mich fertig!« Er knackte mit den Fingerknöcheln, dann mit seinem Halswirbel. »Wie wäre es mit einem Kompromiss? Kämst du damit klar?«

Sein Gesichtsausdruck war nicht verärgert, sondern eher ... *Was zum Teufel geht da in ihm vor? Ist es Sorge, die er fühlt?* »Vielleicht?« Sie folgte ihm weiter ins Haus hinein und ignorierte das Kribbeln, das sie bei dem Gedanken spürte, dass er sich vielleicht um sie sorgte.

»*Vielleicht* ist nicht gut genug für mich. Entweder ja oder nein. Oder ich muss dich ans Bett fesseln, wenn ich befürchte, dass du nicht gehorchst. Versuchen wir es also noch mal. Bist du fähig, einen Kompromiss einzugehen?«

»Wenn das nötig ist, damit du mich ans Bett fesselst ...«

»Sugar«, ächzte er.

Sie war erschöpft und hatte nicht mehr viel Energie über. Und wenn die Möglichkeit bestand, dass er sich einen besseren Plan ausdenken konnte als ihren nicht existierenden … »Erkläre mir die Bedingungen für den Kompromiss, dann ziehe ich ihn in Betracht.«

»Schlaf auf deinem Kampfhund-Ansatz. Wir legen uns ein bisschen aufs Ohr und fahren dorthin, bevor Baer uns kontaktiert. Du und ich werden ihn angreifen. Lass mich einfach die logistischen Dinge planen und das Team bereit machen, damit du Rückendeckung hast.«

»Ich weiß nicht …« Sie brauchte ihn, und sie hasste es, jemanden zu brauchen. Vielleicht war das das Problem.

»Hör zu, Sugar: Mein Herz gehört dir. Ich werde dich beschützen, ob es dir gefällt oder nicht. Lass mich meinen Job machen. Fahre nur für eine gottverdammte Minute mal die Geschütze runter, und dann kannst du eins von diesen Märchen-Enden haben. Glücklich bis ans Ende ihrer Tage. Du weißt schon, was ich meine. Ohne einen Preis auf deinen Kopf. Du kannst GUNS jeden Tag führen. Was auch immer deine Zukunftsträume sind: sie werden wahr werden, wenn du nach meinen Regeln spielst.«

Er fing an, ihre Fenster zu untersuchen und ihre Sicherheitsmaßnahmen zu überprüfen, ohne auf eine Antwort zu warten, offensichtlich sicher, dass sie das nicht ablehnen würde. Ein ganz kleines bisschen Ablehnung zuckte ihre Arme hoch und ließ ihr den Hals zuschnüren. Er hatte sich selber nicht in ihren Zukunftsträumen erwähnt. Aber was hatte sie erwartet? Nach außen hin tat sie so, als ob es nur um Sex ging. Sie warf ihn dauernd raus oder versuchte, ihm aus dem Weg zu gehen.

Als ob sie sich zu einem Ball zusammenrollen und so alle Emotionen von sich abprallen lassen könnte, verschränkte Sugar instinktiv wieder die Arme vor der Brust. »Na schön.«

Er hielt inne und drehte sich um. »Was ist denn jetzt schon wieder verkehrt?«

Gute Frage. Es musste an der Erschöpfung liegen, dass sie so emotional war. An Gefühle wie diese sollte sie gar nicht erst denken. »Ich bin müde. Na schön. Du gewinnst.« Sie versuchte, sich so entspannt wie möglich zu geben und vernünftig zu klingen. »Schlafen, dann töten.«

Jared lachte. »Schlafen, dann töten? So etwas in der Richtung.« Er kam in schnellen Schritten auf sie zu. Dann zog er sie zur Couch. »Sugar, vor noch nicht allzu langer Zeit hat sich eine Frau meinem Team angeschlossen, und ich habe sehr schnell gelernt, dass *na schön* bedeutet, dass sie es alles andere als schön findet.«

»Da hast du ja gut was gelernt von Nicola.«

»Möchtest du mir erzählen …«

»Was ist überhaupt das Problem zwischen dir und Buck? Die Sache mit GSI ist doch was Persönliches für dich?« Sie drückte gegen seine Brust und warf ihn damit ganz ohne Widerstand rücklings auf die Couch, als ob das sein Plan gewesen wäre. »Es geht doch nicht nur um mich?«

»Alte Geschichte.«

»Geschichte ist immer alt.« Sie fühlte sich unwohl, wie sie da so über ihm stand, während er sich entspannt zurücklehnte. Alle ihre Muskeln waren angespannt. Sie war nervös, sprang von einem Gedanken zum anderen.

Jared sah hingegen so aus, als ob ihm total bequem wäre, wie er da auf der Couch lümmelte, so, als ob er gleich ein Spiel anschauen würde. »Stimme dem Kompromiss zu, dann beantworte ich deine Fragen.«

»Das ist Erpressung.«

»Eher Nötigung.« Er klopfte auf das Sofakissen neben sich, um sie dazu aufzufordern, sich hinzusetzen. Wenn sie sich hinsetzte, dann wäre es vorbei mit ihrer Wachsamkeit. Vielleicht wäre das eine gute Sache. Er räusperte sich und sie war wieder bei der Sache. »Keiner von uns beiden hat ein Problem damit, Sugar. Stimmst du zu oder nicht?«

Sie holte tief Luft und schob ihre Pläne für den Abend auf das Abstellgleis. Er hatte recht. »Na schön, ja. Ich stimme zu. Nötige mich.«

»Setz dich zu mir und ich erzähle dir die alte Geschichte.«

Sie ließ sich auf die Ledercouch fallen. Ihre Arme baumelten kraftlos an den hängenden Schultern. »Okay.«

»Baer und ich waren zusammen bei den Rangers. Dem Mistkerl konnte man nicht trauen, aber er war gut in seinem Job. Fast so gut wie ich. Wir haben uns bei Einsätzen gut ergänzt.«

»Wurden eure Egos zu groß? Seid ihr beide ausgestiegen und habt konkurrierende Firmen gegründet?«

»Es ging um ein bisschen mehr als das.« Er holte tief Luft. »Wir waren in Südostafrika, in einem Dorf, und haben Gott weiß was gemacht. Welchen politischen Unsinn auch immer wir anstellen sollten. Informationen sammeln, unter dem Deckmantel von Hilfeleistungen durch das US-Militär.« Jared legte auf der Sofalehne den Kopf zurück. Er zog die Brauen zusammen. Hass blitzte in seinen dunklen Augen auf. Falten, die sie noch nie vorher gesehen hatte, erschienen auf seiner Stirn. Vielleicht hätte die Erinnerung, die sie ihn auszugraben gebeten hatte, doch besser begraben bleiben sollen.

»Du musst mir nicht davon erzählen. Es ist schon okay.«

»Es gab da in der Gegend so einen aufsässigen Typen. Vielleicht neunzehn, zwanzig Jahre alt. Anführer einer Rebellenarmee. Die USA haben so getan, als wüssten sie nichts von ihm. Seine Armee – alles Kinder, Kindersoldaten – brachten systematisch Dorfbewohner um, die nicht nach seiner Pfeife tanzen wollten. Aber nicht, bevor der Dreckskerl sie ausgeraubt hatte, sie der wenigen Besitztümer entledigt hatte, die diese Leute hatten.«

Sie hatte nicht erwartet, dass er so etwas sagen würde. Sein Ton verriet ihr, dass etwas Schlimmes passieren würde, als ob diese Geschichte nicht schon schlimm genug wäre. »Das ist schrecklich.«

»Das ist einfach die Realität dort. Das wird nicht in den Nachrichten gebracht.« Er seufzte und starrte die Wand an. Das Schweigen dehnte sich ein paar Sekunden lang aus, aber es hätten auch Stunden sein können. »Der Rebellenanführer führte die Familien zu riesigen Massengräbern. Dort mussten sie sich der Reihe nach aufstellen und seine Kindersoldaten schossen sie ab. Die nächste Brigade ungehorsamer Dorfbewohner musste eine Lage trockener roter Erde über die Leichen schaufeln und sich dann aufstellen, bevor das Ganze von vorne losging. Er war der gottverdammte Hitler dieses afrikanischen Dorfes. Es war elendiger Massenmord, nichts anderes.«

Magensäure stieg in ihrer Speiseröhre empor. Das war keine Erinnerung, um die sie ihn hätte bitten sollen. Sie hatte sich das nicht verdient, nachdem, wie sie sich verhalten hatte. Er hätte nicht wegen ihr die Wunde wieder aufreißen müssen sollen. »Himmel! Es tut mir leid.«

»Die Jungs mussten mich zurückhalten.« Kalte, heftige Wut brannte in seinen Worten. Die Temperatur im Zimmer musste um einige Grad gefallen sein. »Ich wollte diese Rebellion unterbinden, mit nichts als schierer Kraft, wenn es sein musste. Aber wir standen unter strengen Anweisungen, uns nicht einzumischen. Beobachten und Bericht erstatten.« Er schnaubte. »Buck Baer hat sich nicht nur nicht eingemischt, sondern auch noch davon profitiert. Er hat einen Deal mit dem Rebellenanführer gemacht, mit Ausrüstung und Verpflegung gehandelt. Nicht, dass Baer es nötig gehabt hätte. Er war einfach nur gierig! Er konnte es nicht aushalten, keinen Profit daraus zu ziehen. Das Arschloch hat immer versucht, irgendwie Geld abzukassieren.« Ein harter Kerl wie Jared brauchte keine beruhigenden und lieben Worte. Er brauchte wahrscheinlich gar nichts. Aber sie konnte die Wut nicht unterdrücken, die in ihr aufstieg, als sie mehr und mehr verstand, warum er sich rächen wollte. »Scheiß-Geschäftemacher. Baer hätte auch genauso ein Soldat des Teufels sein können. Er hat GSI mit dem Ziel gegründet, reich zu werden, und er profitiert mittlerweile von Verbrechen, die weit schlimmer sind als der Massenmord in einem einzelnen afrikanischen Dorf.«

Sie wandte sich ihm zu, als sie die Puzzlestücke gedanklich zu einem Ganzen zusammensetzte. »Dieser Massenmord war ein ausschlaggebender Grund dafür, dass du Titan gegründet hast?«

»*Der* Grund. Ich habe Titan gegründet, weil ich der Beste war. Weil ich die Besten anführen und anheuern konnte. Meine Aufträge selber aussuchen konnte. Auftauchen konnte, wenn mir danach war. Das tun konnte, was ich für nötig hielt.«

Der Raum fing langsam an sich wieder aufzuheizen. Sein persönliches Bekenntnis wärmte ihr das Herz. »Ihr macht einen guten Job. Es gibt keinen Zweifel, dass Titan die beste private Militär- und Sicherheitsfirma ist, die es gibt.«

»Viele Aufträge liegen im grauen Bereich. Es ist nicht immer klar, was richtig und was falsch ist. Aber wir haben unsere Ehre, und komme was wolle: wir sind die Guten.«

»Daran habe ich nie gezweifelt.«

»Und ich werde GSI dem Boden gleichmachen und Baer zerstören.

Gnadenlos. Du willst also dem Kind das Leben retten. Ich will Baer ruinieren, fast mehr noch, als ich ihn tot sehen will. Obwohl er dich im Visier hat, also muss ich mir das vielleicht noch mal überlegen.« »Weißt du, Jared:« Sie ließ die Schultern sinken und lehnte sich an ihn. »Auf die Gefahr hin, dass ich mich wie ein Fan von der anhöre: Du hast ein gutes Herz. Es ist hinter dieser rostigen Rüstung versteckt, die du nach außen hin präsentierst, aber ich mag das an dir. Sehr.«

Er brummte.

Sie schmiegte sich an ihn und seufzte. »Gut, dass du so ein widerstandsfähiges Äußeres hast. Es lässt sich nämlich nur schwer mit mir aushalten.«

Er legte einen Arm um ihre Schulter. »Du bist gar nicht so schlimm.«

»Ich bin erschöpft. Am Rande des Wahnsinns.« Er war so warm. Sein Duft hüllte sie ein. »Ich … ich brauche deine Hilfe.«

»Schlaf ein. Ich werde nirgendwohin gehen.« Seine Stimme klang tief und verführerisch.

Sie legte ihr Kinn auf seine Schulter. »Willst du dich hinlegen?«

»Ich muss nicht schlafen. Ich muss auf dich aufpassen. An mir kommt nichts und niemand vorbei. Du hast vielleicht vergessen, dass ein Kopfgeld auf dich ausgeschrieben ist, aber ich nicht.«

»Oh.« Sie fühlte sich so müde und so sicher, dass sie sich vorhin nicht in Gefahr gewähnt hatte, aber mit Jared an ihrer Seite wusste sie, dass ihr nichts passieren würde.

»So stur und eigenwillig du auch sein magst, Sugar, so oft du auch direkte Anweisungen und Vernunft in den Wind schlägst, wir sind Partner. Du und ich, Zuckerschnütchen. Du musst schlafen und ich nicht.« Sie sahen sich schweigend in die Augen. Jared schob eine nichtexistierende Haarsträhne an ihrem Hals hinter ihr Ohr. »Manchmal muss man sich auf andere verlassen.«

Sie schmiegte sich noch dichter in die Kuhle unter seinem Arm. »Partner zu sein ist für mich in Ordnung.«

»Du hast keine große Wahl. Ich bekomme immer das, was ich will.« Er beugte sich vor und küsste sie auf den Scheitel.

Der Kuss erinnerte sie an einen, den sie sich ganz sicher eingebildet hatte, als sie in Afghanistan an ihn geschmiegt im Schutze des Felsens gelegen hatte. Sie legte den Kopf in den Nacken, um sein Gesicht anzusehen, um zu analysieren, wie ein harter Mann wie Jared sanfte Küsse wie diesen verteilen konnte. »Was willst du, Jared?«

»Dich.« Keine Pause. Kein Zögern. Die pure Selbstsicherheit.

Ihr Magen machte einen Salto und das Herz schlug ihr bis zum Hals. Ihr Mund war trocken und ihr war ganz schwindlig. Sie begriff, dass sie ihn auf eine Art und Weise brauchte, die sie nicht ganz verstand. Sie verschränkte ihre Finger mit seinen. »Komm mit mir ins Bett. Wach, schlafend. Neben mir, auf einem Stuhl. Ist mir egal. Sei einfach nur bei mir.«

Die Bitte, die sie ihm ins Ohr geflüstert hatte, wurde mit einem Nicken beantwortet und er drückte sie fester an sich. Zum Teufel mit dem Rest der Welt, er war alles, womit sie gerade zurechtkam. Alles, was sie wollte.

Sein Handy vibrierte. Anrufe vor dem Morgengrauen bedeuteten nie etwas Gutes.

»Leg dich hin. Ich bin in einer Minute bei dir.« Er drückte ihre Hand und nahm dann den Anruf entgegen, während er aufstand und in eine Ecke ging.

Sie hatte nicht vor, wegzugehen, nicht ohne ihn. Natürlich war sie auch neugierig. Deshalb blieb sie sitzen.

Er drehte sich um und legte auf. »Hast du Kip Pearson verletzt?«

Ihr Magen verflocht sich sofort zu einem kalten Knoten. *Zurück zur Arbeit.* Sein Ton war geschäftsmäßig schneidig und sein Gesichtsausdruck sagte ihr, dass er wieder der Boss war. Vorbei mit den Gefühlsduseleien.

»Nur seinen Stolz.«

»Nun, das Arschloch ist tot. Ans Bett gefesselt und erschossen worden. Eine Waffe hat man nicht gefunden. Ich habe dir doch gesagt, du sollst ihn nicht umbringen, zum Teufel! Gottverdammt, Sugar!«

»Habe ich nicht! *Glaubst du mir nicht?*« *Natürlich nicht.* Wieso sollte er auch? Er vertraute nur Titan, nicht ihr, nicht mal, wenn er die rosarote Brille aufhatte. Irgendwo ganz hinten im Kopf konnte sie ihre Mutter sehen, die mit dem Zeigefinger wackelte und sie tadelte, weil sie es hätte besser wissen sollen.

»Verdammt.« Jared schritt im Wohnzimmer auf und ab, sodass seine Stiefel eine Spur im Teppich hinterließen. »Ich hätte dich niemals allein lassen dürfen.«

»Partner?« Sie lachte, weil sie wieder ganz am Anfang angekommen waren. »Glaub, was du willst, Arschloch. Ich habe ihn nicht umgebracht.«

Er warf ihr einen bösen Blick zu. »Arschloch? Echt?«

Jareds Handy klingelte wieder und sie war die Treppe hochgelaufen, bevor er es sich ans Ohr hielt. *Es ist verdammt noch mal Zeit, hier abzuhauen.*

KAPITEL SECHZEHN

J ARED TIGERTE WEITERHIN in Sugars Wohnzimmer auf und ab und
rieb sich dabei die Schläfen. Kip war tot, Sugar war sauer und er hatte
wirklich genug von den unzähligen, willkürlich auftretenden Problemen
dieser Operation, die eigentlich hätte glatt verlaufen sollen. Sein ganzer
Körper stand unter Hochspannung. Sugar wurde von jemandem die
Schuld in die Schuhe geschoben, der nahe an der Sache dran war. Es gab
zu viele Zufälle und zu viele eigentlich sichere Sachen waren schiefgelaufen.
Jared konnte den Schauder, der ihm den Rücken hinunterlief, einfach
nicht ignorieren und warf sein Handy von einer Hand in die andere. Sein
Herz schlug so heftig, dass das Blut in seinen Ohren dröhnte. *Denk nach,
denk nach, denk nach!* Der Rhythmus drängte seinen Verstand dazu, die
einzelnen Puzzleteile zusammenzufügen.

Es gab gar nicht so viele Möglichkeiten. Entweder GSI spionierte sein
Team aus oder …

Sein Herzschlag sprach immer noch mit ihm. *Denk nach, denk nach,
denk nach!* Das Fordern wurde immer ungeduldiger. Er wollte sich die
Möglichkeit einfach nicht eingestehen, die so offensichtlich war: Jemand
im Team Titan hatte ihn hintergangen.

Er rief Parker an. Bauchgefühlen musste man nachgehen, selbst wenn
das bedeuten konnte, dass der schlimmstmögliche Fall eingetreten war.
Jared schaute auf seine Uhr: Noch verdammt früh. Er gab Parker noch eine
Minute, um ans Telefon zu gehen, bevor er das Gespräch mit Wut im
Bauch beginnen würde.

»Boss, was kann ich für dich tun?« Parkers Stimme klang heiser, als ob
er aus dem Schlaf gerissen worden wäre.

»Setz dich vor einen Computer und orte die Handys von allen

Mitarbeitern!« Er knackte mit seinen Fingern. Er konnte gar nicht glauben, dass er darum bitten musste. »Finde heraus, wo jeder im Team sich aufhält!«

Jared hörte ein Scharren und ging davon aus, dass Parker aus dem Bett aufstand. »Gib mir zwei Minuten und ich ruf dich zurück.«

»Ich warte.«

Ein lautes Geräusch ertönte vor dem Haus, in der Einfahrt. Ihm stockte der Atem. Überraschung, dann Sorge ließen seinen Blutdruck in die Höhe schnellen. *Autoalarmanlage? Was zum Teufel?* Er legte das Handy auf einen Beistelltisch.

»Sugar!«, rief er die Treppe hoch.

Keine Antwort.

Er lief zum nächsten Fenster, ging in Deckung und spähte vorsichtig durch die Scheibe. *Bums, polter, polter, polter!* Die Motorhaube seines Ford Expedition stand offen. Sugars Auto fuhr rückwärts und mit quietschenden Reifen aus der Einfahrt, als die Lichter angingen.

»Sugar!« Jared rannte die Treppe hoch und trat jede Tür ein. Alle Zimmer waren leer. Sein Instinkt sagte ihm, dass er allein im Haus war, aber sein Verstand konnte es nicht fassen. Jared polterte die Treppe wieder hinunter, schnappte sich sein Telefon und lief dann mit seinem Schlüsselbund in der Hand zur Wohnungstür hinaus.

»Orte Sugars Handy!«, bellte er Parker an.

»Okay.«

Wie jemand ins Haus geschlüpft und sie entführt haben konnte, war eine Frage. Gleichzeitig fragte er sich, ob er für seinen Beruf geeignet war. Wenn er einen Einbrecher nicht bemerkte, der eine unmittelbar bevorstehende Gefahr für seine Frau darstellte, dann sollte er sich einen neuen Job suchen.

Mit Parker immer noch am Apparat ging Jared nach draußen, steckte das Handy in seine Tasche und zog seine Waffe. Er suchte die Gegend im näheren Umkreis ab, wendete alle Sinne an, um festzustellen, ob Gefahr drohte. Nichts. Er war allein.

Wieso würde Baers Team sich Sugar schnappen, wenn sie wussten, dass er bei ihr war? Oder dass zumindest jemand hier war? Sie hatten sich die Mühe gemacht, seinen Pick-up fahruntüchtig zu machen. Das ergab doch keinen Sinn! Nichts davon ergab Sinn! Mit der Pistole immer noch in der Hand knallte Jared die Motorhaube zu, woraufhin der Autoalarm aufhörte zu kreischen. Er öffnete die Fahrertür und stieg ein. Sein Magen krampfte sich zusammen. *Wieso musste ich sie auch beschuldigen ...*

Er brauchte keine halbe Sekunde, bis Sugars brillanter Plan ihm mit der Wucht einer Ohrfeige bewusst wurde. Sein Kopf sank auf das Lenkrad und ging hin und her. Er hatte sie infrage gestellt. Hatte ihr misstraut. Sie war weg und jetzt saß er hier und analysierte, was er gesagt hatte.

»Die Frau wird mich noch ins Grab bringen!«

Er starrte einen Moment lang seinen Autoschlüssel an, dann ließ er die Motorhaube wieder aufspringen, statt den Schlüssel ins Zündschloss zu stecken. Er stieg aus und schaute sich den Motor an, wissend, dass sich sein Verdacht bestätigen würde.

Fehlende Zündkerze. Cleverer Schachzug, Sugar! Cleverer Schachzug!

Er schritt vor seinem Auto auf und ab und zog das Handy aus der Tasche. »Was siehst du?«

»Sugar ist zu Hause. Ihr Handysignal pingt an ihrer Adresse.«

»Kann ich mir vorstellen.«

»Oh.« Parker räusperte sich. »Also ... bist ... du.«

Jared rieb sich das Kinn. »Dort bin ich auch. Genau.«

»Und Brock.«

Seine Nackenhärchen stellten sich auf wie der Stift einer Handgranate. »Brock?« *Brock ist in der Nähe? Was zum Teufel geht hier vor?*

»Ist alles in Ordnung?« Parker tippte im Hintergrund. »Brock bewegt sich. Das weißt du sicher. Alle anderen scheinen dort zu sein, wo ich sie erwarten würde.«

»Gottverdammt!« Er knallte die Motorhaube zu. Keine der Möglichkeiten, die er gerade in Gedanken durchspielte, war gut. »Komm zu Sugars Adresse.«

Parker zögerte. »Okay.«

»Sag niemandem, wo wir sind.«

»Alles klar, Boss!« Parker holte tief Luft. »Ehrlich gesagt: was auch immer hier vor sich geht, ich bin nützlicher im Titan-Büro. In ein paar

Minuten kann ich da sein. Ich habe zu Hause nur beschränkten Zugang zu was auch immer wir brauchen. Und ich kann nicht wirklich was mitbringen, das uns unterwegs nützen würde.«

Jared stieg in sein Auto ein und versuchte, den Schlüssel im Zündschloss umzudrehen, obwohl er wusste, dass mit einer fehlenden Zündkerze der Motor nicht anspringen würde. Stille. Keine Überraschung.

Parker hatte recht. Jared brauchte ihn bei Titan, wo er jede Ressource ausnutzen konnte, die sie hatten. »Fahr zum Büro.«

Ohne auf seine Zustimmung zu warten, legte er auf und rief Rocco an.

Eine sehr schläfrige Stimme antwortete. Oder vielleicht war es auch eine verkaterte. Jared war es egal. »Rocco, ich brauche dich sofort bei Sugar! Schnapp dir die Ausrüstung, die du da hast. Wenn du etwas brauchst, dann ruf mich an. Niemanden sonst. Funkstille!«

Rocco räusperte sich. »Wach auf, äh … Süße. Ich muss los.«

Himmel! Jared hatte keine Zeit für einen One-Night-Stand und das Gespräch am nächsten Morgen. »Rocco, hast du mich verstanden?«

»Alles klar! Bin in zwanzig Minuten da.«

»Und, Rocco? Ich vertraue dir! Bis ich es nicht mehr tue! Dann töte ich dich.«

IN SUGARS RÜCKSPIEGEL leuchtete Scheinwerferlicht auf. *Verdammt. Was hat Jared gemacht; steckt der sich extra Zündkerzen ein, bevor er irgendwo hinfährt?* Sie würde es ihm zutrauen, aber es war doch weit hergeholt. Sie trommelte mit den Fingern auf dem Lederbezug des Lenkrads herum und wurde mit jedem Kilometer wütender darüber, dass er sie verdächtigt hatte, eine Mörderin zu sein.

Wieder die Scheinwerfer. Sie schaute auf den Tacho. Sie fuhr über 110 in einer 70er-Zone und nahm den Fuß vom Gas. »Überhol mich einfach! Es kommt doch keiner!« Sie winkte in den Spiegel, als ob der Fahrer hinter ihr sie sehen könnte.

Der Fahrer hupte und sie fuhr noch langsamer, jetzt unter hundert, in der Hoffnung, dass das Auto an ihr vorbeiziehen würde. Sie hatte heute genug von egoistischen Arschlöchern und ihre Stimmung wurde nur noch schlechter. Es wäre für diesen Typen von Vorteil, wenn er sich verpissen würde.

Wieder die Hupe.

Sugar verengte die Augen und schaute in den Rück- und dann in die Seitenspiegel. Es war ein Pick-up, aber kein Expedition. Ein Fremder hätte überholt. Jared hätte sie von der Straße gedrängt. Ihr Bauchgefühl sagte ihr, dass sie Jared anrufen sollte, aber ihr Verstand erinnerte sie daran, dass sie ihr Handy absichtlich bei der Hintertür liegen gelassen hatte.

Jetzt fuhr er mit beiden Geschossen auf: Lichter und Hupen.

Sie kannte diesen zweispurigen Highway besser als die meisten. Keine Straßenlampen. Keine Tankstellen. Nichts, das suggerieren würde: »Hey, halt doch am Straßenrand an! Es ist sicher!«

Stattdessen trat sie das Gaspedal durch. Wozu hatte sie denn ein Baby wie ihren 69er Mustang, wenn sie nicht alle Pferdestärken einsetzte? Das Muscle-Car raste los wie das Adrenalin in ihrem Blut. Sie lächelte, als der Motor aufheulte, obwohl ihre Nerven gerne eine Kotzpause eingelegt hätten.

Der Pick-up verlor an Fahrt. Sie nahm problemlos die engen Kurven. Der Nervenkitzel ließ sie das Lenkrad fester umklammern.

Sie holte tief Luft, als die Lichter wieder in ihrem Spiegel aufleuchteten. Der Pick-up hatte aufgeholt und hielt ihr Tempo mit.

Scheiß drauf.

Fünfhundert Meter später tauchte ein leerer Park-and-ride-Parkplatz auf. Sie trat das Gaspedal durch, riss das Lenkrad nach links und das Auto wurde auf den Parkplatz geschleudert. Steine flogen hoch. Reifen qualmten und der Geruch von verbranntem Gummi drang in ihr Auto.

Der Pick-up würde entweder vorbeiziehen oder nicht. Aber sie war auf den abrupten Halt vorbereitet. Der andere Fahrer dagegen nicht. Sie hielt sich fest, während das Auto herumschleuderte und mit Blick auf den entgegenkommenden Verkehr zum Stehen kam – und auf den Pick-up, dessen Fahrer auf die Bremsen getreten war, und der mit quietschenden Reifen auf den Parkplatz schlitterte.

So wird das also. Meinetwegen, Arschloch!

Sie griff nach hinten und holte ein geladenes M2-Scharfschützengewehr vom Rücksitz. *Wenn es mal hart auf hart kommt, dann gibt es doch nichts Besseres als Feuerkraft.* Sie stieß die Tür auf und legte das Gewehr an, dessen Lauf sie auf dem Seitenspiegel abstützte.

Die Tür des Pick-ups ging auf.

»Hau ab, verdammt, und du wirst heute nicht sterben!« Mit dem Finger auf dem Abzug kniff sie die Augen enger zusammen, um im Dunkeln zu erkennen, wer der Fahrer war.

Ein Stiefel, dann zwei, knirschten über den Kies.

Bumm! Sie feuerte einen Warnschuss ab, der ein paar Meter von den Stiefeln entfernt auftraf. »Verpiss dich!«

»Sugar!«

Die Stimme kam ihr bekannt vor, aber vor lauter Erschöpfung und Adrenalin kam sie nicht gleich drauf. Sie lud nach, bereit, den nächsten Schuss abzufeuern. »Hau. Ab.«

»Verdammt, Sugar! Ich mache nur meinen Job!«

Sie konnte nur die Silhouette des Mannes sehen. »Schalte die Scheinwerfer aus, oder ich schieße sie aus!«

Der Mann beugte sich vor und machte die Lichter aus. »Ganz ruhig, Sugar! Ich bin es nur!« Brock ging mit erhobenen Händen um seine Tür herum. »Nicht schießen! Da werde ich mir was anhören können!«

Brock? Er mochte zwar eine superwichtige Rolle in der Titan-Welt einnehmen, aber der Kerl verursachte ihr Gänsehaut. »Was machst du hier draußen?«

Er schubste die Fahrertür zu, als ob sie nicht einen nervösen Finger am Abzug hätte. So lässig und sorglos. »Was meinst du denn, was ich hier mache?«

»Hat Jared dich geschickt?«

»In Anbetracht dessen, was du mit seinem Expedition angestellt hast, erscheint es doch wohl glaubwürdig, dass ich mit dem Auftrag betraut wurde, Sugar zu finden, oder nicht?«

Jared würde ihr den Hintern für das versohlen, was sie mit seinem Auto angestellt hatte. Aber sie hätte nicht gedacht, dass er in solcher Windeseile jemanden auftreiben würde, um sie zu suchen. *Nur beim beschissenen Titan. Wie machen die das, hängen die immer zu zweit ab, um in solchen Momenten parat zu sein?*

»Hör zu, Brock!« Sie warf ihre Waffe ins Auto. Brock nahm die Hände herunter, und kam näher. Diese Nacht war wirklich nervenaufreibend gewesen. Sie brauchte Schlaf. Oder einfach Zeit allein mit ihren Gedanken. So etwas. »Ich brauche Zeit für mich. Okay? Ich will mich gerade nicht mit deinem Boss beschäftigen. Ich will mich nicht mit Kip Pearson beschäftigen. Ich brauche einfach mal Zeit, um nachzudenken. Okay?«

»Wir wissen beide, dass ich da nichts machen kann.« Er zuckte mit den Schultern.

»Das schon wieder?« Mit Titan verwickelt zu sein war in etwa so, als würde man Zeit mit ein paar mobbenden Schulkindern verbringen. Sie markierten die Starken, um das zu bekommen, was sie wollten. »Sag Jared, er kann mich mal. Ich bin eine erwachsene verdammte Frau. Er kann dich nicht andauernd losschicken, um mich zu finden und nach Hause zu zerren!«

Brock kam näher. Sie zitterte. Kalter Schweiß lief ihr den Nacken hinunter. Irgendetwas stimmte nicht. Ihr Gruselbarometer schlug bei Brock immer mehr aus. Es war Zeit für eine neue Herangehensweise. »Na gut. Wir fahren zu meinem Haus zurück. Du kannst mir die ganze Fahrt über an der Stoßstange kleben, um sicher zu gehen, dass ich nicht wieder abhaue.«

»Das geht nicht, Sugar.« Brock kam nahe – zu nahe für ihren Geschmack. »Ein Auto.«

Alarmglocken schrillten in ihrem Kopf. »Geh. Verdammt. Noch. Mal. Zurück!«

Er packte sie am Oberarm, genau wie in Abu Dhabi. Der blaue Fleck, den er dort hinterlassen hatte, tat jetzt wieder weh. »Du kannst es dir einfach oder schwer machen, Sugar. Es liegt ganz bei dir!«

Ihr Blick fiel auf etwas Silbernes, das aufblitzte. In seiner anderen Hand hielt er eine Spritze. Sugar stolperte zurück und trat ihm zwischen die Beine. »Nein! Nein, nein!«

Brocks Griff um ihren Bizeps wurde fester und er packte sie am Arm, als sie versuchte, ins Auto zu entkommen. *Messer in der Handtasche. Gewehr auf dem Rücksitz.* Sie streckte einen Arm aus und versuchte, etwas zu greifen, während er ihr den anderen Arm verrenkte. Sie trat mit den Absätzen nach hinten, verlor dabei aber den Halt. Noch ein paar Zentimeter und …

Nein! Sie spürte einen schmerzhaften Stich in ihrem Bein, gefolgt von einem langsamen Brennen. Sie blieb für einen kurzen Moment regungslos, schaute hinunter und sah die Spritze, die ihr im Oberschenkel steckte. Ihr Kopf, der sich auf einmal so schwer anfühlte, fiel zur Seite. Sie konnte die Augen nicht offenhalten.

»Du hattest die Wahl.« Er ließ ihren Arm los und die Erdanziehungskraft zog sie auf den Asphalt.

Der Horizont verschwamm. Ihr Mund fühlte sich trocken an. Ihre Zunge fühlte sich betäubt an und ihre Lippen kribbelten. »Fick … dich.«

KAPITEL SIEBZEHN

B ROCKS PICK-UP RUMPELTE über den unebenen Feldweg, der zu Buck Baers Refugium in den Bergen führte. Sein Herz schlug vor Aufregung schneller, obwohl er einen Pakt mit dem Teufel geschlossen hatte. Bald würde Brock seine Frau und Kinder wieder an seiner Seite haben und sie würden gemeinsam hier rausspazieren, nachdem er Sugar übergeben hatte.

Dieser Teil der Abmachung bereitete ihm Bauchschmerzen, aber manchmal heiligte der Zweck nun mal die Mittel. Und seine Familie war ihm mehr als heilig.

Er wusste, dass er sie alle ins Ausland bringen musste, weil Jared auf Blut aus sein würde. Brocks Frau und Kindern würde er nichts antun, aber Brock würde lieber vermeiden, dass sie dieses Blutbad mit ansehen mussten.

Liebe und Familie waren der Mittelpunkt seines Lebens. Sie waren der Sinn seiner Existenz. Sein Magen drehte sich um und er nahm noch eine weitere Tablette gegen Sodbrennen. Er hatte die Existenz seiner Familie geheim gehalten, um genau so etwas wie dieses Debakel mit Baer zu vermeiden. Das Leben, das Brock sich ausgesucht hatte, bedeutete, dass er immer in Gefahr war. Es würde immer einen Feind geben, der gnadenlose Rache geschworen hatte, oder einen Konkurrenten, der kein Problem damit hatte, seine Familie für einen strategischen Vorteil zu nutzen. Aus demselben Grund hatte Winters Clara versteckt, bevor Mia in seinem Leben aufgetaucht war.

Er hatte Angst davor gehabt, was passieren könnte, und unter dem Deckmantel der Unsichtbarkeit zu bleiben, war ihm als der sicherste Weg erschienen. Niemand wusste von ihnen, und so war das am besten.

»Verdammt!« Er schlug auf das Lenkrad, nachdem er um eine Kurve gebogen war. Er hatte alles richtig gemacht, und trotzdem war sein Leben ins absolute Chaos gestürzt worden. Tief in seinem Inneren wusste er, wie gefährlich es war, sich in eine Frau zu verlieben und eine Familie zu gründen. Er war nicht vorsichtig genug gewesen. Sein Familienleben ein Geheimnis bleiben zu lassen, war ihm nie egoistisch vorgekommen, bis er den Anruf von Buck Baer erhalten hatte. Dann war es ihm klar geworden: Er war der selbstsüchtigste Mistkerl auf Erden. *Schluss mit dem Trauerspiel!* Er hatte einen Plan. Immer eine Alternativstrategie. *Auf geht's mit Gebrüll!* Er hatte genug Geld auf einem Offshore-Konto, um Sarah und die Kinder an irgendeinen ruhigen Ort zu bringen, wo Jared niemals hinkommen würde. Weit weg von allem, das sie kannten …

Titan zu verlassen würde fast genauso sehr wehtun wie die Entführung seiner Familie. Er arbeitete schon seit Jahren mit Jared zusammen – seit der Boss ihn vor etwa zehn Jahren angeheuert hatte, direkt aus dem Militärdienst. Er hatte gesagt, dass er in Brock Potenzial sehen würde. Zu dem Zeitpunkt hatte Brock das amüsiert, denn er hatte gedacht, *er* sei die ganz große Nummer. *Aber ich will verdammt sein, wenn Jared mir nicht gezeigt hat, wie man über sich hinauswächst!*

Brocks Blick ging zu Sugar, die zusammengesackt auf dem Beifahrersitz saß. »Jared wird früh genug wissen, was Sache ist. Cleverer Bastard.«

Jared würde nicht lange brauchen, um eins und eins zusammenzuzählen und herauszufinden, dass Sugars Flucht nicht gut geendet war. *Wieso ist sie weggelaufen?* Brock hatte bei seiner Ankunft bei Sugars Haus einiges vorgefunden, das er nicht erwartet hatte: Jareds Auto in der Einfahrt. Licht im Wohnzimmer. Sugar, wie sie aus dem Haus schlich. Sugar, wie sie den Expedition seines Bosses lahmlegte. Vielleicht war das Schicksal seiner Familie hold.

Nachdem er eine Stunde lang auf Feldwegen in den Bergen herumgekurvt war, kam Brock vor einer Garagentür an, die sich automatisch öffnete. Er trat sachte auf das Gaspedal und der Pick-up rollte langsam in die dunkle Höhle. Die glatte asphaltierte Straße ging unter Baers Anwesen weiter, gleich einer unterirdischen Einfahrt. Das Garagentor ging scheppernd hinter ihm wieder zu, und nicht zum ersten Mal wünschte sich Brock, dass einer seiner Titan-Kollegen ihn bei dieser Operation begleiten würde.

Scheiße, es ist keine Operation! Es ist ein Handel. Eine Verhandlung über eine Geisel! Wieso Baer darauf bestand, dass das so ablief, obwohl Sugar sowieso vorgehabt hatte, in seinen Bau zu spazieren, wusste Brock nicht. Es war ihm auch egal. Er wollte einfach nur seine Familie zurück.

Am Ende der abfallenden Einfahrt in die Tiefgarage wartete ein großer, breitschultriger Mann. Seine Arme baumelten locker an seiner Seite. Er sah so aus, als ob er zu viel Zeit in einem Fitnessstudio verbringen würde, und war zu alt für den aufgetragenen Selbstbräuner, der seinem Teint in der Neonbeleuchtung einen Orangestich verlieh.

Brock rollte das Fenster herunter. »Baer.«

»Wo ist Sugar?«

»Genau hier.« Er lehnte sich zurück und zeigte auf die Frau, die gegen die Beifahrertür lehnte. Baer trat einen Schritt vorwärts. Sein Blick ging an Brocks Schulter vorbei. »Was ist mir ihr los?«

»Sie ist bewusstlos. Hat es einfacher gemacht, sie hier abzuliefern.«

Ein gemeines Haifischlächeln huschte über Baers Gesicht. »Ich bin beeindruckt!«

Er schaute sich auf dem Parkplatz um. »Wo ist meine Familie?«

»Stell dein Auto ab, nimm Sugar mit und wir schauen nach, wie es allen so geht.«

Brock ignorierte den Drang, Baer an Ort und Stelle umzubringen, genau hier in der Tiefgarage. »Ich würde lieber meine Lieferung abgeben und mitnehmen, was mir gehört.«

»Du hast hier aber nicht das Sagen. Ich sag's noch einmal: Stell dein Auto ab und folge mir, mit Sugar.«

»Gottverdammt!« Brock fuhr in die nächste freie Lücke und zog mit einem Ruck die Handbremse an.

Baer lachte und entfernte sich in Richtung eines Aufzugs. Brock stopfte die Schlüssel in seine Gesäßtasche, hob die bewusstlose Sugar hoch und trug sie. Das verlief nicht nach Plan. Bei Titan währen Geiselverhandlungen nie so gelaufen, aber das war in Ordnung. Er würde einfach machen, was nötig war, um seine Familie zu retten.

Trotzdem: so hatte er sich diesen Tausch nicht vorgestellt. In keinem der Szenarien, die er sich ausgemalt hatte, saß er mit seinem Pick-up in einer Tiefgarage fest und schleppte Sugar über seiner Schulter Baer hinterher.

Sie hatten den Aufzug erreicht und Baer hielt die Tür auf. »Sie ist ganz schön kratzbürstig, nicht wahr?«

Kratzbürstig? Sugar machte diesem Wort alle Ehre. »Du hättest dich auch damit zufriedengeben können, dass sie von selber hier auftaucht. Es war ganz sicher nicht nötig, meine Familie zu entführen, verdammt! Du kannst dir also den Smalltalk sparen.«

»Sie von selber hier auftauchen lassen? Dann hätte es ja nur halb so viel Spaß gemacht!«

Brock verlagerte Sugar, damit es etwas bequemer für ihn war. Baer drückte auf G2. Sie befanden sich auf Etage G1, und er wünschte sich, dass sie nach oben fahren würden, nicht noch tiefer nach unten.

»Ich gehe davon aus, dass du irgendwelche Waffen bei dir hast.« Baer tippte auf seinem Handy herum. »Wenn wir in den Warteraum kommen, kannst du sie ablegen. Meine Männer werden dich abtasten.«

»Wenn es dir nichts ausmacht, dann würde ich lieber gleich wieder nach Hause fahren. Ich habe kein Interesse an Spielchen oder Schießereien. Ein fairer Tausch, genau wie du es gefordert hast. Damit ist unsere Kooperation beendet.«

Die Türen öffneten sich zum Stockwerk G2. Im langen Korridor roch es nach Pfannkuchen und Schinkenspeck. Hinter einer der geschlossenen Türen konnte Brock seine Kinder spielen hören. Ihm ging das Herz auf. Der Drang, zu ihnen zu laufen, war so groß, dass seine Muskeln zuckten.

»Fast fertig. Ich habe noch eine weitere Forderung an dich, und dann war's das.«

Fast fertig. So ein Scheiß! Brock sah rot. Die Lichter, der Korridor, alles war in blutrote Wut getaucht. Er warf sich auf Buck Baer, bereit, ihn umzubringen. Zwei Männer tauchten plötzlich wie aus dem Nichts auf und hielten ihn zurück. Er hätte dabei beinahe Sugar fallen lassen.

Baer lachte. »Es ist gleich zu Ende. Keine Sorge, Brock: Du hast nur noch eine weitere Aufgabe zu erfüllen, bevor du sie zurückbekommst.«

Seine Zähne schlugen aufeinander. In seinem Kopf baute sich so ein Druck auf, dass er befürchtete, er würde explodieren. »Ich werde dich umbringen.«

»Nicht, bevor ich sie umgebracht habe. Also hör zu: Ich werde Titan zerstören. Betrachte es einfach als eins meiner Lebensziele. Als einen Punkt auf meiner Liste von Dingen, die ich tun will, bevor ich sterbe. Ich bin ganz nah dran. Ich kann Jared förmlich von seinem Podest abstürzen sehen.« Baer schnaubte. »Jared wird seinen gottverdammten Verstand verlieren. Nicht mal dieser Mistkerl wird die Vernichtung seines Lebenswerks und seiner Freundin überstehen.«

Brocks Herz schmerzte beim Gedanken an Jared und Sugar. »Niemand hat je gesagt, dass sie seine Freundin sei. Wenn es das ist, was du vorhast, dann gehst du von den falschen Annahmen aus.«

Baer lachte. »Jetzt hast du einmal zu oft Scheiße gelabert. Es besteht kein Grund zu lügen. Ich habe dir doch schon versprochen, dass deine Familie sicher nach Hause kommen wird! Vergiss, was mit deiner Freundin Sugar passieren wird. Es ist ein vertretbarer Tausch. Lass dir deswegen mal keine grauen Haare wachsen!«

»Sie bedeutet ihm nichts.« *Scheiße, lass ihn das glauben!* Brock schickte Sugar in den sicheren Tod. Das wusste er. Aber wenn man sie für einen Joker in dem Spiel hielt, das Baer mit Jared spielte, dann konnte man sich nur zu gut vorstellen, was man ihr alles antun würde, bis dieser Tod sie erlösen würde Und er konnte nur beten, dass seine Frau niemals herausfinden würde, was er getan hatte, um seine Familie zu retten. Sie würde das nicht verstehen. Sie wusste nicht, wie viel Blut er in den letzten Jahren an den Händen gehabt hatte, auch wenn das für einen guten Zweck gewesen war.

»Nein, so etwas spüre ich einfach. Die hier ist etwas Besonderes. Und es wird mir eine Freude sein, ihm auch das zu nehmen!«

Brock zuckte mit den Schultern und versuchte, so auszusehen, als ob es ihm egal wäre. Das Herz rutschte ihm in die Hose, und die Schuldgefühle nagten an seiner Entschlossenheit. »Glaub doch, was du willst! Was ist jetzt mit dieser letzten Aufgabe?«

Baer zog einen kleinen Umschlag aus seiner Gesäßtasche. »Das hier ist ein USB-Stick. Alles, was du machen musst, ist, zu einem Computer im Titan-Hauptquartier zu gehen und ihn einzustecken.«

Brock nahm den Umschlag und warf einen Blick hinein. »Was passiert dann?«

»Himmel! Spielt das eine Rolle? Mach deinen Job! Ich werde sofort wissen, wenn du ihn erledigt hast, und deine Familie wird zu dir zurückgebracht.«

Brocks Herz schlug heftig. Er konnte nicht glauben, dass er Jared auf diese Weise hintergehen würde – nach allem, was der Mann für ihn getan hatte, und nach all dem Vertrauen, das er ihm geschenkt hatte. Er kniff sich in die Nasenwurzel. Brock half dabei, den Mann zu ruinieren, den er am meisten verehrte.

Es gab nichts, was er nicht für seine Frau und Kinder tun würde. Wenn das bedeutete, Buck Baers Spiel mitspielen zu müssen, dann würde er das tun.

KAPITEL ACHTZEHN

J ARED LIEß SEINE Fingerknöchel knacken, während er vor dem Herd in Sugars Küche stand. Er musste seine Hände beschäftigen, da er nicht genug Informationen hatte, um etwas zu unternehmen. Wenn er nicht töten konnte, dann würde er eben kochen, während er sich jedes einzelne Detail durch den Kopf gehen ließ, das er hatte.

Brocks Handy war auf einmal ausgeschaltet worden. Kein Signal. Keine Anzeige. Nichts. Der Angriff im Hotel sah verdächtig nach einem Informanten aus, nachdem keine Wanzen gefunden werden konnten. GSI hatte gewusst, wo und wann sie zuschlagen mussten. Brock war aus unbekannten Gründen vor Sugars Haus gewesen. Und dann war er ihr nachgefahren. Parker hatte ihren Mustang verlassen auf einem Parkplatz gefunden. Jared hatte nichts, das ihm weiterhalf.

Nachdem Rocco angekommen war, hatte Jared seinen Verdacht geäußert. Keiner von ihnen hatte seitdem ein Wort gesagt.

Auf Informationen zu warten war normalerweise kein Problem. Gute Informationen bedeuteten eine gute Mission und eine hohe Erfolgsquote. Aber das hier war kein gewöhnlicher Job und Jared war emotional darin verstrickt.

Er wendete die Schinkenspeckstreifen in der Pfanne und ignorierte die Küchenuhr, die jede Sekunde tickte und ihn laufend daran erinnerte, dass er keinen Plan hatte. Er wendete den Speck immer und immer wieder. Versuchte zu ignorieren, dass sein Versuch, sich die Zeit zu vertreiben, nicht funktionierte.

Sugar würde eher wütend sein als verängstigt. *Oder?* Sie verstand manchmal nicht, wie ernst eine Situation war. Jemand würde sie vielleicht umbringen wollen, aber sie wäre eher sauer, weil man sie vom dringend nötigen Schlaf abgehalten hatte. Die Chancen standen gut, dass sie Brock bei den Eiern hatte, ihm dauernd konterte und die Situation noch verschlimmerte – wenn sie es nicht schon hinbekommen hatte, dass man sie umgebracht hatte. *Wenn das mal keine Schönheit mit gefährlich frecher Schnauze ist. Mist, verdammt, wo bleiben meine Informationen?*

Sein Fuß wippte im selben schnellen Tempo wie die Salven eines Automatikgewehrs. Er warf noch einen Blick auf die Uhr. Und noch einen, mit gerunzelter Stirn. Buck Baer konnte an einer Million Orte sein. Brock hatte eine Million Möglichkeiten, sie dort hinzubringen. Jareds Zähne taten ihm weh. Er presste sie so sehr zusammen, dass sein Kiefer kurz davor war, zu zerbrechen. Er musste etwas unternehmen. Unverzüglich.

Die Ofenuhr klingelte und er riss die Tür auf, nahm das Blech mit den Biscuits heraus und zog dann die Pfanne mit dem Speck vom Herd. Er konnte beides noch so laut auf den Tresen knallen: damit würde er seinen immensen Ärger darüber, wie wenig Kontrolle er über die Situation hatte, auch nicht herauslassen.

»Speck und Biscuits.« Jared schob Rocco einen Teller hin und zog sich einen Barhocker neben Roccos.

»Ihr wird nichts passieren.« Rocco nahm sich eine knusprige Scheibe Speck und biss ab. »Parker arbeitet in einem Affentempo. Iss was, Kumpel! Mach etwas anderes als zu brüten.«

»Das hier ist kein normaler Job. Und sie ist nicht ...« Er griff nach einer Scheibe Speck. Es war Biospeck und würde wahrscheinlich schrecklich schmecken. Aber das tat er nicht. Die Ironie entging ihm nicht. Man lernte doch immer etwas dazu. Biospeck schmeckte gut, obwohl er etwas anderes erwartet hatte. Vorurteile und Vermutungen waren nutzlos. Brock war immer Jareds loyale rechte Hand gewesen, aber nun hatte er das Wichtigste in Jareds Leben gestohlen. Und das machte seinen Stellvertreter zu einem Verräter.

Das Wichtigste in meinem Leben? Jared verschlang eine weitere Scheibe Speck. Abgesehen von Titan war Sugar tatsächlich ganz oben auf der Liste. Bei ihr hatte er Schmetterlinge im Bauch statt eines verstimmten Magens. Und sie löste auch ganz andere, ihm unbekannte Gefühle in seinem

Herzen aus.

Titan und Sugar. Er nahm einen Biscuit, riss das brötchenförmige Gebäckstück auseinander und schmierte dann Biobutter auf beide Hälften. *Oder ist es Sugar,* dann *Titan?* Die Frage warf ihn beinahe vom Barhocker.

Er schlang den Biscuit herunter und nahm sich noch einen. Wieso setzte er neue Prioritäten in seinem Leben? Lag das am Schlafmangel? Er hatte in der vergangenen Woche nicht viel geschlafen. Aber Schlafmangel hatte bislang noch nie sein Urteilsvermögen getrübt. Er hätte merken sollen, dass Brock ihm das Messer in den Rücken stechen wollte, lange bevor es zu so etwas gekommen war.

»Wirst du ihn umbringen?« Rocco trank einen Schluck Wasser.

»Wenn er Sugar wehtut: Dann ja, keine Frage.«

Rocco schüttelte den Kopf, als er das Glas Wasser wieder auf den Tresen stellte. »Irgendwie habe ich gedacht, du würdest sagen: Ja, *weil er Titan betrogen hat*, keine Frage.«

Das war es, was er hätte sagen sollen. Hatte er aber nicht. »Sei kein Arsch!«

»Bin ich nicht.« Mit einem Bissen ließ Rocco den nächsten Biscuit verschwinden. »Sie ist eine gute Frau. Passt verdammt gut zu einem Mistkerl wie dir.«

»Halt die …« Jared schaute auf sein klingelndes Telefon. *Parker.* Er ging sofort ran. »Was hast du herausgefunden?«

»Brocks Handysignal ist wieder an. Keine zwei Kilometer südlich von Sugars Haus.«

»Sag mir, wo der Wichser gewesen ist!«

»Kann ich nicht, Boss … warte, er ruft gerade jemanden an.«

Piep, piep! Jared holte tief Luft und schaute auf sein Display. Er nahm den Anruf entgegen, ohne sich von Parker zu verabschieden. Sein ganzer Körper nahm die Angriffshaltung an. Jeder Muskel spannte sich an und sein Herz schlug heftig gegen seine Rippen. Wenn er durch das Handy hätte greifen können, um Brocks Luftröhre mit einem Finger nach dem anderen zuzudrücken, dann wäre der Mann jetzt tot. Stattdessen biss Jared die Zähne zusammen und wartete darauf, was er zu sagen hatte.

Brock räusperte sich. »Ich muss mit dir reden.« Seine Stimme zitterte.

Noch nie zuvor hatte Brock sich anders als selbstsicher angehört. *Ich hätte auch Angst, du Wichser! Schließlich bin ich hinter dir her!* »Wo ist Sugar?«

Jareds Magen zog sich zusammen, als ein Ächzen durch die Leitung drang. Roccos Augenbrauen gingen hoch. Er fragte Jared damit, was er von dem Gespräch hielt, ob er dachte, dass Brock ein Spiel mit ihnen trieb.

»Brock.« Seine Finger krallten sich um den Rand der granitenen Küchentresenplatte. Er wollte sie am liebsten herunterreißen und gegen die Wand werfen, um seine Aggression abzubauen. »Wo. Ist. Sie?«

»Das weißt du doch, oder nicht?« Die Frage klang hohl, völlig emotionslos. Wie eine Bestätigung für einen unausweichlichen Tod.

»Ich weiß genug. Sag mir, dass ich falsch liege, oder sieh zu, dass dein Testament auf dem neuesten Stand ist.«

Ein Fahrzeug kam in die Einfahrt gefahren. Rocco sprang vom Hocker, seine Waffe in der Hand. Jared schnappte sich ebenfalls seine Pistole und sie gingen zur Haustür. Als er aus einem Fenster schaute, sah er Brocks Pick-up.

Das Blut pulsierte so laut in seinen Ohren, dass es ihn nervte. Schweiß lief zwischen seinen Schulterblättern hinunter, trotz der kühlen Temperatur im Eingangsbereich. Er warf Rocco einen Blick zu, der sich an die gegenüberliegende Wand gepresst hatte, und nickte. Jared konnte die Anspannung, die Brocks Ankunft vorausging, förmlich in der Luft schmecken. Der Vertrauensbruch schmerzte und verärgerte ihn, aber richtig wütend wurde er, wenn er daran dachte, was Sugar alles zugestoßen sein konnte.

Er schluckte seine Gefühle hinunter und verdrängte, dass sich sein Hals zuschnürte. Noch nie hatte er eine richtige *Angst* ausgestanden. Aber die Sekunden, die vorbeizogen, waren wie ein Hammer, der seine Birne weichschlug, und beim Gedanken daran, was ihn vielleicht erwartete, rutschte ihm das Herz in die Hose.

Jared hatte das Handy immer noch am Ohr. Er konnte es nicht mehr abwarten, sich Brock vorzuknöpfen. »Die Tür ist offen. Komm rein!« Er legte auf und konzentrierte sich dann auf das kalte Metall der Waffe in seiner Hand.

Draußen ging der Motor aus. Die Tür des Pick-ups ging auf und wieder zu. Jareds Puls raste. Luft kämpfte sich in seine Lungen, trotz des tonnenschweren Gewichts, das auf seinem Brustkorb lag. Er hatte den Blick stur auf die Türklinke gerichtet und wartete auf den Moment, in dem sie wackeln und sich dann langsam bewegen würde, damit er sich mit seinem engsten Vertrauten anlegen konnte.

Die Türklinke ging runter und eine Stiefelspitze schob die Tür auf. Jared dachte, Brock würde seine Vorgehensweise sicher voraussehen. Sie hatten zusammen Schlachten ausgefochten und Seite an Seite in Missionen gekämpft, die schiefgelaufen und zur Hölle geworden waren. Sie hatten gedacht, gekämpft und reagiert, als ob sie dasselbe Gehirn hätten. Bis sie es nicht mehr getan hatten, und dafür würde Brock bezahlen.

Ein Brüllen kam tief aus seiner Kehle. Jared machte eine Drehung, stieß die Tür mit seiner Schulter auf und schlang einen Arm um Brocks Hals.

Brocks Hände waren oben. Er hatte keine Waffen. Dennoch lockerte Jared seinen Griff nicht, zog Brock ins Haus und warf sich mit seinem ganzen Gewicht auf ihn. Brocks Kopf knallte gegen die Wand und er riss den Mund auf, weil ihm die Luft abgedrückt wurde.

Brock rang weder mit ihm, noch versuchte er, sich von ihm zu befreien. Jared wusste genug über Brocks Ausbildung, um zu wissen, wie lange er ohne Sauerstoff überleben würde. Aber er musste von ihm erfahren, wo Sugar war und warum zum Teufel Brock sie sich geschnappt hatte. So gerne er auch Brocks Leben beenden würde: Das hier war nicht der richtige Zeitpunkt. Aber der würde bald kommen.

Jared hörte auf, ihn zu strangulieren, und hielt ihm stattdessen den Lauf seiner Glock an den Hals. Als er sie mit Gewalt gegen Brocks Luftröhre drückte, musste sich Jared dazu zwingen, nicht abzudrücken.

»Arschloch!« Er war zu emotional. Er musste seinen Kopf einschalten. »Roc, such ihn ab. Waffen. Mikros. Alles.«

Rocco tastete Brock gründlich ab und durchsuchte seine Kleidung. Dann hielt er den Daumen hoch.

»Wo ist sie?«, knurrte Jared. Die Wut übermannte ihn so sehr, dass sein Körper förmlich vibrierte. »Wo zum Teufel ist sie?«

»Es tut mir leid.«

Jared stieß die Waffe noch fester gegen Brocks Hals und unterdrückte den Impuls, ihn einfach zu vernichten. »*Wo?*«

»Bei Baer.«

Sein Puls raste. Jedes letzte Fünkchen Hoffnung, dass er falschgelegen hatte, dass das hier alles nur ein riesengroßes Missverständnis war, war jetzt erloschen. *Untreuer verdammter Bastard!* »Wieso?«

Ein schmerzvoller Ausdruck erschien auf Brocks Gesicht – seine erste emotionale Reaktion, seit er durch die Tür gekommen war. »Er hat meine Frau und meine Kinder.«

Was? Jareds Hirn war gelähmt vor Schock. Logik und Kontrolle entwichen ihm schnell. »Wie bitte?«

Rocco fluchte im Hintergrund, was Jared daran erinnerte, dass er einen Zeugen hatte, wenn er einen unbewaffneten Mann erschoss, egal, wie untreu dieser Mann auch sein mochte.

Er schüttelte den Kopf und ignorierte Brocks Lüge. *Eine Frau und Kinder? Nein.* Brock war ein Junggeselle, der diese Lebensweise in vollen Zügen ausnutzte. Er war ein Casanova, der nach jeder Mission auf eine Sauftour ging, um irgendwo eine willige Frau für eine schnelle Nummer aufzugabeln, aber er war nicht *verheiratet und hatte Kinder.* »Lügner!«

»Er hat meine Familie. Er hat Asal. Und ich habe ihm Sugar gegeben.«

Jared holte mit der freien Hand aus und seine Faust landete direkt auf Brocks Kinn. Dessen Kopf flog zur Seite. Spucke und Blut flogen durch die Luft, aber Brock reagierte nicht. Seine Hände gingen nicht hoch. Er fluchte nicht und schrie nicht vor Schmerzen auf. Er schaute nur stur geradeaus.

»Du hast ihm *meine* Frau gegeben!« Das Blut raste durch seine Adern und er konnte kaum selber hören, was er sagte. »Du hast das genommen, was mir gehört, und sie in Gefahr gebracht.«

»Ich hatte keine andere Wahl.«

»Man hat immer eine Wahl!« Er schleuderte Brock ein zweites Mal gegen die Wand, und seine Finger schlossen sich um seinen Hals, drückten fester und fester zu.

Jareds Wangen schmerzten, so sehr verzog er aus Verachtung das

Gesicht. Brocks Lider schlossen sich flatternd. Kein Sauerstoff. Er signalisierte noch nicht mal, dass er aufgab. Nichts. Er würde Brock töten und dafür noch nicht mal etwas Nützliches aus ihm herausbekommen. *Gott!* Er holte tief Luft, ließ los und ging im Flur auf und ab.

Schweißtropfen bildeten sich auf seiner Stirn und seiner Brust. *Tu so, als ob es ein Job ist! Tu, was du tun musst! Vernimm ihn und mach dann mit den Informationen weiter!* Er warf den Männern einen Blick zu. Rocco stand bereit, die Waffe im Anschlag und den Blick auf seinen *ehemaligen* Teamleiter gerichtet. Brock bewegte sich nicht. Er wartete auf das, was als Nächstes kommen würde. Jared hatte keine Ahnung, was das sein würde.

Er knackte mit den Fingerknöcheln. »Wieso bist du hier?«

»Weil ich die falsche Entscheidung getroffen habe.«

Jared stürzte auf ihn zu und zischte durch zusammengepresste Zähne: »Ach, wirklich?«

Brock legte den Kopf leicht schräg. Ein verzweifelter, fast verklärter Ausdruck erschien in seinen Augen. »Was würdest du nicht für die Frau tun, die du liebst, Jared?«

»Ich … du kommst zu mir. Du sagst mir, das und das sei passiert. Das ist mein Problem. Du machst nicht … genug jetzt.«

Brock nickte kaum merklich. »Baer hat es auf dich abgesehen. Hat ein persönliches Problem mit dir.«

Jareds Augen wurden schmaler und er fauchte: »Das beruht auf Gegenseitigkeit.«

»Um meine Familie zurückzubekommen, habe ich ihm Sugar gebracht. Aber Baer hat mich verarscht, hat mir ein … Projekt gegeben. Zum Titan-Büro zu fahren und einen USB-Stick in einen Computer zu stecken. Baer erwartet, dass das innerhalb der nächsten Stunde passiert. Wenn das nicht passiert, dann wird er meine Familie umbringen. Ich war komplett durcheinander. Ich habe vorher nicht nachgedacht. Ich habe nur reagiert. Und jetzt versuche ich, meinen Fehler wiedergutzumachen.«

»Nicht mein Problem.«

»Tu nicht so unschuldig. Mach mit mir, was du willst. Ich habe falsch gehandelt. Aber du wirst sie nicht sterben lassen, ohne zu versuchen, sie zu retten. Du wirst Sugar nicht im Stich lassen …«

»Natürlich werde ich Sugar nicht im Stich lassen!«

»Hilf ihnen allen. Bring mich um. Es ist mir egal.«

Jared ging den Flur entlang und schlug mit der Faust gegen die Wand. Er hinterließ ein Loch im Trockengips. Er bewegte die Finger: nichts gebrochen. Aber der Schmerz fühlte sich gut an, schaffte eine kurze Verschnaufpause von dem Chaos in seinem Kopf. »Wo ist der USB-Stick?«

»Gesäßtasche.«

Er rieb sich mit der Hand über das Gesicht. *Ein Scheiß-Datenträger?* Das ergab keinen Sinn. »Was ist da drauf?«

»Ich weiß es nicht. Aber er hat gesagt, dass es Titan ruinieren würde. Dass er vorhat, dir die beiden Dinge wegzunehmen, die dir am teuersten sind. Titan und Sugar.«

Sugar, dann Titan. »Roc, nimm ihm den USB-Stick ab.« Jared rief Parker im Büro an.

»Hey, Boss!«

»Parker, ich habe einen Datenträger von Buck Baer. Er sollte im Hauptquartier an unser System angeschlossen werden.« Jared holte tief Luft und dachte an Sugar, Asal und Brocks plötzlich aufgetauchte Familie. »Es stehen ein paar Leben auf dem Spiel. Das Leben von Kindern. Baer muss glauben, dass es passiert ist. Ich muss wissen, was der USB-Stick anstellen soll.«

Lange Sekunden gingen vorbei.

»Parker, verdammt!«

»Versuche mein Bestes, Boss. Gib mir eine Sekunde, darüber nachzudenken.« Parker tippte auf der Tastatur herum. »Vielleicht ... es könnte ...«

»Spuck's aus!«

»Ich könnte einen Schein-Terminal bauen. In Anbetracht der Tatsache, dass wir nicht viel Zeit haben, wird es schwierig, aber ich könnte es hinbekommen, dass es wie Titans System aussieht. Wir könnten es überwachen. Baer würde etwas bekommen.«

»Wie schnell?«

»Wie viel Zeit habe ich?«

Sie könnten in dreißig Minuten im Titan-Büro sein, wenn sie ab und zu mal auf dem Standstreifen überholten und die Tachonadel nie unter hundert gehen lassen würden. »In zwanzig Minuten sind wir da.«

Er legte auf und starrte Brock an. Seine Enttäuschung drohte ihm wieder Kopfschmerzen zu bereiten. Er zeigte auf Rocco. »Leg ihm Handschellen an und setz ihn in deinen Pick-up. Lass das Team wissen, dass alle ins Büro kommen sollen.« *Die Anweisung habe ich sonst immer Brock gegeben.* »Ich bin in einer Sekunde da.«

Rocco nickte und Brock fügte sich, ohne irgendeinen verräterischen Gefühlsausdruck im Gesicht. *Braver Gefangener.* Jared hatte ihn gut ausgebildet. Sein Blick wanderte über den Eingangsbereich. Er ging ins Wohnzimmer, wo er Sugar zuletzt gesehen hatte. Er bekam einen Kloß im Hals und schwor, dass er sie zurückbringen würde, sie hier direkt wieder auf die Couch setzen und ihr erklären würde, dass er nie die Absicht gehabt hatte, sie des Mordes an Kip zu bezichtigen. Er hatte nie die Absicht gehabt, anzuzweifeln, was sie sagte.

Er holte tief Luft und nahm alle Kraft zusammen, die er noch hatte. Dann marschierte Jared zu Roccos Pick-up und setzte sich hinter das Lenkrad.

»Das Team ist auf dem Weg«, sagte Rocco.

Er nickte und sah, dass Brock mit Handschellen an den Handgriff an der Decke gefesselt war. Auf einmal machte er sich Sorgen, dass Brock vielleicht nicht die ganze Wahrheit erzählte. *Wieso würde Brock denn jetzt die Wahrheit sagen? Wieso hab ich ihm diese ganze Frau-und-Kinder-Nummer abgenommen? Es könnte eine Falle sein!*

Er rief Parker an und wartete nicht auf eine Begrüßung. »Ich brauche alles, was du über Brocks Familie finden kannst.«

»Was, so etwas wie nächste Angehörige? Eltern, Schwester oder so?«

»Nein. Frau und Kinder.«

»Frau und Kinder … okay.«

Er schaute wieder Brock an. »Aber du kannst genauso auch Informationen zu den nächsten Angehörige ausgraben. Gut möglich, dass man die bald benachrichtigen muss.«

KAPITEL NEUNZEHN

MURMELNDE STIMMEN HALLTEN im Hintergrund wider und verursachten einen pulsierenden Schmerz hinter Sugars Schläfen. Ihr war schwindlig und ihre Zunge klebte am Gaumen. Sie hatte das Gefühl, dass Wange und Stirn an einen rauen Teppich gedrückt waren. Als sie die Welle der Übelkeit überstanden hatte, die sie überrollt hatte, kamen die Erinnerungen auf einmal ganz deutlich wieder: Kip war ermordet worden. Jared vertraute ihr nicht. Brock hatte sie angegriffen.

Das erste war ihr egal. Sie hatte Kip nicht umgebracht und er hatte sie in Afghanistan dem sicheren Tod überlassen. *Der kann mich also mal.* Sie wünschte sich nur, dass sie sich ein kleines bisschen an ihm hatte rächen können.

Aber das zweite? Ihr blieb auf einmal der Atem weg und ihre Brust schmerzte. *Jared ...* Der Gedanke an ihn verursachte ein riesiges Chaos in ihrem Kopf, als ob eine Granatbombe der Gefühle darin explodiert wäre. Ihr Herz war ebenfalls ein einziges Schlachtfeld und tat unfassbar weh. Aber wenn er hier in diesem Zimmer wäre ... Wenn sie bloß in seine dunklen Augen schauen und sich in seine kräftigen Arme schmiegen könnte ... Dann wäre alles besser. Es war mehr als nur eine verzweifelte Hoffnung, dass er den Helden spielen würde. Seine Berührungen verliehen ihr Trost und Stärke. Das Vertrauen ...

Nein. Nicht das Vertrauen. Sie unterdrückte das bittere Lachen, das in ihrer Kehle aufstieg. Er hatte ihre Worte und ihre Taten hinterfragt. Er war kein vertrauensseliger Mann. Und sie war keine vertrauensselige Frau. Sie war es nie gewesen und Jared würde ihr lebenslanges Motto auch nicht einfach so ändern, egal wie sie sich in seinen Armen fühlte.

Ihr Oberschenkel pochte an der Stelle, wo Brock die Spritze

hineingestochen hatte. Der Inhalt hatte so gebrannt wie kalte Säure und war lange Sekunden ihr Bein hinaufgestiegen. Und dann war es auf einmal so schnell dunkel geworden, dass sie gleich wusste, es könnte nichts Gutes bedeuten. *Wie lange war ich bewusstlos und wo ist Brock?* Sie hatte ein paar Dinge parat, die sie ihm gerne an den Kopf werfen wollte.

Sugar lag reglos da, lauschte und versuchte, die Stimmen auseinander-zuhalten, musste jedoch feststellen, dass sie keine davon erkannte. Sie klangen schallend. Eine dominierte. Die anderen antworteten, stellten keine Fragen. *Moment mal...* Vielleicht kam ihr die dominante Stimme doch irgendwie bekannt vor. Sie machte vorsichtig ein mit verwischter Wimperntusche verklebtes Auge auf, um sich umzuschauen.

Ein zweckmäßiger Raum. Neonlichter. Zwei Männer in Kampfuniform. Und Buck Baer – die Stimme, die sie erkannt hatte. *Moment mal, was?! Brock und Buck arbeiteten zusammen? In was für einer Welt?*

Andererseits hatte Brock ihr etwas gespritzt, das sie k. o. gesetzt hatte. Brock und Buck. Wieso? Es gelang ihr nicht, die Puzzleteile zusammenzufügen, und ihr Kopf fühlte sich an, als ob er in dichtem Nebel steckte.

Minuten gingen vorbei. Die Stimmen drangen jetzt deutlicher zu ihr durch. Buck war verärgert und die zwei Männer, die bei ihm waren, schienen nicht mehr als bewaffnete Resonanzböden zu sein. *Wo sind wir?* Sie waren nicht in einem GSI-Büro. Sie war schon einmal dort gewesen, als sie Waffen en gros verkauft hatte. Die Büroräume im GSI-Hauptquartier waren widerlich. Protzig. Zu viel Glanz und Gloria. Überhaupt nicht so wie die Festung von Titan.

Sugar verlagerte ihr Gewicht. Ihr Arm war eingeschlafen und kribbelte. In einer unbequemen Haltung am Boden zu liegen hatte ihr die Blutzufuhr abgeschnitten. Leicht unkoordiniert versuchte sie, sich zu bewegen, ohne die Aufmerksamkeit der Männer auf sich zu ziehen. Ihr benebelter Verstand wurde etwas klarer, aber sie hatte immer noch richtig Probleme mit ihrem tauben Arm.

»Ah, sie wacht auf!« Die halbwegs vertraute Stimme von Buck Baer hörte sich amüsiert an.

Super, das war es wohl mit dem Unbemerktbleiben. Sie blieb starr wie eine Statue, wagte noch nicht einmal, tief einzuatmen. Ihr eingeschlafener Arm verlangte schmerzhaft, dass sie wieder die Haltung verlagerte.

»Nein, du brauchst gar nicht so zu tun, als ob du schläfst, Lilly!«

Lilly. Ihr Magen krampfte sich zusammen. Sie hasste den Namen, *außer* wenn Jared ihn benutzte. Das Spiel war aus. Sie rollte sich zur Seite und ließ das Blut wieder in ihren Arm laufen. »Nenn mich Sugar«, korrigierte sie ihn in einem beleidigten Flüsterton. Sie räusperte sich, wiederholte ihren Namen und richtete sich auf, sodass sie im Schneidersitz auf dem Boden saß.

Ihr wurde schwindlig, sobald sie aufrecht saß, aber ihr Blick war auf Buck fixiert. Sein selbstgefälliges Grinsen und die Art, wie er auf sie herabblickte, machten sie nur noch wütender. Sugar schluckte, bis ihr Hals wieder normal funktionierte. Bei den vielen Dingen, die sie zu ihm sagen wollte – und sie hatte keineswegs vor, sich zurückzuhalten – brauchte sie eine klare Stimme. Buck Baer würde ihr zuhören und ihre Fragen beantworten. Wenn er sie vorher schon für ein Problem und eine Nervensäge gehalten hatte, dann würde sie ihn eines Besseren belehren.

»Also, Buck.« Sie dankte Gott, dass ihre Stimme sie nicht im Stich ließ. Sie hörte sich verärgert, selbstsicher und bereit an, es mit ihm aufzunehmen. »Was sollte das mit dieser großen Entführungsnummer, wenn du sowieso schon wusstest, dass ich hierher zu dir komme? Ich dachte, du hättest den Termin mit mir schon in deinem Kalender eingetragen?«

Er lachte. Sein rötliches Gesicht war ein bisschen runder als in ihrer Erinnerung. »Ich habe jemanden auf die Probe gestellt.«

Jemanden auf die Probe gestellt? Was bin ich denn? Ein Punkt auf einer To-Do-Liste? »Brock?«

»Cleveres Mädchen!« Buck klatschte langsam in die Hände. »Sehr intuitiv!«

»Er hat mir eine Spritze ins Bein gesteckt und ich bin hier aufgewacht. Man braucht nicht besonders viel Köpfchen, um eins und eins zusammenzuzählen.«

»Du bist richtig amüsant! Ich weiß gar nicht, wieso mir das nicht aufgefallen ist, als wir uns zuvor begegnet sind.« Sein Blick wanderte über ihren Körper und sie wollte ihm eine verpassen. »Ja, du bist definitiv hübsch. Und deine freche Schnauze gefällt mir auch. Kein Wunder, dass Jared Westin etwas für dich übrig hat.«

Suchte er nach einer Bestätigung? Hatte Brock ihm davon erzählt? Oder stellte Buck nur Vermutungen an, nachdem er beim Video-Chat in Abu Dhabi gesehen hatte, wie sie in Jareds Jogginganzug ins Zimmer gestürmt kam? Sie weigerte sich, etwas zuzugeben. »Du täuschst dich, was Jared angeht. Ich hätte gedacht, dass du akkuratere Informationen bekommst.«

Buck verzog das Gesicht, ohne etwas Weiteres dazu zu sagen. *Vielleicht hat Brock doch den Mund gehalten.* Sie unterdrückte ein trauriges Lachen. *Was für eine Beziehung? Ein paar Mal miteinander im Bett landen und ein lustiges Hinterherjagen?* Aber am Ende, als es hart auf hart kam, hatte sie der Sache doch den Rücken gekehrt und er hatte ihr nicht vertraut. Keine Spur von Jared. *Er regt sich wahrscheinlich immer noch über die Zündkerze auf.*

Sie lachte. Jared, der harte Kerl, saß im Haus einer Frau fest, weil sie seinen Expedition außer Gefecht gesetzt hatte. *Ich wette, das geht völlig über seinen Verstand hinaus.* Seine Zündkerze war immer noch in ihrer Handtasche, wo auch immer die war.

»Was ist so witzig?« Bucks Schuhe schlurften über den Teppich, wenn er ging.

Wie konnte er sich jemals mit solch nervigen Angewohnheiten bei einer Mission anschleichen? Sugar konnte sich nicht vorstellen, dass Buck und Jared auf dem gleichen Niveau waren. Buck war schleimig und durchschaubar. Jared war kompetent und tödlich. »Ich habe nur gerade darüber nachgedacht, wie Jared GSI stürmt und dich fertigmacht.« Das erwartete sie zwar nicht. *Aber warum sollte ich das zugeben?* »Ich kann mir vorstellen, dass da viel zu Schaden kommen kann. Deine makellosen Teppiche werden Flecken bekommen.«

»So einfach ist das nicht, Süße! Du bist nicht mehr in Kansas, Dorothy!«

Also sind wir auf Bucks Anwesen in den Bergen? Wieso hab ich das nicht gemerkt? Sie war immer noch ein bisschen benebelt von Brocks Injektion, aber jetzt fügte sich einiges zusammen. *Wo ist Asal?* Sugars Herz schlug schneller. Sie brauchte Informationen, um zu überlegen, und je mehr sie Buck provozierte, desto mehr würde er reden. »Du wärst überrascht, wozu er fähig ist!«

Buck schnaubte verächtlich. »Das wollen wir doch mal sehen. Jeden Moment kann ich dir sagen, was der *große* Jared Westin heute Vormittag so macht.«

Buck ging zu einem metallenen Tisch, auf dem zwei Computer-Bildschirme und andere elektronische Geräte standen. Er starrte auf die leeren Bildschirme. GSI versuchte, sich bei Titan ins System zu hacken? *Viel Glück!* Parker würde auf das Problem schneller aufmerksam werden, als sie eine Waffe ziehen und abdrücken könnte.

»Das sieht professionell aus, Buck. Jetzt verstehe ich, warum GSI einen so guten Ruf hat. Ach, warte mal.« Sie rollte mit den Augen und lachte hämisch. »Ich bin mir gar nicht sicher, ob es tatsächlich *das* war, was ich über deinen Ruf gehört habe.«

Buck wirbelte herum, sein Gesicht war puterrot. Er war so einfach zu manipulieren! *Fast zu einfach. Muss etwas mit mangelndem Selbstbewusstsein zu tun haben.* Jared würde sich mit so harmlosen Sticheleien nicht so aufziehen lassen, obwohl ihre Sticheleien tatsächlich verletzen konnten.

»Wenn du es genau wissen willst …« Hinter Buck gab der Computer ein Geräusch von sich. Der Bildschirm ging an, aber er war viel zu weit weg, als dass Sugar Genaueres hätte erkennen können. Er wandte sich den Bildschirmen zu und murmelte: »Egal. Du bist sowieso nur Mittel zum Zweck.«

Er begann, auf der Tastatur zu tippen. Sugar spürte, wie er mit jedem Mausklick und jeder gedrückten Taste aufgeregter wurde. Sogar die beiden bewaffneten Männer schauten interessiert zu.

»Was machst du da überhaupt?« Sugar versuchte, über seine Schulter zu spähen, ohne dabei erwischt zu werden. »Spielen Jared und du Schiffeversenken? Oder ist es vielleicht eine nervöse Partie Quartett?«

Buck lächelte sie über seine Schulter an. »Wohl kaum! Das hier, *Sugar*, ist der Zentralrechner von Titan. Das sind ihre internen Daten. Ich habe Zugang zu jedem elektronischen Dokument, das sie besitzen. Kontodaten, Kontakte und Auftraggeberinformationen. Das hier ist *alles*, was Titan zu dem macht, was es ist.«

Es war unvorstellbar, dass Titan so verwundbar war, und sie hasste es, dass Jareds Baby so einfach angegriffen werden konnte. Bittere Magensäure stieg ihr in den Hals. Das Gefühl, nichts dagegen unternehmen zu können, war mehr als unangenehm. Das Einzige, was sie machen konnte, war, so viel aus Buck herauszubekommen wie möglich und die Rolle der mäßig interessierten, meist neugierigen sarkastischen Frau zu spielen. »Wofür? Damit du ihre E-Mails lesen kannst? Um den letzten Klatsch und Tratsch im Titan-Büro herauszufinden? Das kannst du dir auch sparen. Ich verrat's dir gerne! Jared hat einen Hund, der alles anfrisst. Brock muss sich anscheinend nach einem neuen Job umsehen. Oh, und bald werden sie Bedarf für einen neue Firewall haben.«

»Du bist schön und hast ein freches Mundwerk. Das reicht, um einem Mann den Verstand zu rauben, aber Verstand hast du wohl selber nicht genug abbekommen? Schade für dich, Sugar.«

Nicht wirklich, da du mir dauernd deine Pläne verrätst. »Also erkläre es mir doch mit einfachen Worten, Buck: Erklär mir, wie schlau du bist.«

»Es ist ganz einfach: Während ich in ihrem System bin, kann ich ihre Konten leeren, ihnen die Kunden wegnehmen und mir ihre Verträge anschauen. Denk mal an die geheimen Aufträge, die sie bekommen haben. Die Projekte, die von der Regierung unter Verschluss gehalten werden und die die vertrauensselige Öffentlichkeit nicht verstehen würde. Macht man das öffentlich, verliert Jared eine ganze Reihe Auftraggeber, die lieber anonym geblieben wären. Er checkt seine Konten und findet nichts. Alles weg. Leer. Null.«

Sugar blieb auf dem Hintern sitzen und drückte ihren Rücken gegen die Wand. War GSI gut genug, eine solche Cyber-Attacke erfolgreich durchzuziehen? Waren Titans Sicherheitsvorkehrungen so schlecht, dass das passieren könnte? »Nein, das könnte nie passieren.«

Buck zeigte auf die Bildschirme. »Ganz einfach. Das hier war so leicht, wie einem Kind Süßigkeiten wegzunehmen.«

Einfach? Wie konnte ein Kampf mit Titan einfach sein? »Ich würde sagen, es wäre eher so wie es einem Killer wegzunehmen, nicht einem Kind. Deshalb kann es auch niemals passieren.«

»Killer?«, meinte Buck höhnisch. »Eher einem Pfadfinderjungen.«

Pfadfinderjunge? Jetzt habe ich alles gehört. Wenn Jared ein Pfadfinderjunge war, dann war sie eine jungfräuliche Waffengegnerin.

Buck drehte sich zu ihr herum. Seine Körpersprache drückte Selbstbewusstsein aus, auch wenn es etwas übertrieben wirkte. Er hatte die Hände in die Hüften gestemmt und schüttelte wissend seinen Kopf. »Alles wird gerade auf unseren Server heruntergeladen. Ganz sauber und ordentlich, fast eindimensional, genau wie Jared.«

Kennen wir überhaupt denselben Mann? Jareds zwanzigsekündige Zusammenfassung von Buck hatte den Mann auf den Punkt gebracht: gierig und unfähig, das große Ganze zu sehen. Bucks Erinnerung an Jared war über die Jahre wohl verblasst und hatte ihn reiner gewaschen, als er war, aber Sugar musste sich jetzt mal einmischen. »Ganz toll, Buck. Jungs und ihre Spielsachen. Ehrlich, es interessiert mich nicht. Lass uns lieber über Asal reden.«

Buck rollte mit den Augen und ging auf und ab. »Na, *das* nenne ich mal eine Komplikation. Wenn ich gewusst hätte, wie sich das hier entwickeln würde, hätte ich mit dem Kind eine andere Strategie verfolgt.«

Seine Stimme veränderte sich und es lief ihr kalt den Rücken hinunter. Sugar stand auf, lehnte sich gegen …

»Nein, bleib sitzen!«

Auf allen Vieren blieb ihr nichts anderes übrig, als sich zurückzulehnen und so hocken zu bleiben, was nicht gerade die vorteilhafteste Position war.

Buck jammerte wieder über Asal herum. Das war noch ein Unterschied zwischen Buck und Jared: Jared wusste immer, was für Strategien er in Zukunft anwenden würde, egal, was für unvorhergesehene Dinge bei einer Operation passieren könnten. Er sammelte alle Informationen und dachte sich dann Alternativpläne für seine Alternativpläne aus. Es sei denn, es hatte mit ihr zu tun. Die gestohlene Zündkerze hatte er nicht kommen … oder gehen sehen.

Aus irgendeinem Grund rutschte ihr das Herz in die Hose, als sie an das fehlende Autoteil dachte. Wieso musste sie ihm ständig eins auswischen? *Ach ja, weil er beschlossen hat, mir nicht zu vertrauen.*

Buck murmelte sich irgendetwas über Asal in den Bart. »Was mach ich bloß? Was mach ich bloß? Sie ist eine Nervensäge, und ein Problem noch dazu.«

Asal war das Einzige, auf das Sugar sich konzentrieren sollte. Bucks Gesicht verzog sich zu einer hässlichen Fratze. Sugar wurde schlecht, als sie ihm zuschaute, wie er auf und ab ging und sich üble Dinge ausdachte.

Sie wollte nicht preisgeben, wie viel ihr Asal bedeutete, also konnte sie ihm schlecht das Knie in die Eier rammen. Stattdessen verzog Sugar den Mund und grinste so sarkastisch wie möglich. »Na gut, Asal ist eine *Komplikation*. Jacke wie Hose.«

Er hörte auf, auf und ab zu tigern. »Sei nicht so frech, Sugar!«

»Sie wäre nicht so ein Problem für dich, wenn unsere Pläne entsprechend verlaufen wären und ich hier zum besprochenen Zeitpunkt aufgekreuzt wäre. Wir hätten dann über die *Komplikation* Asal reden und du hättest mich das Kind mit nach Hause nehmen lassen können. Also, ich schlage vor, wir kommen wie folgt ins Geschäft …«

Er lachte. »Du schlägst ein Geschäft vor? Unglaublich! Na los, Sugar! Schlag mir ein *Geschäft* vor!«

Arsch. »Ich vergesse einfach alles, was in Afghanistan passiert ist. Als Gefälligkeit bekommst du von mir ein paar Spezialbestellungen bei GUNS, um zu zeigen, dass ich nicht nachträglich bin, und dann lässt du mich mit Asal hier rausspazieren. Ganz einfach!«

»Kann ich leider nicht machen, meine Hübsche.«

»Wieso nicht?«

»Ich glaube, du weißt, wieso nicht.«

»Ich habe Kip Pearson nicht umgebracht. Ich habe ihm einen Besuch abgestattet, aber ich habe ihn am Leben gelassen.«

Buck lachte und rieb sich die Stirn. »Nein, das weiß ich doch! Ich muss sagen, Respekt, was du für Beherrschung gezeigt hast – und ich meine, wie du Kip beherrscht hast, mit den Fesseln am Bett, nicht dass du dich selber beherrscht hast, als es darum ging, die Sache zu beenden. Aber was Kip angeht, da muss ich die Schuld auf mich nehmen. Das heißt, eigentlich …« Er zeigte auf die bewaffneten Männer. »… hat einer von diesen beiden es getan, aber ich habe den Befehl dazu gegeben. Du kannst dir nicht vorstellen, wie wir gelacht haben, als sie mir erzählt haben, wie sie ihn vorgefunden hatten.«

Sugar biss sich auf die Lippe. *Sie haben darüber gelacht, dass sie einen Kollegen umgebracht haben?* Vielleicht waren sie doch skrupelloser, als sie gedacht hatte. »Mein Ziel war es nicht gewesen, dich zu belustigen, aber ich bin ja *so* froh, dass du beeindruckt bist! Wenn Kip nicht das Problem ist, was hält dich dann davon ab, meinem Vorschlag zuzustimmen? Ich nehme dir die Komplikationen ab. Du bekommst einen lukrativen Bonus von GUNS.«

»Das Problem? Jared Westin natürlich!«

»Jared ist nicht *mein* Problem. Er ist ein großer Junge. Er kommt mit seinen Problemchen auch klar, ohne dass ich involviert bin. Und, ehrlich gesagt, glaube ich, dass ihm das so lieber wäre.«

»Sugar, ich glaube, du verkaufst dich unter Wert und lügst mich dabei auch noch an. Jared Westin sind zwei Sachen wichtig: Du und Titan.«

Ein kühles Lachen entwich ihren Lippen, bevor sie es verhindern konnte. »Da muss ich dich berichtigen. Es gibt nichts, das ihm wichtiger ist als Titan, und du kannst mir glauben, dass ich dabei noch nicht einmal in der engeren Auswahl bin.«

»Dann müssen wir uns einfach darauf einigen, dass wir uns uneins sind, obwohl das wenig bringt.«

»Wieso?«

»Weil du und Titan ihm am Herzen liegt. Beides auseinanderzunehmen, wenn ich das mal so sagen darf, wird ihm wehtun. Und, na ja, das zwischen uns ist etwas Persönliches, also will ich ihm wehtun. Ich bin sein Saubermann-Image einfach nur satt.«

»Jared? Ein Saubermann? Das ist ja zum Totlachen!« Sugar schnaubte und sprach das Thema, *sie* auseinanderzunehmen, gar nicht an. Im Moment musste sie dazu keine weiteren Einzelheiten hören. Das konnte man vielleicht Verdrängen nennen, aber anderseits wollte sie sich vielleicht auch einfach nur ihre geistige Gesundheit erhalten.

»Ich habe nie so getan, als ob ich nicht auf Geld aus wäre. Soll man mich ruhig gierig schimpfen. Aber ich werde es genießen, den armen Jared mittellos und an gebrochenem Herzen leiden zu sehen.«

»Ach, an gebrochenem Herzen. Und da soll ich ins Spiel kommen, was? Da finde ich schwerwiegende Fehler in diesem Plan, Buck. Tut mir leid.« Sugar überlegte sich das mit dem Verdrängen noch mal anders und änderte ihre Einstellung dazu komplett. Wissen war Macht. »Jetzt komm mal zur Sache mit deiner Erklärung, wie du mich *auseinandernehmen* willst. Das finde ich viel interessanter als deine Spielchen mit Titan.«

»Deine Rolle ist einfach: Er macht sich etwas aus dir. Du bist sein wunder Punkt. Dich leiden zu sehen wird den Mistkerl schier umbringen. Ich will, dass er sich nach dem Tod sehnt. Dass er darum bettelt. Alles, um dich zu retten.« Buck lachte leise. »Du bist einfach nur ein Kollateralschaden.«

Cool zu bleiben war ihr Markenzeichen, aber jetzt war sie kurz davor, die Nerven zu verlieren. Bei einem verbalen Schlagabtausch freche Sprüche rauszulassen war einfach. Aber wenn sie im Gegenzug eine Todesdrohung kassierte, die auch noch mit so geschäftsmäßigem Desinteresse geliefert wurde, dann wusste sie, worauf sie sich einstellen musste. Sie sah es klar und deutlich vor sich, wie im Kopfkino. *Zum Teufel mit dir, Jared, dafür, dass du mich noch nicht gerettet hast! Zum Teufel mit ihm! Zum Teufel mit der ganzen Situation!*

»Sugar, hast du nichts zu sagen?«

»Du bist ein kranker Wichser!«

»Ja, ich bin habgierig und sadistisch. Bei dem Job kein Wunder, nehme ich an.«

Sie holte tief Luft und versuchte, sich auf ihre innere Titan-Kriegerin zu besinnen. »Solche Drohungen machen mir nichts aus, Buck. Ich mache mir nicht in die Hose, weil du mir ausmalst, wie ich leiden werde.« Es war ein Wunder, dass sie nicht laut auflachte und selber »Lüge« als Reaktion auf ihre Behauptung schrie.

»Dein Problem ist, dass du nicht weißt, wann du den Mund halten solltest.« Er schaute auf den Computer-Bildschirm, dann wieder zu ihr auf den Boden. »Ich wette, er träumt davon, dir einen Knebel in den Mund zu stopfen.«

»So weit kommt es noch!«

Buck verschränkte die Arme vor der Brust. »Es ist fast schon schade, dass das so laufen muss. Du gefällst mir immer besser!«

Sie rollte mit den Augen, weil heulen ihr nichts bringen würde. Buck mochte sie, auf irgendeine kranke Art und Weise. Wenn sie ihn dazu brachte, weiterzureden, wenn sie genug Zeit schinden konnte, vielleicht würde Jared dann merken, dass Brock ein Problem war, und dass ihr Plan schiefgelaufen war. Sie wollte gerne glauben, dass er immer noch Asal retten wollen würde, auch wenn er nicht wegen ihr kam. Jemand musste sich um Asal kümmern und sie aus den Fängen dieses Mistkerls retten, der sie eine Komplikation genannt hatte.

Sie schluckte den Kloß im Hals hinunter und spielte mit einer Haarsträhne. »Nehmen wir mal an, es gelingt dir, Titan zu zerstören, mich zu foltern und Jared bekommt so etwas wie einen Nervenzusammenbruch: Was dann?«

»Ich werde mein Team vergrößern. Brock Gamble ist schon an Bord.«

Brock würde tot sein, sobald Jared eins und eins zusammenzählte. »*Schon*? Als ob Team Titan sich GSI einfach so anschließt?«

»Ein paar kalte, herzlose Agenten? Wieso nicht? Ich zahle gut. Sie bleiben im Einsatz. Diese Kerle kennen es nicht anders. Zeig Ihnen einfach das nächste Zielobjekt, das sie umbringen sollen, und belohne sie gut dafür.«

»Interessant.« Buck warf ihr keinen Blick zu. Ihr sarkastischer Ton war ihm wohl entgangen. Er hatte ganz eindeutig keine Ahnung, was für Leute bei Titan arbeiteten. *Herzlos? Keine Chance? Übertrieben loyal passt wohl besser, mit Ausnahme von Brock.* Sie waren keine Söldner, denen es um Kohle ging. Sie waren gute Leute, die Probleme beseitigten, damit Menschen wie Sugar nachts sicher schlafen konnten. »Und das Kind?«

»Gute Frage.« Er rieb sich das Kinn. »Wie beseitige ich diese Komplikation?«

Sein Ton und der Ausdruck in seinen Augen verrieten Sugar, wie Buck Baer sich um Asal kümmern würde. Sie verlor jeglichen Mut und machte die Augen zu. *Zum Teufel mit der gespielten Tapferkeit!* Sie wollte einfach nur noch heulen.

KAPITEL ZWANZIG

D AS TITAN-TEAM GING um den Tisch im Konferenzzimmer herum und nahm Platz. Parker war per Bildschirm zugeschaltet, damit er nicht seinen Posten am elektronischen Nervenzentrum von Titan verlassen musste. Brocks Abwesenheit war spürbar, aber keiner der anderen hatte das bisher erwähnt.

Jared nahm Platz und kaute auf der Innenseite seiner Wange herum. Seine Bulldogge, Thelma, die in Parkers Obhut gewesen war, während Jared sich im Ausland aufgehalten hatte, hatte sich auf seine Füße fallen lassen. Sie lag da und kaute auf einem granatwerfergroßen Lederknochen herum.

Beim Anblick von Brocks leerem Stuhl krampfte sich Jareds Magen zusammen. *Der verräterische Mistkerl kann mich mal!* Wenn der Zeitpunkt dafür gekommen war, würde er ihn fertigmachen.

»Na gut, kommen wir zur Sache.« Er ließ seinen Halswirbel knacken. Er wollte diese Mission so schnell wie möglich hinter sich bringen.

Roman berührte den leeren Stuhl neben ihm mit dem Ellenbogen. »Warten wir nicht auf Brock?«

»Der kann gerade nicht – ihm sind die Hände gebunden.« *Buchstäblich.*

Rocco gelang es nicht, ein gackerndes Husten zu unterdrücken, und Jared bedachte ihn mit einem bösen Blick, den jeder im Raum mitbekam. Er würde laut zugeben müssen, dass seine Angestellten nicht so loyal waren, wie er gedacht hatte. Das tat weh. Es bereitete ihm körperliche Schmerzen. Loyalität war sein Leitmotto und Brock hatte das kaputtgemacht.

Ungehorsam war demütigend. Der Mann, dem er am meisten vertraut hatte, hatte ihn auf die übelste Weise verletzt. Jareds Stolz war mit Füßen getreten worden, und jetzt musste er das auch noch seinem Team erzählen. Als ob sie wüsste, dass er gleich alle im Raum erschüttern würde, schmiegte sich Thelma an sein Bein, um ihn auf ihre hündische Art zu unterstützen. Jared streckte die Hand aus und rieb ihren Kopf mit seiner Faust. *Sie* war wenigstens loyal. Sie hatte ihn nicht verraten wie Brock. Sie würde nicht weglaufen wie Sugar. Alles, was ein Mann im Leben brauchte, war sein Hund.

Die Erlebnisse mit Brock und Sugar waren ein doppelter Schlag. Jared musste mit Gefühlen fertigwerden, mit denen er sich bislang noch nie hatte auseinandersetzen müssen. Es war unangenehm.

»Vergesst ihn!« Er drückte den Rücken durch und holte tief Luft. Nichts anmerken lassen. Es gab nichts zu sagen. Es gab nur eine Mission zu erledigen, an der viel hing. Mit ruhiger Stimme sagte er seinen Angestellten: »Brock ist nicht mehr im Team. Er ist weg.«

Alle Augen weiteten sich. Im Raum herrschte Schweigen. Die einzigen Laute kamen von Thelma, die noch auf ihrem Knochen kaute.

Er ignorierte die schockierten und bestürzten Gesichter und schaute jeden in seinem Team an, sah ihnen in die Augen. »Buck Baer hat Sugar und Asal. Er hält auch noch eine andere Frau und zwei weitere Kinder auf seinem Anwesen in den Bergen gefangen, das sich außerhalb von Charlottesville befindet, wie wir herausgefunden haben.« Jared zeigte mit dem Kinn auf Rocco, der eine Karte der Gegend und Luftbilder vom Anwesen verteilte. »Wir haben keine Ahnung, was für ein Sicherheitssystem uns erwarten wird und mit wie vielen Leuten wir rechnen müssen. Das Haus ist zwar abgelegen, aber wir können nicht einfach einen Sprengsatz in die Luft fliegen lassen, um uns Einlass zu verschaffen, ohne dass es jemand mitbekommt. Unser Plan ist es, lautlos einzudringen. Unsere Zielobjekte zu finden und mitzunehmen. Buck einzufangen, wenn möglich, aber er ist sekundär.«

Winters trommelte mit den Fingernägeln auf dem Tisch herum und machte damit ein dumpfes Geräusch. Roman beugte sich vor. Cash richtete seinen Cowboyhut gerade und Nicola schaute von Rocco zu Jared, dann zu Parker.

Sie räusperte sich. »Was verschweigt ihr uns?«

Auf dem Bildschirm rutschte Parker hin und her. Rocco starrte geradeaus. Jared senkte den Kopf. Er hasste es, zugeben zu müssen, dass er hintergangen worden war. Er schaute auf den leeren Platz und begegnete dann wieder den Blicken der anderen, musterte das Team, für das er sein Leben riskieren würde. Sie verdienten es, die Wahrheit zu hören. Egal, was das über ihn als Anführer aussagen würde.

»Brock hat Sugar gekidnappt – im Austausch für seine Frau und Kinder, die Baer entführt hat. Baer, das Arschloch, hat Brocks Familie behalten, weil er solche doppelten Spiele nun mal treibt. Brock hat während der Mission in Abu Dhabi in Baers Auftrag gehandelt. Jedes Mal, wenn wir Sugar fast verloren haben, war das Brock zu verdanken.«

Wieder rollte eine Welle des Schocks durch den Raum. Sogar Thelma hörte auf, Geräusche zu machen. Dann ging die Fragerei los: Brock war verheiratet? Er hatte Kinder? Wie konnte er das Sugar nur antun?

»Ich weiß nicht, was es noch dazu zu sagen gibt, außer: Ich arbeitete da draußen bei jedem Einsatz mit euch zusammen. Ich arbeitete Seite an Seite mit euch, bei jedem Auftrag. Es gibt nichts, was ich nicht dafür tun würde, dass es mein Team wieder heile nach Hause schafft. Aber so hintergangen zu werden, auf solch schlimme Art betrogen zu werden – das ist mehr als unakzeptabel. Ich erwarte Loyalität von euch und im Gegenzug habt ihr meine. Wir bewegen uns zwar auf einem krummen, schmalen Grat der Ehre, aber er ist tatsächlich ehrenwert. Wenn das auf irgendwen von euch nicht zutrifft, dann kann er jetzt gehen.«

Keiner bewegte sich.

»Gut.« Jared holte tief Luft und wägte ab, was er die ganze Zeit im Hinterkopf gehabt hatte. »Ich habe auch nicht gewusst, dass er Frau und Kinder hat. Ich kann nicht verstehen, was passiert ist, aber wir werden es wieder in Ordnung bringen.« Er schlug mit der Hand auf den Tisch. »Bringen wir sie nach Hause!«

SUGAR GING DEN Flur hinunter, angezogen vom Geräusch von Kindern und einem Fernseher. *Hier sind noch andere Kinder, genau wie Kip gesagt*

hat. Buck erschien nicht wie ein Typ, der selber Kinder hatte. Aber selbst wenn er welche hätte, würde er wahrscheinlich nichts gegen diese gruselige, fensterlose Spielecke einzuwenden haben, und gegen die bewaffneten Männer, die herumliefen.

Er hatte Sugar die Erlaubnis gegeben, sich frei zu bewegen. Er war nicht mehr daran interessiert, mit ihr zu reden, und machte etwas an seinem Computer. Seinen Hinterkopf anzustarren gab ihr auch keine Antworten, also war sie abgezogen.

Alles an der Einrichtung war rein zweckdienlich. Farblose Wände. Neonlichter. Verschlossene Türen. Je mehr sie sich hier umsah, desto sicherer war sie, dass sie sich in einem Bunker oder einem isolierten Keller befand. Er war zu groß für ein Haus und zu klein für … *Was, eine Festung?*

Sie ging um eine Ecke und der Geruch von Pfannkuchen kam ihr entgegen. *Geräusche von spielenden Kindern und der Duft von Pfannkuchen? Was zum Teufel ist das für ein Ort?*

Ein uniformierter Mann saß auf einem Barhocker neben einer angelehnten Tür. Sie wusste nicht, ob sie ihn anschauen, ihn nach einer Wegbeschreibung fragen sollte, oder …

»Suchen Sie etwas zu essen?« Er musterte sie von oben bis unten. Er hatte seine Waffe griffbereit und schien nicht besorgt darüber zu sein, dass sie hier ohne Begleitung herumlief.

»Äh, ja. Sicher.«

Er stieß die Tür neben sich mit dem Ellenbogen weiter auf. Das Geräusch von Kindern und Trickfilmen wurde lauter und sie warf vorsichtig einen Blick in den hell erleuchteten Raum. Er war groß und in der Ecke lief ein Fernseher. Zwei Mädchen im ungefähren Alter von Asal saßen in bunten Leggins und T-Shirts davor und kicherten.

Sie sah sich um, bis sie eine Frau in der Ecke ausmachte. Sie saß auf einem ausklappbaren Tisch, mit einem Kissen im Rücken, gegen die Wand gelehnt. Ein paar Wasserflaschen standen in Reichweite. Sie hielt ein dunkelhaariges Mädchen im Schoß, das ungefähr so groß war wie die anderen beiden Kinder. Sie wusste instinktiv, wer es war.

»Asal«, flüsterte sie, laut genug, um die Aufmerksamkeit der Frau und der Kinder zu wecken. Sie sahen sie an, aber die Frau ging wieder dazu über, das schlafende Kind zu betrachten. Eifersucht und Wut packten Sugar.

Drei Kinder in einem Bunker – warum waren sie hier? Was hatte GSI mit Kindern zu schaffen? Ihr Herz klopfte laut. Wie herzlos musste eine Frau sein, um entführte Kinder zu hüten?

Sugars Beschützerinstinkt drängte sie dazu, die Kinder zusammen-zurufen, sie in den Arm zu nehmen und ihnen zu versprechen, dass alles wieder gut werden würde. Aber erst mal musste sie Asal in die Arme nehmen. Irgendwie würde sie die Welt für Asal wieder in Ordnung bringen.

Es gab keine Wachen im Zimmer, nur draußen vor der Tür. Die Frau wurde schnell zu Sugars Feind Nummer eins. Sugar marschierte auf sie zu, die Mission, das zu retten, was ihr gehörte, klar vor Augen. »Wer sind Sie?«

»Und wer sind *Sie*?«, stellte die Frau die Gegenfrage und wandte den Blick kaum von dem schlafenden Kind ab.

Sugar hätte schwören können, dass sie gesehen hatte, wie die Frau Asal noch fester an sich drückte. Wenn keine Kinder im Raum gewesen wären, dann hätte sie für nichts garantieren können.

»Ich spiele keine Spiele, wenn es um Kinder geht.« Sugar starrte die Frau an. Die Wut, die in ihr hochkochte, hatte fast den Siedepunkt erreicht, und sie sah schnell zu, dass sie sich beruhigte. »Was für eine ...« Sie hielt inne und nahm die Sachen wahr, die um die Frau herum verstreut lagen. Wasserflasche. Eispack. Thermometer. »Was ist hier los?«

»Verschwinden Sie!«, sagte die Frau mit hocherhobenem Kinn und zog Asal enger an sich.

Sugar starrte Asal an, während sie auf sie zuging. Ihre dunklen Locken hingen ihr feucht und verfilzt ins Gesicht. Sie sah blasser aus als in ihrer Erinnerung. Ihre Lippen sahen trocken aus. Irgendetwas stimmte nicht mit ihr.

Sugar änderte ihren Konfrontationskurs und schluckte den Kloß im Hals hinunter. »Stimmt was nicht mit ihr?«

»Nehmen Sie sich Ihre Pfannkuchen und verschwinden Sie!« Die Frau zeigte mit dem Kopf auf einen Tisch an der Seite, der voller McDonald's-Tüten und Fast-Food-Frühstück war. »Es ist mir egal, für wie taff ihr Leute euch haltet, und dass ihr glaubt, ihr hättet das Recht, uns herumzukommandieren. Das hier ist unser Raum! Also stecken Sie ihre Nase woandershin und hauen sie ab!«

Wie bitte? Die Frau mochte klein und zierlich sein, aber sie scheute sich mitnichten, mutig Befehle auszusprechen. Kastanienbraune Haare und Sommersprossen ließen sie süß und nett wirken, trotz der Falten und der dunklen Ringe unter den Augen. Sugar versuchte, sich daran zu erinnern, wann ihr jemand das letzte Mal Konter gegeben hatte und ihr gesagt hatte, sie solle abhauen. Niemals.

Sugar verlagerte das Gewicht von einem hochhackigen Absatz auf den anderen. »Sie glauben, dass ich eine von denen bin.«

»Ja. Sie sind ja wohl kein Arzt, keine Krankenschwester oder eine verdammte Medizinstudentin, also nehmen Sie sich Ihre Pfannkuchen und hauen Sie ab!«

»Ich gehöre nicht zu GSI. Was ist los mit ihr?«

Nichts. Eisernes Schweigen.

»Verdammt noch mal!« Sugar holte tief Luft, im Versuch, ruhig zu bleiben. Panik schnürte ihr die Luft ab. Tausend Sorgen füllten ihren Kopf. Statt sich Asal zu schnappen und nirgendwohin zu laufen, zwang sie sich, ihr freches Mundwerk im Zaum zu halten, und ging einen Schritt nach vorne. »Ich bin Sugar.«

»Na klar sind Sie das!«

»Ich arbeitete nicht mit diesen Kerlen zusammen. Aber ich habe persönliches Interesse an Asal. Wenn es Ihnen nichts ausmacht, dann sagen Sie mir doch bitte, was zum Teufel hier los ist, und ich versuche, zu helfen.« Sie schürzte die Lippen und stieß langsam den Atem aus, den sie angehalten hatte. *So viel also dazu, mich nicht verärgert anzuhören.* »Soviel ich weiß, könnten Sie ja auch nur eine herzlose GSI-Babysitterin sein, die für gutes Geld auf entführte Kinder aufpasst. Bitte entschuldigen Sie, wenn ich ein paar Fragen zu meinem Mädchen habe.«

»Zu *Ihrem* Mädchen?«

»Sagen Sie mir, was mit ihr los ist!«

Die Frau musterte sie. Sugar nahm an, dass ihre Schminke während des Debakels mit Brock verwischt worden war. Ihre Haare waren zerzaust und zu einem improvisierten Dutt zusammengebunden. Ihr Aussehen half ihr sicher nicht weiter. Sugar versuchte es noch einmal. »Bitte sagen Sie mir, was mit ihr los ist!«

Ihre Worte klangen verängstigt. Verzweifelt und erschöpft.

Die Frau drückte Asal für eine lange Sekunde. »Ich weiß nicht, was mit ihr los ist. Sie braucht einen Arzt. Sie hat Fieber. Sie ist vor zwei Tagen eingeschlafen und es ist fast unmöglich, sie wieder wach zu kriegen.«

Sugar traten die Tränen in die Augen. »Sie ist nicht von hier. Sie ist nicht geimpft. War noch nie bei einem richtigen Arzt.«

»Oh.«

Sugar nickte und sagte nichts, weil ihr Hals wie zugeschnürt war.

»Woher wissen Sie das?«

»Sie ist aus Afghanistan. Wir ... diese Männer, mit denen ich manchmal arbeite, haben sie gerettet. Nur, um sie wieder zu verlieren.«

»Sie arbeiten also doch für diese Männer. Lügnerin! Alle hier sind Lügner!«

»Da liegen Sie falsch.« Sugar versuchte, Asals Atem zu beobachten, der langsamer ging, als er sollte. »Also passen Sie nicht aus freien Stücken auf entführte Kinder auf?«

»Nein, das tue ich nicht!« Sie presste ihre Lippen zusammen.

»Sie sind ihre Mutter?«

»Ja.« Sie nickte. »Und ich habe mich noch nie so nutzlos gefühlt.«

Da hat sie mir die Worte aus dem Mund genommen. »Ich auch. Besonders, wenn Asal krank ist.«

Die Frau schaute Sugar von oben bis unten an. Zögerlich schüttelte sie den Kopf, als ob sie gerade ihre Meinung änderte. »Ich bin Sarah.«

Sie sah aus wie eine Hausfrau. Sicher und bescheiden. Auch wenn Sugar sie noch so sehr dafür hassen wollte, dass sie Asal hielt, sie war dankbar, dass Asal jemanden hatte, der ihr Trost spendete. »Tut mir leid ... dass ich zuerst von etwas anderem ausgegangen bin.«

»Und ich bin davon ausgegangen, dass du die weibliche Version von den Männern bist, die uns bewachen.« Sarah musterte Sugar. »Ich nehme an, ich habe nicht darauf geachtet, ob du eine Waffe hast oder nicht. Haben die alle.«

»Mindestens eine. Die Kinder?«

Sarah lachte leise. »Meine Kinder haben nicht *wirklich* Angst gehabt bis jetzt, aber ich habe ihnen auch gesagt, das müssen sie nicht. Dass wir im Urlaub sind. Einem schlechten.« Ein trauriges Lächeln huschte über ihr Gesicht und war schnell wieder verschwunden. »Sie müssen nicht in die Schule. Eine neue Freundin, Fernsehen, Fast Food zu jeder Mahlzeit, also nehmen sie es mir ab. Aber sie machen sich Sorgen um sie. Bis Asal krank geworden ist, haben sie gespielt, haben ihr Englisch beigebracht.«

Sugar freute sich, dass Asal Kontakt zu anderen Kindern in ihrem Alter hatte und dass sie lernte und sich weiterentwickelte. Es war ihr nie in den Sinn gekommen, dass ihr kleines Mädchen einer ganzen Reihe neuer Gefahren ausgesetzt sein würde, nachdem sie von ihrem *Ehemann* in Afghanistan weg war.

»Was haben sie dir denn gegeben, das hilft? Medizin? Kommt ein Arzt?«

Sarah schüttelte den Kopf. »Im Erste-Hilfe-Koffer war ein fiebersenkendes Mittel, aber das hat nichts gebracht. Der Mann, der hier das Sagen hat, nennt sie eine Komplikation, und das macht mir Angst. Ich bin mir sicher, dass er keinen Arzt gerufen hat.«

Scheiße! Scheiße, Scheiße, Scheiße! Zum Teufel mit Buck Baer!

»Wir brauchen ein verdammtes Superhelden-Kommando«, murmelte Sugar mehr zu sich selbst als zu Sarah. *Verdammt, warum ist Jared hier noch nicht aufgetaucht?*

»Ein Superhelden-Kommando.« Sarah unterdrückte ein leises Lachen. »Mein Mann macht so was. Glaube ich.«

»Wie, so was?«

»Ich weiß es nicht genau. Zumindest sollte ich das nicht. Ich hoffe die ganze Zeit, wenn er nach Hause kommt, dann merkt er, dass etwas nicht stimmt, und er sucht uns. Er ist beruflich im Ausland unterwegs.«

»Wo ist er denn? Und wie lange ist er weg?« Sugars Fingerspitzen kribbelten, als ob sie kurz davor war, etwas Wichtiges herauszufinden.

»Ich … ich fühle mich nicht wohl dabei, mehr zu erzählen. Wir führen ein ruhiges Leben. Ab vom Schuss, sozusagen. Damit unsere Familie sicher ist. Es hat nicht funktioniert, aber wenn er nach Hause kommt, dann wird er uns finden. Er wird wissen, wie er es anstellen muss. Ihn kann nichts stoppen.« Sie strich Asal eine schweißnasse Haarsträhne aus der Stirn. »Mein Superheld.« Die geflüsterten Worte hörten sich mehr wie ein Gebet an als alles andere.

Sugar lief es kalt den Rücken hinunter. Wie viele *Superhelden-Kommandos* gab es denn? Sie versorgte die meisten von ihnen mit Waffen, und sie kannte die Antwort: Nicht viele.

Wie wahrscheinlich war es, dass sie mit der gekidnappten Familie eines Agenten zusammengesteckt wurde, der nichts mit Titan zu tun hatte? Es war verdammt unwahrscheinlich. »Sarah, wie heißt du mit Nachnamen?«

»Was spielt das für eine Rolle? Ich könnte eine Rockefeller oder eine Kennedy sein, das würde mich auch nicht aus diesem Drecksloch wegbringen.«

»Wie heißt du mit Nachnamen?« Sugar wiederholte die Frage viel zu schnell. Sie wollte nicht scharf klingen, aber es kam einfach so heraus. Irgendwie wusste sie, was Sarahs Antwort sein würde.

Sarah seufzte resigniert. »Gamble.«

»Ach du Scheiße!« Sugar rieb sich die Schläfen. *Das ist übel.* »Brock Gamble ist also …«

»Mein Mann!« Sarahs Augenbrauen gingen vor Überraschung in die Höhe. Sie sah sie mit offenem Mund an. »Woher kennst du ihn?«

Und auf einmal wurde ihr alles klar. Der Verrat an Titan. Die Spritze in ihrem Oberschenkel. Sugar war das Lösegeld für seine Familie. Aber Buck Baer war ein Arschloch. Man konnte ihm nicht vertrauen und es schien so, als ob Brock genau das getan hätte. Sugar schüttelte den Kopf und legte die Hände an ihre Wangen.

Sarah war über ihre Verwunderung hinweg. Sie drängte Sugar: »Du kennst meinen Mann?«

Tausend Dinge hätten aus ihr hervorsprudeln können, aber stattdessen murmelte sie nur und nickte.

»Du arbeitest mit ihm? Wenn Brocks Firma dich vermisst, dann kommen sie, um dich zu suchen und finden auch uns.« Sarahs Augen leuchteten auf vor neuer Hoffnung. Ihr Kopf ging auf und ab. »Ja. Brock ist vielleicht noch im Ausland, aber wenn sie wissen, dass du verschwunden bist, dann werden sie dich retten!«

Sugar kaute auf ihrer Unterlippe herum und dachte darüber nach, was dort draußen in der Welt gerade passierte. Vielleicht war Brock noch hier. Vielleicht könnten sie mit ihm reden, ihm erklären, wie es Asal ging, und er würde seinen neuen Verbündeten dazu überreden können, einen Arzt zu rufen oder stärkere Medizin zu besorgen als die, die im Erste-Hilfe-Koffer gewesen war. Titan würde zwar immer noch kommen, um sie zu retten, aber wenigstens würde es Asal besser gehen.

»Sarah, Brock ist vielleicht … hier.«

Ihre Freude war so schnell wieder verschwunden, als hätte Sugar ihr eine Ohrfeige verpasst. »Wurde er gefangen genommen?«

Sie befand sich hier auf einem ganz schmalen Grat und sie wollte nicht, dass Sarah sie hasste. Sie brauchte eine Partnerin in dieser Situation, jemanden, mit dem sie Ideen besprechen konnte, während sie auf Titan warteten. »So würde ich das nicht ausdrücken.« Der blaue Fleck an der Einstichstelle am Oberschenkel machte sich schmerzhaft bemerkbar, als sie sich an ihren Kampf mit Brock erinnerte. »Wann hat man euch entführt?«

»Vor etwa anderthalb Wochen.«

»Wir waren in Afghanistan. Wir alle. Ich war mit Brock zusammen.«

Sarah ging der Mund auf und sie legte den Kopf schräg. »Warst du das? Äh, okay.«

»Er arbeitet für ein Unternehmen namens Titan. Sie sind nach Afghanistan gekommen, um mich zu retten, aber wir haben auch Asal gerettet.« Sugar räusperte sich, unsicher, wie sie Sarah den Rest beibringen sollte. »Ich kenne Brock schon seit einer ganzen Weile. Ich bin Waffenschmiedin und die Jungs von Titan kommen in meine Schießanlage. Wie dem auch sei, ich schweife ab.«

Asal bewegte sich in Sarahs Schoß und sie tupfte mit einem nassen Waschlappen die Stirn des Mädchens ab.

»Kann ich neben euch sitzen?«

Sarah zuckte mit den Schultern und Sugar kletterte auf den Tisch und setzte sich daneben.

»GSI, die Männer, die uns gefangen halten, waren hinter mir her. Titan hat mich gerettet. Brock arbeitet für Titan.« Sugar drehte sich, sodass sie Sarah direkt anschauen konnte. »GSI und Titan haben schon lange eine Privatfehde und Buck Baer, der Mann, dem GSI gehört, wollte mich haben. Ich glaube, dass er deine Familie entführt hat, damit Brock ihm ... *hilft*.«

»Ihm hilft?«

»Ja. Du warst der Köder. Ich war ein Auftrag. Er musste den Auftrag erledigen, damit er sein Leben zurückbekommt.«

Sarah zog die Augenbrauen zusammen. Ihre Wangen färbten sich rot vor Ärger. »Wie bitte?«

»Brock hat dafür gesorgt, dass ich bewusstlos werde, damit er mich zu Buck bringen und ihm übergeben kann.« *So. Jetzt hab ich's gesagt.* Sie war auf jede Reaktion gefasst.

Sarah zuckte zusammen und rutschte ein Stück von Sugar weg. »Er hat dich k. o. geschlagen?«

»Nein, nicht wirklich. Er hat mich mit einer Injektion ruhiggestellt.«

Sarah starrte sie schweigend an, so, als ob sie Sugars Worte nicht fassen konnte.

Wieso versuche ich, es zu erklären? »Okay, um es anders auszudrücken: Ich war vielleicht als Austausch für euch gedacht. Nur ist dieser Tausch nicht ganz so gelaufen, wie Brock es geplant hatte.«

»Ich glaube dir nicht«, flüsterte Sarah. »Das hätte er niemals getan, und es kann nicht sein, dass er hier ist und nicht ...« Ihre Stimme brach. »... versucht, mich zu finden.«

»Ich bin mir nicht sicher, dass es so ist.« *Und wieso versuche ich jetzt, Brocks Frau zu beruhigen, zum Teufel? Der Wichser kann meinetwegen zusammen mit Kip in der Hölle schmoren!*

Schmerz pulsierte hinter ihren Schläfen. Das stimmte so nicht. Es gab wesentliche Unterschiede zwischen Brock und Kip. Sie hatte Brock gekannt, obwohl sie keine Ahnung gehabt hatte, dass er verheiratet war und Kinder hatte. Wenn seine Frau in Schwierigkeiten steckte, dann würde er jedes Mittel nutzen, das Titan zur Verfügung stand, um sie zu retten. So jemand war er.

Aber was, wenn er Titans Mittel nicht nutzen konnte? Wenn er Jared nicht um Hilfe bitten konnte? Ihn würde nichts aufhalten. Er würde dem

Teufel seine Seele verkaufen, um seine Familie zu retten. So jemand war Brock. Nur so konnte sie seinen Verrat an ihr rationalisieren.

»Wie ist es denn dann, Sugar?« Sarahs Stimme wurde laut vor Ungläubigkeit, dann schaute sie Asal an und atmete tief ein. Leiser sagte sie: »Wieso würde mein Mann mich aufgeben? Das würde er nicht tun! Er liebt uns! Wir sind seine ganze Welt!«

»Ich glaube, genau *das* ist der Grund. Er kann hier nicht ohne euch weg. Er kann nicht zu Titan zurück. Nicht nach dem, was er getan hat.«

»Und *was* hat er getan?«, zischte sie.

»Ich bin die Freundin von seinem Boss. Mehr oder weniger.« Obwohl nach der Sache mit der Zündkerze die Chancen eher gering standen, dass sie Jareds Freundin war. »Er hat das genommen, was Jared Westin gehört und es zu seinem Feind gebracht. Brock kann nicht nach Hause gehen. Er kann nicht zu Jared gehen. Er dachte sich, er tut das Richtige, rettet seine Frau und so, aber alles, was er getan hat, war, sein Todesurteil zu unterschreiben. Er kann hier nicht weg. Er muss das machen, was Buck ihm sagt, und wenn es ihm endlich erlaubt wird, wieder zu gehen, dann wir er sich blitzschnell seine Familie schnappen und noch weiter ab vom Schuss ein Zuhause für sie finden.«

Sarah machte große Augen. »Aber …«

»Das heißt, wenn alles nach Plan läuft. Jammerschade, dass es für mich und Asal nicht gut aussieht. Ich würde für das Kind töten.« Sie seufzte und streckte die Hand aus, um ihren Schuh zu berühren. »Um wieder zum ursprünglichen Thema zurückzukommen: Brock ist vielleicht hier. Asal braucht einen Arzt. Vielleicht kann er Buck davon überzeugen, dass sie irgendeine medizinische Behandlung bekommt.« Sie drückte Asals Zeh und rutschte vom Tisch herunter. »Genug geredet. Ich werde jetzt jemanden suchen, der …«

Die Tür am anderen Ende des Raums ging auf. Ein großer Mann in Kampfmontur und mit Pistolen an der Hüfte kam herein. Sein Kinn war energisch vorgeschoben und sein Blick kalt. »Auf geht's, meine Damen! Schnappt euch die Kinder!«

»Wir wollen mit Brock reden.« Sugar stemmte die Hände in die Hüften.

»Los, Abmarsch!«

»Dann will ich wissen, wann der Arzt kommt!«

»Keine Ahnung. Nicht mein Problem. Bewegt eure Hintern!«

Sarahs Töchter waren an ihre Seite geeilt und niemand bewegte sich.

Sugar ging auf ihn zu, die Krallen ganz ausgefahren. »Hör mal zu, du Arschloch: Reiß dich zusammen! Du machst den Kindern hier eine Scheiß-Angst!«

»Ja, und du siehst aus wie eine Grundschullehrerin. Wir gehen woandershin. Schnappt euch, was ihr braucht, und bewegt euch!«

Ein Hoffnungsschimmer kam zwischen den Zweifeln hoch. »Zum Arzt?«

»Sugar, man hat mich vor dir gewarnt.« Der Mann trat einen Schritt zur Seite und zeigte auf die Tür. »Halt den Mund und mach, was man dir sagt!«

Sie stürmte auf ihn zu und baute sich vor ihm auf. »Reiß dich zusammen! Wenn du diesen Kindern noch mal Angst machst, dann …«

Das Zimmer wurde dunkel. Der Fernseher ging aus. Beide Kinder schrien nach ihrer Mutter und der bewaffnete Mann fluchte. Adrenalin schoss durch ihren Körper wie ein Stromschlag. *Titan.*

»Verdammt! Wartet hier!« Der Mann ging aus dem Zimmer.

Sugar drehte sich im Dunkeln zu Sarah um. »Sie sind hier!«

KAPITEL EINUNDZWANZIG

»DAS IST DIESE Woche schon öfter vorgekommen. Wir sind in einem schäbigen Keller irgendwo in den Bergen. Ab und zu passiert es, dass sie zu viel Strom benutzen und die Sicherungen fliegen raus.« Sarahs Stimme kam ihr in dem dunklen Raum entgegen.

»Nein. Diesmal nicht. Ich weiß das – Bauchgefühl.« Sugar konnte seine Anwesenheit spüren. Die Luft vibrierte auf ihrer Haut. Sie war umgeben von einer Aura der Selbstsicherheit, wie sie nur von Titan kommen konnte. Jared war ganz in der Nähe und ihr Körper wusste das auf ganz instinktive Weise.

Der Lichtstrahl einer Taschenlampe drang in den Raum, gefolgt von demselben bewaffneten Mann, der vorhin schon hier gewesen war. Man konnte sein Gesicht nicht erkennen, aber der Lichtstrahl bewegte sich in dieser befehlshaberischen Kommt-her-Geste. »Zeit zu gehen. Bewegt euch!« Er klang kurz angebunden und man konnte spüren, wie eilig er es hatte.

Na klar. Titan war angekommen.

Vorher hatte ihr Begleiter sich ungeduldig angehört. Jetzt wirkte er getrieben. Der Sicherungskasten des Bunkers war nicht das Problem. Nein, dieser Stromausfall erfüllte einen bestimmten Zweck. Sugar zitterte; so aufgeregt und hibbelig war sie, als sie an die bevorstehende Rettungsaktion dachte. An die Gelegenheit, für Asal schnell einen Arzt zu finden. An Jared.

Der Mann kam auf sie zu und ließ den Strahl der Taschenlampe zwischen ihnen hin und her kreisen. »Ich kann das Mädchen nehmen, wenn ihr sie nicht tragen könnt.«

»Nein. Ich nehme sie.« Sie streckte die Arme in Richtung Sarah aus, die ihr vorsichtig Asal übergab. Deren schlaffer Körper fühlte sich heiß an und ihr Gesicht war feucht und klamm an Sugars Oberarm. Asal schmiegte sich schläfrig in ihre Arme. Obwohl das Mädchen krank war, fühlte es sich richtig an, es zu halten. Leise Versprechen und Gebete huschten lautlos über Sugars Lippen, als sie einen Kuss auf Asals Schläfe drückte.

Es war still im dunklen Raum, abgesehen von den Atemgeräuschen ihres Bewachers, der entnervt schnaubte. Im schwachen Licht der Taschenlampe nahm Sarah ihre Kinder bei der Hand und zog sie an ihre Seite. Als der Lichtstrahl über ihre Gesichter huschte, verriet ihr der Ausdruck darin, wie verängstigt sie waren. *Die armen Kinder. Der* Urlaub *ist vorbei. Es ist an der Zeit, sie aus der Gefangenschaft zu befreien.*

»Halte dich an mich, Sarah«, flüsterte Sugar. »Und bleib bei mir, egal, was passiert.«

Der bewaffnete Mann drehte sich um und atmete frustriert aus. »Was ist denn jetzt schon wieder?«

»Nichts. Tut mir leid.« Sugar brauchte einen Grund, um den Ortswechsel zu verlangsamen. »Ich habe Asals Medikamente vergessen.«

»Dann beeil dich, verdammt!«, knurrte er.

Genau. Sugar beeilte sich im Schildkrötentempo und schlurfte zum Tisch. »Versuch ich ja.« Sie tat so, als ob sie suchte, während sie Asal fest in ihren Armen hielt. »Sarah, ich brauche Hilfe. Ich kann nichts sehen.«

Der Mann zeigte mit der Taschenlampe auf den Tisch. Sarah kam zu ihr und begegnete Sugars Blick. Die zwei Frauen hielten ein stummes Zwiegespräch und Sarah schien zu verstehen. Brock hatte Gott sei Dank niemand Dummes geheiratet.

»Mädchen.« Sarah nahm sich Zeit, ihren beiden Töchtern direkt in die Augen zu sehen. »Bleibt bei mir, während ich dabei helfe, die Medikamente einzusammeln.«

»Kommt schon, Leute! Wir haben keine Zeit dafür!« Er marschierte zum Tisch und ließ den Strahl der Taschenlampe darübergleiten. »Nehmt, was ihr braucht, oder lasst es hier. Ihr habt drei Sekunden!«

Unter Druck gesetzt beeilte sich Sarah und schnappte sich eine Handvoll Kleidung, eine Wasserflasche und Tablettenpackungen aus dem Erste-Hilfe-Koffer. »Ich hab's.«

»Gut.« Er ging wieder in Richtung Tür und ließ den Lichtstrahl kreisen wie ein Verkehrspolizist. »Abmarsch, meine Damen!«

»Mädchen, haltet euch an den Händen«, flüsterte Sarah und nahm die Jüngste bei der Hand.

Sie gingen wieder durch das dunkle Zimmer, ein langsamer, schwerer Schritt nach dem anderen. Sugar hielt Asal an die Brust gedrückt, und ohne das dauernde Flackern der Taschenlampe gewöhnten sich ihre Augen an den dunklen Raum. Ein wenig. Es war immer noch stockdunkel, aber sie konnte wenigstens Konturen ausmachen. Sarah hielt Asals Sachen in der Hand und führte ihre Kinder zur Tür.

Sarahs Arm mit den Sachen hing in der Luft, und sie lehnte sich zur Seite. Sie verlor das Gleichgewicht, die Sachen fielen auf den Boden und ihre Kinder zuckten verstört zusammen. »Aua!«

»Mom!«

»Mami!«

Ich fasse es nicht! Ich hab noch nie einen so schlecht gespielten Sturz gesehen! Sarah hatte nicht nur ihre stumme Nachricht, dass sie ihren Abgang verzögern sollten, verstanden, nein sie hatte sogar aktiv etwas unternommen. Wenn die Kinder nicht so besorgt darüber wären, dass ihre Mutter vor den Augen des aufbrausenden, Waffen schwingenden Arschlochs hingefallen war, dann hätte Sugar vielleicht sogar innerlich darüber lachen müssen. *Aber, Teufel auch, gut gemacht, Sarah!* Auch wenn sie die schlechteste Schauspielerin der Welt war.

Sugar kniete sich neben Sarah und spielte mit. »Alles in Ordnung? Das hat sich schlimm angehört!«

»Aua! Mein Knöchel tut weh!«

Aua? Echt, musste sie gleich zweimal mit dem *Aua* kommen? Sugar biss sich auf die Lippe, unterdrückte im Dunkeln ein Grinsen und konzentrierte sich stattdessen auf Asal. Wie lange würde Titan noch brauchen, bis sie hier waren? Wenn sie *wirklich* hier waren … Natürlich waren sie das!

Jetzt wäre der perfekte Zeitpunkt für Titan, durch die Tür zu stürmen.

Jeden Augenblick.

Genau diese Sekunde wäre wunderbar.

Aber nö. Kein Superhelden-Kommando. Nichts.

»Aufstehen!« Der Mann kam zurück und zeigte mit der Taschenlampe auf Sarah. »Steh auf oder ich zwing dich dazu!«

Sarah rieb sich den Knöchel im schwachen Licht. »Würde ich sehr gerne. Ich habe auch keine Lust, hier im Dunkeln rumzusitzen. Gib mir einen Moment, okay?«

Sein Ärger war spürbar. Anspannung hing in der Luft. Aber immer noch war niemand von Titan hier. Und es war so still im Raum. Vielleicht bildete sie sich alles nur ein? Vielleicht hatte sie Sarah völlig sinnlos Hoffnung gegeben?

Zapp! Zapp! Ein roter Punkt leuchtete auf und ihr Bewacher gab ein überraschtes Gurgeln von sich. Die Taschenlampe fiel auf den Boden, rollte, rollte, rollte, fast bis zu Sugar. Ein Scharren. Füße? Titan? Ihr Bewacher stolperte vorwärts und sank dann zu Boden.

Titan! Die Geräusche allein sagten ihr nichts. *Wo sind sie?*

Sie hielt Asal eng an sich gepresst und griff nach der Taschenlampe. Sie bekam sie zu fassen, schnappte sie sich und zeigte damit in Richtung des scharrenden Geräusches – Titan in voller Kampfmontur. Gott sei Dank!

Jemand überwältigte geräuschlos den bewaffneten Bewacher. Sie ließ den Lichtstrahl nach links wandern. Jemand anderes von Titan stand bei der Tür und hielt Ausschau im Flur.

Und eine dritte Person … Sie brauchte die Taschenlampe nicht, um zu wissen, wo die dritte Person war. Sie wusste genau, wo er stand. Über sie gebeugt. Sie konnte sein Gesicht nicht sehen. Aber die Augen hinter der Maske brannten durch ihre Kleider und brachten ihr Blut in Wallung.

Jared.

SICH ZWISCHEN BAER und Sugar zu entscheiden war nicht schwer gewesen. Sugar war seine höchste Priorität und Jared war sich sicher, dass sie ihn zu dem Kind führen konnte. Alles, was er wollte, war, Sugar zu finden. Zum Teufel mit ihrer Mission! GSI konnte ihn mal und Buck Baer schon lange! Sugar wieder in seinen Armen zu halten war alles, was Jared gerade wollte.

Und dann war sie auf einmal da. Er hätte sie auch ohne Nachtsichtgerät im Dunkeln erkannt, wie sie da auf dem Boden hockte, mit geschlossenen Augen. Irgendwie hatte er einen sechsten Sinn, was sie anging. Seine Schritte hierher waren nicht von Logik gelenkt worden, sondern von Instinkt. Sein Geist, vielleicht sogar sein Herz, trieben ihn in ihre Richtung.

Aber sie durch das Nachtsichtgerät zu sehen, auf dem Boden, ein Kind im Arm, von dem er wusste, dass sie es liebte, traf ihn mehr, als er erwartet hatte. Sein Hals fühlte sich ganz trocken an. Eine unbeschreibliche Welle der Erleichterung rollte über ihn, von den Stiefeln bis zu den Ohrenspitzen.

Er holte tief Luft. Sugar hatte Asal, und damit hatten sie schon gut zehn Minuten gewonnen, die dafür eingeplant waren, sie zu finden. Aber ein zweiter Blick sagte ihm, dass etwas nicht stimmte. Das Kind bewegte sich nicht. Zwei andere Kinder krabbelten auf den Boden zu ihrer Mutter, weinten panisch. Asal nicht. Asal rührte sich nicht mal. Das Mädchen lag reglos wie ein Stein in Sugars Arme geschmiegt. Etwas stimmte definitiv nicht.

Sugar hockte immer noch auf dem Boden. Ihre Augen suchten seinen Blick im Dunkeln, aber sie blieb bei Brocks Frau. *Wieso?* Die Taschenlampe lag locker in ihrer Hand und sie machte sich nicht mal die Mühe, sie hochzuhalten. Also beugte er sich zu ihr hinunter, nahm sie ihr ab und machte sie aus.

»Zuckerschnütchen«, flüsterte er kaum hörbar, aber sie verstand ihn. Sie beugte sich zu ihm vor, nickte, und seine Arme schmerzten vor Verlangen, die Frau und das Kind an sich zu drücken. So hatte er noch nie für ein gerettetes Opfer empfunden.

»Ich wusste, dass du kommst«, flüsterte Sugar.

»Ich konnte dich ja nicht so einfach davonkommen lassen!« Im Dunkeln, mitten in einer Mission, spürte er, wie sich seine Lippen zu einem Lächeln verzogen. »Pfusch an dem Auto eines Mannes herum und er wird dich finden.«

Nicola drehte sich von der Tür weg und ging auf die Frau mit den Kindern zu. »Können Sie Ihre Mädchen etwas beruhigen? Es wird alles in Ordnung kommen!«

Sarah nickte. »Mädchen.« Sie schaute zur Bestätigung in Sugars Richtung, aber sie konnte im Dunkeln wahrscheinlich nicht viel sehen. »Das hier sind die Guten. Alles ist in Ordnung«, versicherte sie den Mädchen.

Nicola griff nach der Hand der Frau. »Können Sie aufstehen?«

»Ja. Mir geht es gut.« Sarah stand ohne Probleme auf und nahm die Kinder an ihre Seite.

»Ich bin Nicola.« Ihre Stimme klang hundertprozentig vertrauenswürdig und der besorgte Ausdruck verschwand aus Sarahs Gesicht. »Ihr drei haltet euch an mich.«

Nicola nickte ihr zu und bedeutete ihren Schützlingen, sich neben den Ausgang zu stellen. Jared schaute zu Roman hinüber, der in der Ecke stand. Der Mann von GSI war k. o. und ihm waren die Waffen entwendet worden. Roman zeigte mit dem Daumen nach oben und ging zur Tür, um sie aus dem Gebäude zu führen.

Sugar hockte immer noch auf dem Boden, Asal an ihre Brust gedrückt. Nicht gut. Er zog die Maske ab. »Was ist mit ihr los?«

»Sie ist krank. Bewusstlos. Braucht einen Arzt.«

Er brauchte sein Nachtsichtgerät nicht, um zu wissen, dass sie Tränen in den Augen hatte. Ihre Stimme klang brüchig. All die warmen und positiven Gedanken waren verschwunden und wurden ersetzt von einem heftigen Klopfen in seiner Brust. Buck Baer würde dafür bezahlen! Was auch immer nicht stimmte, was auch immer er getan hatte, der Mistkerl verdiente es in diesem Moment, von Jared gepackt zu werden.

Erste Lektion: Finger weg von dem, was ihm gehörte.

Zweite Lektion: Seine Vergeltung würde exponentiell sein.

Jared streichelte mit den Fingern über Sugars Wange. Sie holte ganz leise tief Luft. Das Weiche, Zarte ihrer Haut drang in seine schwieligen Fingerspitzen, beruhigte seine Wut und gab ihm einen Fokus. »Wir müssen hier weg. Ist ihr Gesundheitszustand stabil?«

Sugar nickte. »Genug, um von hier zu flüchten.«

»Gut. Das sind meine Mädchen!«

Er legte eine stützende Hand auf Sugars Rücken und half ihr, aufzustehen.

Mit einer einfachen Handbewegung forderte er alle auf, sich in Sicherheit zu begeben. Roman würde vorausgehen und sich mit Rocco treffen. Nicola würde sie anführen und er würde das Schlusslicht bilden.

Cashs Stimme drang durch die Kopfhörer in Jareds Ohr, sagte ihm, dass niemand im Flur war und sie los konnten. Nicola nickte allen zu und führte die Gruppe aus der Tür. Jared setzte sich wieder das Nachtsichtgerät auf und beobachtete, wie alle sich in Richtung Ausgang bewegten. Sobald er Sugar, Sarah und die Kinder sicher in Titans wartendem Wagen wusste, würde Nicola alle schnellstens außer Gefahr bringen. Jared würde zurückbleiben, um auf die Jagd nach Buck zu gehen.

Roman und Rocco waren schon auf der Suche nach ihm, aber er wollte Buck am Kragen aus welchem Rattenloch auch immer ziehen, in dem er sich versteckt hatte.

Sugar hielt mit der Gruppe Schritt und warf einen Blick über die Schulter. Es war unmöglich, dass sie im Dunkeln etwas sehen konnte. Aber er sah alles in Grünschattierungen durch das Nachtsichtgerät. Ihre ausdrucksstarken Augen wirkten erst unsicher, dann beruhigt, und sie eilte weiter.

Am Ende des Flurs betrat die Gruppe ein ebenfalls stockdüsteres Treppenhaus. Hier war es sicherer als dort, wo sie eben gewesen waren, aber aufatmen konnte man noch nicht. Nicola knickte zwei Leuchtstäbe und gab sie Brocks Kindern. Sie bewegten sich langsam die Treppe hoch und erreichten eine Garage. Sobald die schwere Tür hinter Jared zugefallen war, ging eine Garagentür auf und ein Motor an.

Im SUV stellte Cash die Scheinwerfer an. Schwaches Licht drang von draußen durch die weit entfernte Garagentür in die Garage. Die Fahrertür ging auf und Cash sprang aus dem Auto. Zusammen mit Nicola steckte er Sarah und die Kinder in den Wagen.

Sugar und Asal stiegen zuletzt ein. Sie drehte sich zu ihm um. Ihr gesenkter Blick ging von Asal zu ihm. Sein Herz zog sich zusammen. *Das war zu einfach. Fast, wie es im Buche steht. Es hätte ganz anders laufen können.* Aber damit würde er gar nicht erst anfangen.

Niemand sonst auf der Welt würde das glauben, aber Sugar war verletzlich, sanftmütig und verängstigt. Er konnte es am ganzen Körper spüren. Sein Herz machte einen Sprung, als er sich wünschte, dass er sein Maschinengewehr geladen und ihre Probleme zerstört hätte, bevor sie in diese Situation geraten war.

Jared entfernte sich einen Schritt von der Tür zum Treppenhaus. Er handelte gegen den Befehl. *Seine* Befehle. Aber trotzdem tat er es. Er machte seinen verdammten Job nicht, stand nicht an seinem Posten, wo er hätte bleiben sollen. Er musste näher bei ihr sein, musste etwas sagen. In wenigen Schritten war er bei ihr.

Er sollte sich umsehen, um sicherzugehen, dass sich in der näheren Umgebung keine Gefahr ankündigte. Er sollte nach tausenden Dingen Ausschau halten, die in der Nacht polterten. Aber sein benebelter Verstand entschied sich in dem Moment, sich daran zu erinnern, wie zart sich ihre Haut unter seinen Fingerspitzen angefühlt hatte und wie sehr er sie vermissen würde. Sie hatte sich heimlich aus dem Staub gemacht und ihn mit einer Wut zurückgelassen, die nach Stunden immer noch nicht verraucht war. Jeder schlaue Kommentar, den er ihr an den Kopf werfen wollte, um ihr eine Lektion zu erteilen, war vergessen.

»Danke«, flüsterte sie.

Nicola drängte sich zwischen sie und legte Asal sanft auf die Rückbank des SUVs. Jared ignorierte die Blicke, die Nic und Cash ihm sicher zuwarfen, und schmiegte sich an Sugar. Ihr Image als taffes Mädel war nur eine Fassade für alle anderen. Aber Jared vergaß die anderen. In dem Augenblick gab es nur ihn und sie. Fieberhaft suchte er nach den richtigen Worten. Sein Herz schrieb gerade einen ganzen Leitartikel. Aber die Worte wollten nicht über seine Lippen kommen. »Ich bin ...«, stotterte er. »Es ...«

Tut mir leid, dass ich dich beschuldigt habe, eine Mörderin zu sein, obwohl wir Partner hätten sein sollen.

Tut mir leid, dass du verletzt wurdest.

Tut mir leid, dass Asal krank ist.

Tut mir leid, dass ich nicht verdammt noch mal dafür gesorgt habe, dass du weißt, wie verrückt ich nach dir bin.

Die Vordertüren gingen zu, eine nach der anderen. Alle waren im Auto und Cash saß hinter dem Lenkrad. Nicola hing aus dem Fenster und gab

Jared Deckung, weil er nichts anderes beachtete als Sugar.

»Sugar, ich …«

Das gedämpfte Geräusch einer Explosion dröhnte hinter geschlossenen Türen. *Scheiße.*

Er schubste Sugar ins Auto und warf die Tür hinter ihr zu. »Los!« Aber die Reifen drehten sich schon in Richtung Ausgang.

Jared wirbelte herum und lief auf die Detonation los. Rauch kam ihm entgegen, als er die Stufen hinuntersprang.

»Roman? Roc?«, rief er in sein Mikrophon. »Meldet euch! Lagebericht! Sofort!«

Nichts drang durch seine Kopfhörer, außer Totenstille.

KAPITEL ZWEIUNDZWANZIG

D ER DUMPFE WIDERHALL der Explosion ging Sugar nicht mehr aus dem Kopf. Jared war auf dieses Geräusch *zu*gelaufen. Zu seinen Männern. Sie wusste, was er beruflich machte und dass er sich immer am Rande der Lebensgefahr bewegte, aber ihm dabei zuzusehen, wie er auf einen großen *Krawumm* zulief … Da zuckten ihre Beine und ihr Brustkorb wurde eng.

Sie brauchte einen Schluck Wasser. Mit jedem Kilometer, den sie hinter sich brachten, fühlte sich das Innere des Explorers enger und enger an, und Cash fuhr, als ob der Feind das Feuer auf sie eröffnet hätte. Sugar war davon überzeugt, dass der SUV in sich zusammenschrumpfte.

Könnte nicht jemand Jared anrufen, um sicherzugehen, dass alles in Ordnung ist? Nicola würde diese Bitte vielleicht verstehen, in Anbetracht der Tatsache, dass ihr Bruder auch noch in dem Gebäude war, aber Cash nicht. Außerdem war das die Realität von Jareds Beruf. Sie durfte nicht austicken, wenn er seine Arbeit machte. In ihrem Kopf ging immer wieder der Satz herum: *Sieh zu, dass dir nichts passiert! Sieh zu, dass dir nichts passiert!* Sie war sich sicher, dass jeder ihre stumme Bitte an Jared hören konnte.

Sie hoffte, dass auch sonst niemandem etwas passieren würde, aber Jared war das Einzige, das ihr wirklich etwas bedeutete. Er war auf die Explosion zugelaufen. *Verdammter Mistkerl!* Sie unterdrückte ein Stöhnen. Ihr war schlecht vor Sorge.

Was hat er sich bloß gedacht? Das zu erraten sollte einfach sein. Er würde alles tun, was nötig war, um seine Männer wieder nach Hause zu bringen, genauso, wie er dafür gesorgt hatte, dass sie wieder nach Hause kam. Er rettete immer allen die Ärsche und sie verstand das. Auch wenn sie noch so besorgt und verängstigt war, wusste sie, wie loyal er Titan gegenüber war. Der Gedanke zauberte ein Lächeln auf ihr Gesicht – und brachte ihr Tränen in die Augen. Sie war komplett durcheinander, die Emotionen sprühten förmlich aus ihr heraus wie aus einer Fontäne der Gefühle, und sie war nur einen Anruf mit schlechten Nachrichten davon entfernt, einen Nervenzusammenbruch zu erleiden.

Cash fuhr mit Bleifuß, hatte das Gaspedal offenbar so weit durchgedrückt, wie es ging. Sie konnte den Tacho nicht sehen, aber gemessen daran, wie sie an den anderen Autos vorbeizogen, schlug die Nadel in den höheren km/h-Bereich aus.

Cash schob sich den Cowboyhut zurecht. Er war selber auf hundertachtzig, holte immer wieder tief Luft. In dem SUV war die Anspannung so groß, dass man die Luft hätte schneiden können. Das Titan-Team war in Gefahr und Brocks Familie sicher im Auto – er sah aus, als ob er gleich ausrasten würde.

Nicola zog sich den Stöpsel aus dem Ohr und zog die kugelsichere Weste aus. Sie steckte ihre Pistole ein und drehte sich um. »Geht es euch allen da hinten gut, abgesehen von Asal?«

Sarahs Kinder saßen in der dritten Reihe des SUVs, schweigend und wahrscheinlich völlig überwältigt von den Geschehnissen, genau wie ihre Mutter, die schlecht aussah. Schuldig. Dunkle Augenringe. Gerötete Augen. Brocks Verrat war nicht ihre Schuld, aber sie war bereit dazu, den Sündenbock abzugeben. Sugar konnte kaum atmen, so dick war die Luft im Auto, und sie wusste, dass Sarah das auch spüren konnte.

»Uns geht es gut«, flüsterte Sarah neben Sugar und verzog kaum die Miene, als sie das sagte. Ihre Wangen waren gerötet, und sie kaute auf ihrer aufgesprungenen Unterlippe herum. Die Anspannung war immer noch deutlich zu spüren, als Sarah langsam ausatmete. Sie schaute Nicola nicht in die Augen, sondern starrte stattdessen ihre Schulter an. »Kennen Sie Brock auch?« Sarahs Stimme wurde brüchig. Sie räusperte sich und sprach dann lauter: »Arbeiten Sie auch mit ihm zusammen?«

Sugar, die sich immer noch um Jared Sorgen machte, beobachtete die beiden Frauen und Cash. Cashs Hände packten das Lenkrad fester, sodass seine Fingerknöchel fast weiß wurden. Er starrte geradeaus und biss die

Zähne zusammen. Brock hatte das Team hintergangen und Cash hatte einen Freund verloren. Die Jungs bei Titan standen sich nahe. Und so von ihrem Teamleiter verraten zu werden? Kein Wunder, dass Cash so aussah, als ob er auf einer stiftlosen Granate sitzen würde.

Dazu kam noch die Tatsache, dass sie keine Ahnung hatten, was mit Jared und den Männern, die sie zurückgelassen hatten, passierte. Der Ausdruck auf Cashs Gesicht verriet, dass er mehr als nur Ärger fühlte. Ein tiefsitzender Groll, der heraus wollte, und rasende Wut trafen es schon eher.

Nicola, die bei Weitem nicht so ein Hitzkopf war wie ihr Mann, blieb gelassen. Sie drehte sich auf dem Sitz herum und bemühte sich wenigstens, zu lächeln. »Wir haben mit ihm zusammengearbeitet.«

»*Haben.*« Sarah nickte und verschränkte die Finger im Schoß. »Weil er ...«.

Tot ist, ist wahrscheinlich die Antwort.

Cash schlug auf das Lenkrad. »Weil wir ihm vertraut haben, weil wir mit ihm zusammengearbeitet haben und er uns in den Hintern gefickt hat!«, knurrte er mit zusammengebissenen Zähnen in den Rückspiegel. »Tut mir leid, dass ich solche Kraftausdrücke vor den Kindern verwende.«

Sarah nickte. Die Klimaanlage war ganz hoch eingestellt und Sugar fiel es schwer zu schlucken. Sie bemühte sich, ruhig zu atmen, aber ihre Versuche hörten sich laut in der geladenen Stille an. Sie veränderte Asals Lage in ihrem Schoß. Jede Bewegung, jedes Geraschel von Kleidung und Reiben am Anschnallgurt schallte lauter durch das Wageninnere als das davor.

Nicola warf Cash einen bösen Blick zu und drehte sich dann wieder zu Sarah um. »Wir sind im Moment alle sehr bestürzt. Niemand hat etwas anderes von Brock erwartet, als dass er sich an die Regeln hält.«

Sarah presste die Lippen zu einer dünnen Linie zusammen und verknotete wieder ihre Finger. »Aber trotzdem habt ihr uns gerettet?«

»Na ja, klar!« Cash hörte sich an wie ein Teenager mit dem »Was denn sonst?«-Tonfall. Er rollte vielleicht sogar mit den Augen, aber vom Rücksitz aus konnte man das nicht sehen.

»Wieso?«, fragte Sarah.

Cash zuckte mit den Schultern und wechselte die Spur. »Na, Sie sollten ja nicht für seine Fehler bezahlen müssen! Außerdem hatten wir sowieso vor, Asal zu retten. Dann ist die ganze Scheiße mit Sugar passiert.« Er zog die Schultern hoch und knurrte wieder mit tiefer Stimme: »Brock, dieser Wichser!«

Nicola schaute Cash wieder böse an. »Kinder«, zischte sie leise. »Reiß dich mal zusammen mit der Flucherei.« Sie schaute wieder sie an und schüttelte den Kopf. »Sugar, was ist überhaupt passiert? Jared hat sich bedeckt gehalten, was die Einzelheiten anging.«

Das brachte Sugar fast zum Lachen. *Er hat sich bedeckt gehalten, was die Einzelheiten anging? Das kann ich mir vorstellen!* »Ich bin weggelaufen, als er nicht aufgepasst hat. Er war ein Arsch. Ich war … ich.«

»Unmöglich, dich im Griff zu behalten? Eine Plage?«, schlug Cash vor und grinste sie über seine Schulter hinweg schelmisch an. Nicola stieß ihn an. Sie waren ein schönes Paar und Cash kannte Sugar besser als fast jeder andere. Ihre gemeinsame Vergangenheit hätte das Potenzial, unangenehm für alle zu sein, aber das war nie der Fall, besonders nicht von Nicolas Seite aus.

»Vergiss ihn!« Nicola stieß Cash wieder an. »Du bist vor Jared davongelaufen. Ich kann mir sehr gut vorstellen, wie das bei ihm ankam.«

»Ich habe seine Reaktion nicht mitbekommen. Ich habe eine seiner Zündkerzen geklaut, damit er mir nicht folgen kann.«

Nicola schnaubte vor Lachen.

Cash ließ vor lauter Schock kurz das Lenkrad los und das Auto schlenkerte, aber er hatte den Wagen schnell wieder im Griff. »Du hast was gemacht?« All die Anspannung löste sich auf, als er den Kopf in den Nacken legte und laut auflachte.

»Schau auf die verdammte Straße, Cash!« Nicola drehte sich zu Sugar um. »Im Ernst?«

»Mädchen!« Cash pfiff durch die Zähne. »Du steckst vielleicht in Schwierigkeiten! Heilige Scheiße!«

Schwierigkeiten, in Großbuchstaben und einzeln buchstabiert. Das stimmt. Sobald alle in Sicherheit und wieder gesund waren, würde Jared sie in Stücke reißen oder ihr den Hals umdrehen. Sie sah es schon kommen und sie konnte nichts machen, als darauf zu warten. Ihr Magen machte einen Salto, als sie daran dachte, und dann wurde ihr schlecht. *Gott, mach, dass ihm nichts passiert!*

»Wie hat Brock dich gefunden? Dich geschnappt?«, fragte Nicola.

Sugar hatte nicht darüber nachgedacht. Hatte er vor ihrem Haus auf der Lauer gelegen und auf sie gewartet? Sie dachte darüber nach, als sie aus dem Fenster starrte, und zuckte mit der Schulter. »Ich habe keine Ahnung. Er hat es hinbekommen, dass ich angehalten habe, und dann hat er mir eine Spritze ins Bein gesteckt. Innerhalb von Sekunden war ich bewusstlos. Ich habe es nicht kommen sehen.«

Und mit einem Mal war die Anspannung wieder da.

Sarah lehnte sich in Richtung Sugar. »Es tut mir so leid! Wirklich, so leid!« Frische Tränen schossen ihr in die Augen. »Das ist nicht der Brock, den ich kenne. Der Mann, den ich liebe, würde nicht … würde so etwas nicht tun.«

Sugar löste eine Hand von Asal und tätschelte Sarahs Knie. Das war sonst nicht so ihre Art, aber die Frau sah aus, als ob sie eine tröstende Geste gebrauchen konnte. »Es ist nicht deine Schuld. Er dachte, er macht das Richtige, um euch zu retten.«

»So ein Scheiß, Sugar!« Der wütende Cash war zurück. »Er hat dich denen übergeben, wohl wissend, was sie mit dir machen würden! Und zu wem du gehörst. *So ein Scheiß!*«

Sie schnaubte. »Ich *gehöre* zu *niemandem*, Cash!«

Er murmelte etwas und Nicola rollte mit den Augen. Sugar wusste nicht, ob das ihm oder ihr galt.

»Ich würde gerne so tun, als ob das niemals passiert wäre«, flüsterte Sarah. »Aber ich weiß gar nicht mehr, wer mein Mann überhaupt ist.«

»Natürlich tust du das.« Sugar tätschelte immer noch ihr Knie, so, als ob das helfen würde. *Wann bin ich denn so verdammt mitfühlend geworden?*

»Wir haben auf jeden Fall nichts von Ihnen gewusst.« Cash wechselte unvermittelt die Spur. »Oder von Ihren Kindern.«

Sugar warf einen Blick über ihre Schulter. Die beiden Kinder auf der Rückbank schliefen, wahrscheinlich völlig erschöpft von der Reizüberflutung und dem Gezanke der Erwachsenen. Wie sie schlafen konnten, war ihr ein Rätsel.

Sarah sah ihre Kinder ebenfalls an und drehte sich dann wieder um, um erneut die Finger im Schoß zu kneten. »Ich verstehe nicht, wieso er sich nicht an die Leute gewandt hat, denen er am meisten vertraut hat.«

»Genauso geht es uns allen auch.« Cash schlug auf die Hupe ein und nahm dann im Affentempo eine Ausfahrt.

»Ruhig Blut, Cowboy! Mensch!« Konnte Cash sich gerade noch mehr wie ein Arschloch benehmen?

Er packte das Lenkrad wieder fester. »Es ist an der Zeit, Asal untersuchen zu lassen, und herauszufinden, wo zum Teufel die Jungs sind.«

Die Explosion hallte erneut in ihrem Kopf wider. *Vergiss das Drama. Vergiss die Anspannung.* Es gab zwei Ziele, auf die sie sich konzentrieren musste: Herauszufinden, was mit Asal nicht stimmte und sich wohl oder übel bei Jared entschuldigen zu müssen, wenn er sicher wieder daheim war. Beim Gedanken an beide Punkte auf ihrer To-Do-Liste wurde ihr schlecht vor Angst.

KAPITEL DREIUNDZWANZIG

RAUCHSCHWADEN ZOGEN DURCH den Korridor. Trotz seines Nachtsichtgeräts konnte Jared nichts erkennen. Es bewegte sich nichts. Kein Anzeichen von Leben. Nur Rauschen in seinem Ohrstöpsel. Seine gute Beobachtungsgabe brachte ihm nichts; es gab einfach nichts zu sehen.

»Roman! Rocco!« Er versuchte es noch einmal, lief erneut den Weg ab, den sie durch die Flure gegangen waren. Der Korridor endete und er musste sich entscheiden, links oder rechts abzubiegen. Er hielt inne, lauschte und schaute sich um. Der Rauch schien rechts dichter zu sein. *Vielleicht? Scheiße, es bringt nichts, hier zu stehen und Zeit zu verschwenden. Geh nach rechts!* Er ging den Flur entlang und warf dabei einen Blick durch jede Tür, an der er vorbeikam. Immer noch nichts.

Wieder eine Sackgasse. Wie war das möglich? Sein Brustkorb wurde immer enger und hinter seiner Maske kniff er die Augen zusammen. Seine Männer zu verlieren stand nicht auf dem Plan. Es kam einfach nicht infrage! Nicht schon wieder! Das würde er nicht aushalten. Nicht, nachdem Brock zum Feind übergelaufen war.

In Jared kochte die Wut hoch, er stieß einen Schrei aus und schlug mit seiner behandschuhten Faust gegen die Wand. Das war schon das zweite Mal diese Woche, dass er eine Wand einschlug. Eigentlich hätten seine Knöchel dabei aufplatzen sollen. Aber stattdessen … hallte der Schlag wider?

Die Wand ist nicht echt. Eine andere Möglichkeit gibt es nicht.

Jared trat dagegen. Er streckte die Hände aus und klopfte den Rand der Wand ab, um zu prüfen, wie sie befestigt war. Die Sekunden gingen langsam vorbei. Er hatte keine Ahnung, ob Roman und Rocco in

Schwierigkeiten steckten.

Scheiß drauf! Er hatte keine Zeit. Er trat zweimal gegen die Wand, um seine Männer zu warnen, nur für den Fall, dass sie in der Nähe waren. Dann befestigte er einen Sprengsatz unten an der hohlen Wand. Wenn die hohle Wand keine Tür war, dann war sie der Eingang zu einem versteckten Fluchtweg. Er klopfte ein paar Mal mit der Faust gegen die Wand und rief dann: »Bewegt eure Ärsche, wenn ihr mich hören könnt!«

Er beugte sich hinunter, zündete die Zündschnur an und beeilte sich, hinter einer Ecke in Deckung zu gehen. Er ließ sich auf ein Knie fallen, schützte Gesicht und Ohren mit den Armen und zählte bis drei, bis der Sprengsatz explodierte.

Bumm!

Es hörte sich genau so an wie die Explosion, die er vorhin vernommen hatte. Ein Hoffnungsschimmer flackerte in ihm auf. Vielleicht hatten Roman und Rocco dasselbe getan, und vielleicht waren sie nicht einer Bombe von GSI zum Opfer gefallen.

Er zog seine Taschenlampe hervor und hielt den Lichtstrahl in den mit Rauch erfüllten, staubigen Gang. Dann trat er hinein. Der Boden fiel im starken Gefälle ab. Leere Patronenhülsen lagen auf dem Boden, Schießpulverpartikel tanzten durch die Luft, gemischt mit Teilchen seines C4-Sprengsatzes. Er hatte einen metallischen Geschmack im Mund und die Luft brannte ihm in der Nase.

Er schaute in beide Richtungen. Die Entscheidung war einfach: Das Gefälle runter oder hoch. Buck Baer wollte hier raus. Wenn Titan hinter ihm herjagte, dann würde er rennen. *Also hoch.*

Der ansteigende Tunnel machte einen Knick und er ging um die enge Kurve. Ein paar hundert Meter weiter genau dasselbe. Der Pfad führte ihn immer höher, sodass er sich sicher war, dass er bald an der Oberfläche sein würde, es sei denn, es ging irgendwie weiter in einen Hang der Blue Ridge Mountains hinein.

Aber das würde keinen Sinn ergeben. Baer würde flüchten wollen. Er war ein Feigling, einer, der weglief. Alles nur Gerede, ohne dass etwas dahinter steckte. Er glaubte keinesfalls, dass Baer auf einen fairen Kampf aus sein würde.

Plopp, plopp, plopp!

Irgendwo weiter weg hörte er das gedämpfte, aber unverwechselbare Geräusch eines Schusswechsels. Er eilte in die Richtung, aus der der Lärm kam. Weiter vor ihm drang ein schmaler Streifen Licht in den stockdunklen Tunnel. *Vielleicht eine Tür, eine Falltür. Wer weiß?* Solange es ihm Zugang zu dem verschaffte, was da draußen vor sich ging, würde er es dort raus schaffen.

»Du gehörst mir, Arschloch!« Jared war in Windeseile bei der Tür und blieb kurz davor stehen. Sonnenlicht drang durch einen Spalt. Er drückte die Tür vorsichtig auf. Als seine Augen sich an das Tageslicht gewöhnt hatten, konnte er erfassen, was sich dort abspielte.

Auf einer großen Lichtung an einem Berghang hatte Baer hinter Felsblöcken Deckung gesucht und verteilte Schüsse wie andere Süßigkeiten beim Karnevalsumzug. Sie flogen in alle Richtungen. Querschläger und Felssplitter flogen Roman und Rocco um die Ohren. Seine Jungs hatten Baer in eine Falle gedrängt. Er konnte nirgendwohin gehen, außer nach unten, und wenn er sich den Horizont anschaute, dann sah das nach einem verdammt tiefen Fall aus. Buck Baer war nicht der Typ, der im Kamikaze-Stil in den Tod sprang.

Aber obwohl er wie wild um sich schoss, war er immer noch in Deckung. Jared versuchte wieder, Roman und Rocco per Funk zu erreichen. »Direkt hinter euch!«

Keiner von beiden drehte sich um, aber Rocco fluchte in sein Ohr: »Endlich, verdammt noch mal!«

»Das Arschloch hat da ein ganzes Waffenarsenal gebunkert«, grunzte Roman. »Und wir haben einfach keinen freien Schuss auf ihn!«

Ihre wütenden Stimmen zauberten ein Lächeln auf sein Gesicht. *Lebendig und aggressiv, genau so mag ich mein Team bei einer Mission!* Der Funkkontakt musste abgebrochen gewesen sein, weil sie so weit weg und er unter Tage gewesen war. Er hätte sein Team nie anzweifeln sollen.

»Wir sitzen es aus.« Roccos Maschinengewehr ratterte auf Vollautomatik und die Kugeln splitterten Stücke von Baers Felsblock ab. »Hauptsächlich sitzen wir es aus. Der Wichser!«

»Irgendwann muss ihm ja mal die Munition ausgehen.« Roman schoss da weiter, wo Rocco aufgehört hatte.

Baer ließ Schnellfeuer hageln, obwohl er immer daneben traf. Er hatte Jared noch nicht bemerkt, aber Baer war auch nicht bekannt dafür, mit geschärften Sinnen im Einsatz zu agieren. Seine Motive waren immer egoistisch, und wenn Buck Baer Munition im Wert von mehreren tausend Dollar verballerte, dann war etwas …

Womp, womp, womp!

Richtig gelegen.

Baer hatte auf sein Fluchtfahrzeug gewartet. Ein Helikopter dröhnte in der Nähe.

»Stellt das Feuer ein! Schießt nicht den Vogel ab!« Er konnte praktisch sehen, wie seinen Männern die Kinnladen herunterfielen, aber Jared konnte es nicht gebrauchen, dass ein Helikopter gegen den Berghang krachte. Er würde zu viel erklären und sich mit zu vielen Leuten herumschlagen müssen. Dieses Gefecht sollte ruhig verlaufen, nur Titan gegen GSI.

Steine und Erdklumpen flogen herum und auseinander, als Baer blind um sich schoss. Es war ihm noch gar nicht aufgefallen, dass das Ganze jetzt eine Buck-Baer-Solo-Show geworden war.

Er war so ein schlechter Schütze. Der Helikopter kam näher, mit einer in der Luft schwingenden Strickleiter. Zwei Männer hingen aus der Kabine, bereit, ihm Deckung zu geben. Statt anzugreifen, blieben Roman und Rocco unten, sodass Baers Rückendeckung nichts hatte, auf das sie schießen konnte.

Baer krabbelte hinüber – sein ungeschickter Abgang war weder strategisch überlegt, noch sah er raffiniert aus – und sprang auf die Leiter. Ihm dabei zuzuschauen, wie er unsicher hochkletterte, machte diesen höllischen Tag fast wieder wett. Er hatte ganz offensichtlich schon zu lange auf seinem gepolsterten Drehstuhl im Luxusbüro gesessen. *Zu schade, dass ich keine Videokamera dabei habe. Das käme super auf YouTube an!*

Der Helikopter schwebte auf der Stelle, während der Pilot Rücksicht auf den Unerfahrenen auf der wackeligen Leiter nahm. Als der Hubschrauber langsam in die Höhe stieg, war es mehr als offensichtlich, dass *jeder* bei GSI wusste, dass ihr Chef so unkoordiniert wie ein neuer

Rekrut war.

Jared schüttelte den Kopf. Das war sein Gegner? Titan würde den armseligen Kerl nicht mit einem Schuss in den Hinterkopf umlegen. Zu einfach. Jared wollte Baer auch gar nicht töten – zumindest nicht im Augenblick. Baer sollte leiden. Er sollte wissen, dass sein Untergang ganz allein Jared Westin zu verschulden war, nicht der Firma, die er aufgebaut hatte.

Es war der langsamste Rückzug, den Jared je miterlebt hatte, aber schließlich verschwand der GSI-Helikopter aus ihrem Blickfeld. Roman und Rocco blieben, wo sie waren. Er konnte wetten, dass sie ihm gerne ein paar Kraftausdrücke an den Kopf werfen wollten, aber sie waren clever genug, den Mund zu halten.

»Ganz ruhig, Jungs!« Jared ging auf sie zu, während er sich weiter nach eventuellen Problemen umsah, die GSI vielleicht zurückgelassen hatte. »Ich will Baer selber schnappen. Er wird sich mit mir auseinandersetzen müssen, der feige Wichser.« Nachdem Baer es auf Sugar abgesehen hatte, wollte Jared, dass er seine Rache so richtig *zu spüren* bekam.

Sugar und Asal waren in Sicherheit. Das war alles, was bei dieser Mission wichtig war. *Was für ein verdammtes Arschloch benutzt ein Kind als Druckmittel?* Wenn Sugar nicht der Grund dafür gewesen wäre, dass sich sein Brustkorb eng anfühlte, dann wäre es Asal gewesen. *Konzentrier dich auf den erledigten Auftrag!* Jared ließ einen Halswirbel knacken, holte tief Luft und ordnete seine Gedanken. »Rocco, melde dich bei Cash! Sag ihm, dass wir noch am Leben sind.«

»Was zum Teufel sollte das?« Roman wischte sich den Schweiß von der Stirn.

»Wir hatten ein einfaches Ziel: Die Unschuldigen hier rausholen. Sie sind weg, also sind wir fertig.« *Wenn es doch nur so einfach wäre!*

Er konnte sich vorstellen, wie Baer im Inneren des Helikopters herumstolperte und mit allen einschlug, als ob er der Tollste wäre. Jared war auf Blut aus. Er wollte GSI in sich zusammenfallen sehen. Aber er wollte, dass *sie*, er und seine Männer, Baer zerstörten. Ein langweiliger Schusswechsel würde seiner langen Fehde mit Baer nicht Rechnung tragen. Da war etwas Größeres gefragt. Etwas so Extravagantes, dass Buck Baer neidisch sein würde, dass er nicht zuerst daran gedacht hatte. *Gott, wie ich dieses Arschloch hasse!*

Roman trat gegen einen Haufen leerer Patronenhülsen zu seinen Füßen. »Der Kerl verdient es …«

»Das verstehe ich. Mehr als du. Halt den Mund und vertrau mir. Es geht hier um etwas Größeres.«

Rocco beendete seinen Anruf. Seine Haltung und die nach unten gezogenen Mundwinkel verrieten, dass er schlechte Nachrichten hatte. »Cash hat sie alle zu Doc Tuska gebracht. Das Mädchen hat etwas Ernstes und er hat sie in ein Kinderkrankenhaus überwiesen. Sie ist mit dem Rettungswagen dort hingebracht worden. Cash und die anderen sind hinterhergefahren.«

Jared knirschte mit den Zähnen und ballte seine Hände zu Fäusten. Er brachte kein Wort heraus und wusste auch nicht, was er hätte sagen sollen. Natürlich würde Sugar unglücklich sein, aber sein Magen verkrampfte sich aus einem anderen Grund als aus purem Mitgefühl für Sugar. Er wusste nicht, wann oder wie es passiert war, aber Asal war mehr als nur ein Auftrag für ihn geworden. Vielleicht lag es an dem außerordentlichen Mut, den das Mädchen bei der Flucht aus Afghanistan gezeigt hatte. Manche Leute wurden vom Schicksal zusammengebracht. Er hatte keine Lust, diesen Gedanken weiter zu zerlegen, drehte sich um und ging dahin zurück, wo er hergekommen war. Je schneller er hinter dem Lenkrad eines Fahrzeugs sitzen würde, desto schneller würde er sich davon überzeugen können, wie es dem Mädchen ging.

KAPITEL VIERUNDZWANZIG

E S WAR SINNLOS, die Damentoilette im Laufschritt zu verlassen. Asal würde immer noch in ihrem Krankenhausbett schlafen, dort, wo Sugar sie zurückgelassen hatte. Aber nachdem eine Krankenschwester sie mit einem unnötig langen Gespräch abgelenkt hatte, war sie bestimmt fünfzehn Minuten weg gewesen. Das machte sie fertig. Wenn Asal auch nur kurz mit den Wimpern zuckte, wollte sie an ihrer Seite sein, nur für den Fall.

Die Tür zum Krankenzimmer stand einen Spalt offen, obwohl sie hätte schwören können, dass sie sie geschlossen hatte. *Verdammte Ärzte und Pfleger!* Sie war auf einer Abteilung mit beschränktem Zugang, aber es war trotzdem nicht still hier. Aus dem Schwesternzimmer drangen Geräusche und Asal sollte sich ausruhen, nicht …

Sugars Brustkorb wurde eng und die Luft blieb ihr im Halse stecken. Ihr Herz schlug so laut wie Trommelschläge und sie blieb abrupt stehen und hielt sich am Türpfosten fest. Sie wagte es nicht, sich zu bewegen oder zu atmen. Sie konnte nur zuschauen.

Jared saß in dem schwach beleuchteten Raum auf der Kante des Stuhls neben dem Bett und wirkte riesig neben Asal. Seine breiten Schultern waren nach vorn gebeugt und sein Kinn berührte fast sein Schlüsselbein. Von der Seite sah er irgendwie zerknittert aus, so, als ob er aus einer Schlacht gekommen und direkt ins Krankenhaus gegangen war. *Wahrscheinlich, weil das genauso ist.*

Asals schlaffe Finger lagen zwischen seinen Händen, die er zusammengelegt hatte, als ob er ihre Hand während eines stillen Gebets hielt. Er sah so gigantisch neben ihrer zierlichen Gestalt aus! Kräftig neben schwach. Seine schwarze Kampfmontur bildete einen starken Kontrast zu den weißen Laken des Krankenhausbettes. Jared war ihr Schutzengel, ihr Krieger, und er betete für das Mädchen, dessen Hand er hielt.

Sugar schmolz das Herz, als sie beobachtete, wie er Asals winzige Faust zu seinem Kinn hob und so leise mit ihr sprach, dass Sugar es nicht verstehen konnte. Seine geflüsterten Worte verloren sich inmitten der piependen Geräusche der Maschinen in dem sterilen Zimmer.

Jareds Blick ging von Asal zur Tür. Er hielt ihre kleine Hand immer noch in seiner, nickte ihr zur Begrüßung zu und steckte dann Asals Arm vorsichtig wieder unter die Laken. Er strich die Bettdecke glatt und stand auf.

Noch nie in ihrem Leben hatte Sugar solche Gegensätze aufeinander-treffen sehen, die in ihren Augen aber zusammen so richtig aussahen. Sie hatte einen Kloß im Hals und konnte immer noch nicht schlucken. In ihrem Herzen fühlte sie, dass sie drei zusammengehörten. Ein besonderer Teil dessen, was das Schicksal für sie plante, war ihr gerade offenbart worden.

Er kam zu ihr, zur Tür. Jared überragte sie immer noch um einige Zentimeter – und sie war nicht gerade klein. Er war größer, als sie in Erinnerung hatte, und nahm irgendwie ganz viel Raum ein mit seinen dunklen, tiefgründigen Augen und seinem markanten Kinn. Seine Schultern konnten die Last aller Probleme dieser Welt tragen. Sie sah, wie sich sein Adamsapfel bewegte, als er schluckte, und ihr Körper sehnte sich danach, in seinen Armen zu liegen, sich einfach an ihn zu schmiegen. Vielleicht konnte sie dort endlich ihre Sorgen und die Erschöpfung vergessen.

»Sugar.« Er nahm sie am Ellenbogen. »Wir müssen uns unterhalten.« Seine ernsten Worte hatten denselben Effekt wie ein Eiswürfelbad. *Wem mache ich etwas vor? Schicksal und geheime Lebenspläne? Umarmungen, die meine Nerven beruhigen? Himmel!* Vielleicht sollte sie mal zum Arzt gehen. Vielleicht hatte Brocks Beruhigungsmittel ja doch irgendwelche Nachwirkungen gehabt. Gelegentliche Turteltäubchen-Wahnvorstellungen waren wohl eindeutig eine ernste Nebenwirkung, und sie musste wirklich aufpassen, um nicht in Liebesglück-Fantasien abzutauchen.

Er führte sie von der Tür weg, den Korridor entlang, und sie bekam kaum die Füße hoch. Sie fühlten sich schwer an, als sie über den gefliesten Boden schlurften. Ihre Muskeln streikten, weigerten sich zu helfen, und Jared zog sie förmlich zu ihrem Ziel.

Sugar wollte keine Lektion über die Zündkerze hören und sie wollte nicht über GSI oder Brock reden. Sie wollte doch nur ihre kleine Fantasie ausleben, aber das Zucken seiner Kiefermuskeln sagte ihr, dass das keine Möglichkeit war. Es würde nie eine sein und sie musste dringend den Kochwäschegang anstellen und diese flauschig warmen Gedanken aus ihrer Erinnerung waschen.

Sie atmete tief ein und zog damit ihre unsichtbaren Schutzmauern hoch. Sie schuldete ihm immer noch eine Entschuldigung dafür, dass sie Titans Aufgabe schwerer gemacht und seine Freunde in Lebensgefahr gebracht hatte. Ein großes, fettes »Es tut mir leid« war angebracht. Aber sie war dankbar, dass er es ohne große Blessuren zu ihr zurückgeschafft hatte.

»Du bist in Sicherheit«, flüsterte sie, dankbar, dass ihre Gebete für seine Sicherheit erhört worden waren.

»Das bin ich.« Seine Augen wurden schmaler und vielleicht versuchte er, ihre Gedanken zu lesen.

Viel Glück damit, Kumpel! Sie waren komplett durcheinander. Aber Sicherheit war in dem Augenblick das, woran sie am meisten dachte. »Dein Team auch?«

Er nickte kurz angebunden. »Das sind sie.«

»Habt ihr Buck erwischt?«

Sein Gesicht wurde düster und seine markanten Gesichtszüge spannten sich an. »Baer und ich werden unsere Probleme persönlich lösen. Ziel der Mission war es nicht, ihn zu töten. Es war, dich zu retten.«

Sie hätte nie gedacht, dass wütend aus ihrem Haus zu spazieren so schlimme Konsequenzen haben würde. Schuldgefühle stiegen in ihr auf, schneller, als sie sie wieder verdrängen konnte. »Es tut mir leid. Ich war im Unrecht. Ich hätte nicht gehen sollen.«

Jareds Kinn spannte sich wieder an. Seine vollen Lippen waren zu einer dünnen Linie zusammengepresst. Energie, Erwartungen und Anspannung umgaben sie und sie hatte Mühe, die richtigen Worte zu finden. Sie starrte die Decke an und weigerte sich, vor ihm zu weinen.

Er legte seine Arme um sie und hielt sie fest und sicher an sich gedrückt. »Verdammt, Sugar! Ich wollte dich in die Arme nehmen, seit der Sekunde, in der ich dich gesehen habe.« Auf einer Skala von eins bis zehn – zehn war völlig überrumpelt – war sie irgendwie um die fünfzehn, als er weiterredete: »Ich weiß nicht, was in deinem hübschen Kopf vor sich geht, aber, Zuckerschnütchen …«

Jeder Muskel zitterte. Sie schmiegte sich an ihn, schüttelte ihre Verwunderung ab und sonnte sich in … ihm. Er roch nach Schießpulver und harter Arbeit. Beides war herrlich und tröstlich. Sein starker Körper wärmte sie, als sie alle Sorgen vergaß und sich in diese Kraft flüchtete, die er ausstrahlte. Ihre Knie zitterten und sie lehnte Oberkörper und Kopf an ihn.

Jared drückte sie und fuhr mit einer Hand in ihr Haar, löste den zerzausten Pferdeschwanz. Er kämmte es mit den Fingern und sie schloss die Augen. Endlich konnte sie atmen.

»Meine süße, süße Sugar.« Seine Lippen waren hinter ihrem Ohr. »Tu mir das nie wieder an.«

Sie nickte. »Okay.«

Er platzierte einen zärtlichen Kuss auf ihren Scheitel »Du hattest unrecht. *Ich hatte unrecht.* Aber verdammt, nicht noch mal! Ich kann das nicht noch mal durchstehen!«

Er hatte unrecht? Es gab etwas, das der große Jared Westin nicht durchstehen konnte? Sie wollte sagen, dass er Unsinn redete und verächtlich schnauben. Aber nichts in ihrem Kopf schien zu funktionieren, außer den Rezeptoren, die für das Kopfnicken zuständig waren, die sie selten benutzte.

»Versprich es mir, Sugar!«

Sie nickte wieder. »Ich verspreche es. Okay.«

Er drückte sie noch einmal und hielt sie dann in seinen ausgestreckten Armen. Sein intensiver Blick hätte Feuer entfachen können, und er verwandelte ihr Inneres in ein heißes, flüssiges Durcheinander.

Sein rauer Daumen streichelte über ihre Wange. Sie wollte ihre Wange in seine Hand legen. Wenn seine Umarmung ihre Nerven beruhigen konnte, dann würde sein Kuss die Last, die ihr das Leben auf die Schulter gelegt hatte, leichter machen. Sie brauchte ihn für mehr als die Befriedigung sexueller Begierden. Seine Berührungen boten ihr Trost und Stabilität. Seine Liebkosungen versprachen so viel mehr.

Er räusperte sich. »Ich nehme an, du hast dieselbe Standardantwort bekommen wie ich: Wir können heute Nacht nicht bei ihr bleiben.«

Sugar seufzte. »Es ist frustrierend, sie wiederzuhaben und dann wieder verlassen zu müssen.« Sie hatte sich erkundigt, aber die Besuchszeiten waren kurz und fast vorbei. »Ich sorge mich um ihre Sicherheit. Dass sie hier nicht gut genug bewacht wird.«

»Vertrau mir, dafür ist gesorgt. Auf niemanden auf dieser Welt wird besser aufgepasst, abgesehen von dir an meiner Seite.«

»Ich bin gerade mindestens eine Stunde lang allein gewesen.«

»Das hast du gedacht. Du hast Zeit gebraucht, um mit deinem Mädchen allein zu sein. Niemand würde das stören.«

»Was?«

»Ich kann an den meisten Orten für Überwachung sorgen. Auch wenn es nicht das Krankenhaus meiner Wahl ist, krieg ich das hier dennoch hin.«

Cash und Nicola hatten sie zum Krankenhaus gebracht. Sie hatte gedacht, dass sie wieder gegangen waren. Aber war das der Fall? Und wie lange war Jared schon hier? Und noch wichtiger: Er glaubte, dass sie immer noch von GSI verfolgt wurde, und wieso auch nicht?

Sie schüttelte den Kopf. Sie war nicht die Art von Frau, die Schiss hatte und sich versteckte. Sie würde den Schutz, den Jared ihr bot, für den Augenblick annehmen, aber ihr Ziel war es, ihr Leben wieder in den Griff zu bekommen.

Das Bild von Jared, wie er sich über Asal beugte, kam ihr in den Sinn. Das war das Leben, das sie wollte – Jared, Asal, eine zusammengeschweißte kleine Familie. Diese Erkenntnis traf sie wie ein tonnenschwerer Panzer. *Eine Familie?* Sie hatte sich noch nie zuvor so etwas gewünscht. Familie war ein Fremdwort für sie. Sie hatte eine Schwester, aber sie waren eher Freundinnen als Familie. Mom und Dad waren Platzhalternamen für die Leute, denen es zur Last gefallen war, sie großzuziehen. Das war keine Familie.

»Was geht dir gerade durch den Kopf, Zuckerschnütchen?«

Ganz schön verrückte Dinge. Jared hatte ein gutes Spiel gemacht, als er sie gejagt und versucht hatte, sie davon zu überzeugen, dass zwei Leute, die einfach keine Beziehungen eingingen, ihre eigene Version von Beziehung erfinden konnten. Aber wenn sie so absurde Gedanken wie *Familie* erwähnte, dann würde sie aber ganz schnell seinen Rücken sehen, mochte sie wetten, wenn er Richtung Krankenhausausgang rannte. »Nichts. Ich mache mir nur Gedanken um Asal. Das Übliche.« Die *üblichen Lügen.* Etwas auszulassen war immer noch eine Lüge.

»Wenn du das sagst.« Er zuckte mit den Schultern und sah sie misstrauisch an. »Verabschiede dich doch von unserem Mädchen und dann gehen wir.«

Unser Mädchen. Ihr Herz schlug schneller. Jared folterte sie sogar, auch wenn er nicht wusste, dass er es tat. *Aber er hat »unser Mädchen« gesagt.* In Sugars Kopf spann sich der Gedanke sofort weiter. *Wir könnten die drei Amigos, die drei Musketiere, die drei …* Sie konnte sich nicht darauf einlassen, nicht nur, weil ihr keine dritte Sache einfiel. Jared hatte es beiläufig gesagt und sie machte aus dem hingeworfenen Kommentar etwas anderes: eine große, glückliche Familie.

Er beugte sich vor und küsste ihre Stirn, als ob die kleinen Gesten sie nicht schon völlig aus der Bahn geworfen hätten. Er hatte keine Ahnung, aber mit jedem Wort und jeder Berührung brachte er Sugar mehr um den Verstand und ließ sie Unmögliches träumen. Mit einer schnellen Umarmung drehte er sie in Richtung Tür, tätschelte ihren Hintern und brachte sie hinaus.

JARED SAH SUGAR dabei zu, wie sie in Asals Zimmer verschwand, und er lehnte sich mit seinem ganzen Gewicht gegen die Wand. Sein Kopf stieß zu heftig gegen die Wand, aber das schüttelte seine Gedanken auch nicht ordentlich durch. Seine Beine wollten sich neben Sugars bewegen, um ihr nicht von der Seite zu weichen und sie immer im Blick zu behalten. Das hatte nichts mit irgendwelchen drohenden Gefahren zu tun, sondern alles mit der Frau selber, und, das musste er zugeben, mit dem Kind in dem Zimmer.

Sugar kam wieder heraus und sein Magen krampfte sich zusammen. Sein Herz setzte fast aus, als sie ihn zärtlich anlächelte und flüsterte: »Ich bin bereit. Du?«

Mehr, als ich je war. Seine Hände griffen nach ihren und wie ein liebeskranker Welpe zog er sie an sich und lächelte. »Lass uns gehen.«

»Was ist mit Asal?«

»Cash kümmert sich um sie.« »Er ist immer noch hier? Ich hätte es wissen sollen!« Sugar blieb vor den Aufzügen stehen.

»Heute mal keine Aufzüge. Lass uns die Treppe nehmen. Nur um sicherzugehen.« Abu Dhabi war ein Fehler, den er hätte kommen sehen sollen, genau wie Sugars Flucht und Zusammenstoß mit Brock. Er würde keine Risiken mehr eingehen.

Sie sah ihn prüfend an, bevor sie das Treppenhaus betraten. »Ich nehme an, ich bin jetzt dran. Worüber denkst du nach? Ich werde aus deiner Miene nicht schlau.«

»Natürlich wirst du das.«

Sie schnaubte. »Ja, genauso wie ich wirklich wusste, dass jemand auf mich und Asal im Krankenhauszimmer aufgepasst hat.«

Sie gingen noch ein Stockwerk hinunter und ihre Schritte hallten im Treppenhaus wider. »Woran ich denke?« Er drückte ihre Hand. »Ich mache mir Sorgen um Asal ...«

»Du bist niemand, der sich Sorgen macht. Der Doc sagt, mit den richtigen Antibiotika wird sie in ein paar Tagen wieder gesund sein.«

»Ich mache mir Sorgen um dich.«

»Ich habe den besten Beschützer, den es gibt. Dich.«

»Na, ich habe dir in letzter Zeit ja viel gebracht!«

»Jetzt redest du Unsinn!«

Sie kamen unten am Ende der Treppe an. Sie streckte die Hand nach dem Türknauf aus und er streckte die Hand nach ihr aus, legte seine Arme um sie und hielt sie so fest, mit dem Rücken gegen die Wand. »Du willst Unsinn hören? Du bist verschwunden und ich konnte nicht mehr klar denken. Du bist genau hier, bei mir, und ich kann nicht klar denken. Ich will dich berühren, dich küssen. Dir den Hintern dafür versohlen, dass du so eine Plage bist, und mit dir Liebe machen, nur damit du weißt, wie sehr ich dich brauche.«

Ihm fiel ein, dass er Luft holen sollte, und bemerkte dabei, wie heftig sein und ihr Brustkorb auf und ab gingen. Er hielt ihr Gesicht in seinen Händen und die blauesten Augen, die er je gesehen hatte, weiteten sich und zeigten tausend Emotionen. »Scheiße, Sugar, ich will tief in dir sein, aus lauter falschen Gründen. Es hat nichts mit Befriedigung oder meinem eigenen Höhepunkt zu tun, sondern damit, dass ich dir noch näher sein will. Das, Frau, ist Unsinn.«

Ihre rosigen Lippen öffneten sich, wahrscheinlich vor Überraschung. Aber er konnte nicht widerstehen. Er gab ihr erst gar keine Möglichkeit wegzulaufen, hatte schnell die Zentimeter, die sie noch trennten, überwunden, und flüsterte mehr zärtliche Worte, die sogar er nicht hören oder verstehen konnte, weil er seine Lippen auf ihre gepresst hatte. Sie war so weich und herrlich, dass er stöhnen musste. Seine Augenlider schlossen sich. Er hätte auch genauso gut seine Augen verdrehen können vor Ekstase. Sugar öffnete sich ihm mit ihrem Kuss, erlaubte ihm, ihn so intensiv zu spüren, dass das Gefühl von der Zunge bis in seine Zehenspitzen schwappte.

Sie löste sich von ihm. »Danke.«

Wofür, zum Teufel? Er hatte sich ihr hier im Treppenhaus aufgedrängt und eine granatenschwere Bombe platzen lassen, auf eine Frau, die anscheinend nicht an … Liebe glaubte.

Sie blinzelte und legte den Kopf schräg. »Geht es dir gut? Du siehst aus, als ob du einen Geist gesehen hättest.«

Wohl Eher das *Licht.* Er legte einen Arm um ihre Schulter und machte die Tür zum Parkhaus auf. »So gut wie noch nie. Lass uns gehen.«

KAPITEL FÜNFUNDZWANZIG

JARED KONNTE SUGAR keine Vorwürfe machen. Sie hatte ein paar harte Tage gehabt, seit sie aus dem Ausland zurückgekommen waren, und jeder hätte Zeit gebraucht, sich von der Reise zu erholen. *Hart* war vielleicht etwas untertrieben. Brutal. Strapaziös. Qualvoll. Das beschrieb es wohl besser.

Während der einstündigen Fahrt zu seinem Haus bekam er auch nicht gerade den Mund auf, um ein Gespräch anzufangen. Er war damit beschäftigt, über Offenbarungen und Folgen nachzudenken. Über Sugar. Über die Zukunft.

Sugar schlief, gegen die Beifahrertür gelehnt, und er weckte sie nicht auf. Aber das Fahren hielt ihn nicht davon ab, ihr alle paar Kilometer einen Blick zuzuwerfen. Erst als sie bei ihm zu Hause angekommen waren, konnte er endlich die Straße komplett ignorieren und sie einfach nur anstarren.

Wenn er ehrlich war, dann würde er sich geschmeichelt fühlen, wenn ihr sein Heim gefiel. Es war nichts Extravagantes, aber es war seins. Ihm gehörte ein großes Stück Land, er hatte keine Nachbarn und mehr Platz, als er je brauchen würde. Aber Titan war unerhört profitabel, also hatte er ein Anwesen gekauft, das zu ihm passte und widerspiegelte, was für ein erfolgreiches Geheimoperationsimperium er sich aufgebaut hatte.

Er parkte den Expedition und Sugar entwich ein müder Seufzer, aber sie wachte nicht auf. Er rieb ihre Schulter, sah sie bewundernd an und genoss das Gefühl ihrer weichen Haut an seinen Fingern mehr, als dass er vorhatte, sie zu wecken. Ihre Schönheit ging so viel tiefer als das, was man von außen sah. Schlafend sah sie niedlich und verletzlich aus. Sie seufzte wieder und er war wie angewachsen auf seinem Sitz. Minuten, vielleicht eine Stunde, gingen vorbei, und sie saßen immer noch da. Er sah sie immer noch an. Keine Frau hatte ihm je Anlass dazu gegeben, über Beständigkeit oder die Zukunft nachzudenken. Noch nie hatte er einer Frau hinterhergejagt wie Sugar. Nein, noch nie hatte er einer Frau hinterhergejagt. Punkt.

Sugar murmelte etwas im Schlaf und er hätte zu gerne gewusst, was sie sagte. In dem Moment hatte er überhaupt keine Zweifel: Einfach und unkompliziert kam für ihn nicht mehr infrage.

Endlich hatte er sie bei sich daheim und er wollte ... *Verdammt, was willst du denn? Dass sie hierbleibt? Vater-Mutter-Kind spielen?* Die Antwort war kategorisch kompliziert. Aber er wusste, dass er mehr wollte. Sie bei sich zu haben war eine Art Urbedürfnis. Er wollte, dass sie blieb, und es ging um mehr als Wahnsinnsorgasmen und eine wunderschöne Frau. Sie hatte sich in sein Herz gedrängt. In sein Leben. Er wollte sie dort behalten, denn es fühlte sich unnatürlich an, wenn sie irgendwo anders war. Er brauchte sie aus keinem anderen Grund, als dass er sie liebte.

Klingeling, klingeling, klingeling! Das war es. *Herzlichen Glückwunsch, dass du endlich drauf gekommen bist!*

Bis jetzt hatte er über Liebe nie nachgedacht. Er hatte nie einen Grund dafür gehabt und damit nur kitschige Sprüche auf Karten und zuckersüße Pralinen zum Valentinstag assoziiert. Liebe, das waren Cash und Nicola, die unter dem Konferenztisch füßelten, auch wenn alle anderen mit den Augen rollten, oder Mia und Winters, die sich Babyfotos anschauten und kicherten.

Das war nicht seine Welt. Das würde sie nie sein, und es war auch nicht Sugars Welt. Eine Valentinskarte mit einem Herzen drauf würde bei ihr im Mülleimer landen. Aber sie würde in die Luft springen vor Freude, wenn sie etwas wie einen speziell für eine ihrer Waffen angefertigten Sucher oder eine antike Pistole geschenkt bekommen würde.

Sogar Asal würde hierher, zu ihnen, passen. Er hatte genug Platz, dass sie frei herumrennen konnte, und genug Geld, um sicherzugehen, dass sie eine gute Schulbildung und andere Dinge bekommen würde, die ein Dritte-Welt-Kind, das im Westen landete, brauchte. Einen guten Arzt. Schöne Kleider. Jemand anderen außer SpongeBob, der ihr Englisch beibrachte. Das Kind lag ihm auf eine ganz andere Art und Weise am Herzen als Sugar, aber es fühlte sich trotzdem verdammt ähnlich wie das an, was man Liebe nennen konnte.

Liebe war ihm nie wie ein praktisches Gefühl vorgekommen, eins, das einfach so über einen kam, ob man wollte oder nicht, und gegen das man nichts tun konnte. Aber so sicher, wie er sich war, dass sie GUNS liebte wie er seine Bulldogge, wusste er auch, dass er Sugar und Asal liebte. Sie drei hatten sich anscheinend gefunden. Darüber sollten sie reden.

Jared machte den Motor aus und sprang aus dem Wagen, um seine Haustür aufzuschließen. Sugar schlief immer noch und Jared öffnete vorsichtig die Beifahrertür, damit sie nicht herausfiel. Der Anschnallgurt hielt sie fest und als er ihn löste, rutschte sie in seine Arme.

Mit einem Tritt nach hinten ließ er die Tür zuknallen, aber sie rührte sich nicht. Sie schlief tief und fest, und es zauberte ein Lächeln auf seine Lippen, dass sie ihm genug vertraute, um in seiner Gegenwart in einen Tiefschlaf zu fallen. Er trug sie zu seinem Schlafzimmer, extrem glücklich über die Erkenntnis.

Ein lautes Schnarchen drang aus seinem Schlafzimmer. Parker hatte Thelma vorhin vorbeigebracht und die Bulldogge lag quer über seinem Kingsize-Bett. Er pfiff leise, um sie dazu zu bewegen, herunterzuspringen, aber sie wandte ihm nur ihr faltiges Gesicht zu und starrte ihn argwöhnisch ob der Frau in seinen Armen an.

»Es gibt für alles ein erstes Mal, Mädchen. Und jetzt runter mit dir!« Frauen mit nach Hause zu bringen stand nicht besonders weit oben auf seiner To-Do-Liste und niemand war je in diesem Zimmer gewesen. Das war sein Raum. Seiner und Thelmas. Jared schüttelte den Kopf in Richtung Thelma und begriff, dass er mit zwei weiblichen Wesen ein ernstes Gespräch führen musste, weil Thelma Sugar nicht so ohne Weiteres akzeptieren würde.

Er pfiff noch einmal und Thelma stand auf. Erst dann bemerkte er etwas, das verdächtig nach einem zerkauten Bierkühler aus Schaumstoff zwischen ihren Pfoten aussah. Er scheuchte sie wieder vom Bett und Thelma schnappte sich den Flaschenkühler und sprang herunter.

So vorsichtig wie möglich legte er Sugar auf die Mitte des Bettes und die Decke über ihre Beine. Sie seufzte, rollte auf die Seite, kuschelte sich auf *seiner* Seite des Bettes zusammen und vergrub den Kopf in *sein* Kissen. Sie konnte es haben, wenn sie wollte. Er und Thelma würden die andere Seite nehmen.

Thelma ließ sich vor seine Füße fallen, beleidigt, dass sie ihren faulen Hintern hatte bewegen müssen. Jared streichelte ihren Kopf, knetete ihre faltige Haut. »Das ist Sugar. Versuch, dich mit ihr anzufreunden. Es wird dabei helfen, wenn du lernen musst, das Bett mit ihr zu teilen.«

Die Hündin ächzte und rollte sich auf den Rücken. Sein Blick ging wieder zu Sugar. Er musste hier weg. Es fühlte sich komisch an, hier zu stehen und sie zu beobachten wie ein perverser Spanner. Aber sie bot einfach den schönsten Anblick, den er je gesehen hatte. Das dunkle Haar über das Kissen ausgebreitet, ihre perfekten Lippen im Schlaf leicht geöffnet.

Thelma ächzte wieder. Er lachte leise und nahm ihr den zernagten Flaschenkühler weg, dankbar für die Ablenkung. Er und Sugar würden sich unterhalten, wenn sie aufwachte. Sie bewegte sich wieder und streckte den Rücken durch, sodass ihre Brüste gegen ihr T-Shirt pressten. Diese perfekten Rundungen warteten auf ihn. Jared schloss die Augen und dachte, dass er sie auf so viele Arten begehrte. Ein Gespräch über ihre Zukunft würde bald stattfinden. Oder vielleicht würde das das Zweite sein, zu dem sie kamen, nachdem sie aufwachte.

WARMES LICHT LOCKTE Sugar aus ihrem tiefen Schlaf. Sie war aber noch nicht bereit, aufzuwachen, drehte sich weg und vergrub das Gesicht im Kissen. Der Geruch des Kissenbezugs war wie ein Schuss Adrenalin. Ihre Augen flogen sofort auf und sie setzte sich mit einem Ruck auf. Ihr Blick ging von einem Ende des sehr männlich wirkenden Schlafzimmers bis ans Ende des riesigen Bettes, in dem sie geschlafen hatte. Zusammengerollt auf dem Kissen neben ihr lag ein Hund, der lauter schnarchte, als ein Mann je könnte, und sich an einen Lederknochen der Größe eines Cadillacs kuschelte.

Wo zum Teufel bin ich? Bei Jared?

Sie machte noch größere Augen, wenn das überhaupt möglich war. Das riesige Schlafzimmer war mit Möbeln aus dunklem Holz ausgestattet, aber mit keinerlei persönlichen Gegenständen dekoriert, es sei denn, man zählte das unbenutzte Hundebett dazu. Es stand weder Schnickschnack herum, noch hingen Bilder an der Wand, aber Jared würde sein Zuhause auch nicht à la Martha Stewart dekorieren. Er war wahrscheinlich eher an Funktionalität interessiert, was sie wertschätzte.

Sie sah sich im Zimmer um. Wenn das hier Jareds Schlafzimmer war, dann könnte sie sich nur zu gut vorstellen, wo er seine Waffen versteckte. Unter dem Bett. In Schubladen. Bestimmt gab es hier auch irgendwo einen Safe, aber er würde schnell drankommen wollen. Sie rollte sich auf die Seite, ließ den Arm über die Seite des Bettes baumeln und fuhr mit den Fingern über die Unterseite der Matratze, wo sie – *hab ich dich!* – eine Pistole fand, an die er schneller kam als an seinen Wecker.

Sie ließ sie dort, aber der Fund bestätigte ihr, dass sie in Jareds Bett lag. Sie hatte noch nie zuvor im Bett eines Mannes geschlafen, noch hatte sie je einem Kerl erlaubt, ihres zu teilen. Da lag sie nun, ganz allein, abgesehen von dem Hund, der näher an ihre Seite herangerutscht war, ohne auch nur einen Schnarchlaut auszulassen. Dann lachte sie. Natürlich würde Jared einen lauten, sabbernden Hund haben, der sich unbemerkt anschleichen konnte.

Plötzlich erinnerte sie sich an die kranke Asal und das Lachen verging ihr. Sie musste sich erkundigen, wie es ihrem Mädchen ging. Sie entdeckte einen Zettel und ein Handy auf dem Nachttisch. *Nachricht vom Krankenhaus: Asal geht es gut. Sie erholt sich schnell. Hier ist die Telefonnummer, die du anrufen kannst, um dich nach ihr zu erkundigen, falls ich nicht da bin, wenn du aufwachst. Sie ist ein ganz tapferes Mädchen. J.*

Nachdem sie sich mit einem Anruf auf Asals Station versichert hatte, dass das Mädchen wieder gesund wurde, ließ sie sich entspannt in die Kissen fallen und starrte ihren pelzigen Bettnachbarn an. Der Hund machte ein Auge auf und das Schnarchen verwandelte sich langsam in ein lautes Atmen.

»Und wie heißt du?« Sie rieb dem Hund über den pelzigen Kopf, sodass die Haut hin und her rutschte. »Du musst eine Bulldogge sein. Ich liebe deine Falten.«

»Das ist Thelma.«

Sugar schoss hoch, auf die Knie, und ihr Puls raste. »Verdammt, Jared!« Er legte eine Hand hinter den Kopf und stützte sich mit dem Ellenbogen gegen den Türrahmen. »Du hast mir einen Scheiß-Schrecken eingejagt!«

Er lachte und ihr ganzer Körper fing an zu kribbeln. Ihre Lippen verzogen sich zu einem Lächeln, als sie sich wieder hinsetzte. Thelma rollte sich auf den Rücken, die feuchte Nase in Sugars Hand.

Er war frisch rasiert und hatte Jeans an, die einen zu Tagträumen verleiteten, ein Baumwoll-T-Shirt, das aussah, als sei es auf seine Muskeln gemalt worden, und er war barfuß. Er sah aus wie ein männliches Model auf dem Cover eines Magazins.

»Ich glaube, Thelma mag dich. Zuerst war ich mir nicht so sicher, aber sie bewacht dich jetzt schon seit einer ganzen Weile.« Die Hündin drückte wieder die Schnauze in ihre Hand. »Ich nehme an, jetzt kannst du dich bei ihr revanchieren. Sie liebt es, gestreichelt zu werden, spielt gerne Tauziehen und kaut mit Vorliebe auf Sachen herum, die nicht in ihrem Maul landen sollten.«

Das stimmte. Jareds Hund hatten einen eisernen Magen. Sie erinnerte sich wieder an das Gespräch. »Wie lange hab ich geschlafen?«

»Einen Tag lang.«

Vierundzwanzig Stunden also? »Wow!«

Er lachte wieder. »Das kannst du laut sagen! Du und Thelma habt zusammen so laut geschnarcht, dass ich gestern auf der Couch geschlafen habe.«

Was? Sie merkte, wie ihr die Hitze in die Wangen stieg und die Kinnlade fiel ihr runter. »Nee, oder?«

Er schüttelte den Kopf und lachte *wieder*.

Sie konnte sich nicht daran erinnern, ihn schon mal so viel lachen gesehen zu haben. »Bei dir zu Hause bist du ein fröhlicher Mensch.«

»Kann man so sagen.« Er sah verdammt heiß aus, als er auf das Bett zukam. Seine aufblitzenden Augen und der forsche Schritt verrieten ihr, dass er auf einer Mission war.

»Warte.« Sie rutschte zurück, bis sie gegen das Kopfbrett stieß. »Ich muss erst duschen. Und Zähne putzen. Make-up könnte ich auch gebrauchen, aber ich nehme an, das kann ich hier im Hause Westin nicht erwarten.«

»Du bist wunderschön.«

»Du bist verrückt.« Er beugte sich vor und berührte die Bettdecke. »Verschwinde, Thelma!«

Die Hündin sprang auf ihre kurzen Beine und huschte vom Bett.

»Ich werde so schnell duschen wie noch nie. Aber es ist nötig. Glaub es mir.« *Er ist so ein typischer Mann!* Er würde ganz erregt und interessiert sein, bis er ihr über das Bein streichelte und sie küsste. Ihr wurde schlecht, wenn sie daran dachte. »Badezimmer?« *Denkt er darüber nach, mir zu widersprechen? Wie kann er sich nicht davon überzeugen lassen?* Vielleicht sollte sie ihm ein bisschen von ihrem Bein zeigen, um ihn abzuschrecken. Sie kräuselte die Nase. »Echt. Vertrau mir, Kollega!«

»Ich gebe mich geschlagen. Es ist die Tür da.« Er zeigte über seine Schulter.

»Rasierer und Zahnbürste?«

»Ist alles dort.«

Okay. Ich komme damit klar, seine zu benutzen. Das schien nur natürlich, aber vielleicht doch ein bisschen zu vertraut, da sie diese Gedanken an *Familie* im Krankenhaus gehabt hatte. Vater-Mutter-Kind spielen machte Spaß, aber wenn er gewusst hätte, was in ihrem Kopf vorging, dann hätte er dieses Angebot nicht gemacht.

Sugar schwang die Beine aus dem Bett und eilte ins Bad. Er würde auf sie warten und ihr Blut wallte vor Erregung auf, als sie die Tür zwischen ihnen zuschlug. Erregung und Herzenswärme. Sie hatte ihn wirklich gern. Sogar seinen Hund. Sein Schlafzimmer. Wahrscheinlich gefiel ihr sein ganzes Haus. Ihr gefiel seine Wahl an Waffen und wo er sie aufbewahrte. Ihr gefiel sein Lächeln und dass er lachte, wenn niemand außer ihr es sehen konnte. Mehr Gründe, um wegzulaufen. Aber sie wollte nicht. Noch nicht. Nicht, wenn Vater-Mutter-Kind spielen sich so …

Sugar lehnte sich seufzend gegen die Wand und starrte die Dusche an.

Klopf, klopf!

Sie sprang von der Tür weg und ihre Hand ging sofort zu ihrer Waffe, die sie nicht an sich trug. *Alte Gewohnheiten legt man nur schwer ab.* »Ja?«

»Alles in Ordnung? Brauchst du etwas?«

Sie betätigte die Klospülung. »Ja, es ist eine Weile her, seit ich wach war. Ich musste pinkeln.« Viel besser als zuzugeben, dass sie gerade fantasiert hatte, wie sie mit dem Mann vor den Traualtar schritt.

Was? Moment mal. Was? Ihre Gedanken sprangen von einem bedeutenden Lebensereignis zum nächsten. Familie. Heirat. Das passte doch gar nicht zu ihr! Ganz sicher passte es nicht zu ihm. Sie sollte sich mal besser zusammenreißen, oder ihr großartiger Sex und sein Geschwafel darüber, wie er ihr hinterhergejagt war, würden ganz schnell zu dumpfen Erinnerungen werden.

Sie drehte die Dusche so heiß auf, wie sie es ertragen konnte, und stieg in die Duschkabine, beschämt, dass ihr solche Gedanken überhaupt kamen.

KAPITEL SECHSUNDZWANZIG

J ARED SCHLOSS SEINE Haustür und drehte sich um. Sugar stand im Flur neben der Treppe, nichts außer einem Handtuch eng um ihre Kurven gewickelt. *Es geht ihr gerade mal bis zu den Oberschenkeln. So verdammt schön!*

»Wer war das?« Sie strich sich nasse Haarsträhnen hinter die Schulter.

Sein Blickte folgte ein paar Wassertropfen, die ihren Hals hinunterliefen. *Ich wette, sie schmeckt frisch und sauber und riecht nach Seife. Nach meiner Seife. In meinem Handtuch, nachdem sie in meinem Haus geduscht hat.* Auf einmal begehrte er sie so sehr, dass ihm die Luft wegblieb. Seine Fingerspitzen kribbelten, so gerne wollte er ihre frischgewaschene Haut berühren. Er unterdrückte den Drang, zu ihr zu gehen und ihr auf eine Art und Weise zu zeigen, dass sie sein war, die sie sich nur erträumen konnte.

»Einer der Jungs hat meinen Expedition vorbeigebracht, nachdem er mir eine neue *Zündkerze* gekauft hat.«

»Oh.« Ihre Wangen färbten sich rot, aber sie erholte sich schnell. »Du hättest doch nur fragen müssen. Ich hätte sie dir wiedergegeben. Es ist ja nicht so, als ob ich sie aus dem Fenster geworfen hätte. Sie ist in meiner Handtasche. In meinem Auto, und es wäre toll, wenn wir es irgendwann heute holen könnten.«

Er hatte nicht vor, das Haus zu verlassen und sie würde ganz sicher nirgendwo ohne ihn hingehen. »Vielleicht morgen.«

»Wieso denn, Kollega?«, schnurrte sie förmlich. »Hast du heute schon was für uns geplant?« Sie legte den Kopf schräg, zog eine Augenbraue hoch und spielte mit dem oberen Saum ihres Handtuchs herum.

Sie war zwar sauber geschrubbt, konnte aber immer noch schmutzig aussehen. Zwischen ihnen war viel zu viel Abstand. Er ging zu ihr hinüber und drückte sie gegen die Wand. Ein schelmisches Lächeln zeigte sich auf ihrem hübschen Gesicht. »Rat mal, was ich geplant habe!«

»Wir könnten ein Spiel spielen?« Ihr Atem kitzelte an seinem Hals, als ihre Lippen und Zunge zu seinem Schlüsselbein wanderten. »Vielleicht Twister. Das wäre lustig.«

Sie roch tatsächlich nach seiner Seife – und seinem Shampoo. Er hatte gar nicht gewusst, wonach sein Shampoo roch, bevor er es an ihr gerochen hatte. »Twister, was?« Seine Finger streichelten sanft über ihre Arme und seine Berührungen verursachten ihr Gänsehaut. »Wie kommt es, dass du in meiner Gegenwart immer in einem Handtuch steckst?«

»Ich bin so eine Strategin.«

»Ja, du bist schon so eine.«

Ihre Hände fuhren unter den Saum seines T-Shirts, streichelten seine Seiten und massierten seinen Rücken. Er schmolz schier unter ihren Berührungen und war sich bewusst, dass er Kleidung trug, während sie nur eine Baumwolllage entfernt davon war, nackt zu sein.

Während ihre knetenden Finger in seine Muskeln drückten, kratzten kleine Fingernägel über seine Haut, und er biss die Zähne zusammen. Sein Atem wäre stoßweise gegangen, hätte er ihn nicht unterdrückt, und er kämpfte gegen den Impuls an, sie in die Schulter zu beißen.

»Ich will ein Spiel …« Sie bedeckte seine Brust mit Küssen. Ihre Lippen fühlten sich so heiß an, dass sie sein T-Shirt förmlich versengten. »… spielen.«

Oh, die Spiele, die ich spielen könnte. »Ich verliere nicht gerne.«

»Ich auch nicht.«

»Nur weil du eine Frau bist, die Träume wahr werden lässt, und das Aufregendste, was ich je berührt und geschmeckt habe, werde ich dich nicht gewinnen lassen.«

Ihre Finger folgten dem Bund seiner Jeans bis zum Knopf vorne und seine Haut kribbelte wie verrückt. Sie stellte sich auf Zehenspitzen und fuhr mit der Unterlippe über seinen Hals. »Versprichst du mir das?«

»Willst du nicht erst mal wissen, was für ein Spiel wir spielen, Zuckerschnütchen?«

Sugar kam ihm mit den Hüften entgegen und presste ihre Mitte gegen seinen harten Penis. Sein gesamtes Blut war zu diesem Körperteil gelaufen, das jetzt pulsierte und sich Sugar entgegendrängte. Er musste sich sehr zurückhalten, nicht seine Hose herunterzulassen und an dem verführerischen Handtuch zu ziehen.

Es wäre so einfach, tief in sie hineinzugleiten, sie zu vögeln, bis zum Höhepunkt und dem darauffolgenden Gefühl der Erlösung. Er brauchte es. *Sie* brauchten es, und das Feuer in ihren Augen sagte ihm, dass er gar nicht langsam machen musste. Jeder Seufzer, der aus ihrem Schmollmund kam, jedes Ächzen, jedes Hervorschnellen ihrer Zunge und jeder Kuss sagte ihm, dass er sich beeilen sollte.

»Solange diese starken Hände mit mir spielen, ist es mir egal, was für ein Spiel es ist.« Sie schmiegte ihren weichen Oberkörper an seinen. »Fordere mich heraus!«

Das Wasser lief ihm im Mund zusammen, als er daran dachte, wie feucht sie unter dem Handtuch sein musste. Der unregelmäßige Takt seines Herzschlags wollte keinen steten Rhythmus finden, weil er wusste, dass der Kontakt mit dem samtweichen Inneren ihrer engen Muschi ihm bald die Sinne rauben würde. Es war schon zu lange her, dass er an seiner Männlichkeit gespürt hatte, wie sie kam, und dass er die herrlichen Schreie gehört hatte, die dabei aus ihrem Mund entflohen.

Er versuchte, tief durchzuatmen, aber sie küsste ihn mit solcher Vehemenz, dass es seiner Seele den Atem stahl. Er war nicht mehr zu retten. Aber sie wollte ein Spiel und er hatte ein spaßiges im Hinterkopf – eine Herausforderung, die sie körperlich *und seelisch* zum Äußersten treiben würde. Sie würde nicht mehr klar sehen können vor Lust und er würde ihr vielleicht sogar beweisen, dass er sie genauso respektierte, wie er sie begehrte. Das perfekte Spiel für eine Waffennärrin wie Sugar.

Er atmete lange aus, trat einen Schritt zurück und lächelte, als sie verwundert registrierte, dass er Abstand zwischen ihnen schuf. »Zieh dich an.«

Sie griff nach ihm und spreizte die Finger auf seinem Bauch, stieß ihn halb weg und zog in halb näher. »Wie bitte?«

»Du wolltest doch ein Spiel spielen?«

»Ich wollte Sex und vielleicht einen Klaps auf den Hintern und ausführliches Petting. War ich nicht deutlich?«

»Klar und deutlich. Beweg deinen süßen Arsch, Sugar!«

Verdutzt stand sie mit offenem Mund da. Er ging wieder zu und ihre rosigen Lippen verzogen sich zu einem schiefen Grinsen. »Nein.«

»Ich bekomme selten ein Nein zu hören.« Er ging auf sie zu und schob sie mit seinem Oberkörper rückwärts, bis es nicht mehr weiterging. Den leisen, dumpfen Aufschlag ihrer Schultern gegen die Wand schien sie nicht als negativ zu werten. Ihr Lächeln sagte eher »Danke, wenden wir uns wieder dem Sex zu.« Er ließ eine Hand unter ihrem Handtuch verschwinden, um ihren perfekten Hintern zu streicheln. »Machst du je das, was man dir sagt?«

Sie schüttelte den Kopf.

So ein freches Mädchen. So viel Spaß.

Er zog das Handtuch auseinander und streichelte ihren warmen Bauch, ließ die Finger über den Hügel zwischen ihren Beinen tanzen. »Mach ich dich feucht, Baby?«

»Das wird sich ändern, wenn du mich dazu zwingst, mich wieder anzuziehen.« *Das würde es verdammt sicher nicht. Nicht, sobald du meine Spielregeln kennst.* Er streichelte ihre Mitte und ihr süßer Nektar benetzte seine Finger. Sie war angetörnt, und das würde sich nicht ändern. Ganz bestimmt nicht. Wenn sie sich doch nur ankleiden würde, damit er sie ausziehen konnte! Ein letztes Mal rieb er seine Finger über ihre süße Mitte und schloss die Augen, um die Hitze richtig zu spüren.

»Verdammt, Jared. Das kannst du nicht machen!«

Sie zu necken machte so viel Spaß. Zu viel. Beinahe. Er streichelte sie noch einmal, bevor er aufhörte. »Ich mache das, was ich will.«

»Ich auch, Kumpel.« Sie versuchte, ihr Kinn in typisch trotziger Sugar-Manier vorzustrecken.

Aber Trotz zog jetzt nicht. Er würde schon dafür sorgen, dass ihr ihre Aufmüpfigkeit verging. Als er mit dem Daumen über ihre Klitoris strich, wurde sie schwach, schmiegte sich an ihn und brachte ihm ihre Hüften entgegen, um noch mehr zu spüren.

»Mehr davon«, flüsterte sie.

Es war ein Hin und Her. Er provozierte sie. Sie fluchte. Sie ließ sich nach kurzer Zeit wieder auf ihn ein und er ermutigte sie, indem er den Druck seiner Finger verstärkte. Ihre Beine konnten sich nicht lange gegen seine beharrlichen Berührungen wehren und spreizten sich. Sugar nickte und stöhnte ein »Ja«, und mit einem fordernden Kuss stieß er seine Finger in ihre süße, enge Mitte. »Alles hat Folgen, Zuckerschnütchen.«

»Ich komme dir frech und du sorgst dafür, dass ich komme.« Ihr schneller Atem ging immer keuchender, als er seine Finger bewegte, sie von innen streichelte. »Da hab ich nichts dagegen.« Wenn ihre blauen Augen gerade nicht hinter den zusammengekniffenen Lidern versteckt waren, sah er darin eine Intensität, bei der ihm fast das Herz stehen blieb. Dann erinnerte er sich daran, dass er noch eine Herausforderung für sie hatte. Er ließ von ihr ab und wischte seine Finger an dem Handtuch ab, das sich rau im Vergleich zu ihrer glatten Haut anfühlte.

Jared hob sie hoch in seine Arme. Ihr kaum bedeckter Hintern war eine Folter für seinen Unterarm, sodass die Härchen sich aufstellten, aber er unterdrückte das Gefühl und trug sie den Flur entlang. Ihre Füße gingen auf und ab, als sie strampelte, und das Handtuch rutschte höher über ihren Po. Sie konnte sich kaum mehr beherrschen, als sich ihre Hände in sein T-Shirt krallten.

»Was machst du denn?« Der Frust war aus ihrer sexy Stimme herauszuhören.

Der saubere Geruch von Seife und Shampoo vermischte sich mit ihrer Lust. Es duftete verführerischer, als er sich je hätte vorstellen können. »Was ich dir versprochen habe.«

Sugar buckelte und bettelte nach mehr. Ihr Handtuch löste sich jetzt endgültig, je mehr sie sich wand, und schließlich fiel es herunter und klemmte nur noch zwischen ihrem Hintern und seinem Arm. Ob es ihr Plan gewesen war oder nicht, sie war jetzt herrlich nackt, willig und forderte ihn heraus, ihr Lust zu verschaffen.

»Vergiss es! Ich kann nicht warten.«

»Sugar«, brummte er warnend.

Sie drückte in seinen Armen den Rücken durch, sodass ihre vollen Brüste ihm entgegenkamen und der lange, elegante Nacken sich ihm offenbarte. Milchweiße Haut über makellos trainierten Muskeln. Sie hielt inne, als sein Blick über ihren Körper wanderte, Lippen zu Titten zu Hüften und wieder zurück.

Er schüttelte den Kopf und akzeptierte sein neues Leben. Die Schönheit in seinen Armen war die einzige, die er je in seinem Leben wieder zu seiner machen wollte. »Hier und jetzt ist nicht Teil des Spiels.«

»Ist mir egal!«

Sein Mund fand die Brustwarze, die sie ihm entgegenstreckte, und er saugte fest, fuhr mit den Zähnen über ihre Haut, bis sie Unverständliches murmelte. Lippen so rot wie Erdbeeren flüsterten erneut seinen Namen, flehten ihn dann an. Sie war so erregt, dass er kurz davor war, die Selbstbeherrschung zu verlieren und seine Pläne zu verwerfen – er liebte jede Sekunde davon.

Unten auf der Treppe setzte er sie ab. So ein hübscher Anblick – und sie gehörte nur ihm. Kein anderer Mann würde das je wieder zu Gesicht bekommen. Er fuhr mit den Händen von ihren nackten Schultern bis zu den Rundungen ihrer Hüften und streichelte auf dem Wege dahin die vollen Brüste.

Sie stand da wie eine sinnliche Statue und war verdammt überzeugend darin, ihn seine Pläne ändern zu lassen. Jared lachte leise. »Du glaubst, du kannst machen, was du willst, sagen was du willst.«

»Ja.« Ihre Augen blitzten auf und sie war unheimlich selbstsicher, wie sie da auf der Treppenstufe stand, als ob sie ein Podest wäre und sie sich für ihn und seine Begierde zur Schau stellte. »So bin ich. Du magst das doch?«

Ich liebe es. Aber das tat nichts zur Sache, nicht, nachdem er sich seinen Plan in den Kopf gesetzt hatte. »Ich habe dir doch gesagt, du sollst dich anziehen.« Er drehte sie herum, sodass sie in Richtung Treppe schaute, und ließ den Blick über die geschmeidigen Konturen ihres Rückens und die sanften Rundungen ihrer Pobacken gleiten. »Los!«

Er stand nahe genug bei ihr, um die Energie zu spüren, die sie ausstrahlte. Es juckte ihn in den Fingern, ihren Hintern anzufassen und reinzukneifen. *Ich wette, ihre Haare würden sich gut um meine Faust gewickelt anfühlen.* Ohne dass er es kommen sah, schlug ihm ihr Haar ins Gesicht, als sie den Kopf zurückwarf und über ihre Schulter schaute. Ihre

Augen funkelten herausfordernd. »Bring zu Ende, was du angefangen hast, Jared!«

»Eine letzte Warnung, Sugar Baby.« Er schmiegte sich von hinten an sie und zog seinen Vorteil daraus, dass die Stufe sie ein bisschen höher stellte. Ihr Hintern war auf gleicher Höhe wie seine Erektion und es fühlte sich himmlisch an.

»Du solltest eine Frau, die danach schreit, mit dir Sex zu haben, nicht wegschicken.«

»Dann hättest du mir vertrauen sollen.« Er konnte den Impuls nicht länger unterdrücken, trat einen Schritt zur Seite und klatschte mit der Hand auf ihren Hintern. Es war kein leichter Klaps zum Aufwärmen. Auch kein heftiger. Gerade genug, um seinen Drang zu befriedigen, aber was das anging, hatte er versagt. So richtig. Er wollte mehr.

»Oh ja, verdammt«, flüsterte sie überrascht. Sie hatte es eindeutig nicht erwartet. Das verrieten ihm ihre plötzlich angespannten Muskeln und die reflexartige Reaktion ihres wundervollen Hinterns. Die süße Sugar schnappte gierig nach Luft und streckte den Hintern heraus, bereit für den nächsten Klaps.

Er hätte gelächelt, wenn er nicht so damit beschäftigt gewesen wäre, seinen trockenen Mund zu befeuchten. Seine Hand lag immer noch auf ihrer Pobacke und die Hitze des Klapses wärmte seine Haut. Er spreizte die Finger, streichelte beruhigend über die Stelle. »Wir wollen unser Spiel spielen gehen. Zieh dir Klamotten an.«

»Aber …«

Klaps!

Da war es wieder. Dieses atemlose Stöhnen. Der herausgestreckte Hintern. Ihr Kopf fiel zur Seite. Und wieder streichelte er mit seiner rauen Handfläche über ihre zarte Haut. Mit der anderen Hand machte Jared den Knopf seiner Jeans auf. »Du bringst meine Pläne durcheinander.«

»Aber jetzt bekommen wir das, was wir beide wollen.«

Nein. Nicht, was er wollte. Na ja, er wollte das hier schon …

Klaps!

Ihr Kopf rollte von links nach rechts. Ihr Schulterblatt ging auf und ab, als ob sie ein Preisboxer wäre, der sich bereit für die nächste Runde machte. »Noch mal, Baby! Bitte!«

Klaps! Er machte den Reißverschluss auf und zog Hose und Boxershorts herunter und sein Schwanz fühlte sich hart und heiß in seiner Hand an. »Willst du es grob?«

Sie schaute wieder über ihre nackte Schulter und nickte. Ihre wilden Haare fielen in Wellen über ihren Rücken. Blaue Augen funkelten hell und betonten die rosa gefärbten Wangen ihrer sonst porzellanweißen Haut. »Von dir will ich das.«

Sein Blick ging zu den roten Stellen, die er auf den makellosen Rundungen ihres Pos hinterlassen hatte. Ein perfekter Körper, eine perfekte Frau. Er ging auf die Knie und küsste die gereizte Haut, nahm dann die Pobacken sanft in seine Hände und massierte sie, während er jeden geröteten Flecken küsste.

Sugar flüsterte etwas und seine Hände fanden ihre Hüften. Seine Zähne fuhren über ihre Haut, er biss sie, bis sie stöhnte, heftiger, bis sie ihn um mehr anflehte.

»So?« Er streichelte sich immer noch selber und küsste sie, wo er sie gebissen hatte. Liebkoste sie mit seiner Zunge. Kratzte mit den Zähnen über ihre Haut. Sie bekam Gänsehaut am Rücken.

»Mach's mir, damit ich komme, Jared! Ich brauche dich auch!« Sie ging auf der Treppe auf die Knie und stützte sich auf den Ellenbogen ab. Ihr Kopf fiel auf der Stufe hin und her, während sich ihre Finger in den Teppich gruben. »Bitte.«

Klaps! »Du wirst dann kommen, wenn ich es dir sage!«

»Verdammt, mach das noch mal!«

Also tat er das. Und wieder. Und ein drittes Mal. Seine Finger wanderten zwischen ihre Beine und sie schluchzte seinen Namen. Er hatte sie noch nie so feucht gespürt. Eine Hand war in ihrer süßen Mitte gefangen. Die andere griff seine Erektion und sorgte dafür, dass er den kurz bevorstehenden Orgasmus zurückhielt.

Genug.

Ohne weitere Umschweife positionierte er seinen Schwanz vor ihrer heißesten Stelle und trieb ihn mit einem harten Stoß hinein. *Gnade mir Gott!* Er schloss die Augen und Sugar rief seinen Namen, laut und tief. Sie nahm ihn in sich auf und spannte sich um ihn herum an, sodass Schockwellen der Erregung wie ein Fieberschauer über seine Erektion schwappten. Von dort aus breiteten sie sich in seinem ganzen Körper aus. Er hatte so ein Gefühl noch nie zuvor gespürt, und es hätte mit keiner Frau besser sein können.

»Perfekt«, hauchte sie, während ihm dasselbe Wort durch den Kopf ging. Was war besser als perfekt? *Das hier.*

Seine Männlichkeit übernahm die Führung, während sein Verstand eine Auszeit nahm. Rein und raus. Stoßen und treiben. Köstliche Schreie waren die Belohnung für seine harte Arbeit. Er war verantwortlich für jedes Aufbäumen, das als Reaktion auf seine Stöße kam. Er legte eine Hand auf ihre Hüfte und ließ die andere in ihr Haar gleiten. Die seidigen Strähnen rutschten über die Schwielen an seinen Händen, als sie den Kopf drehte, um ihn anzusehen.

»Der attraktivste Mann. Den es je gab. Und er ist ganz allein mein.« Sie biss sich auf die Lippe und ihr samtenes Inneres spannte sich eng um ihn herum an, hielt ihn so und ließ los – nur damit sich die Erregung wieder aufbauen konnte. Sie kniff die Augen zusammen und ihre Mitte krampfte sich um seinen Schwanz zusammen, fester, fester, bis zum befreienden Gefühl des Orgasmus, der so heftig war, dass ihr ganzer Körper in seinen Armen hin- und hergeworfen wurde.

Ganz allein mein. Seine Hoden wurden eng. Sein Körper machte sich bereit für die Explosion, während sie vibrierte und zuckte, ihren Höhepunkt bis zum Ende auskostete. *Benutz mich, Baby! Ich gehöre ganz allein dir!*

Und sie benutzte ihn. Er liebte es. Liebte sie. Brauchte das hier. Ihr sich windender Körper kam so heftig, dass es schmerzte, bevor das Gefühl der alles vernichtenden Euphorie eintrat. Das war es, was er für sie wollte. Das war es, was sie verdiente – besser als je zuvor.

»So ist es gut, Baby!«

Seine Zähne taten ihm weh, so sehr hatte er die Kiefer zusammengepresst, und ein Schweißfilm bildete sich in seinem Nacken. Er konnte sich nicht mehr zurückhalten. Er konnte es keine Sekunde länger aushalten. Jared zog seinen Penis heraus und massierte ihn die letzten

Sekunden, bevor er sich auf ihrem Rücken ergoss, auf ihre makellose Haut abspritzte. *Verdammt perfekt.*

Sugar sank kraftlos auf die unebene Oberfläche der Treppenstufen. Es gefiel ihm, sie erfüllt und entspannt zu sehen. Keuchend atmend, als ob sie einen Marathon auf seinem Schwanz gelaufen wäre, drückte sie ihre Stirn in den Teppich, bis sie träge den Kopf drehte und die Wand anstarrte. Ein zufriedenes Lächeln lag auf ihren Lippen und ihre Augen gingen zu, als ob sie nicht auf dieser Treppe lag und kaum Luft bekam, weil sie gerade so richtig durchgefickt worden war.

Um sie herum vibrierten die Wände. Er zog seine Boxershorts und Hose wieder an und schnappte sich das Handtuch, das auf dem Boden lag. Langsam und sorgfältig wischte er ihren Rücken sauber und legte sich dann neben sie auf die Treppe, um das Nachglühen zu genießen.

Seine Stirn berührte ihre und ihre Augen gingen auf. *So verdammt blau. Tief wie der Ozean.* Als ob sie in seine Seele schauen könnte, funkelten sie, glitzernd und hypnotisch. Er hätte ihr den ganzen Tag in die Augen schauen können.

»Das war wundervoll«, hauchte sie, immer noch außer Atem. Es hörte sich verträumt an. »Du bist wundervoll. Mehr als das.«

Das Kompliment kann ich gleich zurückgeben. Vielleicht war es jetzt an der Zeit, sich zu unterhalten. Sie schmiegte sich an ihn und zusammen starrten sie die Decke an.

»Ein bisschen.« Sie sprang unvermittelt auf. »Aber eigentlich fühle ich mich wie neugeboren. Wenn ich mich anziehe, werden wir dann immer noch *ein Spiel* spielen?«

Er musste lachen. *Eine nackte Sugar. Die aufgeregt auf und ab sprang, weil sie mehr wollte.* Sie war doch immer für eine Überraschung gut. Sie zog ihn an den Armen hoch, bereit für mehr wilde und heftige Taten. Er stand auf und zog sie in eine feste Umarmung. *Das hier ist Liebe, oder zumindest der verdammt beste Teil davon.* Er würde niemals eine bessere Frau finden und ihre Unterhaltung konnte warten, wenn sie die zweite Runde schon nicht mehr abwarten konnte.

»Natürlich werden wir das.«

Sie quietschte und war schon dabei, die Treppe hochzurennen. Er glaubte, gesehen zu haben, wie sie eine Siegerfaust gemacht hatte, bevor sie um die Ecke in Richtung Schlafzimmer verschwunden war. Das Herz ging ihm auf und sein Penis zuckte. Diese Frau war der Hammer.

KAPITEL SIEBENUNDZWANZIG

S UGARS SCHMUTZIGE KLAMOTTEN lagen zu ihren Füßen. Sie stupste den Berg Wäsche mit dem Fuß an und ärgerte sich darüber, dass sie nichts zum Anziehen hatte. Diese Sachen zu tragen, ohne sie vorher zu waschen, war keine Option, und nach ein paar Nächten in Buck Baers Keller wollte sie das Outfit eigentlich auch gar nicht mehr sehen.

Sie hob die Sachen schnell mit den Fingerspitzen auf und schmiss sie in den Mülleimer im Badezimmer. Dann ging sie ins Schlafzimmer zurück. Ihre Stiefel lagen in der Ecke, aber wenn sie nur ein Spiel spielen würden, dann musste sie die nicht wieder anziehen.

Nachdem sie einen Bademantel gesucht und nicht gefunden hatte, gab sie sich mit einem neuen Handtuch zufrieden. Sie begutachtete seine Kommode, während Thelma mitten auf dem Bett saß und sie kritisch beäugte. Der Hündin schien es nicht zu gefallen, als sie auf die Kommode zuging. Sie knurrte nicht, aber sie bedachte Sugar mit einem Blick, der sagte: »Weg da! Das ist nicht dein Haus!«

»Komm schon, Thelma! Ich dachte, wir sind Freunde?«

Thelma ächzte und vergrub ihr faltiges Gesicht in den riesigen Pfoten, als ob sie es nicht ertragen könnte, Sugar dabei zuzuschauen, wie sie in Schwierigkeiten geriet. Gab es irgendwelche Regeln, wenn es darum ging, durch die Kleider eines Mannes zu wühlen? Wahrscheinlich, aber sie machte sich nicht viel aus Spielregeln.

»Ich nehme mir ein paar von deinen Klamotten!«, rief sie aus der Tür.

Keine Antwort.

Also … sie würde seine Kommode durchwühlen. Keine große Sache, auch wenn ihre vierbeinige Freundin das anders sah. Das schlimmste, das sie finden könnte, war ein Stapel Pornohefte. Keine große Sache. Es war viel wahrscheinlicher, dass ihr die eine oder andere Waffe in die Hände fallen würde. Solange die verdammte Kommode nicht mit einer Sprengfalle gesichert war, konnte ihr nichts passieren.

Sie zog die Augenbrauen zusammen und tippte mit dem Zeigefinger gegen ihr Kinn. *Würde Jared seine privaten Räume mit Sprengsätzen versehen?* Ihre Mundwinkel verzogen sich zu einem Lächeln. *Ja, verdammt, das würde er.* Aber er hätte ihr auch Bescheid gesagt, wenn es in seinem Zimmer den einen oder anderen Stolperdraht gäbe.

Sie schaute Thelma an. »Wenn dieses Teil gleich in die Luft fliegt, wäre es schön, wenn du mich jetzt warnst.«

Eine Pfote bewegte sich und die Hündin linste mit einem Auge dahinter davor. Aber sie ächzte und knurrte nicht.

»Die letzte Gelegenheit, Mädchen! Wenn es mich erwischt, erwischt es dich auch!«

Thelma schnaubte und Sugar war sich hundertprozentig sicher, dass die Hündin über sie lachte.

Also gut. Kein Stolperdraht. Aber nur um sicherzugehen nahm sie einen Umschlag von der Kommode und zog ihn vorsichtig durch die Spalten über den Schubladen. Er blieb an nichts hängen. Es kam weder zu Explosionen noch fing eine Zeitbombe an zu ticken. Sie inspizierte die Rückwand des Möbels und sah nichts, das das Zimmer in die Luft sprengen würde.

»Alles sicher«, hauchte sie. Thelma schnaubte wieder, was Sugar zum Lachen brachte. Die ganzen letzten fünf Minuten waren zum Totlachen. Sie hatte ihre Sorge um eine eventuell *explodierende Kommode* zu ernst genommen, und das war lächerlich ... *oder nicht?* Ihre Fingerspitzen kribbelten vor Aufregung. Adrenalin pumpte durch ihre Venen, als sie die erste Schublade aufzog und darin ... Socken und Unterwäsche fand.

Sie schüttelte die verrückten Gedanken ab. *Leichter Anflug von Paranoia?* Was stimmte nicht mit ihr?

Hier gab es gar nichts, über das sie sich Sorgen machen musste, zumindest hinter den sicheren Wänden von Jareds riesigem Haus nicht. Draußen, außerhalb ihres Sicherheitsnetzes aus Backsteinen, wo Buck Baer ein Team im Einsatz hatte, um sie zu suchen, war das eine ganz andere, sehr schlechte Geschichte.

Aber hier, wo sie kurz davor waren, irgendein Spiel zu spielen, konnte sie sich entspannen, zumindest so gut es ging, mit der ganzen Aufregung, die sie gepackt hatte. Und *das* lag nicht nur daran, dass sie vermutete, Kommoden seien mit Sprengfallen ausgestattet. *Das* lag an dem Wissen, dass Kollega Jared unten war und Pläne für ihren nächsten Orgasmus schmiedete.

Sie machte die zweite Schublade auf, in der sie Unterhemden und T-Shirts fand, dann noch eine Schublade, in der Jogginghosen lagen. Mit Jogginghose und T-Shirt würde sie sich zufriedengeben müssen. Sie konnte nachher ihren BH und Tanga waschen. Sie bezweifelte, dass sie viele Lagen Kleidung für das Spiel brauchte, das er sich ausgedacht hatte.

Sugar streichelte Thelmas Kopf, nachdem sie ihr provisorisches Outfit angezogen hatte, rollte den Hosenbund runter und knotete den Saum des T-Shirts zusammen, damit sie in den Klamotten nicht verschwand. Dann suchte sie Jared.

Wie der König seines Schlosses saß er am Küchentisch und schaute auf. Sein Blick wanderte langsam von ihren nackten Füßen zu ihrer Brust. Seine Augen glühten und ihre Brustwarzen ließen ihn wissen, was sein Blick für eine Reaktion in ihr hervorrief. Sie wurden sofort so hart, dass es fast schmerzte. »Das willst du tragen?«

Hitze stieg ihr den Hals hoch und in ihre Wangen, und Erregung wanderte schnell von ihrem klopfenden Herzen hinunter, zwischen ihre Beine. Ein lustvoller leichter Schmerz erinnerte sie daran, dass er sie gerade eben erst auf der Treppe genommen hatte, aber ihr Körper schrie nach mehr.

Er sah aus, als ob er nicht genug von ihr bekommen konnte. Seine Augen wurden schmaler und sein Kinn spannte sich an. Sexappeal schlug ihr in Wellen entgegen und nahm ihr den Atem. Es war so schlimm, dass sie keinen klaren Gedanken fassen konnte. Sie konnte den Drang kaum unterdrücken, ihn anzuspringen, über seinen ganzen, harten Körper zu krabbeln, seinen Hals zu lecken, seine Brust, sein … alles. Er konnte sie in Rekordzeit erregen und völlig durcheinanderbringen, schneller als der Blitz, aber das musste er nicht wissen. Sie stemmte die Hände in die

Hüften, um ihre Brüste und die Konturen ihres Körpers zu betonen – alles, von dem sie wusste, dass es ihm gefiel. Seine Augen blitzten auf. *Gott, er ist einfach köstlich.* »Gefällt es dir nicht, Baby?«

»Es gefällt mir.« Sein Blick blieb an ihrer Brust hängen. »Aber ich kann deine Brustwarzen sehen.« Sie konnte seinen intensiven Blick wie streichelnde Hände auf ihrem Körper fühlen. Die Atmosphäre in der Küche war so aufgeladen, dass die Luft schimmerte. Sie würden es niemals zu dem Spiel schaffen, das er geplant hatte. *Jammerschade, Neugierde ist hart.* »Du hast meine Titten doch schon gesehen! Lenk mich nicht mit deinem Fick-mich-Blick ab, oder wir schaffen es nicht rechtzeitig zum Anpfiff.«

Er lachte leise. Seine vom Küssen geschwollenen Lippen verzogen sich zu einem sündigen Lächeln und er zeigte seine perfekten Zähne, die er vor so kurzer Zeit dafür benutzt hatte, sie zu beißen und ihre empfindliche Haut zu reizen. Sie wusste, dass sich dieser Mund mehr als himmlisch anfühlte und ertappte sich dabei, wie sie sich über die Unterlippe leckte.

»Bist du sicher, dass du das tragen willst, meine Hübsche?«

»Fahren wir irgendwohin?« Sie spielte mit dem Saum ihres T-Shirts herum. Sie versuchte, ihre nervöse Energie unter Kontrolle zu behalten, aber es gelang ihr nicht, und er bemerkte das.

»Nein. Wir verlassen mein Haus nicht. Bist du bereit?«

Sie nickte. »Was ist das Spiel?«

Das sündige Lächeln wurde zu einem, das der Teufel hätte kreieren können. Zu erotisch. Zu umwerfend. Und viel zu wissend. »Schießübungen mal anders. Strip-Schießen.«

Was? Sie begutachtete sein T-Shirt, seine Jeans, Gürtel und Stiefel. Sie wusste, dass er auch Boxershorts und Socken trug. Dann schaute sie an ihrem zweiteiligen Outfit hinunter. »So wie Strip-Poker?«

Ihre Gedanken rasten. Sie hasste es, zu verlieren – *hasste* es. Statistisch gesehen war sie angeschmiert. Wieso hatte sie sich nicht ein Paar seiner Socken geschnappt und sich die Stiefel angezogen? *Verdammt, verdammt, verdammt!*

Wenn sie gegen ihn verlor, dann würde sie zwar unglaubliche Orgasmen und heißen Sex dafür bekommen, aber trotzdem: es war einfach nicht ihr Ding. Nicht, wenn sie etwas dagegen unternehmen konnte, und jetzt musste sie schnellstens noch eine oder zwei weitere Lagen Klamotten finden.

Sie sah, wie sein Adamsapfel auf und ab ging, als er seinen Kopf schräg legte, und sie wusste, dass er hieran von dem Augenblick an gedacht hatte, als sie ein Spiel gefordert hatte. »Besser als Strip-Poker, Zuckerschnütchen.«

Er stand vom Tisch auf und in einem titangroßen Schritt war er bei ihr und nahm ihre Hand. Es war nicht das erste Mal, dass er das tat, aber jedes Mal, wenn er es machte, wurde ihr ein kleines bisschen schwindlig. Der knallharte Jared hielt Händchen und sprang auf sie zu, als könnte er es nicht erwarten, sie anzufassen. Ihr Herz klopfte schneller und der freche Spruch, der ihr auf den Lippen lag, verstummte, als seine Daumen ihre Fingerknöchel streichelten.

»Besser als Strip-Poker …«, wiederholte sie seine Worte, aber in einem verliebten Flüstern. Alles mit Jared war besser. Wusste er das denn nicht?

Sie biss sich auf die Lippen, um nicht zu viel zu sagen – all das, was diesen Moment kaputtmachen würde. Sie hatte nur eine begrenzte Zeitspanne, bevor diese Fantasie wie eine Seifenblase platzen würde, und sie wollte mit ihm so lange es ging auf den Wolken schweben.

Sie verschränkten die Finger und gingen in die Garage. Sie sah genauso aus, wie sie es erwartet hatte: Sie war groß und luxuriös und darin geparkt waren Pick-ups und SUVs, die Jared irgendwie widerspiegelten. Undurchdringliches Äußeres. Dunkel. Mysteriös. Manche dieser Wagen waren ganz Schwarz, von den getönten Scheiben über Scheinwerferabdeckungen bis zu schwarzen Emblems. Einige forderten sie mit ihrem blitzendem Chrom dazu heraus, sie zu berühren, während wieder andere so große Reifen hatten und so hochgeschraubt waren, dass sie fast bis zur Decke gingen und bei einem Jungen vom Lande eine Spontanejakulation hervorrufen würden. Alle zusammen wirkten einschüchternd, genauso wie ihr Besitzer.

»Komm schon, Sugar! Hier gibt es nichts zu sehen.«

Sein Fuhrpark wirkte definitiv nicht so bescheiden wie er.

»Fahr mit mir in einer dieser geilen Karren!« Sie warf noch einen Blick über ihre Schulter, als er sie weiterzog. Seine Lenkräder riefen nach ihr. Gaspedale bettelten darum, zu Boden getreten zu werden.

Er lachte, ging aber weiter. »Irgendwann mal.«

Der Stoff ihres T-Shirts rieb gegen ihre Brüste. Seine Hand griff ihre noch fester und sie ließ die Ablenkungen in der Garage hinter sich und konzentrierte sich auf das Strip-Schießen – darauf, zu gewinnen.

Du kannst das! Sie konnte immer noch als Gewinnerin hervorgehen, auch mit nur zwei Kleidungsstücken. Er mochte vielleicht ein großartiger Schütze im Einsatz sein, aber sie war jeden Tag auf dem Schießstand, um Waffen zu testen. Sie konnte die langweiligen Bedingungen einer Schießübung mit Genauigkeit *und* Raffinesse meistern.

Zielen.

Konzentrieren.

Ins Schwarze treffen.

Bei Titan war seine einzige Arbeitsanforderung, am Leben zu bleiben. Er konnte einen tödlichen Schuss abfeuern, wenn es nötig war. Aber tödliche Schüsse bewiesen keine genaue Treffsicherheit, sie bewiesen nur die Fähigkeit zu überleben.

Er zog sie enger an sich, bevor sie durch eine Tür gingen, die abgeschlossen gewesen war. »Was lächelst du? Du bist dabei, zu verlieren!«

»Ich bin eine verdammt gute Schützin! Es ist gut möglich, dass du alle deine Kleidungsstücke ablegst, bevor ich eins meiner beiden ausziehen muss.«

Eine Augenbraue ging hoch. »*Beiden*?«

»Ich habe unter dieser Hose nichts an.«

»Verdammt«, ächzte er und machte die Tür auf. »Willkommen an dem Ort, an dem ich entspanne.«

»Heilige Scheiße, Jared!« Der Schießstand war ein Traum. Sein Haus passte zu Jared, dem Kämpfer, aber sein Schießstand war mehr als nur beeindruckend. Technisch auf dem neuesten Stand, hatte er alles, was sich ein Revolverheld erträumen könnte.

»Was?«

Sie machte große Augen und konnte ihre Bewunderung nicht verstecken. »Geile Bude! Dieser Ort ist … mein feuchter Traum!«

Er griff sich ans Herz, tat so, als ob es ihm wehtat, und kräuselte die Stirn. »Wenn das der Fall ist, dann habe ich einiges an Arbeit vor mir.«

Sie stieß ihn an. »Du weißt doch, was ich meine. Das hier ist toll. Das alles hier ist … Scheiße, einfach nur überwältigend!«

Er zuckte mit den Schultern und tat so, als ob sein riesiges Anwesen, sein Schießstand für Elitekräfte und die beeindruckende Garage, durch die sie gerade gegangen waren, nicht der Rede wert wären. Bescheiden und Jared waren zwei Worte, die sonst nie zusammen in einem Satz gesagt wurden, aber sie gehörten doch zusammen. Seine Augen funkelten und er drückte wieder ihre Hand.

»Ich bin froh, dass es dir gefällt.« Er ging mit ihr zu einem Tisch und einer Werkbank. Die Waffen, die dort lagen, waren mit einem Tuch abgedeckt, aber sie konnte die Konturen von verschiedenen darunter ausmachen. »Aber vergiss nicht, warum wir hier sind!«

»Damit ich dich fertigmachen kann! Dafür sorge, dass du nackt vor mir stehst. Und ich dann mit dir machen kann, was ich will.«

»Das glaubst du!« Seine dreckige Lache drang ihr bis ins Mark, sodass sie inständig hoffte, sie wieder zu hören.

»Sag mir dir Spielregeln und ich zeige dir, wie ich gewinnen werde.«

»Wähle deine Waffen!« Wie ein stolzer Vater strahlte er über das ganze Gesicht, als er das Tuch vom Tisch zog, und zusammen schauten sie die Schmuckstücke an, die auf sie warteten. »Wir fangen mit einer leichten Distanz an und setzen das Ziel dann jeweils immer zwanzig Meter zurück. Jedes Mal, wenn du nicht ins Schwarze triffst, verlierst du ein Stück Kleidung. Sieht so aus, als ob ich ein leichtes Spiel haben werde.«

Sie wippte auf ihren nackten Fersen auf und ab und kam fast, als sie die Waffen begutachtete, die ihr zur Verfügung standen. Sie kannte zwei Dinge gut: Sex und Waffen. Sie liebte sie beide. Sehnte sich nach dem Gefühl, die sie in ihr hervorriefen. Nach den Berührungen. Und er stand hier und bot ihr zwei Dinge an, ohne die sie nicht leben konnte.

Nur Jared würde apokalyptischen Sex mit Waffen vereinen, bei denen Sammlern Sabber das Kinn herunterlief. Seltene. Unbekannte. Militär-waffen, die nur Spezialeinsatzkräfte zu sehen bekamen. Jede von ihnen war etwas Besonderes. Er hatte jede einzelne von ihnen aus seiner Waffenkammer geholt, nur damit sie mit ihnen spielen konnte. Es waren nicht der Sex und die Waffen, ohne die sie nicht leben konnte. Es war der Mann.

»Na los, Sugar! Fass sie an!«

Gott liebe ihn, denn ich tue es ganz bestimmt.

»Großer Gott ...« Ihre Finger vibrierten fast, so sehr wollte sie das kalte Metall und das geschliffene Holz berühren, die Spezial-Munition in die Hand nehmen, die Waffe laden und sich bereit machen, mit ihm an seiner Seite den Schießstand unsicher zu machen.

»Gefällt es dir?« Seine tiefe Stimme brach über sie herein wie eine sinnliche Welle. Sie flutete ihre Sinne, bis sie sich nur noch auf die Feuerkraft und die Vorfreude auf gewaltige Explosionen konzentrieren konnte. »Sugar, Baby?«

Sie nickte und ihr Herz hämmerte vor lauter Ungeduld, endlich den Abzug betätigen zu dürfen. »Es gefällt mir.«

Er kam näher. Eine Wand warmer Muskeln presste sich gegen ihren Rücken und er legte seine Arme um sie, um eine Golden Desert Eagle in die Hand zu nehmen, die vor ihr lag. »Dieses Schmuckstück, zum Beispiel.« Er nahm ihre Hand in seine und strich mit ihr über den Lauf, sodass ihre Finger über das polierte Metall streichelten. »Das hat es in sich. Das musst du ganz gut fest halten. Denn wenn es losgeht ...« Er ließ ihre Finger, die sich um die Waffe geschlossen hatten, los und streichelte über ihr Handgelenk, ihren Arm hinauf.

Während seine Fingerspitzen langsam über ihre Haut tanzten, entzündeten sich wahre Feuerwerke in ihr. Die Härchen auf ihrem Arm standen ab, ihre Haut kribbelte und ein Strudel der Lust bewegte sich zwischen ihren Beinen. Jared führte seine Hand zu ihrem T-Shirt, berührte verführerisch ihre Brust. »Und du wirst den Rückstoß an deiner Brust spüren.« Er zwickte ihre Brustwarze durch das T-Shirt. »Bis hierhin.«

Er ließ die Hand fallen und presste sich enger an sie. Sie spürte seine Erektion an ihrem Rücken und er brachte die Hüften nach vorne. Einmal. Zweimal. *Oh Gott ...*

Ihr Herz raste. Jareds Siegesstrategie beinhaltete eine gemeine Lektion in der Kunst der Ablenkung. Und sie funktionierte auch noch! Sie konnte sich nicht mehr richtig konzentrieren und versuchte, ihre Erregung irgendwie zu verdrängen. »Ich weiß, wie es sich anfühlt, eine halbautomatische Militärwaffe abzufeuern!«

»Ach, wirklich? Auch diese?« Er streckte den Arm aus, um nach einer Pistole zu greifen, die weiter oben auf dem Tisch lag, wobei er sich gegen sie presste. Sein Atem kitzelte ihr Ohr, und – zum Teufel mit dem Verdrängen – ein lustvoller Schauer lief über ihren ganzen Körper, vom Nacken bis zu den Zehennägeln. Seine Beweggründe waren ihr klar: Sie zwischen seinem Ständer und dem Waffenarsenal festzuhalten war ein taktischer Schachzug, von dem nur er wusste, wie effektiv er sein würde.

Ihre Lider schlossen sich und sie genoss den Moment. Jeder seiner Muskeln hatte Muskeln. Er verkörperte Schutz und Sicherheit – eine undurchdringliche Macht, geschaffen, um beständig und breit zu sein, stark von Kopf bis Fuß. Seine sehnige Stärke war so offensichtlich, dass sie ihn noch nicht mal ansehen musste, um die schiere Kraft wahrzunehmen. Sie konnte sie bis ins Innerste spüren.

Seine Männlichkeit presste sich durch den rauen Stoff seiner Hose und den weichen Baumwollstoff ihrer. Seine Hüften berührten wie zufällig ihre wunden Pobacken und riefen lebhafte Erinnerungen daran wach, wie er sie auf den Hintern geschlagen hatte, bis sie gekommen war. Die Erinnerung und die Reibung ließen sie aufstöhnen und sie kam unweigerlich seiner Berührung entgegen.

Er biss ihr spielerisch ins Ohrläppchen, als er ein Sturmgewehr vom Rand des Tisches nahm. »Du spürst es jetzt, nicht wahr, Baby? Du wirst an mich denken müssen, jedes Mal, wenn du dich hinsetzt oder aufstehst. Jedes Mal, wenn du dich in eine dieser engen Lederhosen zwängst, die du trägst. Du wirst deinen wunden Po spüren und beim Gedanken an mich feucht werden.«

Sie holte tief Luft und fokussierte ihren Blick auf ein Sturmgewehr. »Das ist ein M4-Karabiner. Gasdrucklader. Stangenmagazin. Halb- und Vollautomatik.«

Er biss sie wieder ins Ohrläppchen, dann wanderten seine Lippen ihren Hals hinunter. Seine Zunge schnellte hervor und seine Zähne knabberten. »Schlaues Mädchen. Du hast mich durchschaut. Ich tue, was immer nötig ist, um dich abzulenken.«

»Was immer nötig ist?«

»Egal, wie gut du schießen kannst, du kannst nicht ins Schwarze treffen, wenn du so feucht und angetörnt bist, dass du den nächsten Orgasmus nicht erwarten kannst.« Er nahm wieder ihre Hände und ließ sie über den geriffelten Griff des beeindruckenden Gewehrs gleiten. »So viel Kraft. Fast zu viel Rückstoß für ein kleines Mädchen wie dich. Aber ich wette, du kannst das Biest zähmen.«

»Natürlich kann ich das!« Ihr Puls raste. Ihre Lungen brannten, als ob er sie so fest drückte, dass sie keine Luft bekam.

»Natürlich kannst du das«, ahmte er sie nach, in einem Flüsterton, bei dem sich ihre Vagina meldete.

»Ich durchschaue deine Ablenkungsmanöver, Jared.«

Er ignorierte ihre Worte, aber nicht ihren Körper.

»Du hältst es hier.« Seine Finger wanderten langsam über ihre Brust und massierten beide pralle Rundungen. Dabei zog sich ihre Mitte zusammen. Ihr lauter Atem hörte sich jetzt mehr wie ein Keuchen an und er bewegte die Hände und kam zu dem besonderen Punkt, auf den sie den Gewehrkolben pressen würde.

»Jetzt versuchst du aber langsam, mich verrückt zu machen!«

»Mit jedem kleinen Laut, den du versuchst, zu unterdrücken, Sugar, weiß ich, dass es funktioniert.«

Seine Finger blieben dort, stellten ihre Selbstbeherrschung auf die Probe, gingen dann tiefer, zum Saum ihres übergroßen T-Shirts und verschwanden darunter, um auf ihrer nackten Haut zu liegen. Schwielige Hände fuhren wild über ihren Bauch, malten Kreise um ihren Bauchnabel.

»Kann sein, dass es funktioniert«, flüsterte sie. »Ein bisschen.«

»Ein bisschen, was?« Seine Hand rutschte unter den aufgerollten Bund ihrer Hose. Er nahm sich Zeit, widmete sich ausgiebig den Körperteilen, die um seine Aufmerksamkeit buhlten. »Wenn du den Abzug betätigst, wette ich, dass du es hier spüren wirst, wo du schon reif, so geschwollen, so verdammt feucht bist.«

»Das ist nicht fair, Jared!« Ihr verräterischer Körper schoss ihre Sieger-Attitüde in den Wind und bewegte sich im Rhythmus mit seiner Hand, gegen die Reibung, die sie brauchte. Wenn er ihr einfach nur ein kleines bisschen mehr geben würde. *Ein bisschen mehr …*

Sein tiefes Lachen ratterte neben ihrem Ohr. »Ich habe nie behauptet, dass dieses Spiel fair sein würde, Zuckerschnütchen.«

Komm schon, Sugar! Du kannst das! Sie betete, dass ihr Pokerface nicht lächerlich aussah, sog einen armseligen Atemzug ein und wand sich aus seiner Umarmung. »Lass uns ein bisschen Blei durch den Schießstand fliegen lassen.«

Seine Mundwinkel verzogen sich zu einem anzüglichen Lächeln. »Ich liebe deinen Waffen-Talk. Der ist fast so gut wie dein Dirty Talk.«

Sie presste die Beine zusammen, aber das pulsierende Verlangen wollte einfach nicht weggehen. »Stell dich auf eine Niederlage ein, Jared!«

»Das werden wir ja sehen!« Er wählte eine 45er Spezialanfertigung und ging zu einer schon aufgehängten Zielscheibe. Mit einem Zwinkern schoss er wie beiläufig auf die Zielscheibe. Und traf weit daneben. »Verdammt, so ein Mist!« Er riss sich mit einer Hand das T-Shirt vom Leibe und warf es ihr zu.

Arschloch … Aber was für eine Brust! Breit und wie aus Stein gemeißelt. Perfekt geformt. Eine riesige Waffe in der Hand und ein großspuriges Grinsen im Gesicht, sah er wie ein Actionheld aus.

»Du starrst.« Er streckte sich, ganz sicher mit Absicht.

Sie hatte ihn oft genug oben ohne gesehen, sodass es nicht so einen großen Eindruck auf sie machen dürfte. Ihr Blick wanderte von einer fantastischen Schulter zur anderen und blieb dann am dunklen, krausen Haar hängen, das im Bund seiner Hose verschwand.

»Du hast absichtlich danebengeschossen.«

Er legte den Kopf schräg. »Sieht so aus, als ob meine Strategie aufgeht.«

Sie folgte seinem Blick zu ihren Händen. Sie zitterten praktisch. *Kann er das sehen? Bestimmt nicht.* Aber er war in ihrem Kopf und seine Spielchen funktionierten tatsächlich. »Nein. Keine Chance, Boss!«

»Unsinn, meine Schönheit!«

Sie zog die Schultern zurück, hob das Kinn, grinste und nahm ihm die Waffe ab. »Ich schieße mit derselben Waffe wie du. Und ich treffe besser als du.«

Oh Sugar, ganz schön große Worte, wenn du gerade den Verstand verlierst! Die Chancen waren groß, dass ein leidenschaftlicher Kuss sie alles vergessen und zum Höhepunkt bringen würde. Ihre Nerven lagen blank und sie war zu angetörnt.

Er lehnte sich gegen die Wand und sah ihr zu. Sein abschätzender Blick wanderte über ihren Körper, und sie hatte das Gefühl, darin eingewickelt zu werden, als wenn er sie eng in rauen Samtstoff einrollte. *Ignoriere ihn.*

Sie zielte auf die Scheibe und befahl ihrem Atem, ganz ruhig zu bleiben, aber er wollte ihr nicht gehorchen. Stattdessen ging sie in sich und strengte sich an, den unregelmäßigen Rhythmus zu finden. Ihre Konzentration, ihr Wunsch zu gewinnen, brannte fast genauso wie ihr Verlangen nach seinen Berührungen.

Sie steckte sich die Stöpsel ins Ohr, als Jareds Lippen anfingen, sich zu bewegen. Sie wusste, dass er redete, versuchte, sie zu quälen. Wenn sie gewollt hätte, dann hätte sie ihn hören können, aber sie beschloss, ihre Ohren zu verschließen. Ihr Finger streichelte über den glatten Abzug und die Worte, die um sie herumschwirrten, lösten sich in Dunst auf.

Sugar visualisierte den Schuss. Sie verschmolz mit ihrer Waffe. Die Mitte der Zielscheibe gehörte ihr.

Ruhig und … *Feuer!*

Das Schwarze der Scheibe: zerstört. Ein Zischen entwich ihrer Kehle und ihre Hände zitterten. »Siehst du, Kollega? Einfach!«

Er drückte auf einen Knopf an der Wand. Die Zielscheiben flogen hoch und er ersetzte sie durch neue. Wieder ein Knopfdruck und sie schossen rückwärts, viel weiter weg als zwanzig Meter. Er schnappte sich eine Ruger P95 vom Tisch. »Bist du bereit für die nächste Runde?«

»Immer.« Ihre Stimme hörte sich viel verführerischer an, als sie es geplant hatte. *Gut.*

Er rollte seinen Kopf hin und her, sodass sein Halswirbel knackte, als er sich vor der Linie aufstellte. Sein Rücken war sonnengebräunt. Muskeln stürzten wie ein Wasserfall herunter, sodass der Eindruck einer wunderschönen Säule männlicher Pracht entstand. Sie wollte ihn küssen und mit ihren Händen über seinen Rücken streichen, um zu spüren, wie … Ein genialer Gedanke zwängte sich in ihr hormonüberladenes Hirn. *Sie* konnte *ihn* dieses Mal ablenken.

Sie schlich sich hinter ihn und hakte die Finger in seine Gürtelschlaufen. Sie wollte immer noch das Salz auf seiner Haut schmecken und seinen herrlichen Duft in sich aufsaugen, und das würde sie auch, aber ihre Beweggründe hatten mehr mit Taktik als mit Verlangen zu tun. Zugegebenermaßen, nicht viel mehr.

Jared zog den Ohrstöpsel aus einem Ohr und schaute über seine Schulter. »Entschuldige mal! Wenn es dir nichts ausmacht, dann …«

»Ignoriere mich einfach.« Sie fuhr mit der Zunge über sein Schulterblatt. »Ich gehe in die Offensive, wenn es *dir* nichts ausmacht.«

Sie leckte ihn wieder und sah, dass er Gänsehaut bekam. Ihre Hand streichelte über die warme Haut. Ihre Fingernägel kratzten über seinen Bauch und sie nahm seine Gürtelschnalle in die Hand.

»Ich kann unter diesen Umständen schießen. Kein Problem.« Er hörte sich nicht so selbstsicher an wie seine Worte.

»Na, dann mach es doch, du harter Typ!«

Sie spürte, wie er sich für den Schuss bereit machte und wusste, wann er den Abzug betätigen würde. Drei, zwei, eins. Er drückte ab, als ihre Hand tiefer wanderte und sich um seine Erektion in der Hose legte.

Er traf daneben, und dieses Mal *hatte* er darauf gezielt. Sie kicherte.

»Das war unfair, Zuckerschnütchen!«

»Ach, das Leben ist unfair!« Sie machte den Gürtel auf und zog daran. Jedes Mal, wenn das Ende des Gürtels durch eine Schlaufe gezogen wurde, gab es ein Geräusch, das in der angespannten Atmosphäre zwischen ihnen laut widerhallte. »Strip-Schießen gefällt mir.«

Das Spiel ging immer hin und her. Er schoss, traf ins Schwarze. Sie schoss, traf ins Schwarze. Er traf daneben, sie traf daneben. Sie entledigte sich ihres T-Shirts. Er zog beide Schuhe und Socken aus, als er außerhalb des winzigen Ringes in der Mitte traf.

Und es stand unentschieden. Ihre am Bund aufgerollte Jogginghose gegen seine Boxershorts, die dank der Erektion wie ein Zelt aussah. Als er sich darauf vorbereitete, abzudrücken, dachte sie fieberhaft nach. Erregung und Adrenalin hatten ihre Sinne ertränkt, brachten ihren Körper zum

Glühen. Sie war noch nie zuvor so angetörnt gewesen.

Sie trug kein Oberteil und seine weite Jogginghose hing ihr auf den Hüften, also stellte sie sich hinter ihn und rieb absichtlich ihre nackten Brüste gegen seinen Rücken.

»Luder!«, sagte er und hörte sich völlig ungerührt an.

»Gib auf, Jared! Nimm die Niederlage auf dich und dann nimm mich. Ich kann es kaum erwarten!«

»Psst, meine Schöne! So einfach lasse ich mich nicht in die Knie zwingen.«

»Ich werde vor dir auf die Knie gehen.« Sie lachte, belustigt, dass ihr dieser zweideutige Spruch eingefallen war. »Möchtest du nicht spüren, wie sich meine Lippen um dich anfühlen?«

Seine Konzentration war so geschärft, dass er damit Metall hätte durchschneiden können. Er hörte nicht zu und hatte wohl nicht vor, halbe Sachen zu machen. Sie dachte fieberhaft nach. Über alles, was zwischen ihnen war. Über diesen Moment. Darüber, wie er sich dieses Spiel für sie ausgedacht hatte. Sie zitterte vor Verlangen nach ihm – ein Verlangen, das sie nicht mehr kontrollieren konnte. Ihre Träumereien über ihre gemeinsame Zukunft hatten sich so richtig angefühlt, aber dann provozierte er sie damit, indem er ihren halbnackten Körper einfach so ignorieren konnte. *Damit er was machen konnte? Gewinnen? Scheiße. Genau das war es.*

Kein Mann auf dieser Welt konnte es mit Jared aufnehmen. Keiner konnte sich mit ihm messen und sie hatte die Spielchen satt.

Als er gerade abdrückte, konnte sie sich keine Millisekunde mehr zurückhalten. »Ich liebe dich.«

Die Kugel ging weit daneben, donnerte irgendwo hinten in den Schießstand. Sie konnte noch nicht mal sehen, wo sie getroffen hatte. Er wirbelte herum, die Zähne zusammengebissen. Seine Augen wurden schmaler und er war eindeutig gedanklich mit etwas anderem beschäftigt als mit dem Strip-Schießen.

Mission ausgeführt. Aber es interessierte sie keinen Scheiß mehr, ob sie gewann oder nicht. Sie liebte ihn und es war an der Zeit, es ihm zu sagen. *Zum Teufel mit den Konsequenzen! Zum Teufel mit ihm, wenn er abhaut, weil er es nicht hören will!*

»Wie bitte?«

Sie streckte sich. »Du hast mich gehört.«

»Du lässt so eine Bombe platzen, um das Spiel zu gewinnen?«

»Ich konnte es nicht mehr für mich behalten. Ich bin fertig mit dem Spiel. Die Frage ist bloß, ob du fertig mit mir bist.«

Er verengte die Augen und legte den Kopf einen Tick schief. »Wieso zum Teufel sollte ich mit dir fertig sein?«

»Ich höre keine Erwiderung meiner Liebesbezeugung, du Hengst! Ich verstehe es schon. Aber manche Dinge muss man einfach laut aussprechen. Also da hast du's.«

»*Da hast du's?*« Die Atmosphäre im Raum lud sich elektrisch auf, sodass man die Blitze in der Luft förmlich zucken sehen konnte, jedoch so intensiv, dass es einen fast umhaute.

»Hat aber Spaß gemacht, das Spiel.« Bereit, hier zu verschwinden, bevor er sauer wurde, schnappte sie sich ihr T-Shirt. Er griff nach ihrem Handgelenk. Ihr Blick ging zu den Fingerknöcheln, dann zu seinen Augen, und sie konnte den Ausdruck darin einfach nicht deuten.

»Du solltest eigentlich wissen, dass ich dich bis ans Ende der Welt jagen würde! Jetzt lauf nicht vor mir weg!«

Er kommt mir mit so einem Scheiß? Entweder er liebte sie oder nicht. Wenn er sie liebte, dann hätte er es gesagt, wenn die Gelegenheit dafür da war, aber er hatte sie vorbeiziehen lassen. Obwohl sie wusste, dass sie ihn dazu gezwungen hatte, die Karten auf den Tisch zu legen, tat es weh. Ihre Augen brannten, aber sie weigerte sich, vor ihm in Tränen auszubrechen. »Ich muss los …«

Sie hielt das T-Shirt zusammengeknüllt in den Händen und Jared nahm eine ihrer Fäuste und führte sie an seine Lippen. Er wandte den Blick nicht von ihr ab und drückte einen der zärtlichsten Küsse, den sie je erlebt hatte, auf ihre Fingerknöchel. »Lauf nicht vor mir weg.«

»Das tue ich nicht.« Ihre Stimme zitterte.

»Das tust du doch. Das machst du schon seit dem ersten Tag.« Er küsste ihr Handgelenk, dann ihren Unterarm, und zog sie dabei näher an sich heran. »Ich werde dir nicht wehtun. Das verspreche ich dir.«

Er hatte kein Wort darüber verloren, wie er sich fühlte. Das Herz rutschte ihr in die Hose und in ihren feuchten Augen bildeten sich jetzt dicke fette Tränen, denen sie immer noch verbot, herunterzulaufen. »Ich kann mir nicht aussuchen, wen ich liebe.«

»Ich auch nicht, Zuckerschnütchen.«

Was? Was soll das heißen? Der Bastard ist einfach nicht fähig, sich verständlich mitzuteilen! Seine Zunge war zu sehr damit beschäftigt, über ihre Haut zu kreisen. Er hatte ihr Handgelenk aufgegeben und machte mit ihrem Hals weiter. Sein Mund war schon sehr beschäftigt, in Anbetracht der Tatsache, dass er so gut wie nichts gesagt hatte. »Wovon redest du denn da?«

»Ich habe dich schon geliebt, bevor ich wusste, was es bedeutet, eine Frau zu lieben.«

Sie schüttelte den Kopf. »Du liebst mich?«

»Das überrascht dich?«

Sie starrte ihn mit offenem Mund an. Sie war überrascht. Erleichtert. Glücklich.

Er löste sich von ihrem Hals, legte beide Hände auf ihre Schultern und hielt sie eine Armlänge entfernt vor sich. »Verdammt, wenn ich gewusst hätte, dass dich die einfache Wahrheit so schockt, dass sie dich zum Schweigen bringt, dann hätte ich das schon vor einer ganzen Weile gesagt.«

Aber was bedeutete das für ihre Zukunft? Vielleicht musste sie das einen Riesensprung nach dem nächsten angehen lassen. »Sag das noch mal!«

Ein schiefes Grinsen breitete sich auf seinem Gesicht aus. »Was soll ich sagen?«

Sie schlug gegen seine Brust. »Spiel nicht mit mir, Jared Westin!«

»Ach, Zuckerschnütchen. Ich werde mit dir so oft spielen, wie ich will.« Er fuhr mit den Händen ihre Oberarme rauf und runter, dann zog er sie an sich und legte seine riesigen Arme um ihren Hals. Sie benutzte sie als ein Kissen, lehnte den Kopf zurück und starrte ihn an, verlor sich in der Tiefe seiner Gefühle. Sein selbstgefälliges Grinsen war von etwas Ernsterem abgelöst worden. »Ich liebe dich, Sugar. Du gehörst zu mir. Das ist so echt und ehrlich, wie ich sein kann. Ich bin mir nicht sicher, dass einer von uns beiden wirklich die Wahl hatte. Das Leben präsentiert einem die Tatsachen, und das hier ist eine. Ich bin geboren, um mit dir zusammen zu sein. Teufel, ich habe nur existiert, bevor ich dich gejagt und gefunden habe. Dich gehalten habe. Dich dazu gebracht habe, mich zu lieben. Und jetzt *lebe* ich.«

KAPITEL ACHTUNDZWANZIG

B UCK LEHNTE SICH in seinem Stuhl zurück und presste ein Eispack gegen die Stirn. Seine Haut zuckte, als ihn der kalte Schmerz traf. Das Adrenalin in seinem Blut hatte sich längst verflüchtigt, sodass er sich jetzt unsicher fühlte, unklar darüber, was er als Nächstes tun sollte. Bei einem Einsatz dabei zu sein war nicht mehr sein Ding und Befehle zu erteilen war viel einfacher gewesen.

Findet Sugar. Tötet Jared.

Aber die Realität war, dass seine G.I. Joe und Jane wahrscheinlich zusammen waren, sich gegen ihn verschworen und Pläne gegen ihn schmiedeten. So gerne er die Gefahr, die von Titan ausging, herunterspielen wollte: das wäre kein cleverer Schachzug. Und er war clever – cleverer als clever. Die Gedanken, die in seinem Kopf herumspukten, waren die eines Genies. Aus diesem Grund war GSI so erfolgreich.

Er musste nachdenken, auch wenn es nach dem gestrigen Kampf immer noch in seinen Ohren klingelte und seine Muskeln nach mehr Analgetikum schrien. *Verflucht sollen Jared und sein Team dafür sein, sich durch mein Anwesen in den Bergen gesprengt zu haben!* Buck lächelte, als er den kleinen Datenträger in seiner Tasche fühlte. Wenigstens war er mit allen Daten von Titans Hauptserver entkommen. Sobald er die Energie dazu hatte, würde er diese Dateien öffnen und sich daranmachen, Titans Geschäftsbeziehungen zu zerstören, einen Kunden nach dem anderen. Goldjunge Jared würde gar nicht wissen, wie ihm und seinem Saubermann-Image geschah.

Jared. Titan. Jared. Titan. Buck war nahezu besessen. Er rollte seinen Stuhl näher an den Schreibtisch heran und suchte nach irgendwelchen Tabletten gegen Kopfschmerzen. Eine leere Dose Pillen gegen Sodbrennen half ihm nicht. *Bezahle ich nicht Leute dafür, dass ich so etwas immer zur Hand habe?*

Mit einem lauten *Ping!* erhielt er eine SMS. Er fand drei Paracetamol-Tabletten, die in einer Schublade herumkullerten, schluckte sie trocken herunter und schnappte sich sein Handy. *Mädchen gefunden. Kinderkrankenhaus.*

Wen zum Teufel interessiert es? Ihn nicht. Er hatte kein Interesse mehr an dem Mädchen, an Brocks Familie oder sogar Sugar. Sie war nur ein Mittel zum Zweck gewesen.

Er machte sich keine Sorgen mehr darum, dass sie sein GSI-Imperium zerstören könnte. Aber Sugar war so viel mehr geworden als jemand, der seine Geheimnisse ausplaudern könnte.

Von Brocks abfälligen Kommentaren über die Verbindung zwischen Jared und Sugar und der vorsichtigen Art und Weise, mit der sie Fragen über die Beziehung zwischen GSI und Titan gestellt und beantwortet hatte, konnte Buck ableiten, dass Jared das Undenkbare getan hatte: Er hatte sich mit einer Frau gepaart.

Das machte Sugar zu einer mächtigen Waffe. Sie zu zerstören würde bedeuten, auch Jared zu zerstören. So einfach war das.

Buck lachte, woraufhin die Kopfschmerzen nur noch schlimmer wurden. Jared war dumm genug gewesen, sich zu verlieben und der Welt somit seinen wunden Punkt zu zeigen. Buck hatte diese wundervolle Wendung nicht kommen sehen, aber er war entzückt darüber, sich so ein Druckmittel zunutze machen zu können.

Sein Telefon klingelte. Das Geräusch war so viel lauter als die SMS-Benachrichtigung. Jeder einzelne Muskel in seinem Körper schmerzte, von den Fingern bis zu den Zehen, als er die Hand nach dem Teil ausstreckte, den Anruf annahm und das Klingeln endlich aufhörte. »Was?«

Sein Mann gab ihm einen kurzen Überblick über die aktuelle Situation. Das Mädchen war kranker, als er sich dessen bewusst gewesen war. *Große Sache. Interessiert mich doch nicht.* Brocks Familie war bei Titan. Aber er wollte wetten, dass das nicht lange dauern würde. Schließlich hatte Buck Brock dazu genötigt, sich dem GSI-Team anzuschließen.

»Erzähl mir etwas, mit dem ich was anfangen kann«, knurrte er.

Der Mann zögerte, als hätte er den Hauch eines Zweifels. »Sugar hat eine Schwester, die sich in den letzten paar Wochen um GUNS gekümmert hat.«

»Stell dein Team zusammen. Beschattet die Schwester.«

JAREDS AUGEN WAREN geschlossen und sein Körper vibrierte. Jeder Teil vom ihm war so lebendig. Er war sich jeden Muskels bewusst, jedes Mal wenn sich die Luft bewegte, wenn Sugar atmete, seufzte oder sich rührte. Jedes Mal ging ihm das Herz auf und er brauchte eine ganze Weile, bis er begriffen hatte, was dieses Gefühl war.

Und seine Seele … verdammt, er konnte seine Seele spüren, und zwar nicht auf eine Schmor-in-der-Hölle-Art. Es fühlte sich viel mehr so an, als ob alles in seinem Leben bisher nur Zeitvertreib gewesen war, bis er es zu diesem Moment geschafft hatte, in sein Bett mit einer zufriedenen Sugar in seinen Armen – und das würde von nun an *ihr* Bett sein.

Er kämmte mit seinen Fingern durch ihre weichen, dunklen wirren Haare. Ihre wilde Mähne fiel über ihre Schultern und kitzelte seine nackte Brust.

Es hatte ihn wirklich ganz übel erwischt. Und Liebe war gar nicht so übel. Er war noch nie zuvor an einer Beziehung interessiert gewesen, aber es war nun mal seine Art: Wenn er etwas machte, dann aber richtig!

»Wir sollten uns unterhalten.« Er rollte auf die Seite und hielt sie weiter an sich geschmiegt. Er legte eine Hand unter ihr Kinn und hob es sanft an, damit sie ihn ansah.

Ihre Pupillen weiteten sich. Und eine tiefe, kleine Falte über ihrer Nasenwurzel sagte ihm, dass sie der Meinung war, er solle den Mund halten. *Kann ich leider nicht, Süße.*

»Nö. Nicht jetzt sofort.« Ein freches kleines Lächeln zeigte sich auf ihren geschwollenen Lippen. Er wurde gleich wieder erregt davon, dass sie röter waren als sonst – er hatte immer noch ihren süßen Geschmack auf der Zunge.

Er hatte die Frau so leidenschaftlich geküsst, wie es irgend möglich war, und hatte am Ende nur aufgehört, weil sie beide so erschöpft waren, dass ihre Beine und Arme zitterten, ihre Lungen nach Atem schrien und sie beide Emotionen und Gedanken erst einmal wieder beruhigen mussten, bevor sie zur nächsten Runde Orgasmen übergingen, die ihre Muskeln ermüden und ihre Köpfe komplett durcheinander bringen würden.

Sie schüttelte den Kopf. Die müde Geste war kaum wahrnehmbar, und sie küsste träge seine Schulter. »Was auch immer du sagen wirst, wird den Moment kaputtmachen. Ich genieße den gerade so sehr, also behalt es für dich, Kollega.«

Als sie sich unter den Laken bewegte, brannten die Kratzer auf seinem Rücken, die ihre Fingernägel dort hinterlassen hatten. »Ich weiß schon, dass ich nicht gerade ein Romeo bin, aber ich werde keinen verdammten Moment kaputtmachen.«

»Romeo?«, schnaubte sie wieder und kicherte. »Romeo ist gestorben, du Hengst! Kein gutes Ende. All dein Ich-liebe-dich-Gesülze vorhin war gut genug für mich. Belass es einfach dabei.«

Ihre Augenlider flatterten und schlossen sich, dann öffneten sie sich wieder weit. Sugar blinzelte ein, zwei Mal und vermied es angestrengt, ihn anzuschauen. Ihr Blick ging von der Decke zum Kopfbrett zum Kissen hinter seinem Kopf.

»Sugar?« Er wusste, was er wollte, und er glaubte tief in seinem Inneren, dass er wusste, was sie wollte. Aber hörte sie endlich auf, wegzulaufen?

Ruckzuck landete ihr durchdringender Blick wieder auf ihm. Sie sah ihn prüfend an, versuchte, ihm zu vertrauen. Er konnte spüren, wie sie Zuversicht für ihre Beziehung aufzubringen versuchte. Ein Kribbeln breite sich von seiner Kopfhaut über seinen Rücken aus, bis in jede einzelne Nervenzelle, sodass jede Synapse aktiviere wurde.

»Willst du mehr?«, flüsterte sie, und diese für sie untypische Verletzlichkeit drang ihm bis ins Mark, ließ ihn sein Kinn heben und die Brust herausstrecken.

Beides waren schockierende Reaktionen für einen Mann, dessen Leben von seiner Fähigkeit abhing, seinen Körper in jeder Stresssituation unter Kontrolle zu haben. Entschlossenheit packte ihn. Was war denn so schiefgelaufen, bevor sie sich kennengelernt hatten, dass es immer noch ihr

Urteilsvermögen beeinträchtigte, nach allem, was sie gemeinsam erlebt hatten und was er gesagt hatte? Wo kam dieses ganze Misstrauen her? Sie liebte ihn, Himmel noch mal!

Sie zu schütteln würde nicht helfen. Sie zu überzeugen oder zu überreden würde auch nur in einem Fiasko enden.

Stattdessen überbrückte er den Abstand zwischen ihnen und zog sie enger an sich. Er brauchte die Berührung ihrer Haut auf seiner, er brauchte ... einfach nur sie.

Willst du mehr? Wie konnte sie das denn noch fragen? »Ja, verdammt, das tue ich. Ich verlieb mich doch nicht in jemanden und ...«

Klingeling. Klingeling.

Jareds Augen weiteten sich. Die Ader an seiner Schläfe pulsierte und seine Finger drückten auf ihre Haut. Er wünschte sich, das Handy würde aufhören zu klingeln. Aber das tat es nicht und in ihrem Leben war einfach zu viel los, als dass er das blöde Ding aus dem Fenster werfen konnte.

»Wir sind noch nicht fertig mit dem Thema.« Er lehnte sich zurück, nahm es vom Nachttisch und schaute aufs Display. *Nein, den Anruf kann ich nicht ignorieren.* »Ich hoffe, das ist wichtig, Rocco!«

Rocco hätte nicht angerufen, wenn es nicht wichtig wäre, nicht, nachdem Jared einen Bitte-nicht-stören-Befehl gegeben hatte. Er hatte seinem Team gesagt, dass man ihm einen Tag geben sollte, sich mit Sugar zu erholen, und er nur kontaktiert werden wollte, wenn es lebenswichtig war.

Das Gespräch war kurz. Nachdem er aufgelegt hatte, nahm Jared Sugar wieder in seine Arme. Er drückte ihr das Handy in die Hand. »Jenny geht es gut, aber ruf sie an.«

Sie starrte ihn mit offenem Mund an und drückte die Handflächen gegen seine Brust, sodass ihre Fingernägel sich in seine Haut gruben. »Meine Schwester? Was ...« Angespannt und wütend wickelte sie ein Laken um ihren Oberkörper. »Wieso?«

Jared wählte seine Worte mit Bedacht. »Ihr geht es gut. Sag ihr, dass bei dir alles okay ist. Wir mussten sie von GUNS entfernen und sie war nicht ...«

»Was ist los?« Sugar fauchte förmlich und er konnte fast sehen, wie schwer es für sie war, ihre Panik zu unterdrücken.

Er ließ seine Stimme noch eine Oktave tiefer gehen und hoffte inständig, dass er zu ihr durchdringen würde. »Ihr geht es gut, Baby! Roman hat sie an einen sicheren Ort gebracht.«

Die Angst in ihrem Gesicht verflüchtigte sich. »*Was* ist denn los?«

»Den Jungs ist etwas Außergewöhnliches aufgefallen und Roc überprüft das gerade.«

»Da ist ein Team von Titan im GUNS?« Sie hielt das Handy ans Ohr.

Er nickte. »Ja, ich habe deine Schwester bewachen lassen.«

»Das Telefon klingelt noch.« Sie zog die Augenbrauen zusammen und bewegte sich unruhig unter den Laken.

Er wollte ihr so gerne alle ihre Probleme nehmen. »Gib ihr einen Moment.«

Sie verzog das Gesicht und wurde wieder verschlossener. »Sie ist wegen mir in Gefahr?«

»Baer ist ein rachsüchtiges Arschloch. Ich bin mir nicht sicher, ob er dich deshalb schnappen möchte, weil du zu mir gehörst oder weil du eine Gefahr für ihn darstellst. Wir wissen nicht, wo er nach dir suchen wird. Ich habe versucht, ein paar Orte abzudecken, und ich hatte mir gedacht, dass deine Schwester und GUNS ganz oben auf der Liste stehen würden.«

»Keine Antwort. Die Mailbox.« Sugar kaute auf ihrer Lippe herum, bevor sie eine Nachricht hinterließ.

»Sugar …«

Sie kämpfte mit den Laken. »Wieso geht sie denn nicht ran?«

»Sug …«

»Sie geht immer an ihr verdammtes Telefon!« Ihre Finger tanzten über die SENDEN-Taste des Handys, als ob sie Angst hatte, noch mal anzurufen.

Jared nahm ihr Kinn in die Hand. Sugar war dabei, einen inneren Kampf auszufechten. Er kannte sie gut genug, um zu wissen, womit sie kämpfte: Knallhart zu sein versus sich die Übelkeit-und-Heidenangst-Nummer zu ersparen, die einem unweigerlich bevorstand, wenn ein geliebter Mensch in Gefahr war.

Er sollte diese Nummer nur zu gut kennen, denn er hatte sie gerade durchgemacht. »Verlass dich auf uns, Sugar. Mach dir keine Sorgen.«

Sie warf das Handy aufs Bett und starrte es wütend an. »Roman hat meine Schwester gerade dazu gezwungen, GUNS zu verlassen. Sie steht wahrscheinlich Todesängste aus und hat keine Ahnung, was vor sich geht. Bring mich zu ihr!«

»Kann ich leider gerade nicht. Ich muss zu GUNS fahren.«

Entschlossenheit breitete sich auf ihrem Gesicht aus. »Dann nimm mich dort mit hin.«

Er wollte Sugar nicht mit ins Gefecht nehmen, aber er konnte sie auch nicht in einen Schutzraum einschließen. Sie würde nicht freiwillig an einen sicheren Ort gehen und sie würde nicht dort bleiben. Und wenn er vorhatte, Sugar zu fesseln, dann würde er auch dableiben wollen.

Sie standen vom Bett auf und zum ersten Mal in seinem Leben wünschte er sich, dass sein Leben normal wäre. Dass er nicht die Welt retten musste. Dass er sich um Todesdrohungen keine Gedanken machen musste. Dass es keine Scharfschützen oder Auftragsmörder gab, die nach Sugar suchten. Dass er einfach nur diese Frau lieben, seinen Hund streicheln und der Herr seines Hauses sein konnte. Ganz einfach.

Sugar ging zur Kommode und es gefiel ihm, dass sie sich bei ihm auskannte. Ihre Haare kräuselten sich, und die Finger, die es durchkämmten, konnten die wilden Locken nicht zähmen. Ihr Hintern war immer noch rosa von vorhin. Und wenn sie ihn anschaute, wollte er sich mit Fäusten auf die Brust trommeln und der Welt deklarieren, dass sie ihm gehörte.

»Gott sei Dank bewahre ich extra Kleidung in meinem Büro auf. Hast du irgendwo einen Kamm?«

Er schüttelte den Kopf. Wenn seine Haare länger wurden als ein paar Millimeter, rasierte er sie einfach wieder ab. »Genau, weil wir Zeit dafür haben werden, uns um dein Outfit zu kümmern.«

»Jared, der Kollega, als Scherzkeks. Was kommt als Nächstes?« Sie zog eine seiner Schubladen auf und neue Klamotten heraus.

Was als Nächstes kommt? Erst kommt Liebe, dann kommt Heirat ... Komm doch selber drauf, meine Liebe!

Ihr provisorisches Outfit war zu groß und saß so schlecht, dass es komisch wirkte. Sie rollte den Bund seiner Jogginghose auf, sodass sie gerade noch auf den Hüften hing, und schlug die Beine auch noch um. Danach zog sie ein weißes T-Shirt an. Er konnte nichts sehen außer ihren Titten und die dunklen Konturen ihrer Brustwarzen hinter dem Baumwollstoff. »Nee, nee. Keine weißen T-Shirts für dich! Nimm ein anderes!«

Sie schaute in den Spiegel und lachte. »Ups!«

»Ja, ja, ups.«

Nachdem er sich davon überzeugt hatte, dass sie sein Haus verlassen konnte, ohne ihre weiblichen Vorzüge der Welt zu präsentieren, zog er sein Kampfoutfit an.

Sie sah ihm zu, während er Waffen in Holster steckte und wieder und wieder seinen Munitionsvorrat überprüfte. Er hatte sich das ganz genau ausgerechnet, sodass er genug Ausrüstung am Körper trug, um sich in weniger als dreißig Sekunden in eine effiziente Ein-Mann-Kampfeinheit zu verwandeln.

»Das hier ist keine Vorsichtsmaßnahme, oder?« Die Besorgnis war deutlich in ihrer Stimme zu hören. »GSI ist im GUNS und meine Schwester war wirklich in Gefahr.«

»Rocco ist im GUNS, Jenny geht es gut und ich stelle mich einfach auf den schlimmsten Fall ein.« Er nahm eine Beretta, die hinter der Kommode versteckt war. »Ich bin mir nicht sicher, wo du das Teil hinstecken sollst, aber nimm es, bis wir da sind. Dann bewaffne dich richtig. Abgemacht?«

»Ich könnte …«

»Keine Diskussion, Sugar! Es ist dein Geschäft. Deine Schwester. Das verstehe ich. Aber du hast die Angewohnheit, wegzulaufen und dich in Schwierigkeiten zu bringen. Halt dich an meine Anweisungen! Stimme zu oder bleib zu Hause, ans Bett gefesselt. Und es wäre verdammt schade, dich so hier allein zurückzulassen.«

Sie verdrehte die Augen und nickte. »Na gut, ich stimme zu. Ich werde brav sein.«

Sie gingen zur Tür, dann in den Flur, und eine ordentliche Dosis Adrenalin schoss durch seine Blutbahn. Sugar mit in die Gefahrenzone zu nehmen gefiel ihm aus mehreren Gründen nicht: Es könnte etwas schieflaufen. Sie würde vielleicht trotzdem ihr eigenes Ding durchziehen.

Vielleicht würde die Hölle einfrieren und sie würde sich an seine Anweisungen halten, aber es konnte trotzdem noch einiges schiefgehen. Üble Kopfschmerzen kündigten sich an. Wenn er sie zu Hause zurückbleiben ließ, dann wäre er zu weit weg, wenn das Ganze nur ein Täuschungsmanöver war.

Verdammt! Er schlug gegen die Wand, als sie um die Ecke Richtung Treppe gingen.

Ihre Augen weiteten sich. »Was ist los?«

Er küsste sie. Wild und wütend fuhr seine Zunge über ihre. Sie schmeckte so süß; er würde vielleicht nie wieder aufhören können. Aber er zwang sich dazu. *Keine Zeit dafür.* Er löste seine Lippen von ihren und sie ließ sich matt in seine Arme sinken, seufzte, als er ihr einen Kuss auf die Stirn, dann auf die Schläfe drückte. Er drückte sie fest an sich.

»Wenn etwas schiefläuft«, flüsterte er und schüttelte den Kopf. »Ich kann nicht ohne dich leben. Verstehst du das? Ich werde machen, was immer nötig ist, um diese Sache mit Baer zu beenden. Dich zu beschützen. Deine Schwester. Deine Familie. Was auch immer ...«

»Ich habe keine Familie. Ich habe eine Schwester.«

»Okay. Darum geht es mir nicht.« Er hielt inne. »Ich brauche dich und du musst diese Schwierigkeiten überleben, weil ich eine Zukunft mit dir will. Ich bin nicht der Typ, der Blumen schenkt und Ständchen singt, aber es gibt scheißviel, das ich dir sagen will, und keine Zeit, um es dir zu sagen. Wenn es eines gibt, das du wissen solltest, dann das: Ich liebe dich. Du bist der Grund, warum mein Herz schlägt, süße Sugar. Nachdem wir Buck Baer in den verdammten Hintern getreten haben, verspreche ich dir, dann erkläre ich dir das noch mal Buchstabe für Buchstabe. Was auch immer nötig ist, damit du es weißt, glaubst, lebst, genau wie ich. Ich liebe dich.«

»Ich liebe dich doch auch, Jared!«

»Das weiß ich. Und du weißt, dass es mehr als ein Gefühl ist. Es ist eine Lebenseinstellung.«

Ihre Hände verschränkten sich ineinander, und die Finger ihrer anderen Hand waren fest um die Beretta geklammert. So gingen sie zur Tür. Er war bereit dazu, diesen Krieg mit Baer zu beenden. Wenn dieser Tag zu Ende ging, würde Baer Jareds Zorn am eigenen Leibe gespürt haben.

KAPITEL NEUNUNDZWANZIG

SUGAR BEOBACHTETE JARED, während er fuhr. Er war so auf seine Mission konzentriert, dass sie sich Sorgen machte, seine Kieferknochen würden zerbrechen. Jared hatte eine Hand am Lenkrad und die andere lag unbeweglich auf ihrem Knie, so, als ob er sie festhalten wollte.

Ihre Gedanken rannten schon davon. Ihre Beine fühlten sich an, als ob sie einen Hundertmeter-Sprint hinlegen wollten. Sie hatte hauptsächlich Laufen im Kopf. Aber sie war sich nicht sicher, ob Jared dachte, sie würde vor ihm weglaufen oder zu GUNS hin.

Sie würde ganz sicher nicht aus einem rasenden Pick-up springen, der im Affentempo den Highway entlangfuhr. Aber er löste seinen Griff an ihrem Knie nicht auch nur ein kleines bisschen und es war keine romantische Geste, die signalisieren sollte: *Ich will dich halten.* Es war besitzergreifend, beschützend und bemächtigend. Eine Kraft, die ihr Nervenzittern und ihre Sorgen um Jenny förmlich abwürgte, so wie sie ihre Besorgnis um Asal abgewürgt hatte.

Wenn Jared die Führung übernahm, dann wäre die logische Reaktion eigentlich, sich zu entspannen und darauf zu vertrauen, dass alles nach seinem Plan verlaufen würde. Aber sie konnte nicht. Sie hatte einen üblen Geschmack im Mund, als ob sie die Münzen in der Mittelkonsole gelutscht hätte. Metallisch und bitter. Adrenalin belegte ihre Mundschleimhaut, lief ihr den Rachen runter und sprengte ihr Herz.

Als Jared auf den GUNS-Parkplatz fuhr, war Sugars Mustang dort, wo sie ihn immer abstellte. Jared dafür zu danken, dass er ihn abholen lassen hatte, kam ihr jetzt unwichtig vor. Der Kies knirschte, als Jared mit seinem Pick-up in eine Parklücke einbog. Ein weiteres verdunkeltes Auto stand am anderen Ende des Parkplatzes und als Sugar die Augen verengte, um durch die getönten Scheiben zu spähen, stieg Rocco aus und kam auf Jareds Wagen zu.

Beide Männer hatten ihre Kämpfermienen aufgesetzt. Sie kannte Roc schon seit einer Weile, aber selbst in Afghanistan hatte sie ihn noch nie so bereit dafür gesehen, sich mit dem Teufel anzulegen. In seinen Augen brannte ein schwarzes Feuer. Sein Kinn, genau wie Jareds, sah aus wie aus Stein gemeißelt.

Instinktiv ging Sugars Hand zu ihrem sich zusammenkrampfenden Bauch. Der Hals tat ihr weh. Gleich würde sie noch mehr schlechte Neuigkeiten hören und diese Erkenntnis traf sie so, dass ihr Tränen in die Augen schossen.

Sie mochte zwar nicht auf der gleichen Ebene wie Titan sein – ihre Undercover-Arbeit beim ATF hatte hauptsächlich daraus bestanden, Informationen zu sammeln und weiterzugeben – aber sie wusste, dass ihre Probleme nicht durchs Heulen gelöst werden würden. Vergossene Tränen würden nicht bewirken, dass Jenny an ihr Telefon ging oder dass sich die eiserne Faust, die sich um ihren Magen gelegt hatte, in Luft auflösen würde.

Jared drückte ihr Knie und sein Daumen streichelte hin und her. Eine einfache Geste, aber sie brauchte sie so. Ohne es zu wissen, hatte er damit ihren Tränen befohlen, sich zurückzuhalten und ihr dabei geholfen, ihren Fokus zu behalten.

»Sugar, was auch immer Rocco sagt: wir bringen es in Ordnung.«

»Klar«, log sie.

Alles würde wieder tipptopp werden. Sie sollte es laut aussprechen, vielleicht würde sie es dann auch glauben. Ihr Bein fing an zu zucken. Jared verdiente seinen Lebensunterhalt mit schlechten Nachrichten und sie war nicht länger fähig, still zu sitzen. Er würde das, was Rocco sagte, auf sich wirken lassen, sich entscheiden, wie er darauf reagieren sollte und dann einen Plan ausführen.

Das war es, was er machte. Es verdiente Respekt. Es war lobenswert.

Er tat es, um zu überleben. Aber jetzt, in diesem Moment, wünschte sie sich, er würde sie ansehen und sagen: »Aufwachen, Sugar! Du hattest einen Albtraum! Buck Baer hat es nie auf deine Schwester oder GUNS abgesehen.« Aber egal, wie sehr sie es sich herbeiwünschte, er sagte nichts. Stattdessen drückte er auf den Knopf, um die Fensterscheibe herunterzulassen.

Als die getönte Scheibe herunterfuhr, drang weiches Abendlicht in die Fahrerkabine. Es veränderte nichts an den harten Kanten in Jareds und Roccos Gesichtern und die Anspannung im Wagen löste sich auch nicht in der frischen Luft auf.

Jared nickte ihnen zur Begrüßung kurz zu. »Was wissen wir, Roc?«

»Roman hat Jenny woandershin gebracht. Mit ihr ist alles in Ordnung.«

Jared schaute sie an. »Siehst du? In Ordnung.«

Ja, alles ist ja so was von in Ordnung!

Rocco fuhr fort: »GSI ist auf dem Gelände. Sie hatten einen Mann im Gebäude. Roman hat dieses Problem auf dem Weg nach draußen gelöst. Parker hat mit dem Wärmebildgerät die Signaturen zweier Eindringlinge auf dem Gelände gefunden. Die Leute von GSI sind gut, aber nicht unaufspürbar. Wir haben ein paar Funksignale abgefangen. Im Grunde heißt das alles, Buck Baer ist in der Nähe, aber ein zu großer Feigling, um sich aufs Gelände zu trauen.«

Ihre Zunge registrierte den Geschmack von Blut und das Innere ihrer Wangen war wund davon, dass sie vor lauter Nervosität darauf herumgekaut hatte. Sie war am Ende mit ihrer Geduld und das Gefühl schwappte vom nervösen Magen bis zu den Lippen. Genau wie vorhin, als sie ihre Liebesbekundung nicht mehr unterdrücken konnte, war sie auch jetzt unfähig, den Mund zu halten. »Wenn Jenny in Sicherheit ist, dann findet doch endlich Buck! Beendet das!«

Jared setzte sich so hin, dass er sie ansah. »Sugar.« Sein durchdringender Blick begegnete ihrem, sodass sich Gänsehaut von ihrer Kopfhaut bis zu den Hüften ausbreitete. »Lass die Emotionen da raus. Ermessen. Reagieren. Das ist unser Plan. Verstanden?«

»Nein, das tue ich nicht.« Die Härchen auf ihrem Arm standen ab. Sie konnte gerade nichts als reagieren und hatte kein Interesse daran, irgendetwas zu ermessen. *Los, los, los*, hörte sie die Panik sie im Kopf anfeuern. Je schneller Titan GSI fertigmachte, desto schneller würde sich ihr Leben wieder normalisieren. »Ich bin keine Maschine, Jared, und ich bin von Adrenalin angetrieben! Ich will das endlich zu Ende bringen!«

»Ich liebe dich, Zuckerschnütchen. Aber beruhige dich und halt dich an meine Anweisungen!« Er wandte Rocco den Kopf zu, hielt sie aber immer noch fest.

Große Augen. Gehobene Augenbrauen. Offener Mund. Rocs köstlicher Gesichtsausdruck musste daher rühren, dass er gerade so etwas wie »Ich liebe dich« aus Jareds Mund gehört hatte. Aber er riss sich schneller wieder zusammen, als Jared ihm hätte sagen können, er solle das Theater lassen.

Jared schaute in die Spiegel. »Wo ist unser Team?«

»Cash hat das Gelände im Blick.« Rocco räusperte sich. »Brock ebenso. Nicola ist bei Asal geblieben.«

Der Wagen vibrierte förmlich, als Jared die Worte registrierte. »Warte mal. Noch mal von vorne«, knurrte er mehr als dass er es sagte. Sugar zitterte, als sie den blanken Hass in seiner Stimme hörte. Sie wollte sich davonschleichen, um dem Vulkanausbruch auszuweichen, der kurz bevorstand.

Rocco presste die Lippen zu einer dicken Linie zusammen. »Ich musste das tun. Wir haben zwar Winters, der den Hintereingang bewacht, aber wir brauchten Brock. Wir brauchten Personal.«

»Er ist ein verdammter Verräter!« Jared spannte seine Finger um Sugars Knie an.

»Er ist Personal und er hat einen Fehler begangen. Du kannst ihn später dafür bestrafen, wie auch immer du willst. Aber in diesem Moment brauchen wir seine Augen und seinen Abzugsfinger.«

Mit seiner freien Hand haute Jared aufs Lenkrad und knurrte: »Gottverdammt!«

»Das Delta-Team ist auch hier.«

»Gut.« Er nickte zustimmend. »Ich werde mich später mit Brock und deinen Entscheidungen auseinandersetzen.«

Rocco nickte und ging wieder zurück.

Delta-Team? Was zum Teufel ist das denn? Sie wollte Brock hassen. Sie wollte, dass Jared den Mistkerl fertigmachte. Aber sie kannte Brock schon seit einer ganzen Weile und auf gewisse Weise war er wie Jared: Analytisch. Emotionslos. Aber sie hatte gesehen, wie Jared die Selbstbeherrschung verloren, romantische Liebesbekundungen rausgelassen und Zukunftspläne geschmiedet hatte. Was, wenn Brock in der gleichen Situation war? Was, wenn Brock keinen anderen Ausweg gesehen hatte und seine Panik ihn dazu getrieben hatte, einen Fehler zu begehen?

Trotzdem würde sie ihm nie verzeihen können, dass er sie Buck Baer übergeben hatte. Aber wenn Brock Liebe fühlte, so wie Sugar Liebe fühlte, dann konnte sie ihn auf ganz schräge, verdrehte Weise verstehen, weil nichts auf der Welt sie dazu bringen würde, bei Verstand zu bleiben, wenn sie Jared verlieren würde. Sie schüttelte den Kopf und kehrte ins Hier und Jetzt zurück, als Jareds Handy klingelte.

Er schnippte mit den Fingern in Roccos Richtung, der in ein Mikrofon an seinem Handgelenk sprach. Rocco nickte und Jared nahm den Anruf entgegen. »Baer, wieso überrascht mich nicht, dass eine feige Sau wie du nicht davor zurückschreckt, so oft Frauen und Kinder als Druckmittel zu benutzen? Gerade als ich dachte, dass du tiefer gar nicht sinken könntest, rutschst du die Kanalisation noch'n Stück weiter runter.« Er schüttelte den Kopf. »Sei ein Mann, du Arschloch! Zeig dich und lass es uns beenden!«

Er ließ Sugars Bein los und ein fieses Grinsen breitete sich auf seinem Gesicht aus. Jared war voll dabei. Das hier war sein Element und er war gut darin. Ruhig. Entspannt. Stichelnd. Genau, was nötig war, um Buck Baer zu provozieren, und damit Titan und wer auch immer das Delta-Team war das Leben wieder in Ordnung bringen konnte.

Er schüttelte den Kopf und gab Rocco mit der Hand ein Signal, der unverzüglich GUNS betrat. »Kommt nicht infrage, Baer. Aber hier ist mein Gegen…«

Sie konnte Buck ins Telefon schreien hören, aber die einzelnen Worte nicht verstehen. Jared griff nach ihr und drückte ihre Schulter. Mit den Lippen formte er lautlos die Worte: »Alles ist in Ordnung.« Und sie glaubte ihm. Sie hatte so ein Bauchgefühl, was unerwartet war, angesichts der Tatsache, dass sie vor fünf Minuten noch einen metallischen Geschmack im Mund gehabt hatte.

Er lachte kalt. »Wieder falsch. Ich erklär dir mal was: Du hast vielleicht einen meiner Männer gegen mich verwendet, aber dein Vertrauen in ihn war blind. Der USB-Stick, den du Brock gegeben hast? Du glaubst, du hast dich in Titans System gehackt, aber du hast in Wirklichkeit nichts anderes getan, als mir einen Zugang zu GSI zu verschaffen!«

Es gab eine lange Pause, die von Bucks unverständlichem Gebrüll unterbrochen wurde.

Jared schüttelte langsam den Kopf. »Mein technisches Genie ist besser als das von GSI. Es wird also folgendermaßen laufen: Zeig dich hier innerhalb der nächsten zehn Minuten. Wenn nicht, wird jede von der US-Regierung finanzierte Lüge und Verschleierung an den Kongress gemailt werden.«

Buck fing wieder an, lautstark Einspruch zu erheben, und Sugar wünschte sich, sie könnte verstehen, was er sagte.

Jared unterbrach ihn. »Besser noch, die Mailboxen eines jeden Journalisten von der *New York Times* bis zur *LA Times* werden damit gefüllt werden. Ich kenne dich, Mann! Du bist viel zu selbstverliebt! Dein Ego ist einfach zu groß, um so einen Schlag zu verkraften.«

Jared schwieg, schaute Sugar mit gehobenen Augenbrauen an und knackte einen Finger am Lenkrad. Er liebte dieses Hin und Her. Es wollte ihr nicht ganz in den Kopf, aber sie verstand ihn, also ergab es alles Sinn – gerade genug Sinn, dass ihr der Kopf wehtat, aber trotzdem Sinn. Sugar kniff die Augen zu. Dieser Beziehungs-Verbindungs-Hokus-Pokus ging doch tiefer, als sie sich dessen bewusst gewesen war.

Er fuhr fort: »Und wenn alles noch schlimmer kommen könnte, Baer, dann sag ich dir, wie: Wenn du hier nicht auftauchst, dann werde ich persönlich dafür sorgen, dass jeder Kartell-Boss, jeder Waffenhändler, jede verdammte Person, der du je Geld aus der Tasche gezogen hast, weiß, wer du bist, wo du wohnst und dass du zum Abendessen gerne Schwanz isst. Du hast jetzt noch acht Minuten. Zeig dich, damit der bessere Mann gewinnen kann!«

Er legte auf und warf das Handy mit einem arroganten Grinsen auf das Armaturenbrett. »Und so macht man das.«

»Ich weiß nicht, was ich sagen soll.« Noch nie hatte sie ihr Verstand im

Stich gelassen. Diese Kombination aus taktischem Können und psychologischer Kriegsführung hatten ihr die Sprache verschlagen.

»Es gibt nichts zu sagen. Lass uns reingehen.« Er machte seine Tür auf, drehte sich dann aber zu ihr um und packte sie am Handgelenk. Sie wurde in seine Arme gerissen und schmiegte sich an Muskeln und Waffenarsenal. »Es gibt nichts, was ich nicht für dich tun würde. Vertrau mir und das hier wird bald vorbei sein.«

Sie nickte.

»Vertraust du mir?«

»Ja.«

»Liebst du mich?«

»Ich liebe dich.« Sugar holte tief Luft und wollte ihren Platz in seinen Armen und im sicheren Wagen nicht verlassen. »Verdammt, Jared, du tust so, als ob das hier keine große Sache wäre. Du hast mir gesagt, ich muss das hier überleben, und du machst besser dasselbe.«

Er löste sich etwas von ihr, um sie mit einem selbstsicheren Blick anzuschauen, der seine Augen funkeln ließ. »Meine leichteste Übung.«

»Ich meine es ernst! Wenn du stirbst, werde ich es dir nie verzeihen!«

Er nickte amüsiert. »Baer hat keine Chance.«

»Komm heim zu mir.«

»Immer.« Er sah nicht länger belustigt aus, sondern ernst und entschlossen.

Immer. Das hörte sich gut an, denn wenn er es nicht tat, würde sie den Verstand verlieren und womöglich nie wiederfinden. »Versprichst du es mir, Jared?«

Sein Blick wurde noch ernster. Er strahlte eine alles einnehmende Kraft aus. »Du möchtest ein Versprechen, Zuckerschnütchen? Wie wäre es hiermit? Heirate mich! Scheiß-Zeitpunkt, aber damit hast du es, Sugar. Ich werde zu dir heimkommen. Immer. Auf ewig. Aber du musst mir sagen, dass es beidseitig so läuft.«

Was zum … Sie konnte die Worte gar nicht fassen, die er gerade ausgesprochen hatte. Sie hörten sich vertraut an. Sie schienen logisch, aber ein bisschen so, als ob sie sich ein einfaches Wort zu lange angeschaut hatte, war sie sich sicher, dass sie es falsch verstand.

»Sugar?«

Völlig benommen schüttelte sie den Kopf. Jared hatte ihr gerade einen Heiratsantrag gemacht, während der Countdown lief, um Buck Baer umzubringen. Sie hatte keine Zeit, über ihre Versager-Eltern nachzudenken, mit ihrem Fremdgehen und ihren Lügen, und wie sie ihre Einstellung zur Ehe negativ beeinflusst hatten. Sie hatte keine Zeit, sich in den Erinnerungen zu verlieren, wie ihre Eltern sie mit ihrer Spielsucht und den Lügen vertrieben hatten. Sie waren verantwortlich dafür, was sie von der Ehe hielt. Und sie hatte sich nie die Zeit genommen, diese Einstellung zu revidieren.

Andererseits kannte sie Winters und Cash. Es waren beides gute Männer. Sie hatten Frauen geheiratet, die sie liebten, und ihr Leben bestand jetzt aus Lachen und Sonnenschein. Sugar hatte auch solche Gedanken über Jared gehabt, so beängstigend und unmöglich umsetzbar sie ihr auch vorgekommen waren. Sie waren unlogisch, total unverständlich, denn sie hatte keine Ahnung, warum sie überhaupt heiraten wollte, besonders weil die Ehe ihrer Eltern so schrecklich gewesen war.

Aber jetzt hielt ein Mann, der ihr auf Augenhöhe begegnete und sie respektierte, um ihre Hand an. Er verstand sie. Er konnte ihre Geisteshaltung nachvollziehen und mochte ihre Einstellung.

Sie hatte mit ihren Eltern überhaupt nichts gemein. Sie und Jared waren ein Team. Er liebte sie und sie liebte ihn. Sie passten nicht zu einem Beziehungsklischee, aber sie passten zusammen. Langfristig. Für immer. Genauso, wie sie es sich erträumt hatte ...

»Es sollte eigentlich nicht so lange dauern, mir zu antworten.« Er schaute auf seine Uhr. »Wie ich schon gesagt habe: ich wollte vieles mit dir bereden. So habe ich das nicht geplant. Dir den Antrag auf einem Parkplatz zu machen und dass du schockiert nach Worten suchst.«

»Ich bin nicht ...«

Schüsse ertönten in der Ferne und sie zuckte zusammen. Ihr Blick ging sofort zu ihm. Seine dunklen Augen wurden schmaler, als er die Situation einschätzte. Er adjustierte seinen Ohrstöpsel und Sugar ließ sich noch mal durch den Kopf gehen, was sie wusste: Rocco war gerade reingegangen. Jenny war sicher, aber Winters war am Hintereingang von GUNS. Ihr

Mund wurde trocken. Sie konnte kaum atmen.

Jared hatte sich in den Befehlshaber von Titan verwandelt, ohne auch nur eine Sekunde auszusetzen. »Winters! Roc! Meldet euch!« Sein Blick ging zum Handgelenk, um auf die Uhr zu schauen, und er versuchte es noch einmal. »Sieht jemand Winters oder Roc?«

Jemand antwortete. Nicht Bescheid zu wissen machte sie nervös. Winters hatte ein Baby. Rocco hatte … *Wer zum Teufel weiß schon was über irgendeinen dieser Kerle?* Aber Roccos Leben war ebenfalls wichtig.

»Alles klar.« Jared nickte scharf und hielt vor ihr den Daumen hoch. »Wir halten nur GSI auf Trab. Lass uns gehen.«

Jared war aus dem Wagen und bei ihrer Tür, bevor sie herausspringen konnte. Er griff nach ihrer Hand und zog sie zur Eingangstür. Sie huschten rein und er marschierte mit ihr den Flur entlang zu ihrem Büro. »Waffen und Kleidung?«

Sie legte ihre Handfläche auf den Sensor ihres Waffentresors und zog dann Kleider aus einer Schreibtischschublade, während Jared jede Waffe und jede Schachtel Munition aus dem Tresor nahm, die sie darin aufbewahrte. Sie würde sich mehr unter Kontrolle fühlen, wenn sie seine übergroßen Klamotten abgelegt hatte und etwas trug, über das sie nicht stolpern würde oder das ihr runterrutschte, sobald sie loslief.

Sie warf schnell seine Jogginghose und sein T-Shirt beiseite und zog sich Stiefel und BH an. Jared, der immer noch ein ganzes Waffenlager auslud und aufreihte, riskierte einen Blick, als sie sich in ihre Kleider zwängte.

Er musterte sie einmal von ihrem kurzen, engen schwarzen T-Shirt bis zu den Lederstiefeln und den Waffenholstern um ihre Taille bis zu dem am Oberschenkel und reichte ihr dann eine Glock. »Richte die auf die Tür, bis ich wieder zurück bin.«

Sein Daumen streichelte über ihr Handgelenk, als er ihr die Waffe in die Hand gab. Mehr würde sie nicht von ihm erfahren. So schnell, wie sie hereingestürmt waren, war er auch schon wieder aus dem Büro, und sie war allein. Sie hob die Hand und zielte mit der Pistole auf die Tür. Mit der anderen schaltete sie einen Bildschirm an, der ihr die Live-Aufnahmen aller Überwachungskameras rund um GUNS zeigte.

KAPITEL DREISSIG

NACHDEM JARED SUGAR in ihrem Büro sicher zurückgelassen hatte, huschte er durch den Flur, um wieder nach draußen zu eilen. Jede Überwachungskamera, an der er vorbeikam, bewegte sich und folgte ihm. Sugar beobachtete ihn und er war sich nicht sicher, ob das eine gute Sache war. Sie wusste, was Titan machte. Aber sie musste es ja nicht unbedingt sehen. Er würde unternehmen, was immer nötig war, um jegliche Gefahr zu eliminieren, die seiner Welt drohte. Und Sugar war seine Welt. Wenn das bedeutete, Buck Baer niederzuprügeln, mit den bloßen Fäusten und mit Schlägen, bei denen das Blut spritzte, dann würde er das tun.

Ab und zu hörte er eine Stimme im Ohr – seine Angestellten meldeten sich per Funk oder erstatteten Lageberichte. Jared hatte Pläne für Buck Baer. Wozu auch immer Buck Baer ihn hier antanzen ließ: Sie hatten sich beide darauf geeinigt, dass es ihr letztes Gefecht sein sollte. Aufwändiger inszeniert als Titans übliche Auseinandersetzungen, würde dieser Kampf ganz anders sein als die, die er sonst gegen die üblichen kranken Kerle ausfocht, nur um sich sein Gehalt zu verdienen. Das würde nichts anderes als ein Duell sein.

Sugars Logo kam ihm in den Sinn. Pinkfarbene Duellpistolen. *Wie passend.* Ein schwarzer Explorer fuhr auf den GUNS-Parkplatz, als er gerade die schwere Eingangstür aufdrückte und sich in Position brachte. Baer hatte es gerade so geschafft, Sekunden vor Ende der Frist.

Parkers Stimme kam durch den Ohrstöpsel. »Die GSI-Einsatzkräfte auf dem Gelände bewegen sich.«

»Bewegt euch ebenfalls! Haltet euch an eure Zielobjekte!«, befahl Rocco daraufhin.

Dies wurde bestätigt. Brocks Stimme ging Jared auf die Nerven. Als das Delta-Team sich meldete, nahm sich Jared eine Sekunde Zeit, um Rocco in Gedanken dafür zu loben, die Initiative ergriffen zu haben. Das Delta-Team zu involvieren war eine gute Idee gewesen. Sie stellten einen Zweig von Titan dar, den Jared für die Operationen einsetzte, die die Grenzen zur Kategorie »Grauzone« schon weit überschritten. Titan hatte genauso viele offizielle Aufträge wie Geheimoperationen. Die Einsätze vom Delta-Team waren so geheim, dass sie praktisch nicht existierten. Titan gegen GSI war ein solcher Einsatz.

Jared beobachtete mit Argusaugen, wie Baers Tür einen Spalt aufging und er schließlich ausstieg. Sein Aufzug war eher geeignet für ein Geschäftsmeeting statt für eine Schlacht. Obwohl gerade keine Kugeln umherflogen und kein Helikopter in der Luft schwebte, merkte Jared, dass Baer weicher geworden war. Der korrupte Mistkerl mochte vielleicht gerne mit unlauteren Methoden kämpfen, aber er war nicht derjenige gewesen, der geschossen hatte.

Jareds Abzugsfinger war gut in Übung. Seine Handfläche kribbelte, als er die Hand über dem Holster hatte, bereit, seine Waffe zu ziehen, gleich einem Cowboy im Wilden Westen, der es kaum abwarten konnte, sich um Punkt Zwölf zu duellieren.

Ein vertrautes Gefühl kroch seinen Rücken hinunter – das Bewusstsein, dass dieser Showdown mehr war als nur das Ende eines Auftrags. Jeder Auftrag, bis zu diesem Zeitpunkt, hatte jemandem geholfen oder jemanden von etwas abgehalten. Seinen Kunden. Ihren Opfern. Seinen Zielobjekten. Ihrem Feind.

Dieses Mal ging es nur um ihn.

Er trat einen Schritt vor, auf den Parkplatz. Baer tat es ihm nach. Sie tauschten keine falschen Nettigkeiten aus.

Keine Spielchen. Kein Geplauder.

Es war das Ende ihrer jahrzehntelangen Schlacht.

Die Blicke beider Männer begegneten sich und sie machten sich bereit, zu töten. Der Tanz wurde fortgeführt, als beide das Opfer vor sich prüfend begutachteten, das sie abschlachten wollten, und jeweils einen Schritt vorwärts gingen. Jeder Schritt in Kampfstiefeln knirschte auf dem Kies. Jared war so selbstsicher, dass die Luft in seinen Lungen sich kühl und frisch anfühlte. *Ruhige, mühelose Atemzüge.* Körper und Geist waren so bereit, als wenn er sich sein ganzes Leben lang auf diesen Moment vorbereitet …

Verdammt! Ein hellgrauer Volvo Kombi fuhr auf den Parkplatz und hielt mitten zwischen ihnen an.

Jared blieb stehen, wo er war, und wünschte sich, dass der Wagen wieder wegfahren würde. Tat er aber nicht, und er fing an, sich richtig Sorgen zu machen, als er am Auto vorbei auf seinen Feind schaute. Baer war nie am Wohlergehen von Unschuldigen interessiert. Frauen und Kinder bekamen keine Sonderbehandlung von GSI. Sugar, Asal und Brocks Familie waren das beste Beispiel dafür.

Jared versuchte sich so drohend und mahnend anzuhören, wie es mit drei Wörtern eben ging, als er der Frau, die aus dem Wagen stieg, zurief: »GUNS ist geschlossen!«

Sie hielt den Kopf gesenkt und schien sich an seinen Worten nicht zu stören. Baer hinter sich hatte sie gar nicht bemerkt. Dann beugte sie sich in ihren Kombi und … stieg nicht wieder ein. Stattdessen kam sie mit einer Handtasche von der Größe eines Panzers und einem Hut auf dem Kopf wieder zum Vorschein.

Ist das …? Nein. Sie sah aus wie Brocks Frau, aber das würde keinen Sinn ergeben. Auf jeden Fall sah sie nicht aus wie die Frauen, die normalerweise ins GUNS kamen. Diese Frauen waren der Inbegriff von Krawall. Eine von *diesen* Frauen würde einem Mann eine Bierflasche über die Rübe ziehen, wenn er ihr mit dem falschen Anmachspruch kam.

Die Volvo-Dame war keine von *diesen* Frauen. Sie war am falschen Ort und hätte sich keinen schlechteren Zeitpunkt aussuchen können. Aber wenn sie mal nicht wie Sarah Gamble aussah. *Wenn sie doch nur aufschauen würde!*

Baer trat einen weiteren Schritt vor und reckte den Hals, um sich die Frau genauer anzuschauen. Scheiße. Es kam für ihn nicht in die Tüte, dass Buck Baer einen unbeteiligten Dritten aus dem Weg räumte, und Jared war nicht in einer Position, in der er sich um eine Geisel kümmern könnte.

»Geschlossen?«, fragte die Volvo-Dame und fummelte an ihrer riesigen Tasche herum. Ihre Stimme zitterte und Jared hatte ein schlechtes Gefühl.

»Ich bin hier, um mit Sugar zu reden.«

»Sie ist nicht hier. Gehen Sie wieder!« *Beweg deinen Arsch ins Auto und hau ab!*

Eine Hand in ihrer Handtasche und die andere auf der Hüfte, schaute sie auf. Es gab keinen Zweifel. *Sarah Gamble.*

»Und wieso sagen Sie mir das und nicht Sugar?«

»Ich versuche, Ihnen das Leben zu retten! Fahren Sie in ihren hübschen Vorort zurück!« Jared behielt Baer im Blickfeld, der Sarahs Schlapphut von hinten anstarrte. Baer war nicht dumm. Wenn er ihr Gesicht immer noch nicht gesehen hatte, dann würde er vielleicht Sarahs Stimme erkennen.

Rocco bellte in Jareds Ohr: »Brock, bleib, wo du bist!«

»Sarah!«, Baers ölige Stimme glitt über Jareds Haut.

Sie riss den Kopf herum, um über ihre Schulter zu schauen. Ihr zierlicher Körper drehte sich und war in Baers Blickwinkel teilweise durch den Volvo verdeckt.

Scheiße.

»Verdammt, Sugar ist auf dem Weg nach draußen«, knurrte Rocco. »Winters, geh rein und halte sie mit bloßen Händen fest, wenn es nötig ist!«

Wenn sie die Überwachungskameras im Blick hatte, dann hatte sie sicher gesehen, dass Sarah auf den Parkplatz gefahren war. Nur mit titanenstarkem Willen gelang es Jared, weiter nach vorne zu schauen, um Baer nicht im Voraus zu verraten, dass Sugar durch die Tür gestürmt kommen würde.

»Sarah.« Jared trat einen Schritt vor, eine Hand auf der Glock im Holster. »Steigen Sie in Ihr Auto ein und fahren Sie wieder, Schätzchen! Jetzt ist gerade ein ganz schlechter Zeitpunkt!«

Sie schaute von Jared zu Buck und dann wieder zu ihm. Die Frau war entführt worden, ihre Kinder hatten in Lebensgefahr geschwebt und nur Gott wusste, was sie gerade von Brock hielt. Eine Beruhigungstablette würde ihr besser tun als zwei Männer zu konfrontieren, die kurz davor waren, sich zu duellieren.

Jared drängte sie: »Alles ist in Ordnung. Aber Sie müssen gehen!«

Sie nahm ihre Sonnenbrille ab und kniff die Augen trotz des düsteren Abendlichts zusammen. »Sie werden Brock, meinen Mann, umbringen, wenn Sie es nicht schon längst getan haben.«

»Wo zum Teufel ist Sugar?«, bellte Winters durch seinen Ohrstöpsel.

Verdammt! Ich hätte Sugar zu Hause ans Bett fesseln sollen! Er holte tief Luft, brachte seinen Puls unter Kontrolle und verdrängte seine Emotionen. »Da liegen Sie falsch, Sarah. Er ist hier. Am Leben. Bei uns. Alles ist in Ordnung, abgesehen davon, dass Sie hier weg müssen.«

Ihre Handtasche rutschte ihr von der Schulter und ihre kleine Hand kam zum Vorschein, darin eine 38er Spezial. Sein Brustkorb wurde auf einmal eng. Das Einzige, was schlimmer war als eine betrogene Frau, war eine, die auf Rache aus war.

»Ich muss mit Sugar reden. Sie ist die einzige, der ich vertraue.«

Die eiserne Sicherheitstür am Vordereingang von GUNS ging mit einem Knall auf. »Sarah, ich bin hier!« Sugar stolzierte auf den Parkplatz, als ob das Chaos, das sich dort gerade entfaltete, lediglich aus zwei Frauen bestehen würde, die ein angeregtes Schwätzchen halten wollten. »Die Jungs sind aus geschäftlichen Gründen hier, also musst du gehen. Wir unterhalten uns bald. Versprochen.«

»Ist Brock am Leben?«

»Das wäre er, wenn Sie bei mir geblieben wären.« Baer lachte hämisch. »Na, Sugar? Ich habe nach dir gesucht, meine Hübsche!«

Sarah wirbelte zu Baer herum, die 38er mit zitternden Händen ausgestreckt. »Ich hasse Sie! Sie haben unser Leben zerstört!«

Baer lachte wieder. Hier konnte nichts Gutes bei herauskommen. Man musste Sarah nicht auch noch herausfordern. Sie brauchte einen schnellen Tritt in den Hintern, der sie in Richtung *Bleib ruhig, verdammt noch mal!* beförderte.

»Sugar, rein mit dir! Sarah, gehen Sie aus …«

Schneller als Jared es erwartet hatte, hatte Baer seine Waffe gezogen und sie auf Sugar gerichtet. Ein tonnenschwerer Panzer hätte auf Jareds Brust landen können, und es hätte sich immer noch leichter angefühlt als das Gewicht, das er jetzt auf dem Herzen spürte. Instinktiv zog er seine Glock. Sein Herz hämmerte. Sein Mund wurde trocken. Lebenslange

Ausbildung und verinnerlichte Disziplin verflüchtigten sich einfach in der Abendbrise, als er das sadistische Grinsen sah, das sich auf Baers Gesicht ausbreitete und seine Augen zum Leuchten brachte.

Sarah war in Jareds Schusslinie. Das hier war alles ein Spiel. Vielleicht hatte Baer nicht die Eier, Sugar zu erschießen. Vielleicht wollte er Jared leiden sehen, im Wissen, dass er seine Freundin hätte retten können, wenn er Brocks Frau umgelegt hätte.

Ein Schuss ertönte. Sugar ging zu Boden, als Jared auf sie zu stürzte. Sarah kreischte. Herumwirbeln. Fallen. Jemand fluchte. Ein weiterer Schuss im Hintergrund und er kroch den letzten Meter zu Sugar, um sich schützend über ihren Körper zu legen. Da war Blut. Ganz viel davon.

Er fuhr mit der Hand durch ihre Haare. Suchte Gesicht und Kopf ab. Strich den Hals herunter. *So verdammt viel Blut.*

Roccos Befehle ertönten in seinem Ohr. Wieder ein Schrei, dann noch ein Schuss. Jared hob Sugar hoch und drückte sie an seine Brust. Die Worte, die sie mit rauer Stimme schrie, ergaben keinen Sinn, als er mit ihr über das offene Gelände zur Eingangstür von GUNS rannte.

Aus dem Augenwinkel sah er Roman kommen und auf Sarah zulaufen. Nichts davon spielte eine Rolle. Jared musste Sugar aus der Gefahrenzone bringen. Er wollte Baer gerne den Todesschuss verpassen, aber noch mehr wollte er, *brauchte* er Sugar lebendig und in seinen Armen. Sein Kopf drehte sich. Da war zu viel Blut.

»Jared!« Sugar holte panisch Luft. Ihr Blick ging durch ihn durch. »Hilf mir!«

Vielleicht hat die Kugel sie in die Brust getroffen? Scheiße, nicht gut! Im GUNS legte er sie auf einen Tisch und suchte mit Augen und Fingern nach der Eintrittswunde.

»Gottverdammt, Jared!«, schrie sie. »Hör mir zu!«

Ihre Fäuste krallten sich in seinen Kragen. Sugar packte so fest zu, dass er sich nur Zentimeter vor ihrem Gesicht befand. All das Blut an Sugar. Ihre dunklen Haare klebten an ihren Wangen und malten Übelkeit erregende Streifen auf ihre blasse Haut. Er könnte ein Leben ohne sie nicht ertragen. Der Gedanke daran tat ihm körperlich weh. Verursachte ihm Kopfschmerzen. Brachte seine Welt aus den Fugen.

Und dann geriet seine Welt aus den Fugen.

Er und Sugar fielen vom Tisch, als das Gewicht ihres Körpers ihn auf den Boden zog, wo er erschöpft liegenblieb. Er hielt inne, starrte die Frau an, für die er sein Leben geben würde.

»Mich hat die Kugel nicht getroffen.« Wieder war sie ganz dicht vor seinem Gesicht. »Dich hat sie getroffen, verdammt!«

Ein glühend heißer Schmerz brannte in seinem Nacken. Sich bewusst zu werden, dass auf ihn geschossen worden war, schockte ihn weniger, als dass sie nicht verletzt war. Es war nicht ihr Blut. Sie war okay. Alles war okay. Sugar war nicht niedergeschossen worden. *Danke, lieber verdammter Gott!*

Der Schreck verschwand langsam und damit verflüchtigte sich auch das Adrenalin in seinem Körper. Er spürte gleichzeitig auf einmal den Schmerz in seinem Nacken und das taube Gefühl in seinen Gliedern. Angeschossen zu werden war wirklich scheiße. Es war ihm schon öfter passiert, als ihm lieb war. Aber dieses Mal … dieses Mal … war es etwas anderes.

»Ich liebe dich«, murmelte er. Seine Lippen kribbelten. Er hatte den Geschmack von Salz und Metall auf der Zunge. Er roch das Blut. »Lilly Chase.« Ihr Name hörte sich zu schön an, um ihn nicht auszusprechen.

»Bleib bei mir, Kollega!« Sugar nahm sein Gesicht in ihre Hände. Ihre Finger waren zärtlich und nass vom Blut.

»Lilly … Chase.« Seine Worte wurden undeutlich. *So ein schöner Name.* Er konnte nicht wegschauen. Sugar war sexy gewesen. Sie war taff gewesen. Aber er hatte nie innegehalten und sie angestarrt. Hatte ihr richtig zugehört. Hatte ihren Namen gesagt. »Ich liebe dich.«

Das war es, was er sagen wollte, besonders, wenn es seine letzten Worte sein sollten.

Tränen liefen ihre Wangen herunter. Trotzdem war sie so … hübsch. Es war das einzige Wort, das ihm gerade einfiel. Er war sich nicht ganz sicher, was sie gesagt hatte, aber wenn sie einfach so weiterreden würde, dann könnte er seine Augen schließen und alles würde gut werden.

Jared hörte zu, fühlte und wusste. Er hatte endlich sein Leben gefunden, aber es entrann ihm schon wieder.

Sugar hielt ihn fest. Er wusste es einfach. Er konnte es spüren ... und er wollte sie so gerne spüren. Eine Berührung. Ihre Wärme. Aber ... nichts.

Die Stimmen seines Teams drangen laut durch seinen Ohrstöpsel, kitzelten sein Trommelfell. Die Worte sagten ihm nichts. Irgendwie kamen seine Energie und Koordinationsfähigkeit zurück, aber nur lange genug, um den Stöpsel aus dem Ohr zu ziehen, und dann wurde sein Arm schlapp. Er atmete abgehackt, saugte einen Atemzug ein, völlig unfähig, sich irgendwie selber zu helfen ... oder seinen Blick von Sugar abzuwenden.

Entsetzt schrie sie nach Hilfe. Nach ihm. Nach ...

KAPITEL EINUNDDREISSIG

SUGAR KONNTE NICHTS anderes tun, als zu weinen. Ihre Schultern zuckten. Ihre Augen brannten. Sie konnte sie kaum offenhalten, weil das, was sich vor ihren Augen abspielte, zu schrecklich war, um es ins Gedächtnis zu brennen. Aber sie konnte sie auch nicht schließen. Sie taten zu sehr weh, und außerdem würde es keinen Unterschied machen, ob sie die Augen schloss oder nicht: Sie würde trotzdem noch das schreckliche Blutbad und die leblose Gestalt auf der Krankentrage sehen.

Die Sirene war nur ein kreischendes Hintergrundgeräusch, als der Rettungswagen den Highway entlangraste. Die Sanitäter arbeiteten um Sugar herum, während sie Jareds schlaffe Hand hielt. Die Angst schnürte ihr die Kehle zu, als sie seine leblosen Finger in ihren knetete und ihren Tränen freien Lauf ließ.

Blutige Verbände und piepende Maschinen hielten die Sanitäter auf Trab, aber nichts, das sie taten, sah besonders vielversprechend aus. Ein Krankenpfleger auf dem Beifahrersitz gab der Notaufnahme per Funk durch, wie es um den Patienten stand. Er benutzte dabei Abkürzungen, die Sugar nicht kannte. Aber sie wusste, dass jede, die er durchgab, sich ernster anhörte als die davor.

Sie hörte es in ihrem Ton. Sah es in ihren verstohlenen Blicken, aus denen Mitgefühl sprach und die stumme Nachricht, dass sie sich wundern würden, wenn Jared es schaffen würde.

Verfluchter Jared! Verflucht dafür, dass er sie liebte. Aber sie verfluchte sich auch selber dafür, dass sie ihm je von der Seite gewichen war, je seine Grenzen ausgetestet hatte, um zu sehen, wie weit sie bei ihm gehen konnte. Sie verfluchte ihre neurotischen Ängste vor Liebe und Beziehungen. Wenn sie selber nicht solche Blockaden hätte, dann hätte sie viel mehr Zeit mit ihm gehabt. Sie war bereit, einen Pakt mit dem Teufel einzugehen, nur um etwas Aufschub zu bekommen, gerade genug Zeit dafür, ein Ja zu Jareds Heiratsantrag zu nicken und ihm zu sagen, dass ihre Liebe zu ihm genauso tief und stark war wie seine zu ihr.

Sie war eine Idiotin – eine armselige, ängstliche Idiotin.

Wieso hatte es ihr die Sprache verschlagen? Wieso hatte sie … ihn … sie … alles in Zweifel gezogen? Sie war feige und egoistisch gewesen. Selbsterhaltung war ihr wichtiger gewesen als der Mann, der vor ihr gestanden hatte und ihr, mehr als einmal, gesagt hatte, wie ihre Zukunft aussehen würde. Er und sie. Für immer.

Wie lang auch immer *Für immer* dauern würde. Das langsame Piepen und die hohen Töne der Warnsignale um sie herum teilten ihr mit, dass die Körner in der *Für-immer*-Sanduhr fast alle nach unten gerieselt waren.

Die Sirene verstummte. Es gab einen abrupten Stopp, dann legte der Fahrer den Rückwärtsgang ein. Bevor der Fahrer den Wagen geparkt hatte, waren die hinteren Türen schon aufgeflogen und Krankenhauspersonal kam hereingestürmt.

Ein Mann machte sich an Jared zu schaffen, machte Schläuche ab und fuhr mit den Rettungsmaßnahmen fort, während andere die Krankentrage abschnallten und aus dem Wagen zogen. Sugar ließ Jareds Hand los und eine Frau legte sie ihm auf die Brust, ohne aufzuschauen.

Und dann brachte man ihn weg, während das Notaufnahmeteam weiter hart daran arbeitete, ihn am Leben zu erhalten. Niemand bat sie, ihnen zu folgen. Sugar sah dabei zu, wie sein an Schläuche angeschlossener Körper keinerlei Reaktion zeigte, und sie blieb völlig erstarrt hinten im Rettungswagen zurück. Sie konnten den granatengroßen Kloß im Hals einfach nicht herunterschlucken. Die Tränen liefen immer schneller und heftiger, bis sie inmitten der weggeworfenen Verbände und leeren sterilen Verbandspackungen auf die Knie sank. Sugar hob ihre zitternden Hände. Sie drückte fest ihre Finger zusammen und öffnete dann ihre dunkelrot gefärbten Handflächen. Die Falten und Linien in ihrer Haut waren durch Jareds getrocknetes Blut deutlicher zu sehen. Sie erinnerte sich daran, ihrer Mutter vor Jahren dabei zugesehen zu haben, wie diese ihre Hand analysiert hatte.

Eine kurze Liebeslinie und eine lange Lebenslinie. Das ist genau das, was du willst. Eine Liebe auf ewig ist nichts wert, Lilly. Sie existiert nicht. Das ist die Lektion, die du hoffentlich aus meinem Leben gelernt hast. Verlieb dich, und eines Tages wirst du so enden wie ich. Die Jahre verrinnen, während du in einer freudlosen Ehe steckst und dir wünschst, du wärst nicht so blöd gewesen. Männer bleiben nie treu, und du solltest es auch nicht bleiben.

Sugar zeichnete die Linien in ihren Handflächen nach und weinte, bis sie alles nur noch verschwommen sah und ihre Augen wieder brannten. Ihre Mutter hatte unrecht gehabt. Jared wäre an ihrer Seite geblieben. Und Gott war ihr Zeuge, sie hätte niemals ein Leben voller Augenblicke mit ihm bereut.

Verschenke niemals dein Herz.

Verdammt, es war keine Entscheidung gewesen. Und er war nicht tot ... *noch nicht.*

»Reiß dich zusammen, Sugar!« Sie sprang auf die Füße und riss die Schränke und Schubladen im Rettungswagen auf. Sie warf mit Verpackungen um sich, während sie suchte und suchte und suchte. *Alkoholtupfer.* Sie schnappte sich eine Handvoll und riss die winzigen Packungen auf. Sie brachten nicht viel, aber sie schrubbte ihre Liebes- und Lebenslinien sauber. Die kleinen Vierecke trockneten schnell, als sie rotbraun vom Blut wurden, und sie warf sie einfach auf den Boden, riss mehr Packungen auf und wiederholte den Vorgang, um die dunklen Flecken auf ihren Handflächen zu entfernen.

Es funktionierte nicht, und es war ihr egal, dass sein Blut an ihren Händen klebte. Jared lebte. Er würde auch am Leben bleiben. Titan hatte Beziehungen zu den besten Ärzten im Lande, und Jared Westin, der Meister des Universums, würde nicht auf einem OP-Tisch sterben.

Sugar wirbelte zu den offenstehenden Türen des Rettungswagens herum und sprang auf den Parkplatz. Die Absätze ihrer Stiefel kamen auf dem Boden auf und der Schmerz zuckte bis in ihre Waden. Zum ersten Mal in dieser Stunde spürte sie etwas anderes als pure Verzweiflung. Körperliche Schmerzen. Sie würde nehmen, was sie kriegte, denn alles war besser als die betäubende Pein.

Niemand war in der Nähe und der Notaufnahmeeingang war nicht gerade kundenfreundlich eingerichtet. Überall nur beschäftigte Menschen, die sie nicht bemerkten. Sie sah hinter mit Vorhängen abgetrennten Räumen nach und warf einen Blick in abzweigende Korridore, sah aber Jared nirgends. Ein Schild zeigte ihr den Weg zum Warteraum der Notaufnahme und sie ging durch ein paar Türen, bis sie zum Aufnahmeschalter kam. Sie ging an der langen Schlange vorbei, direkt nach vorne.

»Jared Westin. Wo ist er?«

Die Krankenschwestern hinter dem Schalter bekamen den Mund nicht mehr zu. Sie bemerkte ihr Spiegelbild in einer Plexiglasscheibe. Tränen hatten Spuren in dem getrockneten Blut in ihrem Gesicht hinterlassen und ihre Haare klebten an ihren Wangen. Sie drehte sich um und sah, dass die Leute, die angestanden hatten, sich langsam entfernten.

»Ma'am«, stotterte eine junge Krankenschwester. »Geht es Ihnen gut?«

Eine weitere Krankenschwester kam hinter dem Schalter hervor. Vielleicht, um sich ihre Verletzungen anzuschauen. Vielleicht, um zu flüchten. Sugar sah so aus, als ob sie gleich jemanden umlegen würde.

Ein Wachmann mit Milchbubi-Gesicht und weit aufgerissenen Augen kam auf sie zu, seine Hand so fest um eine Elektroschockwaffe geschlossen, dass die Knöchel weiß waren. Er murmelte etwas in sein Funkgerät und hielt seinen Taser fest, unsicher, was er als Nächstes tun sollte.

Als ob mich der Taser aufhalten könnte! »Wo ist Jared Westin?« Sie ignorierte ihn, legte beide Hände auf den Schalter und beugte sich nahe zur Krankenschwester herunter. »Finden Sie ihn für mich!«

»Entfernen Sie sich von der Krankenschwester!«, rief ihr der Milchbubi zu. Sugar wandte ihm den Kopf zu. Er stand mit den Beinen schulterbreit auseinander und hatte die Knie leicht gebeugt. Die klassische Schützenhaltung. Das hatte er aber gut gelernt. »Ma'am …«

»Ach, verdammt noch mal!« Sie beugte sich weiter vor und klopfte auf den Bildschirm des Computers. »Finden Sie Jared Westin! Sagen Sie mir, wo er ist!«

Milchbubi kam näher. »Ma'am …«

Ein ähnlich uniformierter Mann, der wie ein Großvater aussah, kam um die Ecke gerannt. »Warte! Warte! Ist schon in Ordnung.«

Milchbubi richtete immer noch seine Elektroschockwaffe auf sie und schaute zu ihm, zu ihr, wieder zu ihm. »Da bin ich mir nicht so sicher.«

Opa kam rüber und flüsterte Milchbubi etwas ins Ohr. Langsam ließ er den Taser sinken, bis er auf den Boden zeigte. Jeder in der Notaufnahme beobachtete ihn. Der Hausmeister hielt seinen Wischmopp so, als ob er vorgehabt hätte, wie ein Ninja zu kämpfen.

Dann, mit wissendem Blick in Richtung Sugar, kam Opa langsam mit erhobenen Händen auf sie zu. »Jared wird gerade operiert. Ich bringe Sie zu einem privaten Wartezimmer.«

Abgesehen von dem Fernseher, der in der Ecke des Warteraums hing, war es mucksmäuschenstill im Raum.

»Okay.« Sugars tränenerstickte Stimme klang brüchig.

»Kommen Sie.« Der Mann ließ die Hände sinken und winkte sie zu sich. »Es ist in Ordnung. Sie sind ja von Titan. Kommen Sie mit.«

Sie nickte und folgte ihm. Ihre Absätze klackten bei jedem Schritt. Hinter ihr fingen die Leute an zu flüstern und zu murmeln. Es war ihr egal. Jared *lebte* noch.

Das private Wartezimmer war klein und ruhig. Ein paar Stühle standen vor einem Fernseher, der in der Ecke hing, und einem Telefon. Die Zeitschriften auf dem Tisch sahen so fremd, so absurd aus. Sie konnte sich nicht vorstellen, wie Leute etwas lesen oder sich um andere Dinge außerhalb der Wände dieses Krankenhauses Gedanken machen konnten, wenn sie auf diesen Plätzen saßen.

Sie schaute auf das Telefon und wollte jemanden anrufen. Jenny. Titan. Vielleicht fragen, wie es Asal ging. Aber sie würden Fragen an sie haben, und sie wusste nicht, ob sie einen vollständigen Satz zusammenbekommen würde.

Die Tür ging einen Spalt auf und Roman steckte seinen Kopf hindurch. »Sugar?«

Sie nickte und musste feststellen, dass sie wirklich keine Worte aneinanderreihen konnte.

Er kam ins Zimmer, gefolgt von Rocco. Beide sahen schrecklich aus. Die Sorge stand ihnen ins Gesicht geschrieben und ihre Haare standen ab. Sie trugen noch ihre Kampfmontur – Cargohosen und schwarze T-Shirts.

Sie trugen ihre Waffen, aber Rocco war nicht mit so vielen bewaffnet wie vorhin. Der Kampf war vorbei. Das hier war nur ihre alltägliche Waffenausrüstung. Die Accessoires zu ihrem Kampfoutfit.

Rocco nickte. Beide Männer nahmen Platz und starrten sie an. Ihr Blick ging zwischen ihnen hin und her und sie bekam keine Luft mehr. *Oh nein! Scheiße, nein! Bitte, Gott … nein!* »Wenn ihr Neuigkeiten für mich habt, dann teilt sie mir bitte mit und bringt es hinter euch.«

Wenn Jared tot ist …

Ihr Hals brannte vor Schmerzen. Ihr war schlecht. Sie konnte Magensäure auf der Zunge schmecken und heiße Tränen schossen ihr wieder in die Augen. Sie konnte nicht atmen. Ihre Lungen funktionierten nicht mehr. Kein einziger Atemzug ging rein oder raus, bis sie röchelnd nach Luft schnappte. »Sagt es mir einfach!«

»Es tut uns leid …« Roman schüttelte den Kopf.

»Das hätte nicht passieren dürfen.« Rocco wischte sich die Hände an den Knien ab, verschränkte die Arme vor der Brust und starrte auf den Boden.

»Nein!«

Da war sie: die gefürchtete Wahrheit. Eine Tatsache einfach zu leugnen brachte nichts. Tränen liefen ihr die Wangen hinunter. Ihr Körper zitterte. Die blutbefleckten Hände legten sich über ihren Mund, ihre Nase, ihre Augen. Sie wollte dahinscheiden und sterben, zusammen mit Jared.

Starke Arme legten sich um sie und zogen sie wieder auf den Stuhl. Es war ihr gar nicht aufgefallen, dass sie zu Boden gerutscht war.

Rocco oder Roman, einer von ihnen, umarmte sie fest. »Es ist okay. Alles wird wieder gut.«

Gut? In welchem Universum? Ich brauche diesen Unsinn nicht, von wegen »Das Leben geht weiter« und so ein Mist! Sie brauchte etwas, das sie bewusstlos werden ließ, die Schmerzen betäubte, die Vergangenheit auslöschte und den Tag noch mal von vorne beginnen lassen würde. Egal was. Alles würde ihr helfen, außer dass ihr jemand sagte, dass alles wieder in Ordnung kommen würde.

»Lasst mich in Ruhe!« So heftig und so schnell sie konnte, rammte sie einen Ellenbogen in den Mann, der sie umarmte. »Geht weg!«

Beide Männer hielten inne. Keiner von beiden sagte ein Wort, was gut war, denn sie wollte nichts hören.

Roman rieb sich den Hals. »Sugar …«

»Raus!«

Rocco hockte sich in ihr Blickfeld. »Sug …«

»Raus hier, verdammt noch mal!«, schrie sie und drängte sich an den Männern vorbei. Sie schnappte sich die Zeitschriften und bewarf sie damit. »Raus! Sofort!«

Sugar sank auf die Knie und schlang die Arme um ihren Körper. Sie wollte sich in Embryonalhaltung hinlegen, sich einfach nur zusammenrollen und alles vergessen.

»Mädel, wenn Jared aufwacht, dann wird er …«

Was? Sie schaute zu den Männern auf. Sie wischte sich das Gesicht mit dem Handrücken ab und setzte sich auf. »Was hast du gerade gesagt?«

Rocco legte die Stirn in Falten.

Roman nickte und flüsterte laut genug, dass sie es hören konnte: »Jared wird uns den Hintern versohlen, wenn er jemals mitbekommt, dass wir zugelassen haben, dass du dich so aufregst.«

Sugar sprang so schnell auf, dass ihr schwindlig wurde und sie schwankte. »Jared ist … Jared lebt?«

Beide Männer blinzelten.

»Äh, ja!« Roman zuckte mit den Schultern. »Der Bastard wird doch nicht in einem OP-Saal sterben!«

»Aber …« Die Kinnlade fiel ihr runter und beide Männer starrten sie an. »Du hast gesagt: ›Es tut uns leid‹!«

Sie nickten. Roman murmelte: »Tut es uns auch.«

»Du hast gesagt, das hätte nicht passieren dürfen!« Sugar ging einen Schritt auf sie zu und beide Männer traten näher aneinander heran, unsicher, ob sie angreifen würde. Und sie war kurz davor. Mit einem Schritt war sie bei Rocco und boxte ihn gegen die Brust. »Du hast *gesagt* – verdammt, Roc! Man kommt doch nicht in ein Wartezimmer und redet so einen Scheiß, es sei denn, jemand ist verdammt noch mal gestorben!«

Sie standen schweigend dar, während die Sekunden vorbeitickten.

Schließlich meinte Rocco: »Der heutige Tag verlief nicht nach Plan.«

Sie verschränkte die Arme vor der Brust. Entrüstet. Wütend. Glücklich. »Er lebt.«

»Ja.«

Die Erleichterung traf sie wie ein Spritzer kaltes Wasser und ihre Knie wurden weich. Sie sank auf einen Stuhl. Tränen quollen wieder aus ihren Augen und endlich konnte sie wieder regelmäßig atmen. »Jared lebt noch?«

Sie nickten.

Eine Krankenschwester steckte den Kopf durch die Tür. »Entschuldigung?« Sie schaute auf die Männer, dann zu Sugar. »Entschuldigung, ich will nicht stören. Ich komme wieder.«

»Nein!«, rief Sugar, die eine weitere Bestätigung brauchte. »Bitte! Haben Sie Neuigkeiten?«

Mit einem nervösen Blick kam die Krankenschwester ins Zimmer und machte die Tür hinter sich zu. »Mr. Westins Operation verläuft wie erwartet. Er wird in etwa einer Stunde aus dem OP-Saal kommen und Dr. Tuska wird Ihnen dann ein Update geben.«

Die Männer nickten. Sie schienen nichts anderes tun zu können.

Die Krankenschwester trat von einem Bein aufs andere, anscheinend weniger beunruhigt darüber, dass die kleine Gruppe sie umbringen würde, wenn sie schlechte Nachrichten brachte. »Wie Sie wissen, haben wir Titan sehr gerne als Gast hier …«

»Gast?« Sugar schaute die Krankenschwester an, dann Roman und Rocco. »Gerne als Gast?«

Rocco zuckte mit den Schultern. »Wir sind häufig Kunden hier. Titan hat einen Sonderstatus als Stammkunde oder so ein Scheiß.«

Die Krankenschwester lächelte matt. »Wir haben Sie … öfter hier. Ja. Mr Westin und Titan sind uns wichtig und …«

»Wo bin ich hier nur reingeraten?« Sugar musste beinahe lachen. Es war alles so absurd, dass es fast schon komisch war. Sie hatte sich in einen Mann verliebt, der eine Bonuskarte in einem *Krankenhaus* hatte. »Es ist mir alles egal. Er wird wieder gesund werden. Das ist alles, was zählt.«

Die Krankenschwester nickte wieder. »Wenn Sie möchten, können wir Ihnen saubere Kleider organisieren und Sie können gerne duschen. Das heißt, wenn Sie das möchten, Miss Chase …«

»Sugar.«

»Die Krankenschwester legte den Kopf schräg. »Wie bitte?«

»Das ist mein … egal. Duschen?«

Die Krankenschwester sah immer noch verwirrt aus. »Und saubere Kleider.«

»Nimm das Angebot an, Sugar.« Roman lachte. »Du siehst schrecklich aus. Der Boss wird uns zwar trotzdem in den Hintern treten, aber wenn du dafür sorgen könntest, dass du weniger scheiße aussiehst, wenn er aufwacht, dann schulden wir dir was.«

Ihr Mund verzog sich zu einem echten Lächeln. Vor ein paar Minuten hatte sie gedacht, dass sie nie wieder lächeln würde. Sugar schaute auf ihre Hände, wo das getrocknete Blut immer noch ihre Lebens- und Liebeslinien färbte.

Sie war eine freie Frau. Keine geschlängelten Linien auf ihren Händen oder Erinnerungen an ihre Mutter würden bestimmen, wie sie liebte oder lebte. »Ja, verdammt. Ich möchte gerne duschen. Aber nicht, bevor ich im Kinderkrankenhaus angerufen habe, um zu erfahren, wie es Asal geht.«

KAPITEL ZWEIUNDDREISSIG

J ARED HOLTE TIEF Luft. Der Krankenhausgeruch drang sofort in seine Nase und auch die dumpfen Schmerzen und das benommene Gefühl, das von starken Betäubungsmitteln kam, drangen unverzüglich in sein Bewusstsein. Ihm tat alles weh, als er versuchte, sich aufzusetzen. Ein Ächzen blieb in seinem trockenen Hals stecken. Er wusste nicht, wie lange er bewusstlos gewesen war und ob mit Sugar alles in Ordnung war.

Seine Finger suchten nach der Fernbedienung, mit der er das Bett verstellen konnte, und eine warme Hand mit zarter Haut legte sich über seine. Die Berührung erschreckte ihn und er machte die Augen auf.

Sugar. Er musste sie nicht ansehen, um zu wissen, dass sie es war, aber es gab nichts Schöneres anzuschauen.

»Hi, Kollega«, flüsterte sie und verschränkte ihre Finger mit seinen, drückte sie.

Sie trug eine Krankenpfegeruniform und ihre Haare waren nicht mehr von Blut durchtränkt. Sie trug sie offen, sodass sie ihr Gesicht einrahmten. Ihre Augen waren blutunterlaufen und ihre Nasenspitze war rot, aber sie strahlte über das ganze Gesicht, und wieder fiel ihm nur der Ausdruck »hübsch« ein. Hübsch und perfekt.

»Zuckerschnütchen.« Sein Hals kratzte und sein Mund war trocken, aber sie hörte ihn. Das strahlende Lächeln nahm noch um einige Watt zu und er musste sie einfach in seinen Armen halten. »Komm her!«

Kaum hatte er diese Worte ausgesprochen, krabbelte Sugar schon vorsichtig in sein Bett und kuschelte sich an ihn. Er legte ihr den Arm um die Schulter und es tat verdammt weh, aber es war ihm egal.

Sugars Haare fielen über seinen Bizeps und sie hatte ihre Wange an seine Brust gelegt – die in einem Krankenhaushemd steckte. »Ich bekomme bestimmt Ärger deswegen.«

Er fing an, den Kopf zu schütteln, aber er tat weh, und er wollte keine Geräusche von sich geben, die sie vertreiben würden. »Zu mir sagen die nicht nein.«

Sie lachte. »Das habe ich schon mitbekommen.«

Er wollte sie fragen, wo sie gewesen war, während er geschlafen hatte. Er wollte sie küssen und …

Er wachte wieder auf. Er musste wohl eingeschlafen sein, aber er hatte einen schönen Traum gehabt. Daran erinnern konnte er sich nicht, nur, dass er darin glücklich gewesen war. Sugar lag immer noch an ihn geschmiegt im Bett und sie waren mit einer Decke zugedeckt. Ihr Atem ging leise, aber sie schlief nicht. *Wie viel Zeit ist vergangen?* Es war egal – Hauptsache, sie waren zusammen.

»Sugar …« Er brauchte einen Schluck Wasser. Sein Hals tat weh, in seinem Nacken pulsierte ein dumpfer Schmerz und er wollte ihr sagen, dass er sie liebte.

Sie bewegte sich nicht. »Bist du wach?«

»Ja.«

»Hast du Schmerzen?«

»Ein wenig.« Hinter ihm piepte in regelmäßigen Abständen eine Maschine.

Sugar zupfte die Decke zurecht. »Brauchst du Schmerzmittel?«

»Nein. Aber Wasser wäre …«

»Warte eine Sekunde.« Sie beugte sich über einen Beistelltisch und reichte ihm dann einen riesigen Plastikbecher mit einem Strohhalm. »Hier.«

Als er nach dem Henkel des Bechers griff, fühlten sich seine Muskeln an, als ob sie eine Million Pfund wogen. Er war zu müde und zu schwach, um den Becher lange zu halten. »Ich hasse es, hier so zu liegen.«

»Du hast viel Blut verloren. Aber der Arzt meint, du wirst in ein paar Tagen wieder auf den Beinen sein. Allerdings hat er darum gebeten, dass du diesmal ein paar Monate verstreichen lässt, bist du mit der nächsten Schussverletzung eingeliefert wirst.«

Er lachte leise und gab ihr den Wasserbecher zurück. »Dann hast du

Doc Tuska kennengelernt, was?«

Sugar kuschelte sich wieder an ihn. »Was auch immer du ihm zahlst: es ist nicht annähernd genug.«

Ein tiefes grollendes Lachen entwich seiner Kehle. Der pragmatische Arzt kümmerte sich um alle medizinischen Probleme von Titan-Mitarbeitern, ohne Fragen zu stellen. »Er ist sein Gewicht in vergoldeter Munition wert. Das ist verdammt sicher.«

»Möchtest du mit ihm reden?« Sie bewegte sich. »Ich könnte ihn oder eine Krankenschwester oder irgendwen holen.«

Seine Schmerzen hielten ihn davon ab, den Kopf zu schütteln. »Nein, Sugar Baby. Ich möchte mit dir reden.«

»Gut, denn ich will auch mit dir reden. Wenn du soweit bist.« Sie löste sich von ihm und redete ganz schnell. »Ich will dich nicht drängen. Wenn du Schlaf oder Medikamente brauchst, dann ist das okay.«

Sie würde nirgendwo hinrennen. Schon gar nicht von diesem Gespräch weg. Von seinen Armen. Sein Herz schlug schneller, seine Wangen fingen an zu kribbeln und ein Gefühl der Wärme breitete sich in ihm aus. Seit einer Weile schon hatte er ihr einiges zu sagen, und es gab keinen besseren Zeitpunkt dafür als jetzt. Aber was wollte sie sagen? Bei Sugar wusste man das nie so genau.

»Ich bin jetzt soweit.« Er zog sie wieder in seine Arme und sie entspannte sich, atmete zufrieden ein. »Was hast du auf dem Herzen?«

»Dich«, flüsterte Sugar und küsste seine Brust. »Worüber wolltest du denn mit mir sprechen?«

Ihre trägen Küsse drangen durch den dünnen Stoff seines Krankenhaushemds hindurch. Sein Brustkorb fühlte sich eng an, so, als ob er explodieren würde, so viele Gefühle stauten sich in seinem Herzen an.

»Dich.« Jared streichelte über ihre Haut, strich den Ärmel ihres Oberteils glatt und fuhr durch ihr Haar. »Ich liebe dich, Baby. Ich hätte nicht so eine Bombe platzen lassen sollen, im GUNS, bevor alles losgegangen ist, aber ich bin froh, dass du wusstest, was ich fühle, bevor ich hier gelandet bin.«

Sugars Kinn ruhte auf seiner Brust, ihre feuchten Augen schauten zu ihm auf. Mit den Fingerspitzen strich sie sanft über die Bartstoppeln an seinem Kinn. »Ich liebe dich auch.«

»Ich war nie der Typ Mann, der an die ewige Liebe glaubt. Daran, dass ich mal den Rest meines Lebens mit einer Frau verbringen wollen würde, die ich genauso sehr mag wie ich sie liebe. Ich dachte, ich würde mit Thelma allein bleiben.« Er strich mit den Fingerspitzen über ihre Haare.

Ein schiefes Lächeln. »Sie ist eine treue Hündin.«

»Das ist sie. Und sie mag dich. Ich glaube, deshalb liebe ich dich sogar noch mehr.«

Sugar schlug ihm auf die Brust. »Sehr witzig.«

»Ich weiß, wer ich bin. Du weißt es auch. Wir sind vom gleichen Schlag. Also wäre es untertrieben, zu behaupten, dass ich nie an ein Happy End und Liebe und solchen Mist geglaubt habe. Aber wir gehören zusammen.«

Sie nickte. »Ich weiß.«

»Und eine Familie? Scheiße. Das kam mir wie ein Konzept für andere Menschen vor! Für die Winters ist es gut gelaufen. Eines Tages wird Nicola in mein Büro kommen und mich um Mutterschaftsurlaub bitten und ich muss eine Weile ohne mein Bond-Girl auskommen. Himmel, Cash wird unerträglich sein, wenn Prinzessins Niederkunft naht. Was ich sagen will, ist: Ich dachte immer, Familie ist was Schönes – für *sie*. Nicht für mich. Aber ich lag falsch. Ich. Du. Asal. Vielleicht mehr. Ich weiß nicht, was wir wollen, aber das ist eine Familie.«

Tränen liefen ihr über das Gesicht. »Das will ich auch.«

Verdammt. Er hatte sie nicht traurig machen wollen, nicht nach allem, was sie durchgemacht hatte. »Jetzt ist nicht der Zeitpunkt, um zu weinen.« Er wischte ihr die Tränen weg, wollte sie lächeln und lachen sehen, wollte, dass sie die gleiche Gefühlsexplosion in ihrem Herzen fühlte wie er, dass die Liebe darin überschäumte, wie bei ihm. »Was meinst du, *Lilly*? Bist du bereit, mit dem Weglaufen aufzuhören, die Jagd aufzugeben, *Chase* aufzugeben und eine Westin zu werden?«

Ein riesiges Lächeln breitete sich auf ihrem Gesicht aus und ihre blauen Augen strahlten. Wenn Glück und Liebe Gestalt annehmen konnten, dann war das Sugar, in seinen Armen, in diesem Moment. »Ob ich mich Team Westin anschließen will? Verdammt, ja, Jared! Verdammt.

Ja!«

»Gute Antwort, Zuckerschnütchen!«

Als er sich vorbeugte, schmerzte die Wunde am Nacken grauenvoll, aber er küsste Sugar. Auf den Scheitel. Auf die Schläfe. Auf ihre Wange. Es war eine Mordsjagd gewesen. Er zog sie enger an sich und schwor sich, sie niemals wieder gehen zu lassen. Er hatte sich mitten in einen höllischen Kampf zwischen seinem Kopf und seinem Herzen gestürzt und mit der insgeheim süßen Sugar, die sich in seinem Krankenbett an ihn schmiegte, einen Sieg davongetragen.

EPILOG

»D ER GLÜCKLICHSTE ORT auf Erden.« Der Werbeslogan von Disney machte keine falschen Versprechungen.

Zuerst hatte Jared nur die Augenbraue hochgezogen, als Sugar den Vorschlag gemacht hatte, nicht nur, weil es mehr als nur absurd schien, Titan nach Disney World zu bringen, aber auch, weil Sugar – in Lederhose, sexy High Heels und dabei, ein automatisches Schnellfeuergewehr zu polieren – nicht gerade wie jemand aussah, den man sich im Disney vorstellen konnte.

Aber das Leben hatte sich weiterentwickelt. Winters und Mia hatten Kinder. Er hatte ein Kind. Außerdem, so hatte Jared herausgefunden, richtete Disney seine Angebote nicht nur an Kinder unter zehn. Also hatte man es beschlossen. Oder, um genauer zu sein, hatte er zugestimmt, was ein interessanter Teil der Ehe war. Vor der Kulisse des magischen Königreichs würden sie ein Hochzeitsfest feiern und eine verspätete Adoptionstagsfeier.

Asal kannte ihren Geburtstag nicht, also feierten sie den Tag, an dem sie offiziell Miss Asal Westin adoptiert hatten. Seine Tochter verdiente eine Riesenfete zu einem solch besonderen Anlass. Außerdem hatte Sugar die Gelegenheit, in Disney World die Hochzeit nachzufeiern. Nach Las Vegas durchzubrennen hatte ihnen unheimlich viel Spaß gemacht, aber damit hatte niemand die Chance gehabt, ihnen zu gratulieren – oder sich über sie lustig zu machen.

Er konnte es ihnen nicht übel nehmen. Wenn es zwei Menschen gab, die weniger für Ehe und ein Kind geeignet schienen, dann vielleicht Jared und Sugar. Aber der Schein trog manchmal. Und sie konnten sich ändern. Ein guter Beweis dafür war das Foto, das er in der Hand hielt, und auf dem er zu sehen war, wie er seinen Arme um Asal und Sugar gelegt hatte, während sie im Kaffeetassenkarussell fuhren. Riesige, pastellfarbene Kaffeetassen, die sich drehten und sangen und seine Mädels zum Lächeln brachten.

Noch besser: Er hatte identische Fotos vom Rest seines Teams und ein paar engen Freunden, die mit ihnen mitgekommen waren und mitgefeiert hatten.

Roman war hinter Nicolas bester Freundin Beth her gewesen, die ihn erfolgreich ignorierte, obwohl Sugar meinte, dass Beth das in Wirklichkeit gar nicht tat. Es war ja nicht sein Problem, aber jemand sollte Roman mal von seinem Leid erlösen.

Rocco und Parker hatten es sich zum Ziel gesetzt, alle ledigen Frauen auf dem Gelände kennenzulernen, und keinen von beiden schien es groß zu stören, wenn sie aus Versehen eine verheiratete Mutter anbaggerten. Sie fanden viel mehr interessierte Damen in der Welt des Familienspaßes, als Jared es vermutet hatte.

Der Einzige, der fehlte, war Brock, und Jared war über diese Wunde immer noch nicht hinweggekommen. Aber der Mistkerl würde für immer in Jareds Schuld stehen, dafür, Buck Baer erledigt zu haben, als Jared keine freie Schusslinie hatte. Es gab einige Gerüchte darüber, wohin Brock sich verzogen hatte, und das Einzige, was Jared mit Sicherheit wusste, war, dass seine Frau die Kinder genommen und ihn verlassen hatte, mit der Begründung, dass das nicht das Leben war, auf das sie sich mit ihm eingelassen hatte.

So etwas musste jeder selber wissen. Er hatte seitdem nicht mehr mit Sarah Gamble gesprochen, aber Sugar hatte nur Gutes über sie zu berichten. Er hoffte einfach nur, dass sie das finden würde, was sie und ihre Kinder glücklich und sicher machte. Das war immer das, was er sich für die Opfer wünschte, denen er während seiner Missionen begegnete, ob sie nun direkt involviert oder nur mit reingezogen waren.

GSI schloss die Pforten und Titan übernahm alle ihre Aufträge. Jared hatte sich um eine ganze Menge Chaos zu kümmern, aber darunter waren einige Aufträge, um die sich das Delta-Team sofort kümmern konnte, sodass sein eigenes Team mal eine Verschnaufpause hatte. Es war nie eine gute Idee, wenn die Jungs von Delta zu lange untätig herumsaßen. Ohne die strukturierten Abläufe einer Mission wurden die zu wilden Tieren.

Jared steckte das portemonnaiefachgroße Foto zu der zusammenge-falteten E-Mail, die er immer noch trug, dieselbe, in der Sugar sagte, dass sie ihn treten wolle. Er lachte, denn manchmal tat sie das auch.

Er steckte das Portemonnaie wieder in seine Tasche, schaute auf und sah seine Frau und ihre Schwester Jenny, die Arm in Arm mit Asal auf ihn zukamen. Die drei zogen ein neonpinkfarbenes Stofftier hinter sich her, das so groß war wie Asal. Er hatte keine Zweifel daran, dass keine zwanzig Minuten vergehen würden, bis man ihm das verdammte Ding aufdrückte. Aber das war okay. Er würde alles für seine Mädels tun.

DIE AUTORIN

Cristin Harber ist eine *New York Times-* und *USA Today*-Bestseller-Autorin. Sie schreibt sexy Liebesromane in den Genres Romantic Thrill und Military Romance, in denen es auch mal heiß hergehen kann. Ihre Titan-Serie schaffte es in den USA auf Platz eins der Amazon-Bestsellerliste. Auf Deutsch erschienen sind Buch 1: WINTERS – EIN HEISSER EINSATZ, Buch 2: GARRISON – SCHUSS INS HERZ und Buch 3: WESTIN – JAGD AUF LIEBE.

Mehr Informationen zur Autorin, zur Titan-Serie und Neuigkeiten finden Sie auf www.CristinHarber.com.

Cristin Harbers Bücher auf Englisch:

The Titan Series:
Book 1: Winters Heat
Book 1.5: Sweet Girl
Book 2: Garrison's Creed
Book 3: Westin's Chase
Book 4: Gambled
Book 5: Chased
Book 6: Savage Secrets
Book 7: Hart Attack
Book 8: Sweet One
Book 9: Black Dawn
Book 9.5: Live Wire
Book 10: Bishop's Queen

The Delta Series:
Book 1: Delta: Retribution
Book 2: Delta: Revenge

The Delta Novella in Liliana Hart's MacKenzie Family Collection:
Delta: Rescue

The Only Series:
Book 1: Only for Him
Book 2: Only for Her
Book 3: Only for Us
Book 4: Only Forever